*Über dieses Buch*

Josh Canfield, ein Mann in den mittleren Jahren, hauptberuflich Auslandskorrespondent, mit einer geheimen Liebe zur Schriftstellerei, gerät in den Hexenkessel politischer Intrigen und privater Affairen, als er versucht, dem bisherigen Leben von Lawrence Devlin und seinem plötzlichen Verschwinden auf die Spur zu kommen. Lawrence Devlin, namhafter Schriftsteller und Friedensnobelpreisträger, verheiratet mit Elizabeth O'Mara, einer Frau aus der politischen High Society und im Besitz einer volljährigen attraktiven Tochter aus erster Ehe, gilt seit seiner letzten Reise nach Afghanistan als verschollen.
Dieses Verschwinden, so schmerzhaft es für Tochter und Ehefrau auch sein mag, ist für eine verschworene Clique von politischen Intriganten ein willkommener Anlaß zu einem Komplott. Geschickt wissen die Drahtzieher die rivalisierenden Gefühle zwischen Tochter und Ehefrau für ihre Zwecke zu nutzen. Doch eine nicht vorhergesehene Wendung der Leidenschaften bringt die gut durchdachte politische Intrige zu Fall.
›Der Fall Devlin‹ gehört zu den Romanen von Catherine Gaskin, die in deutscher Sprache eine Gesamtauflage von über 1,4 Millionen erreichten.

*Über die Autorin*

Catherine Gaskin wurde 1929 in Irland geboren. Nach dem Studium in Sidney ging sie in die USA. Ihre zahlreichen Gesellschafts- und Frauenromane machten sie als Romanautorin international bekannt. Im Fischer Taschenbuch Verlag sind bisher erschienen: ›Das grünäugige Mädchen‹ (Bd. 1957); ›Die englische Erbschaft‹ (Bd. 2408); ›Alles andere ist Torheit‹ (Bd. 2426) und ›Wie Sand am Meer‹ (Bd. 2435).
In Vorbereitung: ›Im Schatten ihrer Männer‹ (Bd. 2512) und ›Denn das Leben ist Liebe‹ (Bd. 2513).

Catherine Gaskin

# Der Fall Devlin

Roman

Aus dem Englischen von
Karin S. Krausskopf

Fischer Taschenbuch Verlag

Die englische Originalausgabe erschien unter dem Titel
›The File on Devlin‹ im Verlag Collins, London

Für Mary Grieve und F. T. Smith
mit Liebe und Dank

Fischer Taschenbuch Verlag
Juli 1981
Ungekürzte Ausgabe
Umschlaggestaltung: Rambow, Lienemeyer, van de Sand
Foto: Bildagentur Mauritius
Fischer Taschenbuch Verlag GmbH, Frankfurt am Main
Lizenzausgabe mit freundlicher Genehmigung der
S. Fischer Verlags GmbH, Frankfurt am Main

Gesamtherstellung: Hanseatische Druckanstalt GmbH, Hamburg
Printed in Germany
780-ISBN-3-596-22511-6

# 1

Canfield sah die Anschläge zuerst in der Baker Street: NOBELPREISTRÄGER VERMISST. Noch bevor er zwanzig Pfennig herausgekramt und die Zeitung dem Zeitungsverkäufer aus der Hand genommen hatte, sagte ihm etwas, daß es Devlin sei, und er war es. Lawrence Devlin, der vor einigen Jahren von vielen für den Anwärter auf den Nobelpreis für Literatur gehalten worden war und dem man dann im vergangenen Jahr den Friedensnobelpreis verliehen hatte, war irgendwo im nördlichen Teil Afghanistans als vermißt gemeldet.

Canfield stand dort auf dem Bürgersteig inmitten des quirlenden Fünf-Uhr-Menschenstroms, der sich um ihn teilen mußte, während er den kurzen Bericht las. Es war eine in letzter Minute eingetroffene Sondermeldung und daher auch nur sehr kurz. Devlin war von Mazar-i-Sharif mit seiner eigenen kleinen Maschine zum Rückflug nach Kabul gestartet. Zwischen Mazar-i-Sharif und Kabul lag der mächtige Gebirgszug des Hindukusch. Das Flugzeug war nicht eingetroffen. Es mochte die letzte von Lawrence Devlins Reisen gewesen sein, überlegte Canfield. Der Gedanke traf ihn mit größerer Wucht und einem heftigeren Gefühl des Verlustes, als er es bei jemandem für möglich gehalten hätte, der Devlin nur einmal persönlich begegnet war.

Er hatte durch Mayfair zur Arlington Street gehen wollen, wo er zum Abendessen erwartet wurde, sah sich statt dessen jedoch zum Marble Arch hinübergehen und die Bayswater Street entlang. Wie Canfield wußte, hatte Devlin seit kurz nach dem Krieg eine Wohnung im Obergeschoß eines Hauses in der Nähe von Marble Arch gehabt. Er benutzte sie jetzt nur noch selten. Canfield wußte ebenfalls, daß dieser Gang im Geiste einer Pilgerfahrt und wie um Abschied zu nehmen geschah. Falls er außerdem im Sinne einer wehmütigen Reise durch die

Erinnerung gemacht wurde, so scheute er sich nicht, es zuzugeben. Lawrence Devlin war eine Art Held für ihn gewesen, und mit siebenunddreißig hatte Josh Canfield mit ansehen müssen, wie viele seiner Helden zur Größe ganz gewöhnlicher Menschen zusammengeschrumpft waren. Devlin jedoch hatte seinen Platz beibehalten – durchaus kein gewöhnlicher Mensch. So machte Canfield seinen Pilgergang und suchte nicht einmal einen Vorwand dafür.

Die Autos und Busse dröhnten in der Bayswater Street in solcher Zahl und mit einem solch rhythmischen Getöse vorbei, wie es für London neu war in diesem Zeitalter des Wohlstands und der allgemeinen Forderung nach einem flüssigen Verkehr. Es gab in dieser einst gemütlichen Straße nicht mehr viel, überlegte Canfield, was heute noch nach Devlins Geschmack gewesen wäre. Der Krach war ohrenbetäubend, und die Lichter schienen sogar durch den leichten Nebel, der im Herbst stets die Abenddämmerung in London zu begleiten scheint, kalt und hart herab. Devlin war im wesentlichen ein Mensch abgelegener Orte gewesen, Orte, an denen die Stille ein Jahrtausend und mehr überdauert hatte; die gesamte Zeit zwischen seinen Reisen während der letzten fünf Jahre hatte er mit Elizabeth O'Mara Spence in jenem Adlerhorst hoch über ihrem Schweizer Tal verbracht. Der Blick von der berühmten Terrasse des Schlosses von St. Martin hatte Devlin zweifellos mehr geboten als der Ausblick auf die nebelverhüllten Flächen des Hyde Park mit dem vier Stockwerke unter ihm dahinbrausenden Verkehr. Doch er hatte an dieser Wohnung festgehalten, und der Grund konnte, wie Canfield vermutete, nur Sarah Devlin gewesen sein, das einzige Kind jener Ehe, die in den Trümmern eines zerbombten Hauses in Chelsea ihr Ende gefunden hatte, wo das Kind einen ganzen Tag lang neben der toten Mutter verschüttet gewesen war. Sally Devlin war bei jenem einzigen Mal, als Canfield ihm persönlich begegnet war, bei ihrem Vater gewesen; seine zärtliche Liebe und sein Wunsch, diesen schweren Verlust auszugleichen, waren sehr offensichtlich gewesen.

Die Tochter mochte der einzige Grund gewesen sein, dieses Glied zu einer Stadt aufrechtzuerhalten, in der Devlin nicht einmal mehr ein Dutzend Nächte im Jahr verbrachte. Die Wohnung war seine Vergangenheit mit Sally gewesen, seine Gegenwart jedoch war an der Seite von Elizabeth O'Mara Spence. Für beide Frauen hatte die Vergangenheit wie die

Gegenwart wahrscheinlich in einem einzigen kurzen Augenblick irgendwo in der Einöde Afghanistans geendet. Und irgendwann würde der Londoner Grafschaftsrat wahrscheinlich seine blaue Tafel an diesem Haus anbringen, um die Tatsache festzuhalten, daß Lawrence Devlin, Nobelpreisträger, von 1946 bis 1963 hier gelebt hatte. Canfield blickte erwartungsvoll zu dem Haus hinüber, und es erschien beinah seltsam, daß die Tafel nicht bereits dort war.

Die Vorderfenster der Wohnung waren dunkel; es sah aus, als wären schwere Vorhänge zugezogen. Doch an der Seite, wo das Haus ein Stockwerk höher als sein Nachbar war, drang Licht durch den schmalen Schlitz zwischen den Vorhängen. Es bedeutete einen Schock, dieses Licht zu sehen, und er rätselte, wer um diese Stunde dort sein könnte – an diesem Tag. Es konnte eine Putzfrau sein, doch Canfields Erfahrung mit Putzfrauen sagte ihm, daß sie ihre Routine nicht fortsetzten, wenn der Name ihres Arbeitgebers in Schlagzeilen auf den Straßen prangte. Es mochte Sally Devlin sein, vielleicht aus demselben Grund hergetrieben wie er selbst. Er versuchte sie sich vorzustellen – Sally Devlin, wie sie wartete, stunden- und tagelang wartete, ja vielleicht sogar Wochen, bevor sie wissen würde, was ihrem Vater widerfahren war. Falls er am Leben war, mochte die Zeit des Wartens kurz sein; falls er tot war, mochte sie sehr lang sein – oder sogar für immer. Doch wie er so zu dem Licht hinaufblickte, während er dort im Sog der Menschen stand, die nach Hause eilten oder sich in Schlangen an den Bushaltestellen gruppierten, sagte ihm sein gesunder Menschenverstand, daß Sally Devlin nicht hier in einer leeren Wohnung warten würde. Sie wohnte ja nicht mehr hier. Er begann sich albern vorzukommen, wie er zu einem erleuchteten Fenster hinaufblickte, und wollte sich schon abwenden und zum Marble Arch zurückgehen, als das Licht erlosch. Dann sah er eine Hand an einem der Vorderfenster die Vorhänge zurückziehen. Ohne sich zu schämen, blieb er nun standhaft stehen, wartete und überlegte, ob er jetzt Sally Devlin nach vierzehn Jahren wiedersehen, ob er sie überhaupt erkennen würde. Sie würde ihn natürlich nicht erkennen, und er hatte nicht die Absicht, sie anzusprechen. Seine Neugier war jedoch stärker, und so wartete er.

Doch war es keine junge Frau, die aus der Haustür trat und den Weg durch den winzigen Vorgarten entlangkam. Die

Gestalten zweier Männer in dicken Mänteln und mit breitkrempigen Hüten zeichneten sich kurz gegen das Licht in der Eingangshalle ab. Dann schloß sich die Tür hinter ihnen, und der violettblaue Schein der Straßenlampen fiel auf ihre Gesichter. Während der erste ungeschickt am Drücker der Gartenpforte herumhantierte, wurde Canfield von dem prickelnden Gefühl erfaßt, als kenne er ihn; er hatte ein langes Training im Wiedererkennen von Gesichtern gehabt. Einer der Männer war Alexi Kogan, Militärattaché an der Russischen Botschaft in London. Den zweiten Mann hatte er nie zuvor gesehen. Beide trugen dicke Aktentaschen und so, wie sie sie trugen, offensichtlich auch sehr schwere. Sie überquerten den Bürgersteig, blieben stehen und starrten in den heranbrausenden Verkehr. Canfield blickte automatisch zu der Haustür zurück in der Annahme, es sei reiner Zufall, daß sie nur ein oder zwei Sekunden vor der Person herausgekommen waren, die in Devlins Wohnung gewesen war. Doch es kam niemand mehr. Als Canfield wieder zu Kogan und seinem Begleiter zurückschaute, scherte ein Wagen aus dem Autostrom aus, und noch bevor er anhielt, öffnete sich der hintere Schlag. Wortlos stiegen die beiden Männer ein. Der Wagen glitt darauf wieder in den Strom zurück. Canfield merkte sich automatisch die Zulassungsnummer und den Umstand, daß er keine C.D.-Plakette trug. Dann wurde er böse auf sich, daß er so übereifrig war. Wahrscheinlich befand sich irgendwo unter den Passanten oder im nachfolgenden Verkehr der C.I.D.[1]-Mann, der routinemäßig über Kogan Bericht erstattete.

Er warf einen Blick zu dem Haus zurück, in dem Devlin gelebt hatte, doch das Gefühl der inneren Verbindung war verflogen. Die Fenster blieben dunkel – so wie beinah jede Nacht des Jahres. Er begann zu bezweifeln, ob er das Licht tatsächlich gesehen hatte. Es war gleichgültig; es ging ihn nichts an. Sally Devlin war nicht erschienen, und die vierzehn Jahre waren nicht überbrückt worden. Er war eine Zeitlang mit davongetragen worden im Gedanken an sich selbst und den Menschen, der er an dem Tag gewesen war, als er Devlin getroffen hatte. Doch seine Tätigkeit und die Gegenwart hatten sich durch den Anblick Kogons brüsk dazwischengedrängt, und Canfield war wieder der Mensch, der er geworden war. Er

[1] Criminal Investigation Department

bevorzugte den jüngeren, wie er bei sich feststellte. Doch der jüngere war verschwunden – und das war auch Devlin.

Er hob den Arm, um ein Taxi herbeizuwinken, und als es kam, nannte er dem Fahrer als Adresse die Arlington Street. Der leichte Nebel ging in einen feinen Nieselregen über.

Man redete auch bei dem Abendessen in der Arlington Street über Devlins Verschwinden. Molly und Philip Ridley wußten, daß Canfield ein Verehrer von Devlins Werken war und sich eingehend mit ihnen befaßt hatte; so drängten sie ihn, darüber zu sprechen, und er mußte um der drei anderen Gäste willen wieder jene eine Begegnung mit Devlin und ihre dreistündige Unterhaltung schildern.

Philip Ridley hatte die spätere Ausgabe einer anderen Zeitung gesehen und wußte Canfields dürftiger Information etwas hinzuzufügen. »Ich entnahm dem Bericht im Journal, daß er bereits seit einigen Tagen verschollen sein könnte. Er hatte keinen genauen Tag für seine Rückkehr nach Kabul angegeben. Niemand dort stellte Nachforschungen an, wo er war... Verdammt gefährlich, in dem Land allein in einer kleinen Maschine herumzufliegen!«

Die Unterhaltung schwenkte dann zu Elizabeth O'Mara Spence über, und es wurden einige Geschichten über die O'Maras erzählt, gute und schlechte, und dann war es für Canfield Zeit, dem Mädchen, das die Ridleys für ihn eingeladen hatten, anzubieten, es nach Hause zu bringen. Molly und Philip bedauerten sehr, was sie das Pech von Canfields Ehe nannten, und ungefähr alle sechs Monate fanden sie ein neues Mädchen, das, wie sie glaubten, ihm gefallen würde. Sie meinten es so gut, und er wollte nicht undankbar für ihr Interesse erscheinen. Dieses Mädchen war hübsch, doch zu jung, und als sie ihn aufforderte, noch zu einem Drink mit hinaufzukommen, wußte er, es konnte eine Einladung sein, bei ihr zu bleiben. Er fand sie nett genug, doch hatte er das Stadium hinter sich, wo man sich gerne nur für eine Nacht auf etwas einläßt, und dies würde ein Mädchen für eine Nacht sein. So entschuldigte er sich mit einem langen Tag und dachte auch, es überzeugend gemacht zu haben, doch mußte es lahm geklungen haben, denn er fühlte, daß sie durch die Ablehnung verletzt war. Also ging er mit hinauf und nahm einen Drink, viel zu schnell, und küßte sie, auch viel zu schnell und verabschiedete sich. Der einzige Trost, den er im Taxi auf der Fahrt zurück nach St. John's Wood hatte, war die Tatsache, daß er ihr nicht die abgedroschene alte Lüge aufgetischt hatte, bald einmal mit ihr zu Abend zu essen. Er hatte auch das Stadium jener abgedroschenen alten Lügen hinter sich, und er wollte es nicht auf dem Gewissen haben, daß sie so lange auf den Augenblick eines Anrufs von ihm warten würde, bis sie sicher war, ihn nicht wiederzusehen. Er wünschte, er hätte eine routiniertere Art mit Frauen oder mache sich weniger Gedanken darüber, sie auszunutzen, oder aber er würde eine Frau finden, die ihn so zu schütteln und aufzurütteln und auszufüllen vermöchte, daß Liebe nicht nur die Befriedigung eines Bedürfnisses wäre, sondern etwas, in dem er mit Leib und Seele aufginge. Er hatte das bei seiner Frau Linda entbehrt und hatte es bis jetzt auch bei keiner anderen gefunden. Vielleicht gab es das gar nicht. Vielleicht war es seine eigene Schuld – zum Teil seine Schuld und zum Teil die Schuld seiner Tätigkeit, die ihm nicht erlaubte, sein Inneres zu sehr mit einem anderen Menschen zu teilen. So bildeten er selbst und diese Tätigkeit eine höllisch schlechte Kombination, wie er bei sich feststellte.

Er hörte sich die Ein-Uhr-Nachrichten an, doch wurde nichts Neues über Devlin durchgesagt. Seine Gedanken nahmen den Faden jedoch wieder auf, und so hielt er plötzlich dic Enzyklopädie in der Hand und frischte sein Wissen über den Teil der Welt auf, in den Devlin entschwunden war. Während des Lesens erschien es ihm immer möglicher, daß Devlin bereits seit einiger Zeit verschwunden war, ohne daß irgend jemand es bemerkt hatte. Es war ein Land, in dem man verlorengehen konnte, ein Land weiter unbewohnter Gebiete, hoher Plateaus und einer Wüste im Süden, das im Nordosten zu dem gewaltigen Hindukusch aufstieg, dem westlichen Ende des Himalajamassivs. Es gab keine Eisenbahnlinien; die Straßen besaßen keine feste Decke und waren von den Regenfällen im Frühling tief ausgewaschen; ein Viertel der Bevölkerung war Nomaden, es war noch ein Land der Kamelkarawanen, ein Land, das noch in der Zeit der Sagen von Alexander dem Großen und Dschingis-Khan ruhte, das Land der Ruinen von Balkh, mit dem sagenumwobenen Samarkand jenseits des Oxus. Er las auch über die Länder, an die es grenzte – es war wie eine Litanei aus der glänzenden Geschichte der Antike –, Persien, die sowjetischen Staaten Usbekistan und Tadshikistan, die Straße nach

Pakistan über den Khaiber-Paß, und mit einem langen Finger reichte es sogar hoch über den Hindukusch hinüber und berührte China. Es war eines der Länder, wie sie Devlin immer angezogen hatten.

Canfield schien es richtig und passend, daß es so eine Gegend gewesen war, in der er selbst Devlin begegnet war. Er war damals dreiundzwanzig gewesen, seit einem Jahr mit Cambridge fertig und der Tätigkeit als Lehrer überdrüssig, die er angenommen hatte, während er sich nach etwas umsah, was mehr seinen Wünschen entsprach. Es war der letzte Tag seiner zwei Wochen in Connemara, und er war in der Morgendämmerung auf die Berghöhe hinter Roundstone hinaufgestiegen, um zu verfolgen, wie die Sonne ihr erstes Licht den Bergrücken von Twelve Pins entlangwarf, um zu verfolgen, wie der Atlantik erblaßte und dann grün wurde, um schließlich sein frühes Morgenblau anzunehmen. Es war dort oben sumpfig gewesen, mit zahlreichen Tümpeln durch Irlands nie endenden Regen, und große häßliche Kröten waren vor seinen Füßen fortgesprungen. Devlin war jedoch vor ihm dort gewesen, Devlin und seine Tochter Sally; sie waren auf der anderen Seite von dem weißen georgianischen Haus in der Kieferngruppe heraufgekommen, in dem sie wohnten. Devlin grüßte ihn höflich, wie Fremde es in einsamen Gegenden tun. Canfield hatte ihn sofort erkannt, obwohl Devlin sich nicht vorgestellt hatte. Sie hatten sich zu dritt Devlins Regenmantel geteilt, während sie eine Stunde lang dasaßen und zusahen, was die aufsteigende Sonne für eine Wirkung auf jene wilde Landschaft hatte. Er hatte Devlins Zigaretten angenommen, und das Mädchen, Sally, war aufgestanden und herumgestreift, nie außer Hörweite, jedoch mit der Ruhelosigkeit eines Kindes. Wie Canfield sich erinnerte, war sie ein rothaariges, sehr hellhäutiges Kind gewesen, hoch aufgeschossen und zu dünn, und hatte mit ihrer flachen Brust in dem knallgrünen Pullover etwas Jungenhaftes gehabt; die langen Beine hatten in abgewetzten Cordhosen gesteckt. Sie hatte den ausgeprägten markanten Gesichtsschnitt ihres Vaters gehabt und seine grauen Augen mit dem überraschenden Schwung dunkler Wimpern. Die beiden Männer saßen und rauchten, und Devlin hatte von anderen Ländern und Gegenden erzählt, wilderen als diesem, wo er den Sonnenaufgang erlebt hatte, nicht gönnerhaft, sondern als glaube er, Canfield wäre jene Art Mensch, der eines

Tages ebenfalls jene Länder und Gegenden erblicken würde. Das Mädchen Sally war seinen Erzählungen gefolgt, als wären es wohlbekannte, geliebte Geschichten, und hatte ihn gebeten: »Erzähl ihm von Tibet, Daddy – Daddy, erzähl ihm von dem Ort in China ...« Canfield wußte, die meisten dieser Erlebnisse stammten aus den Jahren vor dem Krieg, als Devlin, damals in den Zwanzigern, für eine Londoner Zeitung Auslandskorrespondent im Fernen Osten gewesen war und seine ersten Romane aus jener Umgebung heraus veröffentlicht hatte. Während der Kriegsjahre war Devlin im Mittleren Osten gewesen, bei der Royal Air Force als Flieger; der Krieg hatte ihm die Reife verliehen und zwei Auszeichnungen. Und die beiden in den Jahren gleich nach dem Krieg erschienenen Romane hatten ihm Berühmtheit gebracht. Devlin war ein Mann großer Abenteuerlust und großen Mutes. Er hatte nahe dem Herzen seiner Romane gelebt; für Canfield war er bereits eine legendäre Gestalt.

Schließlich hatte Devlin sich bewegt und erhoben. »Nun, das wär's wohl, meinst du nicht auch, Sal?« Und zu Canfield gewandt, hatte er hinzugefügt: »Warum kommen Sie nicht mit hinunter und frühstücken mit uns?«

Canfield hatte nie genau gewußt, weshalb er abgelehnt hatte; er war sich lediglich deutlich bewußt gewesen, daß ein Mensch wie Devlin aus einer impulsiven Geste großzügig mit seiner Zeit war; die gemeinsame Stunde hatte einen Zauber besessen, der – wie Canfield fürchtete – verblassen könnte, wenn sie zu der sehr irdischen Welt einer Mahlzeit und anderer Menschen hinabstiegen. Devlin könnte entdecken, daß er einen sehr gewöhnlichen, ja sogar langweiligen jungen Mann aufgelesen hatte. Er könnte seine impulsive Einladung bereuen; Canfield fühlte, er hätte eher alles andere getan, als das geschehen zu lassen. Doch hatte er selbst diese seine Entscheidung stets bereut – er hatte Devlin niemals wiedergesehen.

In den darauffolgenden Jahren hatte er sich manchmal gefragt, was für eine Bedeutung jene Begegnung mit Devlin für seine weitere Entwicklung gehabt hatte. Er wußte, daß ihm der Gedanke, sich für immer irgendwo als Lehrer niederzulassen, danach unerträglich geworden war. Er hatte einen schlechtbezahlten, ein wenig riskanten Job in der Fleet Street angenommen, hatte schwer gearbeitet und ebenso unermüdlich geredet und hatte erreicht, daß man ihn als Korrespondent nach Korea schickte. Als er nach England zurückkehrte, fand er seinen Weg unerklärlich viel einfacher, und erst nachdem er als einer der politischen Reservekorrespondenten der Croft-Zeitungen einige Monate lang die europäischen Hauptstädte bereist hatte, begann er zu vermuten, daß man ihn für irgend etwas vorbereitete. Als sie schließlich an ihn herantraten, schien es unvernünftig – abgesehen davon, daß sie es als unpatriotisch hinstellten –, sich zu weigern, die Aufträge, die sie ihm erteilten, auszuführen. Er hatte einen legitimen Grund, sich an vielen Orten aufzuhalten, viele Leute zu interviewen oder einfach vor Cafés auf der Straße zu sitzen und seine Artikel zu schreiben. Anfangs benutzte man ihn lediglich als Kurier, als Verbindungsmann, als Kontaktperson, wobei er sehr oft überhaupt nichts über das Material wußte, das er weitergab.

Er dachte nie von sich, daß er zu jener Schattenwelt gehörte, der er diente, und sah sich nicht als Teil einer Mantel- und Degen-Organisation, da das meiste von dem, was er tat, reine Routinedienste zu sein schienen. Er war sich klar darüber, daß man auf seinen Vorgesetzten bei Croft Druck ausgeübt hatte, denn Canfield wurde manchmal zu abwegigen Orten geschickt, um abwegige Artikel zu schreiben. Auf dem Grund seiner Gedanken war immer die Vermutung, daß dies die Art von Lehrjahren gewesen war, wie Devlin sie absolviert hatte, wenngleich er nicht glaubte, daß Devlin jemals einem anderen Herrn als sich selbst gedient hatte. Canfield hatte während jener Zeit geheiratet, doch die Ehe war kein Erfolg geworden. Linda fühlte sich vernachlässigt, da er so viel unterwegs war, und wenn er zu Hause war, beruhigte er sein Gewissen über den Verrat an seinen Hauptzielen, indem er zwei Biographien schrieb, die ausgezeichnete Besprechungen hatten und von denen zusammen fast achttausend Exemplare verkauft wurden. Dann verließ Linda ihn, und er erkannte zum gleichen Zeitpunkt, daß sich alles sehr anders entwickelte, als er es beabsichtigt und sich vorgestellt hatte. Was als lockendes Abenteuer erschienen war, hatte sich als eintönige schmutzige Arbeit entpuppt; es hatte den Anschein, als wäre die Unschuld des echten Abenteuers für immer mit dem Krieg entschwunden und als gäbe es das einfach nicht mehr, wozu ihn sein Ideal von Devlin begeistert hatte. Er war im Begriff, ein geschickter Schriftsteller zu werden, doch das war auch alles. Und sie hielten ihn mehr und mehr in London fest. Mit der Erfahrung war ihm ein gewisser Einblick in die Dinge zuteil geworden, und so gaben sie ihm nun die Berichte anderer Männer zur Auswertung.

»Sie haben ein ganz beachtliches Talent für Analysen, Josh«, bemerkte Willsden einmal. Er verabscheute Willsden – doch vielleicht war es nicht Willsden, sondern vielmehr dessen Beruf, den er verabscheute. »Sie sind zu schade für die Feldarbeit. Aber es hilft natürlich, die Schreiberei beizubehalten. Bietet eine fabelhafte Deckung. Die Leute fangen an, sich zu wundern, wenn jemand keinen Beruf hat, über den er reden kann.«

So arbeitete er also für die Croft-Zeitungen und für die Regierung Ihrer Majestät, und erst an dem Tage, an dem sie ihm tatsächlich ein winziges, verstaubtes Kabuff als Büro in einer sogenannten Import-Export-Firma zuwiesen, unter dessen Flagge sich diese Abteilung verbarg, begriff er, wieviel ihm bereits entglitten war. Er benutzte sein Bürokämmerchen kaum, doch erwartete man auch nicht von ihm, sich dort regelmäßig zu zeigen. Der andere Teil seines Lebens müßte weiter aufrechterhalten bleiben, sagte Willsden. Sie hielten ihn jedoch für einen ihrer festen Leute, und ein solcher im ermüdenden Gewirr des Geheimdienstes und der Spionageabwehr zu sein, würde, wie er wußte, der Tod jener anderen Seite seines Wesens sein, die einst gehofft hatte, so etwas wie Devlin zu werden. Er fuhr fort zu schreiben und Artikel zu veröffentlichen und Willsden seinen Rat zu geben – wenn er verlangt wurde. Im Geiste innerer Auflehnung schrieb er Gedichte, die, wie er wußte, nie einen Verleger finden würden. Und als er fünfunddreißig wurde, begann er zu fühlen, daß er versagt hatte.

Er hatte nicht sehr viel von jenem Gefühl verwirklicht, das ihn an jenem Tag ergriffen hatte, überlegte er, während er immer noch die Enzyklopädie in Händen hielt und sich an jene Stunde auf der Anhöhe erinnerte. Er hatte sich nicht rückhaltlos genug mit seinem ganzen Ich dafür eingesetzt, jener Mensch zu werden, den er damals im Geiste vor sich gesehen hatte. Sogar jetzt noch verfolgte ihn der Gedanke daran, was wohl geschehen wäre, wenn er mit zum Frühstück zu jenem weißen Haus in der Kieferngruppe hinuntergegangen wäre.

Der Bericht lag auf Canfields Schreibtisch, als er am nächsten Morgen ins Büro kam – jener und ein halbes Dutzend andere.

Er sah sie durch und gelangte schließlich zu dem über Fergus. Fergus war vor einer Woche in Beirut ermordet worden; sie hatten beinahe unmittelbar von seinem Tod erfahren und von dem Verlust des kostbaren Chiffrierkodes, den er bei sich gehabt hatte. Die Einzelheiten lagen nun zum erstenmal vor Canfield, und aus den Seiten des Berichtes traf ihn Devlins Name wie ein körperlicher Schlag.

Fergus war ein Kontaktmann gewesen, und sein letztes Zusammentreffen in Warschau mit einem dort stationierten sowjetischen Staatsbeamten war der Kulminationspunkt vierjährigen geduldigen Bemühens um ihn gewesen. Fergus sollte den Chiffrierkode mitbringen, von dem sie hofften, ihn zwölf Monate lang benutzen zu können, bevor die andere Seite das Leck entdecken und ihn ändern würde. Die ganze Zeit hatten sie den Warschauer Agenten bearbeitet und hatten ihm Geld auf ein Konto in der Schweiz überwiesen; im Laufe des nächsten Jahres würde er dann eine seiner häufigen Reisen nach Genf dazu benutzen, sich aus dem Staube zu machen. Das würde wahrscheinlich das Ende des Chiffrierkodes sein. Doch für ein Jahr, ja sogar für sechs Monate war es all die Mühe wert. Fergus, der Repräsentant einer Maschinenfabrik in Birmingham, hatte seit Jahren Osteuropa und den Mittleren Osten bereist; in Beirut sollte er den Kode übergeben. Aber er war ermordet worden, bevor die Übergabe stattgefunden hatte. Falls er den Kode bei sich gehabt hatte, so war er nicht mehr in dem Hotelzimmer gewesen, wo sein Leichnam und die aufgerissenen Koffer gefunden worden waren.

Mit einem Gefühl der Bestürzung und des Zweifels las Canfield den Bericht noch einmal. Fergus hatte, indem er sich an die seit Jahren befolgte Routine hielt, mit einem Vertreter einer Firma zu Abend gegessen, an die er bereits früher Maschinen verkauft hatte, und war dann in das St. George's Hotel, in dem er wohnte, zurückgekehrt und in die Bar gegangen. Obwohl der Kode erst übergeben werden sollte, wenn Fergus das Zeichen gab, daß er den Augenblick für sicher hielt, den Kontakt aufzunehmen, wurde er bereits beobachtet, und der Beobachter in der Bar hatte gesehen, wie Lawrence Devlin an Fergus' Tisch ging und fragte, ob er sich zu ihm setzen dürfe. Die beiden Männer hatten sich eine Stunde lang bei ihren Drinks unterhalten und waren darauf gemeinsam zum Lift gegangen. Der Beobachter hatte festgestellt, daß der

Lift im zweiten Stock hielt, wo Fergus sein Zimmer hatte, und außerdem im dritten und vierten. Doch hatten sich noch andere Leute in ihm befunden, und so war es dem Beobachter nicht möglich gewesen zu berichten, wo Devlin ihn verlassen hatte.

Am nächsten Tag hatte ein Zimmermädchen Fergus' Leichnam gefunden, und man hatte die britischen Behörden verständigt. Es konnte ein Raubmord gewesen sein, da alle Wertsachen aus dem Zimmer verschwunden waren; Fergus konnte aber auch um des einen wirklichen Wertgegenstandes willen ermordet worden sein, den er bei sich gehabt haben mußte. Die britischen Beamten wollten sehr gerne Devlin sprechen, doch der hatte Beirut bereits verlassen. Als nächste Station hatte er Bagdad angegeben, und in Bagdad wußte man nur, daß er weiter gen Osten unterwegs war.

Der Teil des Berichtes, der sich mit Devlin befaßte, endete dort. Er war vor der Vermißtmeldung von Devlins Flugzeug in Afghanistan geschrieben worden.

Der Bericht maß Devlins Zusammensein mit Fergus keine besondere Bedeutung bei. Es war nichts Ungewöhnliches an Devlins Verhalten – es geschah jeden Tag Hunderte von Malen in all den großen Hotels überall auf der Welt. Und ganz besonders nicht bei einem Menschen wie Devlin, der so etwas schon immer getan hatte. Aber Devlin war dort gewesen, genau zu jenem Zeitpunkt, und Canfields Gedanken kehrten zu dem Anblick von Alexi Kogan vor Devlins Wohnung in der vergangenen Nacht zurück. Er saß da und dachte eine Zeitlang darüber nach; dann hob er den Telefonhörer und verlangte Inspektor Lester von der Sonderdienststelle.

Sie kannten einander flüchtig von früheren Begegnungen. »Lester? – Irgendeine Meldung von einem Einbruch in Lawrence Devlins Wohnung?« Er nannte die Adresse und wartete, während Lester die Anfrage an die zuständige Abteilung weitergab. »Das ist doch der Schriftstellerbursche, nicht?« meinte Lester, als er sich wieder bei Canfield meldete. »Der vermißt gemeldet ist?«

»Genau der.«

»Also, es ist nichts über einen Einbruch gemeldet. Wollen Sie, daß in der Wohnung nachgesehen wird?«

»Ja – wär' vielleicht keine schlechte Idee. Aber diskret, ja? Nicht nötig, ein Theater zu machen. Vielleicht ist es nichts.«

»Darf ich fragen, was es sein könnte?«

»Nein«, erwiderte Canfield einsilbig, nicht willens, sich auf die verschwommenen Zweifel festnageln zu lassen, die ihn erfaßt hatten. »Nur so eine Idee. Oh, und würden Sie nachprüfen, ob jene Adresse zu den regelmäßig aufgesuchten von Alexi Kogan gehört, dem Militärattaché an der Russischen Botschaft.«

»Wird gemacht«, versprach Lester. Eine Stunde später war er wieder am Telefon. »Ich weiß nicht, wo ihr Burschen immer eure Informationen herhabt, aber ich wünschte, wir hätten sie! Es ist tatsächlich eingebrochen worden. Das Türschloß wurde geöffnet, nicht aufgebrochen – sie benutzten sicher einen Schlüssel. Keiner hörte etwas. Es ist ein kleines Haus – nur fünf Wohnungen, jedes Stockwerk eine. Devlins Putzfrau, die regelmäßig kommt, ist erst in zwei Tagen fällig, sagt der Hauswirt.«

»Fehlt irgendwas?«

»Schwer zu sagen. Aber es ist alles ein bißchen durcheinandergewühlt. Papiere aus den Schränken geholt und über den Fußboden verstreut. Der Hauswirt scheint anzunehmen, es fehlten einige Dinge. Weiß es jedoch nicht genau. Sie müssen die Tochter aufstöbern und versuchen, ob sie es Ihnen sagen kann. Und die Putzfrau.«

»Und Kogan?«

»Es liegt keine Meldung vor, daß er jemals dieses Haus aufsuchte. Aber man kann es ja nicht die ganze Zeit beobachten.« Aus Lesters Stimme klang leichte Selbstverteidigung. »Wann war er denn . . .«

Canfield unterbrach ihn. »Gehen Sie jetzt hinüber?«

Lester war milde überrascht. »Das ist doch nichts für die Sonderdienststelle, oder?«

»Könnte sein. Ich weiß es nicht.«

»Dann kümmere ich mich wohl besser darum – wollen Sie das damit sagen? Ich höre, Peterson hat die Sache unter sich. Ich werde ihm einfach sagen, ich möchte einen Blick hineinwerfen. Noch irgend etwas, was ich wissen müßte?« Die Frage war höflich, jedoch ein Befehl.

»Ich werde Sie dort treffen.«

Es entstand eine winzige Pause. »Halten Sie das für richtig? Wir versuchen die Tochter so rasch wie möglich dorthin zu bekommen. Wie soll ich Ihre Anwesenheit erklären?«

Canfield zögerte nur eine Sekunde. Er sollte nicht hingehen, da er dort mit Autorität dieser Art identifiziert werden könnte. Aber er vermochte nicht den Wunsch zu unterdrükken. »Soll sie denken, ich sei ein Mann für die Fingerabdrükke. Sagen Sie einfach nicht, wer ich bin. Wahrscheinlich wird sie mich gar nicht sehen.«

Der Polizeibeamte vor der Tür der Wohnung kam herein und verkündete: »Miß Sarah Devlin.«

Die drei Männer drehten sich um, um sie sich anzuschauen, und sie war wahrhaftig etwas zum Anschauen, wie Canfield feststellte. Er hatte, wie er sich nun gestand, sich nicht einmal vorzustellen vermocht, was für ein Wunder die Verwandlung vom Kind zur Frau vollbringen konnte. Er war froh, daß sie schön war; es wäre ihm ungerecht erschienen, wenn Devlins Tochter sich nicht als schön entpuppt hätte, doch vor vierzehn Jahren war das Endergebnis zweifelhaft gewesen. Er war froh, daß sie es geschafft hatte.

Peterson ließ, obwohl er mit der Untersuchung beauftragt war, seinem Vorgesetzten den Vortritt. Lester ging auf sie zu, um sie zu begrüßen. »Miß Devlin – ich bin Inspektor Lester. Es tut mir außerordentlich leid, daß wir Sie in einer solchen Zeit belästigen müssen...«

»Guten Tag«, sagte sie mechanisch und blieb stehen. Sie hatte auch einen schönen Gang, stellte Canfield fest, und lange, schöne Beine. Das rote Haar des kleinen Mädchens war zu der Farbe von altem Oloroso Sherry gedunkelt; sie trug es fast schulterlang, ringsum gleich lang geschnitten, und der schimmernde Vorhang schwang im Gehen mit. Sie hatte die grauen schrägen Augen, an die er sich erinnerte; sie waren von dem sinnlichsten Wimpernsaum beschattet, den er jemals gesehen hatte. Sie trug einen weißen, nachlässig gegürteten Regenmantel; sie war elegant, doch schien dies irgendwie mehr ein Zufallsergebnis guten Geschmacks, als bewußt angestrebt zu sein. Auch in dieser Hinsicht war sie wie Devlin.

Sie sah Lester kaum an – und Canfield und Peterson beachtete sie überhaupt nicht. Sie stand einfach da, wo sie stehengeblieben war, und schaute sich mit starrem Blick um; sie schien nicht sogleich in sich aufzunehmen, was sie sah, so als kämpfe sie sich frei von etwas, was sie in einem Bann hielt. Es war gewiß ein Bann des Schmerzes und eines unfaßlichen Verlustes, überlegte Canfield.

»Wie Sie sehen, Miß Devlin...« Lester hatte es nicht leicht. Es war schwierig, mit jemandem zu sprechen, der einen in Wirklichkeit gar nicht sah – besonders wenn dies eine schöne junge Frau war. Sie warf ihm nur einen flüchtigen Blick zu, als er zu reden begann, und wandte ihre Aufmerksamkeit unverzüglich wieder dem zu, was ihr in diesem Zimmer vertraut gewesen war und ihr jetzt unbegreiflich fremd erscheinen mußte – die offenen Türen der Wandschränke, die unter den Bücherborden entlangliefen, die Papierstapel auf dem Fußboden, das leere Kaminsims, ein leerer Sockel. Canfield sah, wie ihre Lippen zuckten, und dann hatte sie jenen Bann abgeschüttelt, der sie gefangengehalten hatte. Als sie sprach, klang ihre Stimme erstaunlich fest, und er begriff, daß sie, während sie um sich geblickt hatte, zornig geworden war.

»Wie konnten sie nur so gemein sein! – Ich meine, wie konnte nur jemand so gemein sein! Herzukommen, kaum daß die Nachricht über ihn in den Zeitungen stand – als sie genau wußten, daß er unmöglich hier in seiner Wohnung sein konnte.«

»Haben Sie irgendeinen Grund zu der Annahme, daß es zu dem Zeitpunkt geschah, Miß Devlin? – Wir sind nicht in der Lage gewesen, den genauen Augenblick festzustellen...« Er versuchte es zu vermeiden, ihr zu erzählen, wie der Einbruch entdeckt worden war.

Sie schüttelte den Kopf, und zum erstenmal schienen ihre Augen mehr als die sprechenden Tatsachen des Raumes wahrzunehmen. »Nein, ich weiß es nicht. Ich habe keine Ahnung. Ich vermute... nun, ich vermute, es kann jederzeit geschehen sein, seit Mrs. McCarthy, die Putzfrau, zuletzt hier war. Sie kommt nur einmal die Woche, wenn er nicht da ist. Niemand benutzt die Wohnung, wenn er nicht da ist. Inspektor... tut mir leid, aber ich weiß Ihren Namen nicht mehr. Sie werden mir verzeihen müssen.«

Er hatte es sehr eilig, ihr zu verzeihen; es war erstaunlich, überlegte Canfield, was für einen sofort wirksamen und unverdienten Vorteil eine schöne Frau genoß. »Aber natürlich, Miß Devlin, ich verstehe völlig. Es ist so vieles, womit Sie gerade jetzt fertig werden müssen. Lester ist mein Name. Dies ist Assistenzinspektor Peterson, und... hm... Mr. Canfield nimmt einige Notizen auf.«

Sie sah sie beide nacheinander an. Es war kein Fünkchen eines Erkennens in ihren Augen, als ihr Blick über Canfield glitt. Schließlich war es vierzehn Jahre her, sagte er sich. Er hatte es nicht wirklich erwartet, und in diesem Augenblick, wo er nun dienstlich hier war, hätte er es nicht einmal wünschen dürfen. Zu seiner Überraschung erkannte er, wie sehr er es sich jedoch wünschte. Sie begann nun im Zimmer umherzugehen, sich vorsichtig zu bewegen, ohne etwas zu berühren, während ihre Blicke von den Einbauschränken über die Bücherborde darüber emporwanderten; vor dem Kaminsims blieb sie eine Minute stehen; dann setzte sie ihren Rundgang durch den Raum langsam fort, und der Berufsmensch in Canfield mußte ganz getrennt als solcher ihre Selbstbeherrschung bewundern, die es ihr nicht gestattete, bei jeder neuen Entdeckung aufzuschluchzen. Jener Berufsmensch in ihm beobachtete das Mädchen sehr genau, und der andere Teil seines Wesens wünschte, er müßte sie nicht auf diese Weise beobachten.

Er unterschied sich, wie er vermutete, wohl kaum von den meisten anderen Männern, die sich bei ihrem Anblick wunderten, weshalb sie nicht verheiratet war. Das wundert die Männer doch immer – nicht wahr? –, und es ging sie wahrlich nichts an. Vielleicht hatte sie einfach Verstand genug gehabt, nicht mit neunzehn zu heiraten, um sechs Jahre später festzustellen, daß sie nun erwachsen war und eine andere Art von Mann wollte – wie es ihm und Linda ergangen war. Wenn ein Mädchen einen Vater hatte, der so berühmt war wie Devlin, der ein Mensch war, wie Devlin es gewesen war, blieben ihr zwei Möglichkeiten – sie heiratete entweder sehr jung und versuchte, sich von ihm zu lösen und ein eigenes Leben mit einem anderen Mann aufzubauen, oder sie wartete und hoffte, daß irgendwie ein zweiter Devlin für sie auftauchen würde. Beides war verkehrt. Dieses Mädchen hatte gewartet; er hoffte, sie hatte nicht den Fehler begangen zu glauben, es könnte einen zweiten Devlin geben; er hoffte, sie hatte nur gewartet, weil es sich so ergeben hatte. Sie sah jedoch einsam und verloren aus, wie sie dort stand.

Er überlegte sich, wie sie wohl die Heirat ihres Vaters vor fünf Jahren mit Elizabeth O'Mara Spence aufgenommen hatte. Wie nahm ein Mädchen seines Vaters Heirat mit einer der berühmtesten Frauen seiner Generation auf, mit einer Frau, die obendrein außerordentlich reich war? Canfield erinnerte sich an das Verhalten des kleinen Mädchens auf jenem Connemara-Berg, an die Art von Besitzrecht, das es auf Devlin geltend gemacht hatte, voll sicherem Vertrauen auf seine Aufmerksamkeit. Zwar hatte sie den größten Teil ihrer Kindheit allein in Internaten verbracht, doch hatte Canfield über die Jahre hinweg aus Zeitungsnotizen und Fetzen von Fleet Street-Klatsch erfahren, daß Devlin aus jedem Teil der Welt, in dem er sich gerade aufhielt, zurückgekommen war, um mit ihr die Ferien zu verbringen, und daß sie selbst ins Flugzeug gestiegen war, um Sommermonate mit ihm im Fernen Osten zu verleben; und es hatte Weihnachtsfeste in Städten wie Madrid und Rom für sie gegeben – wahrlich Balsam genug für jedes Kindes Ego. Sie mußte einundzwanzig gewesen sein, als ihr Vater Elizabeth O'Mara Spence heiratete, also alt genug, um fähig zu sein, Devlin freizugeben – aber wie hatte sie ihn freigegeben? Canfields Gedanken kreisten um die Begegnung eines Mädchens jenes Alters mit einer Frau über Fünfzig – einer Frau wie Elizabeth O'Mara Spence. Es erschien ihm jetzt merkwürdig, daß er sich an keine Zeitungsnotizen über derartige Begegnungen zu erinnern vermochte.

Was auch immer die Heirat Sally Devlin angetan haben mochte, sie hatte Devlin ebenfalls verändert – man brauchte ihm nicht nahezustehen, um das zu wissen. Seit der Heirat hatte er keine Romane mehr veröffentlicht. Devlin schien sich plötzlich als ein Reporter zu geben, und genau das war Elizabeth O'Mara Spence auf hervorragende Weise gewesen, und viele Leute meinten, das hätte er ihr überlassen sollen. Er war der Kritiker geworden, beinahe der richtige Fachmann, wo er einst der schöpferische Künstler gewesen war. Canfield wußte, er selbst war nicht der einzige, der diese Wandlung bedauert hatte.

Jeder hatte vermuten können, daß die Heirat mit Elizabeth O'Mara Spence Devlin zum Herzen der internationalen politischen Welt ziehen würde, in der sie ihr ganzes Leben verbracht hatte, doch nicht viele hatten voraussehen können, daß er sich dem so völlig verschreiben würde. Seine Reisen wie das, was er schrieb, schienen nicht mehr wie früher fast aus einer Laune des Augenblicks heraus unternommen worden zu sein; sie wurden in einem Maße gezielt und zweckgebunden, daß man es merkte. Er reiste, immer von Elizabeth O'Mara Spence begleitet, dorthin, wo die Krisenherde waren oder wo seine

Frau mit ihrer legendären Nase für solche sie als nächstes vermutete. Was er in jenen Jahren geschrieben hatte, handelte von den Gegenden in der Welt, wo Unterdrückung und Armut den Brand entfacht hatten und wo die Revolte bevorstand – Südamerika, Nord- und Südafrika, der karibische Raum. Die Berichte waren voller Nachdruck und Schärfe und tiefen Mitgefühls. Und was beinah genauso wichtig war, sie fanden einen großen Leserkreis. Canfield dachte an die Briefe aus Südafrika, die zuerst in Whitney Spences weitverbreiteter Zeitschrift veröffentlicht worden waren und von denen dann dreitausend Stück in einer Taschenbuchausgabe verkauft wurden. Doch der Verfasser schien fast genauso unglücklich und zerquält zu sein wie das, worüber er schrieb, als erkenne er zu spät, daß er nie wieder zu jener nun verlorenen Unschuld der Zeit zurückkehren könnte, in der er zweckfreie Bücher schrieb. Wahrscheinlich waren es vor allem die Sachen über Südafrika, die Devlin den Friedenspreis einbrachten, doch hatte der Preis gewisse politische Obertöne, so als sei er ein Ritterschlag, der mit der O'Mara-Familie zu teilen war und vielleicht sogar mit Whitney Spence. Damals hatte Canfield sich überlegt, daß es schließlich wenig genug Kandidaten für den Friedenspreis gab und daß das Nobelpreis-Komitee auch nur Menschen waren, und die Publicity um Lawrence Devlin und Elizabeth O'Mara Spence war gewaltig gewesen.

Sie hatte in Oslo neben ihm gestanden, und die Bilder von ihnen beiden hatten ihren Weg in die meisten Zeitungen der Welt gefunden und waren die natürliche Wahl für die Leitartikel gewesen, mit denen die meisten Redakteure ihr Jahr beschließen. Die Auszeichnung Devlins hatte bei der europäischen Presse große Zustimmung gefunden, auch bei Berücksichtigung der leichten noch vorhandenen Eifersucht, die die meisten gegen Elizabeth O'Mara Spence hegten. Canfield hätte gerne gewußt, wieweit es eine Befriedigung für Devlin selbst gewesen war.

Sally Devlin hatte ihren Rundgang durch das Zimmer beendet und stand wieder dort, wo sie ihn begonnen hatte, vor der Bücherwand. Während sie sie betrachtete, ließ sie sich plötzlich vor einem der Papierstapel auf die Knie nieder. Es lag eine gewisse Unsicherheit in der Art, mit der sie den Stapel durchzusehen begann, so als wisse sie nicht, ob sie diese Aufgabe beginnen solle oder nicht. Von dem ersten Stapel rutschte sie zu einem zweiten und von dort zu einem dritten. Dann wandte sie sich, immer noch auf den Knien, den Wandschränken mit den weit offenstehenden Türen zu, nahm unentschlossen Umschläge in die Hand, tat einen raschen Blick hinein und legte sie wieder zurück. All dies geschah in völliger Stille. Lester war ein sehr geduldiger Mann; er glaubte, daß es sich bezahlt machte, und so trieb er sie nicht zur Eile an. Canfields Blicke ließen das Mädchen die ganze Zeit kaum los, die schlanke Gestalt in dem weißen Regenmantel, deren Schultern dann und wann zu beben schienen. Sie hielt ihr Gesicht von ihnen abgewandt; gelegentlich hob sie eine Hand, als wische sie eine nutzlose Träne fort. Es war ein schrecklicher Tag, sie herholen zu müssen und die Sachen ihres Vaters durchsehen zu lassen, überlegte er, wo die Nachricht noch ungewiß war. Es war, als wären sie, er und Lester, entschlossen, jene Ungewißheit in ihr zu töten, als wollten sie beweisen, daß Devlin tot sei. Bis sie hier fertig war, würde ihr so gut wie alle Hoffnung geraubt sein.

Schließlich setzte sie sich auf die Fersen zurück, und die Schultern vollführten eine sehr sprechende, besiegte Gebärde.

»Vielleicht können Sie uns jetzt eine Vorstellung von dem geben, was fehlt, Miß Devlin?«

Sie sah sich nach ihnen um; jetzt, wo Canfield Zeit gehabt hatte, sich an die Schönheit des gereiften Gesichtes zu gewöhnen, vermochte er die Einzelheiten deutlicher wahrzunehmen. Sie hatte sich hinter einer guten Fassade verborgen, als sie mit dem entschlossenen Willen hereingekommen war, die Angelegenheit rasch zu erledigen und das Mitgefühl der Männer nicht in ihre Zuversicht einbrechen zu lassen. Sie war noch nicht bereit gewesen zu glauben, daß Devlin tot war; doch nun, nachdem sie hier war, seine Sachen berührt und seine Aufzeichnungen durchgesehen hatte, war sie wehrlos. Ihr Gesicht war nun von Zweifel und Furcht beschattet; man sah, daß jene großen Augen absichtlich weit geöffnet waren, um die Müdigkeit einer schlaflosen Nacht zu bekämpfen.

»Was fehlt?« Sie machte eine Gebärde der Hilflosigkeit. »Ich weiß es nicht.«

»Sie können uns gar keinen Hinweis geben?« Lesters Stimme klang beinahe streng. Er war geduldig genug gewesen.

»Oh ...« Ihre Augenlider flatterten rasch auf und zu. »Sie meinen natürlich die übrigen Sachen. Entschuldigen Sie ... Ich dachte an die Aufzeichnungen. Nun, da war zuerst einmal das Jadepferd. Ziemlich klein, aber hübsch. Und vermutlich auch recht wertvoll. Und dann war da eine chinesische Schale. Die war, glaube ich, sehr wertvoll. Er lachte immer darüber und erzählte, daß der Chinese, der sie ihm schenkte – es war irgendwann vor dem Krieg –, ihm sagte, wenn er jemals dringend Geld brauchte, würde die Schale sein Geld sein. Er pflegte sie den Familienschmuck zu nennen.« Ein schwaches Lächeln huschte um ihren Mund. »Und dann ... o ja, da war ein Gebetbuch mit Handmalereien, vierzehntes Jahrhundert. Und eine vorkolumbianische Tonfigur ... aus Mexiko«, fügte sie hinzu, als Lester erstaunt ein wenig die Brauen hob.

»Ich vermute, die Versicherungsgesellschaft wird eine genaue Beschreibung all dieser Gegenstände haben, Miß Devlin?«

»Die Versicherungsgesellschaft? Ja ... ich nehme es an. Ich nehme an, sie sind versichert.«

»Waren diese Dinge Mr. Devlin nicht sehr kostbar?«

»Aber ja, natürlich. Er hing sehr an ihnen. Die meisten waren Geschenke ... er hatte viele Freunde in der ganzen Welt. Und während des Krieges schickte er die Sachen, die er am liebsten hatte, zur Aufbewahrung nach Irland. Wir verloren eine ganze Menge, als unser Haus in Chelsea zerbombt wurde. Doch diese waren die besten ...« Sie versuchte einen kleinen Scherz zu machen. »Ich muß sagen, wer immer es war, er hat guten Geschmack bewiesen ... aber ich frage mich, weshalb er nicht den Braque und den Dürer mitnahm! Sie sind viel offenkundiger wertvoll als eine kleine rauhe Tonfigur.«

»Nun, wir werden das ergründen müssen, Miß Devlin. Manche Diebe sind sehr spezialisiert. Möglicherweise ist es eine Spur ... Und was ist nun mit den Papieren? Wären Sie imstande, uns zu sagen, ob etwas fehlt? Manuskripte zum Beispiel?«

»Manuskripte?« Ihre Stimme stutzte, hörte auf vertraulich zu sein und wurde sachlich trocken. »Nein, keine Manuskripte, Inspektor. Die sind schon der Harvard-Universität gegeben worden.«

»Harvard? Aber Devlin war doch im Trinity College, Dublin!« Canfield hatte vorgehabt, während des gesamten Interviews den Mund zu halten, doch waren ihm diese Worte unwillkürlich entschlüpft. Nun war es jedoch zu spät. Er konnte sehen, wie Lester beinah unmerklich den Kopf schüttelte und wie ihr Blick sich scharf auf ihn richtete.

»Das wußten Sie? Nun ja, er war im Trinity College. Er beendete sein Studium nicht – ging statt dessen nach China. Aber er hielt sich immer für einen Trinity-Mann.«

Nun war es Lester, der fragte: »Aber weshalb dann Harvard, Miß Devlin?«

»Es waren die O'Maras, die in Harvard studierten, Inspektor.«

»Ach so.« Er wurde wieder ganz amtlich. »Sonst noch was, Miß Devlin?«

»Ich kann es nicht mit Sicherheit sagen. Vielleicht ...«

»Ja?«

»Vielleicht seine Tagebücher ... die Bücher mit seinen Aufzeichnungen für die Romane. Vielleicht hat er sie aber auch nur woanders hingetan.«

»Sie wurden nicht mit den Manuskripten Harvard vermacht?«

»Ich glaube nicht. Aber es war hier so viel, daß ich es nicht genau weiß. Ich weiß nicht, wie ich es nachprüfen soll.«

Lester beugte sich ein wenig zu ihr hinunter, und seine hohe Gestalt hatte etwas Beschützendes. »Warum nicht?«

»Weil so viel da war, deshalb.« Sie hob erneut die Hände und umfaßte mit dieser Gebärde die gesamte Bücherwand mit den Schränken darunter, die Massen von Papieren, die sie auf dem Boden und in den Borden sah. »Er ist kein sehr methodischer Mensch ...«

Canfield fiel auf, daß, wenn sie von ihm sprach, die Zeiten von Gegenwart zu Vergangenheit und wieder zurück wechselten. »Wir sind in der Beziehung gleich. Sie wissen, er reist eine ganze Menge ... hat es immer getan. Er schreibt während dieser Reisen. Er braucht sich dafür nicht an einen Tisch in ein Arbeitszimmer zu setzen. So schreibt er auf dem Papier, das er gerade zur Hand hat. Mit der Hand ... in Schreibhefte – wenn er ordentlich ist. Gewöhnlich jedoch auf die Rückseite von Briefumschlägen. Ich habe erlebt, wie er am Ende einer Reise einen ganzen Koffer voller Zettelchen ausleerte ...«

»Bemerkenswert«, murmelte Lester.

»Oh, er findet sich immer in ihnen zurecht«, erklärte sie rasch, als befürchtete sie, ihre Worte hätten als Kritik aufgefaßt werden können. »Er ordnete sie und ließ sie abtippen – ziemlich oft machte ich das für ihn –, und irgendwie paßten sie alle zusammen. Wenn er sie dann alle sortiert hatte, ergaben sie ein Kapitel! Es war gar nicht so schwierig, wenn man sich einmal an seine Arbeitsweise gewöhnt hatte. Aber Sie sehen ja ... er hob alles auf. Nie warf er etwas weg. Er begann oft mit etwas – Kurzgeschichten, Artikeln und legte sie dann beiseite. Er sagte stets, dies wären die Dinge, zu denen er zurückkehren würde, wenn er zu alt sei, um in der Welt herumzubummeln ...« Ihre Stimme verstummte. Während sie über Devlin sprach und Lester seine Arbeitsweise erklärte, waren ihre Gesichtszüge und ihre Stimme von lebhafter Wärme erfüllt gewesen. Es war kein Optimismus, überlegte Canfield, denn in jenen Augenblicken hatte sie vergessen, was Devlin widerfahren war. Sie hatte vergessen, daß sie wartete. Doch nun kam die Erkenntnis wieder, daß es für Devlin möglicherweise nie jene Zeit des Altseins geben könnte.

Sie wandte das Gesicht ab und wieder den Wandschränken zu. »Sie sehen also«, meinte sie tonlos, »ich weiß es nicht ... Sie werden ihn fragen müssen, Inspektor. Sie werden ihn fragen müssen, wenn er zurückkommt.«

Sie blieb den ganzen Nachmittag und arbeitete mit Lester und Peterson im Bemühen, eine Liste der fehlenden Gegenstände zusammenzustellen. Canfield blieb ebenfalls, obgleich er, wie er genau wußte, das nicht hätte tun sollen; als die Fingerabdruckmänner fortgegangen waren, nahmen sie sich die beiden Schlafzimmer vor, und Canfield schloß sich ihnen an, ein wenig beschämt über seine Neugier, jedoch gegen seinen Willen fasziniert von dem Anblick des Mädchens, wie es jede Schublade und jedes Schrankfach durchging und alles mit einer liebevollen und sorgfältigen Langsamkeit prüfte, die den Männern, die sie beobachteten, viel verriet. Sie mußte, so dachte Canfield, nahe drauf und dran sein, sie zu hassen, wie sie dort standen – waren sie doch sowohl für sie wie für Devlin völlig fremde Menschen –, während sie ihres Vaters persönliche Dinge Stück für Stück berührte und in die Hand nahm. Er hielt seine Vermutung für zutreffend, nach der Devlin diese Wohnung nicht aufgegeben hatte, weil dadurch ein Glied zu seiner Vergangenheit mit seiner Tochter zerbrochen wäre. Das Mädchen schien seine Sachen mit einer Art eifersüchtigem Besitzanspruch zu berühren, der jeden warnte, ihr diese wegzunehmen. Er bemerkte, daß sie immer noch ein Paar Manschettenknöpfe in der Hand hielt, als sie zum zweitenmal ans Telefon ging, um Jackson Hayward, Devlins Verleger, anzurufen.

»Mr. Hayward? – Hier ist Sally. Haben Sie was Neues gehört? – Irgendwelche Nachrichten?«

Und nach der Kürze der Antwort, die sie nicht hören konnten, war diese negativ. »Nein – ich bin in Ordnung«, sagte sie darauf. »Das ist sehr nett von Ihnen – aber ich glaube, es ist besser, ich bin heut' abend zu Hause. Es könnte ja eine Nachricht kommen. Er könnte versuchen, mich zu erreichen. Ich rufe zurück, falls ich irgendwas höre ...«

Als sie fertig waren, hatte sich die Dämmerung über die Stadt gelegt, und der dröhnende Lärm des abendlichen Berufsverkehrs drang laut durch die geschlossenen Fenster. Sie schien müde und doch noch nicht bereit zu gehen. Um sechs Uhr rief sie ein letztes Mal Jackson Hayward an. Sie befanden sich alle wieder mit ihr im Wohnzimmer und konnten nicht so tun, als wüßten sie nicht, worum das Gespräch ging. Als sie den Hörer auflegte, war ihr Gesicht weiß und gespannt, und sie standen da wie angewurzelt und wußten nichts zu sagen. Dann verzogen sich ihre Lippen zu einem unnatürlichen Lächeln; sie schluckte, und die Worte kamen vor Anstrengung, sie überhaupt zu sagen, mit sehr hoher und schriller Stimme heraus. »Er würde es ganz und gar nicht richtig finden, daß wir hier den ganzen Nachmittag so gearbeitet haben und nun ohne einen Drink gehen. Wie ich sehe, haben Sie das Getränkefach nicht angerührt. Ist Scotch recht?«

Lester bewegte sich unbehaglich. »Also, ich glaube wirklich, Miß Devlin, wir sollten nicht ...«

»Ach, kommen Sie, Inspektor – nur einen für den Weg!« Es war fast eine Bitte. Sie holte bereits die Flasche und die Gläser aus einem der Wandschränke. »Mein Vater ist ein großer Anhänger jenes letzten Glases für den Weg.«

Doch als sie die Gläser eingeschenkt hatte, wußte sie nichts mehr zu sagen. Die drei Männer unterhielten sich mühsam und ungeschickt miteinander, während sie an dem Fenster stand, das den Blick über den Park freigab. Canfield vermochte in der dunklen Scheibe den erleuchteten Raum und das Spiegelbild ihres Gesichtes zu sehen. Ein Wind erhob sich und warf sich gegen das Haus, als wolle er in das Licht und die

Wärme einbrechen. Ein Zittern überlief sie, und sie stellte ihr leeres Glas fort.

»Wann ungefähr, meinen Sie, Inspektor, beginnen in Afghanistan die Schneefälle?«

Gegen alle Regeln und gegen sein eigenes Gefühl der Vorsicht fuhr Canfield mit Sally Devlin und Lester im Dienstwagen zurück. Peterson ging zu Scotland Yard zurück, und Lester bot Sally an, sie nach Hause zu fahren; Canfield schloß sich ihnen unaufgefordert an. Es war für ihn ein Schock zu hören, wie sie die Adresse in Maida Vale angab, und dadurch zu erkennen, daß sie nur weniger als einen Kilometer voneinander entfernt wohnten, und das wahrscheinlich schon seit Jahren. Sie schwiegen, als der Wagen sich seinen Weg durch den Verkehr am Marble Arch bahnte, der nicht besser zu fließen schien als früher, bevor sie den ganzen Platz aufgewühlt und umgemodelt hatten. Während sie in einer dichtgedrängten Verkehrsstauung in der Edgware Road warteten, warf Canfield, der neben dem Fahrer saß, einen Blick nach hinten und sah, daß sie sich eine neue Zigarette an der Glut der alten anzündete, und er fragte sich, ob sie wohl immer so viel rauche wie an diesem Nachmittag. Es gab so vieles, was er sich über Sally Devlin fragte, was er gern über sie wissen wollte – es war mehr als ein bloßes Sichfragen.

»Inspektor?« Sie tat einen langen Zug an ihrer Zigarette, und ihre Stimme klang nachdenklich.

»Ja, Miß Devlin?«

»Wann werden Sie mit der Wohnung fertig sein – ich meine, wann kann ich alles wieder in Ordnung bringen? Mrs. Mc Carthy wird es wissen wollen.«

»Tja – das weiß ich nicht genau. Wir werden im Höchstfall noch ein oder zwei Tage brauchen. Mrs. McCarthy werden wir natürlich auf die übliche Weise verhören müssen. Ich schlage vor, Sie bleiben mit den Anwälten Ihres Vaters in Verbindung, da sie die Sache mit der Versicherungsgesellschaft abwickeln werden ...«

»Seine Anwälte?« Sie zuckte leicht die Achseln. »Die haben seit Jahren nichts für ihn getan. All seine ... Angelegenheiten sind ins Ausland verlegt worden.«

Nun begann Lester nach einer Zigarette zu suchen. Er ließ sich Zeit mit dem Anzünden. »Also, soviel ich verstand, ist es die Anwaltsfirma, die die Interessen der O'Maras in London wahrnimmt. Sie haben sich bereits an uns gewandt und uns mitgeteilt, daß sie Mrs. Devlins Vollmacht haben, die Wohnung zu übernehmen, sobald wir dort fertig sind. Soviel ich weiß, darf vorläufig...«, er hielt unbeholfen inne, »... nichts aus ihr entfernt werden.«

Ihr Gesicht war durch die Dunkelheit im Wagen beschattet, doch schien Canfield ihre Stimme fast vor Zorn zu beben. »Und wer, Inspektor, sind die O'Mara-Anwälte?« Sie haßte es, diese Frage einem Fremden stellen zu müssen; es war, als sei sie plötzlich sowohl ihres Stolzes wie ihres Besitzes beraubt worden.

Er antwortete so beiläufig, wie er es vermochte, so als habe er die Bedeutung ihrer Frage nicht verstanden. »Funston and Brown – Gray's Inn.«

Und danach sagte keiner von ihnen mehr etwas, bis der Wagen bei Maida Vale abbog, wo der Regent's Park Kanal aus seinem Tunnel unter St. John's Wood auftaucht. Die Blätter der Bäume entlang des Kanals schwebten in das dickflüssige, ölige Wasser hinunter; die Straßenlampen beleuchteten die alten georgianischen und viktorianischen Häuser mit ihrem frischen Anstrich und die gläsernen Ausbuchtungen der Veranden an den Seiten einiger von ihnen. Einige waren vollendet schöne Häuser, andere häßliche Steinhaufen, doch atmeten sie alle die recht selbstgefällige Luft eines neu in Mode gekommenen Viertels und hoher Mieten.

»Hat sich tüchtig verändert, dieser Teil von London – seit dem Krieg«, meinte Lester. »Früher war er mal in Mode, auf sehr gut bürgerliche Weise, dann ging es abwärts mit ihm, und nun ist er wieder salonfähig.«

»Nun«, erklärte Sally, »ich wohne am Rande des Salons, doch mietete ich es, als es hier billig war. Seitdem bin ich immer pleite. Vielen Dank, Inspektor – dort ist es, an der Ecke. Die Tür in der Mauer. Ich habe das Atelier.« Sie machte einen Versuch, so zu tun, als sei dies ein routinemäßiger gesellschaftlicher Anlaß; es gab, wie sie alle wußten, keine Regeln für Augenblikke, in denen einem das Herz wund und krank war.

Der Fahrer wendete an der Willet Road. Sie befanden sich beinahe schon in Paddington, und was sie über dieses Stadtviertel gesagt hatte, war wahr. Der Modetrend hatte bereits sämtliche Kleinode weiter oben in Richtung Edgware Road entdeckt und griff nun auf diese alte viktorianische Gegend über. Viele der Häuser wiesen noch einen abblätternden Anstrich und eine Vielzahl verschiedener billiger Gardinen an den Fenstern auf. Die Vorhut der Mode hatte jedoch zum Angriff angesetzt, und ein oder zwei Häuser der Reihe trugen einen glänzend weißen Anstrich und farbige Haustüren zur Schau. Innerhalb von fünf Jahren würden die Mieten dreimal so hoch sein und der Großteil der gegenwärtigen Bewohner weiter gen Westen gezogen sein. Sally Devlin bewohnte das freistehende Atelier eines Hauses, das zum Kanal lag – eines Hauses mit frischem Anstrich. Die Tür in der hohen Mauer, zu der sie zeigte, war jedoch von einem verschossenen, unschicken Grün und hatte einen rostigen, eisernen Türklopfer und einen Klingelzug, an dem der Griff fehlte. Canfield stieg noch vor dem Fahrer aus und ging um den Wagen herum, um ihr den Schlag zu öffnen. Sie bedachte ihn mit einem schwachen Lächeln, doch war es rein mechanisch; er war einer der vielen Menschen, die an jenem Nachmittag auf sie eingedrungen waren, und sie erwartete nicht, ihn jemals wiederzusehen. »Danke sehr...« Sie erinnerte sich nicht mehr an seinen Namen. Ganz gut, überlegte er.

Lester stand neben ihr auf dem Bürgersteig. »Vielen Dank für Ihre Hilfe, Miß Devlin. Wir wissen es sehr zu schätzen. Falls noch irgend etwas sein sollte, kann Assistenzinspektor Peterson Sie dann hier anrufen?«

»Ja – hier oder bei Tyne and Townsend. Ab morgen bin ich wieder dort – außer wenn irgendeine Nachricht über meinen Vater kommt.«

Tyne and Townsend war ein Verlag, der auf teure Kunstbücher spezialisiert war; Canfield erinnerte sich, daß es eine Tochterfirma von Jackson Hayward war.

Lester blickte von seinem Notizbuch auf. »Sie werden dann also nicht in die Schweiz fahren?«

»In die Schweiz? – Weshalb sollte ich dorthin fahren wollen?« fragte sie rasch.

Lester begriff, daß er einen taktlosen Fehler gemacht hatte. »Verzeihen Sie – ich glaubte mich dunkel zu erinnern, daß Mrs. Devlin dort lebte.«

Die Erwiderung kam schroff und unumwunden, so als denke sie, sie könne nun, wo sie bereits so viel gesagt hatte, auch ebensogut alles sagen. »Sie lebt allerdings dort – und ich werde nicht hinfahren. Es sei denn, sie finden ... Ich habe Mrs. Devlin nie kennengelernt. Gute Nacht, Inspektor.«

Das Klappern ihrer hohen Absätze erklang scharf und zornig auf dem Pflaster. Lester zuckte die Achseln und warf Canfield mit hochgezogenen Brauen einen Blick zu. Sally Devlin glitt mit der Hand zum Riegel der Pforte und stieß sie auf. Sie vermochten einen gepflasterten Weg zu erkennen, der zwischen rußigen Brandmauern hindurchführte, die das kleine Atelier von den beiden benachbarten Häusern trennten; ferner eine dicke Platane, deren Stamm von Efeu umsponnen war und deren Blätter herunterglitten, um feucht auf dem Weg haftenzubleiben. Am Ende des Weges befand sich die Tür des Ateliers; sie stand offen, und Licht flutete aus ihr in das Gärtchen. Sie sahen einen Mann wartend in ihr stehen. Er machte einige Schritte auf Sally zu, und sie trafen sich auf dem Weg. Bevor die Pforte zur Straße zufiel, sahen die beiden Männer, wie er Sally Devlin in die Arme nahm und sie voll auf den Mund küßte. In dieser Sekunde erkannte Canfield, daß er seine Zeit verschwendet hatte, sich den Kopf über den Mann oder die Männer in Sally Devlins Leben zu zerbrechen. Dann fiel die Pforte in der Mauer zu, und alles, was ihnen blieb, war der Schein des Lichts aus dem Atelierfenster, der auf die fast kahlen Äste der Platane fiel.

»Na ja«, meinte Lester und kletterte in den Fond des Wagens. »Sie hat also wenigstens jemanden, der sie trösten kann.«

»Ja«, sagte Canfield. Er folgte Lester in das Auto, warf sich in die Ecke des Sitzes und ließ den Kopf mit halbgeschlossenen Augen nach hinten sinken. Aus irgendeinem Grunde hatte die Szene, die er gerade mit angesehen hatte, ihn mit einem Gefühl der Unzufriedenheit und trotziger Unternehmungslust erfüllt, als dränge es ihn, sich zu betrinken oder etwas Ungewöhnliches zu tun, was außerhalb seiner Routine lag. »Wie wär's«, fragte er den anderen Mann, »wenn Sie noch mit zu mir kämen? Mir ist nach der anderen Hälfte jenes Scotchs zumute.«

Lester schaute auf seine Uhr. »Also gut«, erklärte er prompt. »Meine Frau ist heut' abend auf ihrer Konservativenversammlung. Vermutlich wartet nur kaltes Fleisch zum Abendbrot auf mich...«

»Haben Sie jenen Mann erkannt – den bei Sally Devlin?« unterbrach Canfield ihn.

»Kann ich nicht behaupten. War's jemand, den ich hätte kennen müssen?«

»Nicht unbedingt. Sein Name ist Halstead. Robert Halstead. Sein Bild erschien vor einem Jahr ziemlich oft in den Zeitungen. Er ist einer jener Wunderknaben der Finanzwelt. Der jüngste Direktor, den Hadley and Nichols jemals in den Vorstand berufen haben. Mit seinen fünfunddreißig Jahren ist er mehr als ein ›kommender Mann‹. Er ist bereits angekommen.«

»Gut für ihn«, bemerkte Lester.

»Gut – ja. Ich vermute, sie ist der Typ, der immer auf die Füße fällt. Ich meine – sie hat Devlin verloren, hat aber Halstead, der auf sie wartet.« Er wußte, er war ungerecht, doch war es ihm egal. Die flüchtige Szene hatte ihn sehr eigenartig berührt.

»Warum sollte es für sie keinen Halstead geben?« gab Lester milde zu bedenken. »Sie ist eine sehr schöne junge Frau.«

»Das ist auch kein Wunder«, entgegnete Canfield schnell, als wäre das nichts, wofür sie den Verdienst für sich beanspruchen könnte. »Ihr Vater war ein sehr gut aussehender Mann.«

»Sie meinen, er ist tot?«

»Natürlich ist er tot. Er muß es sein.« Er sagte Lester nicht, daß die Situation viel schlimmer war, falls Devlin nicht tot war. Er beugte sich zu dem Fahrer vor. »Um die nächste Ecke. Das zweite Haus links.«

Es war ein hohes, würfelförmiges georgianisches Haus, das sein Vater ihm vererbt hatte – es war die gesamte Erbschaft gewesen. Es war im Krieg von Bomben arg mitgenommen worden, und als er, nachdem Linda ihn verlassen hatte, in das Erdgeschoß gezogen war, hatte er damit begonnen, es umzuändern und zu reparieren und jedes Stockwerk zu einer abgeschlossenen Wohnung zu machen. Es war eine langsame und teure Prozedur gewesen, und wenngleich er einen beträchtlichen Teil der Arbeiten selbst gemacht hatte, schlug er sich immer noch damit herum, sein überzogenes Konto bei der Bank wieder aufzufüllen. Längst hatte es aufgehört, ihn sonderlich zu interessieren, außer als eine Aufgabe, die zu Ende geführt werden mußte; seine eigene Wohnung kam als letzte dran – weil dies St. John's Wood war, nannten die Wohnungsmakler es die Gartenwohnung – sie befand sich nun schon seit einem Jahr in einem halbfertigen Zustand, weil niemand und nichts ihn zu überzeugen vermocht hatte, daß es wichtig und nötig war, sie fertigzustellen.

Es überraschte ihn daher, wie Lester, als er sein Whiskyglas entgegennahm, höflich sagte: »Danke – nette Wohnung haben Sie hier.«

»Sie ist fürchterlich langweilig«, brummte Canfield zurück. Nie hatte er erwartet, daß jemand je so etwas sagen würde, nicht einmal aus Höflichkeit, und so wußte er nicht, wie er es verstehen sollte.

»Oben sind noch vier Wohnungen«, fügte er hinzu, da Lester ihn bei seiner Antwort erstaunt ansah. »Ich habe eine Menge selbst gemacht – mit Ausnahme des elektrischen Krams und der wichtigsten Wasserleitungen – ich habe da einen friedlichen Bauunternehmer, der für ein bißchen Überredung seinen Stempel unter das setzt, was ich selbst mache.« Unvermittelt hielt er dem Inspektor die Hände hin. »Sehen Sie die Narben? – So oft rutschte der Schraubenschlüssel ab oder traf der Hammer die verkehrte Stelle. Ich sage Ihnen, das ist eine mühsame Sache!« Er warf sich in einen Sessel, der unter seinem Gewicht protestierte, und nahm einen langen Schluck von seinem Whisky. Dann grinste er Lester an. »Das Ganze wird furchtbar langweilig, wenn man plötzlich erkennt, wieviel Zeit man sich den Kopf über das warme Wasser zerbricht. Und ich habe so viele Tapetenbahnen geklebt, daß ich nachts Bahnen statt Schafe zähle. Ich habe es satt, ein Hausbesitzer zu sein.«

Nach einem Rundgang durch den Raum setzte Lester sich schließlich in den Sessel Canfield gegenüber. Lester hatte, wie Canfield wußte, nachdenklich die Bücherborde – begonnen und nicht fertiggestellt – betrachtet, die allgemeine Unordnung des Zimmers und den kleinen erleuchteten Platz hinter der Flügeltür wo er versucht hatte, einen Steingarten anzulegen, der aber nicht so recht gelungen war – er gestand Lester im stillen, daß er nicht das feine Fingerspitzengefühl der Japaner für Steine besaß. Die ganze Wohnung war eine einzige große Unordnung, und er wußte es. Jeder, der hierherkam, versicherte ihm, sie brauche eine Frau – vor allem die Frauen selbst. Und er sagte sich, zum Teufel damit, es sei denn, er fände die richtige Frau.

Lester schwenkte nachdenklich seinen Whisky. »Also Josh

– was hat das Ganze zu bedeuten?« Zum erstenmal nannte er Canfield beim Vornamen.

Canfield erzählte ihm, wie er Kogan vor Devlins Haus gesehen hatte; und er erzählte ihm widerstrebend von der Begegnung zwischen Devlin und Fergus und den Überlegungen, die diese bei ihm ausgelöst hatte. Er hatte ein ungutes Gefühl dabei, doch war es sinnlos, diese Dinge für sich zu behalten. Morgen würden diese Informationen in den Händen seiner Vorgesetzten sein. Ob diese sie weiterverfolgten oder was sie unternehmen würden, würde ihre Sache sein. Doch hatte er ein ungutes Gefühl, weil dies das erste Mal war, daß er jemals von sich aus eine Aktion gestartet hatte; daß Devlin in sie verwickelt war, schien ihm eine unnötige Ironie des Schicksals. »Ist Ihnen etwas an dem, was aus der Wohnung entfernt wurde, als merkwürdig aufgefallen?« fragte er Lester, als er seinen Bericht beendet hatte.

»Verschiedene der Gegenstände schon – aber woran denken Sie besonders?«

»Wie Sally Devlin sagte, ließen sie einen Braque und einen Dürer dort. Was sie mitnahmen, waren leicht zu transportierende Dinge – klein genug, um in jenen zwei Aktentaschen zu verschwinden.«

»Ja ... und?«

»Ich glaube, sie interessierten sich für die Aufzeichnungen. Ich habe das Gefühl, daß die Nachricht über Devlin eher bekannt wurde als vorgesehen. Daß sie es bereits wußten, jedoch annahmen, sie könnten sich in Ruhe mit der Wohnung befassen, bevor jemand anders es erfuhr. Falls sie dort telefonisch erfuhren, daß die Nachricht bereits in den Straßen ausgerufen wurde, bestand die Möglichkeit, daß Sally Devlin oder jemand anders, der Devlin nahestand, dort erschien. Sie hatten also keine Zeit mehr, die Aufzeichnungen wieder wegzuräumen. Sie stopften einfach, was klein und wertvoll war, in ihre Taschen, um zu vertuschen, daß es die Aufzeichnungen waren, die sie interessierten.«

»Interessant«, meinte Lester, jedoch ohne Überzeugung. »Und wo sind die Sachen, die sie mitnahmen?«

»Wahrscheinlich in der Russischen Botschaft – und Sie werden keine Erlaubnis erhalten, da hineinzukommen!«

»Interessant«, wiederholte Lester aufreizend gelassen. »Irgendein Beweis, daß es tatsächlich Kogan und sein Freund waren, die das Zeug mitnahmen – oder war er vielleicht nur zufällig dort? Wir werden selbstverständlich die übrigen Mieter befragen. Irgendein Beweis, daß Devlin wirklich etwas mit Fergus zu tun hatte – oder war auch das vielleicht nur eine zufällige Begegnung?«

»Kein Beweis. Nicht eine Spur.«

»Dann lassen wir lediglich Peterson die Untersuchung in der üblichen Weise durchführen.«

»Tun Sie das – ja, tun Sie das! Ich hoffe, Sie erwischen sie!«

Canfield hob das Glas und leerte es. »Bleiben Sie und essen Sie einen Bissen mit mir. Ich bin gar kein so übler Koch, wenn ich genügend getrunken habe.«

Lester blinzelte und nickte dann. »Na schön – ich bleibe also.«

Er ließ sich das Glas erneut füllen. »Wissen Sie – Sie sind ein eigenartiger Bursche, Josh.«

»Wie meinen Sie das? – Eigenartig?«

Lester zuckte die Achseln. »Oh, ich weiß nicht. Dieses Haus – jene Bücher, die Sie schreiben. Die Arbeit für Military Intelligence ...« Er brach ab.

»*Die* Arbeit genügt, um jeden überschnappen zu lassen. Aber noch ist es nicht soweit mit mir.«

»Wissen Sie, Josh ... Sie sollten wieder heiraten. Macht es alles ein bißchen leichter. Diese Wohnung braucht eine Frau ...«

»Kümmern Sie sich um Ihren eigenen Kram«, entgegnete Canfield schroff.

Lester war jedoch nicht beleidigt. Er lächelte leicht und dann, als brächte er die beiden Gedanken miteinander in Verbindung, fragte er: »Übrigens, werden Sie noch mal mit Sally Devlin reden wollen?«

»Nein – lassen Sie sie aus dieser Sache heraus. Man läßt sie am besten aus ihr heraus.«

Der Gasofen brannte, und alle Lampen waren angeknipst; sie war dankbar für die Wärme und das Licht, das sie begrüßten, dankbar für Robert. Sie vermutete, sie hatte an jenem Tag, als sie ihm den Schlüssel zum Atelier gab, gewußt, sie würde ihn heiraten; er hatte ihn nie vorher zu benutzen brauchen. Sie hatte ihn nicht gesprochen, seit die Nachricht von Devlin gekommen war; er war in Hamburg gewesen und hatte vorgehabt, die ganze kommende Woche dort zu bleiben; sie wußte jedoch, sie hatte sich unbewußt auf seine Rückkehr verlassen. Sie hatte sich angewöhnt, sich sehr auf Robert zu verlassen.

»Ich habe den ganzen Tag versucht, dich zu erreichen«, sagte er. »Sogar Jackson Hayward hab' ich angerufen, aber aus irgendeinem Grunde wollte er mir nicht sagen, wo du warst.«

»Vermutlich wollte er mir einige Anrufe ersparen ... Es war lieb von dir zu kommen, Robert!«

Er schob es beiseite und steuerte in der für ihn charakteristischen Weise das an, worauf es ankam. »Irgendeine neue Nachricht? Was wird für ihn unternommen?«

»Keine Nachricht. Ich war den halben Morgen in der Afghanischen Botschaft und versuchte, etwas zu erfahren. Sie wußten nichts – nur daß Flugzeuge auf die Suche geschickt worden waren. Ich glaube irgendwie nicht, daß es in Afghanistan viele Flugzeuge gibt.« Ihre Mundwinkel sanken herab, und sie ließ sich gedankenverloren von ihm aus dem Mantel helfen. »Ich habe es mir auf der Karte angesehen. Es gibt einfach keine Straßen. Sie sagten, sie würden Kamele oder Jeeps losschicken, wenn sie ein Wrack sichten würden. Stell dir das vor – Kamele! Ich hatte den Eindruck, sie fanden es sehr rücksichtslos von ihm, ausgerechnet bei ihnen zu verschwinden, wo ihre Mittel so strapaziert sind, um sich gerade eben selbst über Wasser zu halten. Und sie sagten immer wieder: ›Aber vielleicht ist Mr. Devlin überhaupt nach Pakistan oder Iran geflogen‹ und spreizten die Hände in jener entsetzlich höflichen Geste. Es scheint, er tanzte etwas aus der Reihe, daß er dort einfach so in jenem Flugzeug herumflog und sich nicht die Erlaubnis holte, sich an gewissen Orten aufzuhalten – oder was immer er hätte tun sollen. Ich habe mich geradezu für ihn entschuldigt. Es wurde ein bißchen wie Alice im Wunderland.« Sie atmete tief und seufzte. »Und dann kam die Nachricht, daß in der Wohnung eingebrochen worden war ... es fing an, komisch zu erscheinen ... es war einfach zuviel!«

»Ruhig – ruhig!« Robert sah sie auf die Weise an, wie immer, wenn er herauszufinden versuchte, ob sie Spaß mache oder nicht. »Was ist das mit der Wohnung?«

Sie erzählte es ihm, brachte die Tatsachen ein wenig durcheinander, und er stellte seine Fragen, um sie zu ordnen. Er war unendlich geduldig mit ihr; während er zuhörte, hatte er sie zu dem Sofa geführt und sie mit sanfter Gewalt gezwungen, sich hinzusetzen. Automatisch griff sie nach einer Zigarette. Er sagte nichts, als er es sah, zündete nur ein Streichholz an und hielt es ihr hin. Er versuchte, ihr das Rauchen abzugewöhnen, war jedoch auch darin sehr geduldig und behutsam.

Er verließ sie darauf mit einem leichten Klaps auf die Schulter, und sie konnte hören, wie er in der Küche hantierte, die sich in einer teilweise abgetrennten Ecke des Wohnzimmers befand. Ihr Bett und das Bad waren auf einer breiten Galerie auf halber Höhe der hohen rückwärtigen Wand. Sie hatte die Galerie offengelassen, damit der ganzen kleinen Wohnung die großen, schrägen Atelierfenster im Dach zugute kamen; sie hatte das Gefühl, Robert fand es alles ziemlich sonderbar, doch hatte er es nie gesagt. Manchmal wunderte sie sich, warum sie überhaupt in Roberts Leben war. Sie war zu ungeordnet für ihn; er billigte nicht vollkommen die Art und Weise, in der sie Dinge tat oder sah, war jedoch bereit, ihr eine gewisse Nachsicht entgegenzubringen, da sie nicht die übliche Jugend und Erziehung gehabt hatte. Mit leisen Mitteln versuchte er sie umzumodeln. Manchmal glaubte sie, sie könne sich ummodeln lassen, nur um jemanden zu haben, der genug Interesse an ihr hatte, um das tun zu wollen.

Dann fühlte sie die Kälte des Glases in ihrer Hand. »Ich muß dir ein paar anständige Gläser schicken lassen«, erklärte er. »Man kann Sekt nicht aus diesen Dingern trinken – es ist genauso, als tränke man aus einem Marmeladenglas.«

Sally betrachtete erstaunt die strohfarbene Flüssigkeit in ihrem Glas, in der die Bläschen aufstiegen und wie blasse, exotische Sterne in einem gelben Himmel zerplatzten.

»Sekt?« fragte sie ablehnend. »Warum, Robert? Ich wüßte nicht, daß es irgend etwas zu feiern gibt.«

»Meine liebe Sally...« Er begann häufig die Sätze damit, und sie wurde dadurch gewarnt, daß er ihr nun eine kleine Predigt halten würde, liebevoll, jedoch unerbittlich. »Nur die Spießer glauben, Sekt sei zum Feiern da. Er ist für jeden Anlaß da, wenn nichts anderes hilft. Wenn du dich heute abend voll Scotch laufen läßt, würdest du nur noch niedergeschlagener – und dich morgen noch elender fühlen. Trink es aus – so ist's brav!«

Sie trank gehorsam in kleinen Schlucken und wünschte, es wäre der Scotch, den er verboten hatte. Es wäre eine Erleichterung gewesen zu spüren, wie seine Kraft ihren leeren Magen traf, und dann mehr zu trinken, um die Gefühle des Schmerzes und der Angst zu betäuben, die jener Tag für sie gehabt hatte, der Tag und die lange Nacht zuvor. Aber Robert wußte diese Dinge; er wußte zum Beispiel vom Hörensagen, daß ihr Vater ein unberechenbarer Trinker gewesen war – manchmal vertrug er es gut, manchmal warf es ihn um, und er glitt in euphorische Zustände oder Depressionen, wie die Irländer es häufig tun. Ihr Vater hatte jedoch, wenn es darauf ankam, vermocht zu trinken oder es völlig zu lassen; doch das wußte Robert nicht. Robert wußte eben nicht alles. Robert wußte nicht, daß einiges von Devlins besten Werken seine eigene Übersetzung war, seine künstlerische Wiedergabe von dem, was Fremde ihm in Bars und Cafés überall in der Welt erzählt hatten. Sie entsann sich daran, wie Devlin einmal zu ihr gesagt hatte, er komme sich wie ein Betrüger vor, seine Bücher als sein eigenes Produkt vorzulegen, da so vieles in ihnen von anderen Menschen stammte, von Menschen, deren Namen er nicht einmal kannte. Sie senkte den Blick, und das Glas war leer; sie war einen langen Weg gewandert mit einem Glas Sekt. Für den Augenblick hatte sie wenigstens aufgehört, über den Absturz eines Flugzeuges in einer unvorstellbaren Wildnis nachzudenken; statt dessen hatte sie an den lebenden Devlin gedacht. Vielleicht hatte Robert mit dem Sekt recht, so wie er mit so vielen anderen Dingen recht hatte. Sie hielt ihm ihr leeres Glas hin, und er war da, beugte sich über sie, denn er hatte ihren Wunsch vorausgesehen.

»Es war selbstverständlich alles versichert, nicht wahr?«

»Was?« Konnte er das Flugzeug meinen?

»Das, was aus der Wohnung gestohlen wurde.«

»Oh – das ... Ja, ich glaube schon. Ich hoffe, sie finden die Sachen wieder. Er liebte das kleine Pferd und die mexikanische Figur so.« Es war, als versuche man die Götter zu täuschen, dachte sie – all dies Gerede, die Sachen gern wiederhaben zu wollen, die aus der Wohnung verschwunden waren, wo alles, worum sie flehte, die Gnade war, daß er lebte.

Robert schrieb in seinem Notizbuch. »Wer war der mit der Untersuchung beauftragte Beamte – Lester? – Peterson? Ich werde im Büro Verbindung mit ihnen aufnehmen lassen und dir mitteilen, was sie herausfinden. Nicht nötig, daß du es tust. Und wie hieß der Mann, den du in der Afghanischen Botschaft sprachst?«

Sie schüttelte den Kopf. »Ich fürchte, ich habe seinen Namen nie richtig deutlich gehört. Irgend so ein Moslemname...«

»Na, zerbrich dir nicht den Kopf darüber – es ist nie sehr ergiebig, sich mit diesen zweitrangigen Burschen abzugeben. Ich werde Hump Saunders im Auswärtigen Amt anrufen. Er wird mir den besten Mann nennen.« Er sah sie ziemlich streng an. »Weißt du, Sally, du gebrauchst deinen Kopf nicht sehr gut. Es war nicht nötig, daß du selbst zu der Botschaft gingst. Sie können nicht sehr viel von hier aus unternehmen, weißt du, und es gibt viel bessere Wege, ihnen zu verstehen zu geben, daß man Ergebnisse wünscht. Weshalb riefst du mich nicht in Hamburg an – oder zumindest Miß Ritchards im Büro? Man hätte dir das alles abnehmen können. Ich kenne verschiedene Leute in den richtigen Positionen im Auswärtigen Amt und jede Menge in der Fleet Street...«

»Ich auch«, sagte sie und erinnerte sich an Devlins Zeitungsfreunde. »Und ich wußte, Jackson Hayward kümmerte sich um alles. Aber ich mußte einfach etwas tun. So viele Leute riefen vergangene Nacht hier an – auch deine Miß Ritchards. Und ich konnte es einfach nicht aushalten, hier zu sitzen und immer wieder das gleiche zu sagen – besonders, wo es nichts zu sagen gab...«

Er legte ihr die Hand auf den Arm. »Es tut mir so leid, Sally. Es tut mir wirklich leid. Ich wünschte, ich wäre hiergewesen. Ich wünschte, ich hätte es gestern abend erfahren.«

»Du verstehst es, nicht wahr? Ich mußte einfach fortgehen. Die Afghanische Botschaft schien der logische Ort...«

»Morgen«, erklärte er, »mußt du in Eaton Square bleiben. Simpson kann sich um dich kümmern, und du brauchst nicht gestört zu werden.« Am Eaton Square lebte Robert in einer luxuriösen Wohnung, die viel zu groß für einen Junggesellen war, und Simpson sorgte für ihn, wie er sagte. Sie wußte, sie würde, falls sie Robert heiratete, dorthin gebracht werden, um dort zu leben, und Simpson würde dann auch für sie sorgen, und in der ganzen Wohnung würde sich nichts ändern. Sie würde sie und ihre Habe verschlucken, und die Oberfläche würde sich kaum leicht kräuseln. Manchmal schien es ihr geradezu ein wenig wie ein Ertrinken – natürlich wäre es ein Ertrinken in Champagner, aber nichtsdestoweniger ein Ertrinken. Er sagte: »Du mußt all diese Dinge jetzt mir überlassen,

Sally. Ich verspreche dir, du wirst es sofort erfahren, sobald irgendeine Nachricht kommt.«

Er saß und nippte schweigend einige Minuten lang an seinem Glas; er plante, dachte sie, wie er sichergehen konnte, daß alles nur mögliche getan wurde – herausgefunden wurde. Sie betrachtete ihn und überlegte, daß sie wirklich manchmal vergaß, was für ein Glück sie hatte – das nämlich versicherte ihr jeder. Er sah unleugbar sehr gut aus, hatte eine durchtrainierte, sportliche Figur und bewegte sich mit einer selbstbewußten, gewandten Art. Er war intelligent und großzügig, und er hatte sich bereits einen Platz in einer harten Welt erobert, um den viele andere Männer ihr Leben lang gekämpft hatten, ohne ihn zu erlangen. Und er war ihm auch nicht in den Schoß gelegt worden – sein Vater war ein kleiner Anwalt gewesen, der kaum das Geld hatte aufbringen können, um ihn auf die richtige Schule zu schicken. Von da an hatte Robert das allein gemacht. Er war ein beneidenswerter junger Mann – von einem gewissen Gesichtspunkt aus war er sogar ein bewunderungswürdiger junger Mann. Er hatte alles, sagten die Leute. Er hatte alles, außer – und hier formte Sallys Bewußtsein zum erstenmal diesen Gedanken – außer wenn man einen Mann wie Devlin gekannt hatte.

Unvermittelt stellte Robert sein Glas ab. Sie zuckte schuldbewußt zusammen, als hätte er ihre Gedanken gelesen. »Es gibt einen Weg«, sagte er, »die Nachrichten unverzüglich zu bekommen – falls irgendwelche Nachrichten kommen. Eine absolut sichere Quelle.«

Sie antwortete ihm, wußte sie doch, was er sagen würde; sie konnte es nicht länger umgehen. »Glaubst du, ich wüßte das nicht? Sie wird die erste Nachricht bekommen. Sie wäre nicht Elizabeth O'Mara Spence, wenn nicht jeder Nachrichtendienst zu ihren Diensten stände.«

Er saß und wartete. »Nun?«

»Nein«, erklärte sie.

Eine weitere Minute verging, bevor er wieder sprach. »Wäre es nicht eine gute Idee, wenn du nach St. Martin führest? – eine Zeitlang bei ihr bliebest? Es würde besser aussehen.«

Sie griff nach einer neuen Zigarette und wunderte sich, wie es kam, daß er dies nicht verstand.

»Es ist mir egal, wie es aussieht, und es war mir schon immer egal.«

Er beharrte nicht darauf. Zum Teil bestand Roberts Geschicklichkeit darin, daß er sich nie im falschen Augenblick auf einen Disput einließ. So nickte er lediglich und stand auf, um in die Küche zu gehen. Das Telefon klingelte, und er lief leichtfüßig die Treppe hinauf zur Galerie. Sie hörte seine leisen, unverbindlichen Worte. Er war stets so diplomatisch – sagte nie etwas Verkehrtes, außer wenn er etwas sagte wie gerade eben und nicht wußte, daß es sie erschütterte. Sie schenkte sich den Rest des Sekts ein. Es war typisch für Robert, daß es alles so gut gemacht war, wie die Umstände es erlaubten. Sie besaß keinen Sektkübel; die Flasche war in ein nasses Geschirrtuch gewickelt und in einen Plastikeimer gestellt, in den er jeden Eiswürfel gekippt hatte, den ihr Eisschrank hergab. Er achtete so auf die Kleinigkeiten. Wenn er nicht ein solches Finanzgenie gewesen wäre, schoß es ihr durch den Kopf, hätte er einen hervorragenden Privatsekretär für einen Premierminister abgegeben. Aber nein – das wäre Robert nicht genug gewesen. Er selbst hätte der Premierminister sein müssen.

Nachdem er den Anruf beendet hatte, telefonierte er weiter; er begann sich mit dem ernsten Geschäft des Abends zu befassen. Er telefonierte häufig bei ihr – in seinen eigenen Angelegenheiten. Heute abend jedoch erfolgten seine ganzen Bemühungen für sie. Es gab keinen Weg, Informationen zu erlangen oder Druck auszuüben – und dessen waren viele –, der ihm offenstand, den er nicht benutzen würde, entweder als Freundschaftsdienst oder als Gegenleistung für erwiesene Gefälligkeiten. Er würde es bei jedem versuchen, der ihm einfiel – bei jedem, außer bei Elizabeth O'Mara Spence. Nicht einmal Robert würde das ohne ihr Einverständnis tun.

Das Glas in beiden Händen, beugte sich Sally näher zum Feuer; sie hungerte nach dessen Wärme, und ihr Körper schwankte leicht hin und her, als sei der Schmerz körperlich geworden. Wohin sie sich auch wandte, welchen Pfad sie auch in den letzten fünf Jahren zu ihrem Vater einschlug, Elizabeth O'Mara Spence hatte ihr stets den Weg versperrt.

Die Frau, die ihr Vater geheiratet hatte, konnte nur das Produkt ihres Jahrhunderts und ihres Landes sein. Sie war Amerikanerin, die emanzipierteste, aggressiv intelligenteste und – wie manche behaupteten – die untoleranteste ihrer Art. Sie war in sehr viel Geld hineingeboren worden, neues Wall-Street-Geld, durch die spekulative Geschicklichkeit und den

Wagemut ihres Vaters Patrick O'Mara, den Sohn eines irischen Immigranten, zusammengebracht. Die O'Maras, Elizabeth und ihre drei Brüder, hatten alle die unbändige Energie ihres Vaters geerbt. Ohne irgendeine Notwendigkeit, Geld zu verdienen, hatten sie alle nach Macht gestrebt. Sie hatten es in hohem Maße geschafft, sie zu erlangen.

In Europa wurde der Name zuerst in den dreißiger Jahren bekannt, als Patrick O'Mara Botschafter in Paris war. Die Ernennung war eine Belohnung für Zuschüsse zur Wahlkampagne gewesen; er war vor dem Börsenkrach aus dem Aktiengeschäft ausgestiegen und konnte sich den Luxus leisten, Diplomat zu spielen. Die O'Maras betrieben jedoch selten etwas als Spiel; so hatte er sich erstaunlich gut bewährt. In der Zeit in Paris waren alle O'Maras auf den Geschmack der internationalen Politik gekommen, den keiner von ihnen jemals wieder ganz zu vergessen vermochte. Doch war es überraschenderweise die einzige Tochter Elizabeth, die als erste erreichte, daß der Name für mehr als nur Geld stand.

Sie war in Europa geblieben, im Pariser Büro der Spence Organisation, und hatte hauptsächlich für ›Sphere‹ geschrieben, Whitney Spences neueste Zeitschrift, seine Lieblingszeitschrift. Schamlos hatte sie die durch die Stellung ihres Vaters bedingten politischen Verbindungen ausgenutzt, um die Interviews zu bekommen, die sie haben wollte, und wenn auch diese Beziehungen nicht reichten, hatte sie zu Geld gegriffen. Andere Reporter behaupteten noch heute von ihr, daß ihr Erfolg in jenen Jahren nicht nur die berühmte ›Nase‹ für Nachrichten gewesen wäre, sondern ebenso die Fähigkeit, sich mit ihrem Geld ein Flugzeug zu chartern, um rasch dorthin zu fliegen, wo der Schauplatz der jeweiligen Nachricht war. Als sie noch in den Zwanzigern war, heimste sie mit ihren Berichten über Äthiopien und Spanien, wie mit vielen anderen, wahre Siegestrophäen ein; doch der wahre Ruhm in der journalistischen Welt wurde ihr durch ihre Ausweisung aus Deutschland zuteil, nachdem sie ein Interview mit Hitler veröffentlicht hatte. Inzwischen besaß sie scharf abgegrenzt sowohl einflußreiche Feinde wie einflußreiche Freunde. Es war auch das Jahr, in dem sie Whitney Spence heiratete.

Sie verließ die europäische Bühne jedoch nicht, und Whitney Spence hatte das Beste aus einer Ehe des ständigen Hin-und-Hers zwischen Paris und New York machen müssen – und dann zwischen London und New York, als der Krieg Elizabeth zwang, Paris zu vergessen. Die Kriegsjahre ließen sie in den Vereinigten Staaten zu einer Persönlichkeit werden, wo sie während der letzten zehn Jahre nicht gelebt hatte – Amerika hörte jeden Abend im N. B. C. ihre Stimme aus London. Es geschah auch unter ihrem Namen, daß die Spence-Zeitungen über die Konferenzen von Teheran, Jalta und Potsdam berichteten.

Inzwischen hatten ihre Brüder aufgeholt; der älteste war Gouverneur eines wichtigen Staates an der Ostküste geworden, und Tom O'Mara ließ seine Anwesenheit im Senat spürbar werden. Das Netz des O'Mara-Einflusses war weit gespannt.

Die Scheidung von Whitney Spence zerschnitt nicht ihre Bande zum Reich der Verlagswelt; es fand weder eine öffentliche noch – soweit man wußte – eine private Auseinandersetzung statt, lediglich ein Übereinkommen, die Ehe zu lösen. Whitney Spence behielt sein As unter den Reportern und die wertvolle Verbindung zu den O'Maras. In einer Bemerkung, die von einem Konkurrenzverlag aufgeschnappt und weit verbreitet wurde, hatte einer der O'Mara-Brüder geäußert: »Ich glaube, meine Schwester war nie richtig verheiratet mit Whitney Spence – es war das Verhältnis eines Autors zu seinem Verleger.« Die Bemerkung wurde John, dem jüngsten, zugeschrieben; er war der einzige, der in die Fußstapfen seines Vaters in der Wall Street trat. Er sollte ebenfalls gesagt haben: »Ich bin völlig zufrieden damit, als einziger Geld zu machen. Es ist das einzige, was mich interessiert.« Es war eine Äußerung, die für die anderen O'Maras schwer zu verwinden war.

Vor fünf Jahren, als Lawrence Devlin Elizabeth heiratete, waren die Zeitungsberichte von derartigen Bemerkungen gespickt gewesen. Sally hatte sie alle gelesen, erinnerte sich daran und rätselte, wie sie den Schlüssel zum Wesen dieser Frau finden sollte, die ihr Vater geheiratet hatte, versuchte herauszufinden, welche Eigenschaften in diesen beiden Menschen ein Echo im anderen gesucht und gefunden hatten. Oberflächlich betrachtet, war es eine sehr aussichtslose Heirat. Devlin hatte sich nie etwas aus Geld gemacht, hatte es nie gespart und nie mehr besessen als den Betrag, den sein nächstes Buch einbrachte. Sie kannte die heimlichen Fragen, die in der Fleet Street laut wurden. »Und was kann Mrs. Spence von Larry Devlin wollen?« Es bestand die Ansicht, daß die O'Maras nie etwas taten, was der O'Mara-Familie nicht einen handfesten Vorteil verschaffte. Abgesehen von seiner Berühmtheit, die nun der ihrigen hinzugefügt wurde, war es schwer einzusehen, überlegte Sally, was Larry Devlin für die O'Maras tun konnte. Sie erinnerte sich an den Schock über die Heirat – an das Telegramm aus Rom, das den Zeitungsberichten nur einige Stunden zuvorkam. Und dann, einen Tag später, an die Stimme ihres Vaters am Telefon. »Du wirst sie mögen, Sal. Sie ist eine wundervolle Frau! Ich weiß, ihr werdet euch gern haben, wenn ihr euch kennenlernt ...«

Sie hatten sich nie kennengelernt. Im ersten Jahr waren es Vorwände gewesen – etwas Neues bei Devlin. Sie waren auf Reisen; dann wurde das Schloß im Rhonetal, das zwischen ihren Schreibraubzügen Elizabeths Heim war, umfangreichen Reparaturarbeiten unterzogen – sie überwinterten in Ägypten, und Sally solle doch ihre nächsten Sommerferien mit ihnen verbringen. Im Sommer mußte Elizabeth dann zwei Reisen nach New York unternehmen, und Sally trat die Stellung bei Tyne and Townsend an, und ihre Ferien schienen nie mit den Zeiten zusammenzufallen, während derer sich Elizabeth und Devlin in dem Schloß von St. Martin aufhielten. Devlin kam weiter besuchsweise nach London, jedoch immer allein, mit Ausnahme des einen Males, als Elizabeth ihn begleitete und sie nicht in Devlins Wohnung wohnten, sondern im Connaught, dem Hotel, in dem Elizabeth stets gewohnt hatte. Sally hatte sich auf die Begegnung, die nun endlich stattfinden sollte, vorbereitet, indem sie sich einzureden versuchte, ohne es recht zu glauben, daß all die anderen Pechfälle eben nur Pech gewesen seien und nicht absichtlich so geplant worden waren. Und dann war Elizabeth plötzlich an einer Virusinfektion erkrankt, sagte Devlin, und konnte niemanden empfangen. Sally hätte sich vielleicht gezwungen, sogar das zu glauben, wenn sie nicht eine Notiz in der Zeitung gesehen hätte über Elizabeth O'Mara Spence, wie sie immer noch von der Presse genannt wurde, in der es hieß, sie habe an einem Empfang für die Premierminister des Commonwealth teilgenommen.

Sally sagte ihrem Vater nicht, daß sie seine Lüge entdeckt hatte – es war unmöglich zuzugeben, daß Lügen zwischen ihnen nötig waren. Doch das nächste Mal hatte sie nicht vermocht, den Mund zu halten. Devlin und Elizabeth waren wieder zusammen in London, Elizabeth als Spence-Repräsentantin, um über eine von afrikanischen Politikern abgehaltene Konferenz zu berichten. Devlin hatte Sally angerufen, um sie aufzufordern, doch zu kommen und Elizabeth kennenzulernen.

»Sag ihr, sie kann sich diese Einladung an den Hut stecken! Sag ihr, Sally ist jetzt ein großes Mädchen und weiß, wann sie nicht erwünscht ist. Sag ihr – ach, sag ihr, sie soll sich zum Teufel scheren!« Und dann wußte sie sogleich, sie hätte diese Worte nicht sagen sollen. Devlin hatte sie nicht verdient, und sie war nicht berechtigt zu beurteilen, was Elizabeth verdiente. »Tut mir leid, Vater«, sagte sie. »Ich habe kein Recht, so etwas zu sagen ... Ich habe es nicht gegen dich gemeint.«

»Mir tut es leid, Sal.« Er machte keinen Versuch, seine Frau zu entschuldigen. »So ist sie nun einmal. Dies ist der einzige dunkle Punkt, den sie hat – sehr sonderbar bei einer solchen Frau, aber da ist er nun mal. Ich wünschte, ich könnte es dir besser erklären. Es ist schwer für jemand deines Alters zu verstehen, aber es ist beinahe, als hätte sie Angst, mit dir teilen zu müssen ...«

Sally war in wildes Gelächter ausgebrochen. »Was! ... Elizabeth O'Mara Spence hat Angst vor mir? Das ist fast zu komisch, um eine gute Story abzugeben, Vater! Denk doch nur – Elizabeth O'Mara Spence, Beraterin von Staatspräsidenten und Diktatoren, hat Angst vor Sally Devlin. Begreifst du, wie komisch das klingt, Vater?« Sie wußte, sie verzerrte die Wahrheit, aber sie war verletzt worden und mußte einfach zurückschlagen, auch wenn es Devlin war, der es zu spüren bekam, und nicht Elizabeth.

»Es ist keineswegs komisch, Sal.«

Dabei hatten sie es belassen. Elizabeth hatte vermieden, nach London zu kommen, und so war nicht mehr über ein Kennenlernen gesprochen worden. Devlin kam allein und bewohnte jedesmal für wenige Nächte die Wohnung in der Bayswater Road. Sally war kurz nach der Heirat nach Maida Vale gezogen, doch während Devlins Aufenthalten in London konzentrierte sich ihr Leben wieder um die Bayswater Road. Sie füllte das Getränkefach von Devlins Weinhändlern auf und bestellte bei Fortnum and Mason Leber- und Wildpastete, die er gern hatte, und die englischen Käsesorten. Frische Blumen standen wie immer auf den Tischen. Bis spät in die Nächte saßen sie bei ihrem Cognac vor dem Kamin, und Devlin erzählte. Sally schien es eine Fortsetzung der Reisegeschichten, die er ihr, seit sie ein kleines Kind gewesen war, erzählt hatte. Elizabeth O'Mara Spence glitt in den Hintergrund, und Sally war beinahe froh, daß die Situation nun einmal so war, denn wenn Elizabeth sie nicht in das Leben einließ, das sie mit Devlin lebte, brauchte sie, Sally, ebenfalls nicht Elizabeth einzulassen.

Es war jedoch unmöglich, sich Elizabeth O'Mara Spences nicht bewußt zu sein. Sie schrieb jetzt weniger, doch was sie schrieb, hatte mehr Gewicht. Ihr Name tauchte immer wieder zusammen mit Devlins in den Zeitungen auf. Wohin Devlin auch reiste, sie war bei ihm, und er schien mehr denn je zu reisen. Diese Jahre verliehen seinem Ruf Gewicht und Format; es erschienen keine Romane mehr, doch schien er der Sprecher für die unartikulierten, die stimmlosen Geschöpfe der ganzen Welt geworden zu sein. Sally hatte ein Zeitungsbild von ihm ausgeschnitten, das in New York aufgenommen worden war, als er auf einem Diner am Tag der Menschenrechte gesprochen hatte – sein schmales Gesicht überraschend anziehend über der weißen Frackschleife; der Ehrentisch bei jenem Essen war eine Liste der prominenten Liberalen des ganzen Landes gewesen. Anscheinend hatten die O'Maras, schon immer liberal eingestellt, in Devlin ihre eigene beste Stimme gefunden. Es war außerdem eine freie Stimme, was sie noch wertvoller machte. Er gehörte niemandem und schuldete niemandem etwas. Der Friedenspreis kam als die Krönung für die Ehrlichkeit jenes Rufes.

Zwischen ihren Reisen lebten sie in St. Martin; die dort stattfindenden Gesellschaften waren berühmt. Es geschah zuweilen, daß Sally beim Durchblättern einer Zeitschrift unvermutet auf das Bild ihres Vaters stieß, aufgenommen auf einer Steinterrasse mit einem Schimmer von Schnee auf den fernen Bergen hinter ihm. Er stand in einer Gruppe von Menschen, deren Namen in der internationalen Diplomatie berühmt waren. Die Unterschrift lautete: *Konferenz auf der Terrasse.* Elizabeth O'Mara Spences Hand ruhte auf dem Arm ihres Mannes, und sie neigte sich ein wenig zu ihm, während sie sich unterhielten. In fünf Jahren erschienen viele solcher Bilder.

Ihre gegenseitige Feindschaft schien für Sally und Elizabeth zu einem ausweglosen Dauerzustand zu werden. Sally war dieses Themas überdrüssig geworden, und ihre Freunde hatten gelernt, nicht darüber zu sprechen. Sie erhielt oft Briefe von Devlin, und das war, wie sie sich sagte, so viel, wie sie brauchte. Es waren ausführliche, gelöste Briefe, meistens aus St. Martin, die mehrere Daten aufwiesen, da sie mehrmals beiseite gelegt und dann wieder hervorgeholt und fortgesetzt wurden. Und ihre eigenen Briefe gingen hin nach St. Martin und warteten darauf, daß er von dort zurückkehrte, wo immer die Suche nach Material – oder Elizabeths Drängen – ihn hingeführt hatte. Sally fragte sich, wann er dessen wohl müde werden würde; er war siebenundfünfzig, und sie dachte, die tiefe Stille jener berühmten Terrasse von St. Martin müßte oft, wenn er wieder einmal seine Koffer packte, eine große Versuchung gewesen sein, sogar für einen Mann wie Devlin. Sein letzter Brief hatte jedoch keinerlei Anzeichen dafür enthalten, daß er eine solche Versuchung auch nur empfand, geschweige denn daran dachte, müde zu werden.

›Elizabeth geht für etwa eine Woche in ein Sanatorium bei Zürich – eine neue Diät und eine Erholungskur, sagt sie. Ich fange an zu glauben, daß Erholungskuren in der heutigen Zeit den Platz der Klöster eingenommen haben. Aber sie sagt, sie möchte nicht gestört werden, so ziehe ich mal wieder los – ohne bestimmtes Ziel, doch wahrscheinlich wird es der Mittlere Osten. Ich habe den Drang, ein bißchen unbehindert herumzustreifen; ich muß die Wildnis wieder einmal schmecken. Diese Schweizer Berge sind großartig, aber merkwürdig geordnet ...‹ Der Brief plauderte weiter ... ›Dein Robert klingt fabelhaft ... meinst du, ich werde vor ihm bestehen? ... wirst du glücklich sein, Sal?‹

Er hatte seine Wildnis wiedergefunden. Sie dachte an die in ihr aufsteigende Angst, als sie sich die Landkarte angesehen hatte, nachdem die Nachricht von seinem Verschwinden gekommen war, die beängstigenden, leeren Gebiete, die Namen der Orte, die der Legende angehörten, nicht aber der modernen Welt. Als der Angestellte an der Afghanischen Botschaft von Jeeps und Kamelen gesprochen hatte, wußte sie, daß die Rettungsversuche sehr dürftiger Art sein mußten und höchstwahrscheinlich zwecklos waren.

Robert würde ebenfalls wissen, daß es zwecklos war; er war ein guter Beurteiler der jeweiligen Möglichkeiten und ein Realist. Die Realität waren ein entlegenes und beinahe undurchdringliches Land und Schnee und Stürme auf dem Hindukusch. Die Möglichkeit bestand darin, daß Devlin, falls er den Absturz überlebt hatte, in jener ersten Nacht gestorben war. Sie spürte nicht mehr den Wunsch zu weinen, denn Tränen waren zu nichtssagend im Vergleich zu dem Gewicht jenes Gedankens. Nie zuvor hatte sie ihren Körper als so nutzlos empfunden – zu zerbrechlich, um eine Last zu tragen, zu unentwickelt, um einen Schmerz herauszuschreien. Sie fragte sich, ob es dieses Wissen gewesen war, das Devlin so oft in seinem Leben dazu getrieben hatte, die primitiven Stämme aufzusuchen, wo die Menschen das waren, was ihre Körper waren, und wenig mehr. Sie erhob sich unsicher und stieß dabei den Aschenbecher von der Sofalehne. Sie starrte auf die Bescherung von Asche und Zigarettenstummeln auf dem Teppich hinunter und stellte fest, daß Robert recht hatte – es war eine widerliche Angewohnheit.

Er telefonierte noch immer. Sie ging die Treppe halb hinauf, blieb stehen und sah ihn an. Er bedeckte die Sprechmuschel mit der Hand. »Morgen lasse ich einen Antwortdienst für deine Nummer einschalten – du brauchst dann nur hingehen, wenn du möchtest; ... oh, und ich ließ Miß Ritchards ein paar Sachen bei Fortnum and Mason holen, bevor sie mich am Flughafen abholte. Ich habe alles auf Teller gelegt. Sei ein liebes Mädchen und bring es einfach an den Kamin. Ich bin hier in einer Minute fertig ...«

Sie nickte und ging in die Küche; dabei betete sie, es möge nicht die Wildpastete sein, die sie immer für Devlin gekauft hatte. Es war die Wildpastete, und ihr gestreifter Tigerkater. Tim hatte sich durch den Spalt eines offenen Fensters gezwängt und kauerte auf dem Ablaufbrett und verspeiste sie. Rasch hob sie ihn hoch und gab ihm einen Klaps, wenn auch keinen sehr festen. Dann schnitt sie das Ende ab, an dem er angefangen hatte. Robert würde sie sagen, sie wäre zu hungrig gewesen, um zu warten. Robert mochte Tim nicht sonderlich; Sally hatte die Empfindung, daß dieses Gefühl auf Gegenseitigkeit beruhte.

Das Klingeln des Telefons schrillte in die Stille und ließ Sally hellwach werden. Tim räkelte sich protestierend am Fußende, als sie das Licht anknipste; es war fast halb drei. Sie nahm den Hörer ab.

»Ja?«

»Ich habe hier einen Anruf für Miß Sarah Devlin, Mrs. Lawrence Devlin ruft aus der Schweiz an.«

Sie umklammerte den Hörer; es war kalt im Zimmer, doch ihr war in ihrem dünnen Nachthemd der Schweiß ausgebrochen. »Hier spricht Sarah Devlin.«

»Einen Augenblick, bitte.«

Das Warten erschien endlos, obwohl es nicht mehr als eine Minute gewesen sein konnte. Sie vermochte die Stimmen der Telefonistinnen zu hören, und dann herrschte eine Zeitlang Stille. Sie tastete auf dem Nachttisch nach einer Zigarette, doch das Feuerzeug funktionierte nicht oder aber ihre Finger besaßen plötzlich nicht mehr die Kraft, es anspringen zu lassen. ›O Gott... man hat ihn gefunden!‹ Darüber, *wie* er gefunden worden war, verbot sie sich nachzudenken. Sie richtete den Blick wieder auf die Uhr. Als dann erneut die Stimme der Telefonistin ertönte, vermochte sie die Worte nicht zu fassen.

»Hören Sie noch?«

»Ja.«

»Tut mir leid, daß ich Sie stören mußte. Der Anruf ist gestrichen worden.«

»Waa-a-as? – Was sagen Sie da?«

»Bedaure – der Anmelder hat ihn streichen lassen.«

»Nein – einen Moment bitte! Was hat sie gesagt?«

»Tut mir leid, Miß. Es ist alles, was ich weiß. Ich kann Ihnen nichts weiter dazu sagen, Miß. Gute Nacht.« Es klickte in der Leitung. Sally hielt den Hörer in der Hand und starrte ihn fassungslos an.

Sie setzte einen Wasserkessel auf, um sich Tee zu machen, und rauchte, während sie darauf wartete, daß das Wasser kochte. Tim war ihr in die Küche gefolgt, und sie hatte ihm mechanisch Milch in seine Untertasse gegossen. Als der Tee fertig war, hatten ihre Hände fast aufgehört zu zittern.

»Warum hat sie es getan, Tim? Warum sollte sie so etwas tun? Niemand könnte so grausam sein! Sie ging so weit, das Gespräch anzumelden – wenn sie eine Nachricht bekommen hätte, irgendeine Nachricht, hätte sie es auch ausgeführt. Aber weshalb es streichen lassen? – Weshalb anfangen, wenn sie nie vorhatte, mit mir zu sprechen? Also gut – sie hat in den fünf Jahren kein einziges Mal mit mir gesprochen – aber andrerseits habe auch ich nie mit ihr gesprochen. Warum rufe ich nicht sie an? – Warum eigentlich nicht? Wenn wir jetzt nicht miteinander zu reden vermögen, werden wir es nie können...«

Der endlose, einseitige Dialog ging weiter, während sie auf dem Sofa kauerte und den Tee trank, die bloßen Füße zu der Wärme des Gasofens hingestreckt. Tim blieb zusammengerollt neben ihr liegen, bis die erste Morgendämmerung seine übliche Ruhelosigkeit weckte; er sprang hinunter, absolvierte das kunstvolle Ritual des Streckens und Reckens und verschwand durch die Klappe, die extra für ihn in die Tür geschnitten worden war. Sie wollte ihn am liebsten zurückrufen, ihn sogar festhalten, doch war das ein sinnloses Unterfangen bei einer Katze. Sie war nun vollkommen allein, und sogar die Geräusche der ersten Omnibusse schienen ihre Verlassenheit und das Verrinnen der Zeit noch zu unterstreichen.

Endlich stand sie auf und ging zum Telefon zurück. »Versuchen kann ich es ja mal...«

Die Zeitungen hatten berichtet, Elizabeth sei aus dem Sanatorium bei Zürich nach St. Martin zurückgekehrt. Sie besaß nicht einmal die Telefonnummer des Schlosses, doch rechtfertigten die Schweizer Telefonbeamten ihren Ruf, und so kam sie in erstaunlich kurzer Zeit nach St. Martin durch. Erst dann erkannte sie, daß sie mit einer Verzögerung gerechnet hatte, um sich auf das, was sie zu Elizabeth sagen wollte, vorbereiten zu können. Ihr wurde jedoch keine Gelegenheit gegeben, überhaupt irgend etwas zu sagen. Sie sprach in Französisch mit dem Dienstboten, der sich zuerst meldete, nannte ihren Namen und fragte nach Elizabeth. Es dauerte eine ziemliche Zeit, bis sich die Stimme eines Mannes in akzentuiertem Englisch meldete.

»Hier spricht Madame Devlins Sekretär.«

»Und hier spricht Sally Devlin. Ich möchte Mrs. Devlin sprechen.«

»Ich bedaure, aber das ist nicht möglich. Madame ist nicht in der Lage, ans Telefon zu kommen.«

»Aber...« Sie schloß die Augen und hielt ihren Zorn zurück; ihr blieb jetzt nur noch übrig zu bitten: »Haben Sie irgendeine Nachricht über meinen Vater?«

»Es tut mir außerordentlich leid, Miß Devlin. Wir haben keinerlei Nachricht. Wir werden Sie verständigen, falls wir etwas hören. Guten Morgen.«

Um zehn Uhr versuchte sie es abermals, und diesmal wurde ihr von dem Diener, der offensichtlich entsprechende Anweisungen erhalten hatte, mitgeteilt, Mrs. Devlin sei nicht in der Lage, ans Telefon zu kommen. Sally sagte zu Tim: »Na – ich hab' es versucht – oder etwa nicht...? Wenn sie nicht will – dann will sie eben nicht! Es hat sich nichts geändert. Sogar noch schlimmer ist es.«

Danach blieb nichts mehr zu tun. Robert ließ ihr nichts zu tun übrig; er rief sie an und erzählte, daß jede mögliche Quelle diesen Morgen wieder probiert worden wäre und sich nichts Neues ergeben hätte. Sie sollte mittags mit ihm essen, sagte er, damit sie nicht die ganze Zeit allein herumsäße und grübelte. Sie würden im Speisezimmer der Direktion essen, damit sie vor einem öffentlichen Restaurant und den unvermeidlichen Fragen verschont bliebe. Robert dachte an alles, und sie war dankbar dafür, doch ließ er ihr nichts zu tun übrig. Sie zog sich sorgfältig an, und als es Zeit war, ging sie den langen Weg auf der anderen Seite des Kanals herum zur Edgware Road, um sich ein Taxi zu nehmen. Entgegen Roberts Anweisungen nannte sie jedoch die Adresse der Afghanischen Botschaft, als sie einstieg. Sie würde zu spät zum Essen kommen, und jeder würde einen zweiten Sherry trinken müssen, während sie auf sie warteten, aber sie tat wenigstens einmal selber etwas.

Als sie in die Botschaft kam, sah derselbe Mann, mit dem sie am Tag zuvor gesprochen hatte, sie an, schüttelte den Kopf und spreizte in leerer Gebärde die Hände.

Sie kam eine halbe Stunde zu spät, und bei jeder anderen Gelegenheit wäre Robert wahrscheinlich fürchterlich wütend auf sie gewesen. Er sagte jedoch nichts, und die anderen Direktoren waren sehr verständnisvoll. Während des ganzen Essens vermieden sie es, den Namen ihres Vaters auch nur zu erwähnen, was Sally höchst unnatürlich fand.

Canfield erfuhr durch die eigenen besonderen Verbindungen nichts Neues an jenem Tag über Devlin – nichts außer Einzelheiten, die die Englische Botschaft in Kabul über die Suchaktion sandte. Es galt, ein unmöglich weites Gebiet zu durchsuchen, und Devlin hatte gegen die Regel verstoßen, indem er ihnen nicht sein jeweiliges Ziel und seine Flugroute mitteilte; eine langjährige Freundschaft mit einer der herrschenden Familien Afghanistans hatte ihn anscheinend der

Formalitäten enthoben. Willsden hatte Erkundigungen über jeden angefordert, mit dem Devlin ihres Wissens nach irgendeinen Kontakt in Afghanistan gehabt hatte, doch die Ergebnisse würden vermutlich mager sein. Canfield hätte gerne Sally Devlin angerufen, aber es gab keinerlei Anzeichen der Hoffnung, von dem er ihr hätte erzählen können, und er war sich klar darüber, daß er gestern die Grenzen der Vorsicht und Klugheit weit überschritten hatte, indem er auch nur zuließ, daß sie ihn unter den Umständen sah, wie sie es getan hatte. Er unternahm also nichts, doch war es einer der Augenblicke, in denen die unauffällige Farbe des Hintergrundes, mit der zu verschmelzen seine Pflicht war, ihm unerträglich lästig war.

## 2

Nach drei Tagen war der Bericht über die Suche nach Lawrence Devlin zu einer Notiz auf der Innenseite zusammengeschmolzen, und Sally kehrte an ihren Schreibtisch bei Tyne and Townsend zurück. Es gab ja sonst nichts mehr zu tun. Robert hatte den Antwortdienst einschalten lassen, und sie glaubte, es ihm schuldig zu sein, diesen die Anrufe beantworten zu lassen, so daß nun sogar diese kleine Tätigkeit entfiel. Robert fuhr fort, ihr die Berichte über seine Erkundigungen beim Auswärtigen Amt zu geben, bis sie ihn bat, es zu lassen. »Sag es mir nicht, wenn sie nichts wissen – sag es mir nur, wenn sie etwas wissen.« So hörte auch das auf, und alles, was blieb, war ein Schweigen, in dem die Flüsterstimmen ihrer Einbildung zu einer Art unwirklichem Schrei anwuchsen. Sie wünschte, sie hätte sich in den Tumult des Alltagslebens flüchten können, doch die Menschen waren voller Verständnis und ließen sie in Ruhe. Robert war zu rücksichtsvoll und geduldig, und seine liebenswerte Schulmeisterei fehlte ihr.

Der Brief von Mrs. McCarthy lag auf der Fußmatte unter dem Briefschlitz im Atelier, als sie an jenem Abend nach Hause kam. Er war dick und sperrig, und sie fühlte das Gewicht und die Form der Schlüssel, als sie ihn ungeduldig aufriß.

»Liebe Miß« – Mrs. McCarthy war seit zwölf Jahren Lawrence Devlins Putzfrau gewesen und daher ein Teil von Sallys Jugend und Erwachsenwerden. »Es ist eine schreckliche Nachricht – einfach schrecklich! Ich kann es nicht fassen. Ich hab' Sie paar Mal angerufen, aber es meldete sich immer jemand anders. Die Polizei kam, um mich wegen der Wohnung zu sprechen. Ich ging hin und sah mir alles an und sagte ihnen, was meiner Ansicht nach fehlt. Unerhört, nicht? Die Polizei sagte, sie würden mir Bescheid geben, wann ich die Wohnung wieder saubermachen kann. Gestern kam dann ein Brief von irgendwelchen Anwälten. Funston and Brown heißen sie. Sie schrieben, sie würden selbst fürs Saubermachen sorgen und zahlten mir den Lohn für drei Monate. Sie forderten mich auf, die Schlüssel zurückzubringen, aber ich fand es nicht richtig, sie Fremden zu geben. Deshalb lasse ich sie hier bei Ihnen, da Sie am besten wissen werden, was mit ihnen geschehen soll. Ich würde Sie gerne besuchen, Miß, wenn es mal paßt. Ich kann es noch nicht glauben. Ein so wundervoller Mann! Ihre sehr ergebene A. McCarthy.«

Sally zog die Schublade auf, in der sie ihren eigenen Satz Schlüssel zu Devlins Wohnung aufbewahrte, und stand einen Augenblick davor und fragte sich, ob sie tatsächlich so unachtsam war, wie Robert es ihr oft vorwarf. Die Schlüssel waren nirgends zu entdecken in dem Durcheinander von Papieren, Bindfaden, Spielkarten und den Überresten eines Dominospiels. Schließlich ließ sie Mrs. McCarthys Schlüsselsatz in das vertraute Chaos fallen und gelobte sich, später systematisch nach dem anderen zu suchen. Wahrscheinlich hatte Robert recht; die ganze Wohnung hatte eine gründliche Aufräumaktion nötig.

Es war eine Art Scherz zwischen ihr und Devlin gewesen, wie die Unordnung des Ateliers angefangen hatte. Das Geld von dem Trust Fund, das ihr an ihrem einundzwanzigsten Geburtstag ausgezahlt wurde, hatte gerade für den Mietvertrag des Ateliers und einige dringende Änderungen, wie den Einbau von fließendem Wasser, gereicht. Devlin hatte es sich bei seinem ersten Besuch nach seiner Heirat in London angesehen. Er hatte die allgemeine Leere betrachtet, in der ihre Kleider noch in den Koffern herumstanden und ein Kessel und eine Pfanne in der Küche, und hatte ein schiefes Gesicht gezogen. »Wir werden ein oder zwei Stühle für dich zum Sitzen auftreiben müssen, was, Sal? Ich bin zu alt, um jedes Mal zu stehen, wenn ich dich besuchen komme. Weshalb holst du dir nicht aus der Wohnung, was du brauchst? Und stöberst jemanden auf, der dir einige Regale und Schränke und ähnliches einbaut, und schickst mir die Rechnung? Schließlich mußt du ein paar Bücher um dich haben. Es ist eine Menge Zeugs in der Wohnung, das ebensogut hier sein kann. Erreich, daß es ein bischen mehr wie zu Hause aussieht.«

Sie hatte ihn beim Wort genommen. Ein Schreiner hatte die hohen weißen Wände des Ateliers mit Regalen und Schränken ausgeschlagen, den gleichen wie in Devlins Wohnung. Mit dem Gefühl, sich einen Luxus zu leisten, hatte sie einen langen Einbauschrank bestellt, tief genug, um zwei Reihen Kleider aufzunehmen, der an die Rückwand der Galerie gebaut wurde. Sie hatte Devlins Angewohnheit, alte Sachen aufzubewahren, und so nahm der Schrank glücklich ihre alten Schulregenmäntel und Gummistiefel auf, alte Hosen und alte Kleider, die einmal wieder modern werden mochten, sowie Tennisschläger und Pappkartons. Sie hatte ihren Beutezug durch Devlins Wohnung gehalten und nicht nur Stühle und ein Sofa und Bett mitgenommen, sondern auch Wäsche und Porzellan. Devlins Bücher erschienen auf ihren Borden, und Devlins Aufzeichnungen und Notizen füllten ihre Schränke. Er hatte nicht protestiert.

»Dadurch bekomme ich Platz, mich wieder bei mir zu bewegen«, sagte er. »Aber weißt du, Sal, wir sollten uns wirklich mal hinsetzen, wenn ich 'rüberkomme, und den Plunder aussortieren. Bei der Hälfte des Krams wäre es sogar für mich 'ne Zumutung, ihn noch einmal zu lesen.«

Sie hatten sich jedoch nie ans Wegwerfen gemacht, und indem sie seine Worte als Zustimmung nahm, hatte sie weiter mehr und mehr seiner Unterlagen zu sich geholt aus Angst, er könnte seine Drohung eines Tages wahrmachen. Sie hatte sie nie sortiert; die leeren Fächer hatten alles aufgenommen. Im Verlaufe der fünf Jahre waren die Anhäufungen aus ihrem eigenen Leben und die aus Devlins Vergangenheit bemerkenswert geworden.

»Ich kann es wirklich nicht verstehen«, hatte Robert einmal gesagt, als er das Chaos in einem der Schränke betrachtete, in dem sie gerade etwas suchte. »Nur die sehr Armen hängen so an jedem Fitzelchen, Sally.«

Sie hatte die Achseln gezuckt und zu lachen versucht. »Ich glaube, man kann auf verschiedene Arten arm sein.«

Sie konnte in jener Nacht nicht schlafen; sie vermochte nicht einmal zu Bett zu gehen – und ihr waren die Zigaretten ausgegangen. Sie wünschte, sie hätte Robert nicht gesagt, sie fühle sich in Ordnung und wolle früh schlafen gehen. Er hätte bei ihr sein können, oder er hätte ihr einige Schlaftabletten dalassen können, die er immer zur Hand hatte. Robert hielt es bei sich selbst für absolut richtig, Schlaftabletten zu nehmen, wenn ihm danach zumute war, doch irgendwie witterte er in Sally als Tochter ihres Vaters jene gefährliche, unberechenbare Eigenschaft, das künstlerische Temperament. Deshalb durfte man ihr mit Schlaftabletten nicht trauen. Es war deprimierend, überlegte sie, daß man ihr mit sechsundzwanzig nicht traute.

Es war zu spät, um noch fortzugehen, doch tat sie es trotzdem. Sie zog ihren Regenmantel an und fischte Mrs. McCarthys Schlüssel aus dem Tohuwabohu in der Schublade. Tim schoß vor ihr aus der Tür, ein schmaler grauer Schatten, der beinahe sofort mit der Dunkelheit in dem kleinen Garten verschmolz.

Es war töricht, so spätabends allein zu Fuß zu gehen, doch kümmerte es sie nicht. Es hatte geregnet und nun aufgehört, und der kalte Wind trübte die Oberflächen der Pfützen, die blau unter den Straßenlaternen glänzten. Die Edgware Road lag verlassen da, als sie in sie einbog. Nirgends war ein Kiosk, wo sie Zigaretten hätte kaufen können. Sie wandte sich in Richtung Marble Arch und ging langsam weiter. Sie hörte das Auto hinter sich nicht, hörte nichts, bis eine Stimme fragte: »Alles in Ordnung, Miß?«

Zwei Polizisten saßen in einem Streifenwagen und betrachteten sie eingehend und prüfend.

»Ja...« Sie strich sich das Haar aus den Augen. »Ja – ich warte nur auf ein Taxi – um nach Hause zu fahren...«

Vier Minuten später kam es. »Wohin, Miß?« Als Antwort die Adresse in der Bayswater Road zu nennen, erschien keineswegs merkwürdig. Als das Taxi vor dem Haus anhielt, hatte sie aufgehört zu versuchen, sich vor Robert zu verteidigen. Robert brauchte es ja nicht zu wissen – niemand brauchte es zu wissen. Der Grund ihres Kommens war sehr einfach. Es war kein Ort und kein Raum gewesen, keine ruhige Stunde allein, um Abschied zu nehmen.

Nachdem sie das Taxi bezahlt hatte und es weitergefahren war, blickte sie empor und sah, daß in der Wohnung unter Devlins Etage Licht brannte. Es bedeutete einen Schock für sie;

im Hintergrund ihres Denkens war sie der Überzeugung gewesen, das gesamte Haus müsse jetzt im Dunkeln liegen, weil der Mieter des obersten Stockwerks nie wieder zurückkehren würde. Sie stand und schaute zu dem Licht empor, und sie erkannte, daß es die jähe Gewißheit gewesen war, daß er nie wiederkommen würde, die sie ungefähr in dem Augenblick überkommen hatte, als die Zigaretten zu Ende waren, die sie hierhergetrieben hatte. Was gab es um zwei Uhr nachts anderes in der Wohnung eines Toten zu tun, als Abschied zu nehmen?

Sie schloß die Haustür auf und ging die fünf Treppen zu Fuß hinauf, um das Geräusch zu vermeiden, das der kleine Aufzug machen würde. Das Treppenhaus war bis zum obersten Stockwerk beleuchtet, so daß sie den Anschlag im selben Moment sah, als sie um die letzte Treppenbiegung kam.

Es war säuberlich auf einen Briefbogen getippt, der mit Tesafilm an der Tür befestigt war: ›Alle Erkundigungen bei obiger Adresse.‹ Der geprägte Briefkopf glänzte diskret: ›Funston and Brown, 46 Gray's Inn.‹

Der Schlüssel bebte in ihrer Hand, als sie ihn ins Schloß zu schieben versuchte. Sinnlos rutschte er über die metallene Scheibe. Ungläubig bückte sie sich, um es sich näher anzusehen. Die Scheibe glänzte in dem hellen Schein ganz neuen Metalls; darunter war ein zweites Schloß angebracht worden.

Sie drehte sich um und lehnte sich mit dem Rücken an die Tür und umklammerte die Schlüssel so verzweifelt, daß es schmerzte. Ihre Gedanken waren ein hörbares Flüstern. »Du bist als erste hiergewesen! Verflucht seist du – oh, verflucht seist du, Elizabeth!«

Roberts Anwälte setzten sich sofort mit Funston and Brown in Verbindung, die darauf hinwiesen, daß Elizabeth O'Mara Spence Lawrence Devlins Frau war, falls nicht bereits seine rechtliche Witwe; sie hatte seine Handlungsbevollmächtigung und somit das Recht, die Vorkehrungen zu treffen, die sie für richtig hielt. In Anbetracht des kürzlich erfolgten Einbruchs, fügten sie sehr folgerichtig hinzu, sei eine Vorsichtsmaßnahme, wie die Türschlösser auszuwechseln, nur allzu verständlich.

Aber wie stehe es, verlangten Roberts Anwälte zu wissen, mit dem Eigentum von Miß Sally Devlin, das sich noch in der

Wohnung befinde? Miß Devlin, erwiderten Funston and Brown, könnte auf Vereinbarung die Wohnung aufsuchen und ihr Eigentum abholen, der Vertreter von Funston and Brown würde eine Liste aller Gegenstände aufstellen, und Miß Devlin würde eine Empfangsbestätigung für diese unterschreiben.

»Kein Wunder, daß sie Geld haben«, empörte sich Sally. »Wenn das die Art und Weise ist, in der Patrick O'Mara es zusammenbrachte...«

»Es ist nicht illegal, Geld auf dem Aktienmarkt zu verdienen«, entgegnete Robert. »Und strenggenommen ist Mrs. Devlin in ihrem Recht. Du müßtest dich durch eine ganze Menge Ärger und Aufregung hindurchkämpfen, um das Gegenteil zu beweisen. Es ist sehr knifflig, bis dein Vater für...«, er brach ab.

»Tot erklärt wird«, beendete Sally den Satz für ihn. Seit der Nacht, als sie die verschlossene Wohnung vorgefunden hatte, war die Möglichkeit seines Todes in ihr zur Gewißheit geworden. Das Flugzeugwrack war nicht gefunden worden, und die winterliche Schneedecke lag auf den Gebirgen Asiens. Devlin war tot, doch das Gesetz konnte und würde es nicht zur Tatsache erklären.

Sie fuhr also auf Vereinbarung, wie Funston and Brown es verfügt hatten, zur Wohnung, und unter den Blicken eines ehrerbietigen, jedoch recht unerbittlichen Mannes, der nicht einmal seinen Regenmantel auszog, noch den Schirm vom Arm nahm, sah sie Devlins »Effekten« durch, wie der Funston-and-Brown-Mann sie hartnäckig nannte. Es gab wenig, was sie als ihr eindeutiges Eigentum bezeichnen konnte – eine Spielzeugschachtel, die oben auf einem Bord weggestellt worden war und die sie an ein Kinderkrankenhaus schicken würde, einige Schulbücher mit ihrem Namen auf dem Vorsatzblatt, ein Briefmarkenbuch, ein Fotoalbum, über das sich ein Disput mit dem Mann von Funston and Brown entspann, und einige Briefe, die Devlin ihr vor mehr als zehn Jahren geschrieben hatte und die sie auf dem Boden einer Hutschachtel entdeckte. Sie unterschrieb die Liste, und der Mann begleitete sie zum Taxi, als wolle er damit betonen, wer das letzte Recht dort hatte. Die Zeit des fröhlichen Aussuchens nach Herzenslust und ohne offizielle Erlaubnis zwischen Devlins Sachen war vorbei.

Sie bebte vor Wut und Elend über die Armseligkeit dieses

Abschieds, während sie auf ein leeres Taxi wartete. Ihre Arme waren beladen mit dem, was sie aus der Wohnung mitgenommen hatte, und der Fahrer stieg aus und half ihr, alles auf dem Sitz zu verstauen. Sie nahm den Mann nicht einmal wahr, der am Bordstein stand und dies alles mit ansah; und auch wenn sie es getan hätte, war er unauffällig genug, um ein Zwillingsbruder des Funston-and-Brown-Mannes oben zu sein. London wimmelte von solchen Männern.

Im Atelier angekommen, breitete sie die Sachen auf dem Sofa aus, setzte sich hin, zündete sich eine Zigarette an und schaute auf sie nieder. Es war schrecklich wenig, was ihr da geblieben war. Dann wanderte ihr Blick zu den Reihen der Wandkabinette, den Schränkchen, die mit Devlins Aufzeichnungen vollgestopft waren – mit dreißig Jahren unsortierter Notizen und Fragmente. Ihr war eine Menge geblieben.

»Viel mehr, als sich Elizabeth O'Mara Spence auch nur träumen läßt«, sagte sie zu Tim und drückte die Zigarette aus, die sie nun nicht mehr brauchte.

Abends beschrieb sie Robert die Sachen, die sie sich aus der Wohnung geholt hatte. »Das ist dann wohl das Ende des Ganzen, nicht wahr?« meinte sie. »Es ist aus und vorbei. Was nun? Was mache ich jetzt? Es ist merkwürdig...«, fügte sie hinzu, »daß es nichts richtig Endgültiges gibt. Keine Beerdigung oder sonst etwas. Irgendwie glaube ich, er wäre froh gewesen, kein Begräbnis zu haben. Er haßte sie immer.« Und dann kam ihr ein neuer Gedanke. »Ich nehme an, es wird irgendwann ein Testament verlesen.«

»Nicht, bevor...«

»Ja, ich weiß... er juristisch tot ist. Wie lange dauert das?«

»Ich werde es herausfinden.« Und dann fügte er so rasch, daß sie es kaum verstand, hinzu: »Wir sollten besser heiraten.«

»Bald... noch nicht.« Er blickte sie sonderbar an, und sie sah, wie sein Mund schmal wurde. Er sagte jedoch nichts mehr. Sie wünschte, er hätte es getan. Er ahnte nicht, wie nah sie drauf und dran war, ja zu sagen, nur weil es kein Warten auf Devlins Rückkehr mehr gab. Robert hätte es erreichen können, wenn er es wirklich gewollt hätte. Das war vielleicht das Schlimme – daß keiner von ihnen beiden wirklich überzeugt und sicher war, was den anderen betraf. Es schien nur sicher, wenn sie sich in den Armen lagen – doch dachte sie immer wieder an einen Ausspruch Devlins, den er ihr gegenüber einmal über die Ehe gemacht hatte – daß man in ihr eine ganze Menge Zeit außerhalb des Bettes verbrächte, und dort konnte es mit ihnen beiden schiefgehen.

Canfield machte an jenem Abend einen Spaziergang, jenem Abend, als Sally Devlin die letzte Nachlese von ihrer Kindheit mit Devlin nach Hause brachte. Ohne es eigentlich zu wollen, überquerte er die Edgware Road und ging in Richtung Maida Vale. Doch als er an der Kreuzung von der Willet Road ankam, war er bereit, sich einzugestehen, daß er von Anfang an vorgehabt hatte, hierherzugehen, vorgehabt hatte, hier abzubiegen, und vorgehabt hatte, an der hohen Backsteinmauer mit der Pforte darin entlangzugehen. Hinter der Mauer vermochte er in dem kleinen gepflasterten Gärtchen den Lichtschein von den Atelierfenstern zu sehen, der die Unterseite der Platane anstrahlte; sie hatte jetzt weniger Blätter. Er blieb wohl eine Minute lang stehen und überlegte, ob Sally Devlin wohl erschrecken würde, wenn er durch die Pforte träte, den Weg entlang ginge und an die Tür klopfte. Da sah er den Ashton Martin; er stand in einer langen Reihe geparkter Autos – man fand heutzutage nie eine freie Parklücke in London –, doch war er auffallend teuer inmitten der Fords und der Morris. Er gehörte Robert Halstead; er wußte es so sicher, als stände sein Name darauf.

So kehrte Canfield um und ging am Ufer des Kanals zurück zu St. John's Wood. Das war der Anfang der Angewohnheit, die er in jenem Herbst und Winter annahm, nämlich abends die Edgware Road zu überqueren und hinunter durch Maida Vale zu gehen. Sehr oft sah er den Lichtschein auf den kahlen Ästen der Platane und beinahe ebensooft sah er den Ashton Martin.

Canfield hatte fünf Tage lang für die Croft-Zeitungen über eine Konferenz der Außenminister in Rom berichtet; es war langweilig und recht angenehm gewesen, da es sich um reine Routinearbeit gehandelt hatte; die herbstliche Sonne war warm gewesen, er hatte einen Artikel schreiben können, den er an eine amerikanische Zeitschrift zu verkaufen hoffte. Er hatte keinen Auftrag für Willsden zu erledigen brauchen und auch über nichts zu berichten. Die angenehme Stimmung dieser Reise verflog jedoch, als er unverzüglich nach seiner Rückkehr zu Willsden beordert wurde.

»Etwas, was Sie sehen müssen«, sagte jener und reichte Canfield einen Bericht über den Schreibtisch. »Er ist gerade von einem unserer Leute aus der Schweiz gekommen. Er ist bei der Abrüstungskonferenz tätig. Er betrifft Devlin – oder vielmehr Devlins Frau.« Für sie war sie immer noch seine Frau; es hatte sich nie der eindeutige Beweis ergeben, daß Devlin tot war, und sie dachten immer noch an ihn in Verbindung mit Fergus und dem verwüsteten Hotelzimmer in Beirut.

Canfield überflog den Bericht; der Agent war nur mit seiner Nummer genannt. Er mochte jeder beliebige Teilnehmer der englischen Delegation in Genf gewesen sein oder sogar zur Delegation irgendeiner anderen vertretenen Regierung gehört haben. Canfield unterließ es zu fragen; Willsden hätte ihm einfach nicht geantwortet. Die Identität des Agenten war nicht wichtig; wichtig war einzig und allein, was er gesehen hatte.

Er hatte einige Tage Urlaub gehabt und sie in Zermatt verbracht. Auf dem Rückweg hatte er in Sion haltgemacht, um sich die berühmte Trutz- und Schutzkirche von Valère anzuschauen; von dort war er weiter nach St. Martin gefahren, wo er zu Mittag essen wollte, um dann nach Genf zurückzukehren. Doch der Anblick des Mannes, den er auf dem Dorfplatz erkannt hatte, brachte ihn zu dem Entschluß, sich für die Nacht ein Zimmer zu mieten und sich für den Nachmittag bei einer Flasche Fendant, dem Wein der Gegend, niederzulassen und einige Auskünfte zu sammeln. Den Mann, den er gesehen hatte, hatte er früher unter dem Namen *Zotov* in Australien gekannt, wo er zur Russischen Botschaft in Canberra gehörte. Er hatte Australien knapp einige Stunden vor einem Ausweisungsbefehl zum Zeitpunkt des Petrov-Falles verlassen, und sie hatten ihn aus den Augen verloren. In St. Martin ging er unter dem Namen Hans Raedler. Die Einheimischen wußten wenig über ihn, erinnerten sich nur deutlich an seine Ankunft. Er hatte Elizabeth Devlin bei ihrer Rückkehr aus dem Sanatorium begleitet, wo sie eine Erholungskur machte, als Devlin verschwand. Er war als Madame Devlins Sekretär bekannt, hatte jedoch die Verwaltung des Schlosses übernommen. Sein Anblick auf dem Dorfplatz von St. Martin war ein reiner Zufall. Er wurde selten außerhalb des Schlosses gesehen.

Canfield stieß einen leisen Pfiff aus. Willsden schaute ihn mißbilligend an; sie, die Leute vom Fach, waren durch nichts zu überraschen.

Es hatte nichts mehr zu berichten gegeben. Jener Teil des Rhonetales war nicht der Aufenthaltsort für Touristen, vor allem nicht im Winter; der Agent aus Genf hatte nicht dadurch auffallen wollen, daß er länger blieb als eine Nacht oder zu viele Fragen stellte. Er war jedoch überzeugt, daß es Zotov war, der sich in St. Martin aufhielt.

»Wir müssen mehr darüber wissen«, erklärte Willsden. »Wir müssen mehr darüber wissen!«

Sie hatten einen Vorteil im Kampf mit der anderen Seite – ungefähr der einzige, wie Canfield manchmal feststellte. Es gab keinen gewöhnlichen, unschuldigen russischen Touristen; es gab keinen Russen, der einfach mal ein anderes Land kennenlernen wollte. Wo immer sie auch waren, da waren sie mit einem ganz bestimmten Ziel. Und nun waren sie im Schloß von St. Martin.

»Es scheint einfach unmöglich, nicht wahr?« meinte Canfield. Und doch hatten sie es immer mit Dingen zu tun, die unmöglich erschienen. »Aber da muß ja etwas im Gange sein.« Sie sahen sich an und waren mit dem gleichen Gedanken beschäftigt.

»Ich mag wahrhaftig nicht darüber nachdenken«, erklärte Willsden und sprach den Gedanken aus. »Die Leute, die dort zu Besuch waren... War nicht unser eigener Außenminister einmal dort? – Und ist ihr Bruder nicht Senator?«

»Er ist nicht nur Senator. Er ist der Vorsitzende des Komitees für Auslandsbeziehungen«, antwortete Canfield. »Und Jim O'Mara ist Stellvertretender Verteidigungsminister.«

»Natürlich«, fügte Willsden hinzu, »wenn man eine Familie mit Beziehungen wie die O'Maras nimmt, gibt es kein Gebiet, das nicht berührt würde. Leute in sehr hohen Positionen. St. Martin ist praktisch ein Erholungsheim für die obersten Generale der NATO gewesen. Und er mit einem Friedenspreis! Ich kann Ihnen sagen, ich mag gar nicht darüber nachdenken!«

»Es ist nicht wahr«, erklärte Canfield. »Ich glaube nicht, daß Devlin ein Verräter war.«

Willsden sah ihn mit klappernden Augenlidern wie eine Eule an. »Irgendeinen Beweis dafür, alter Junge?«

»Ich glaube es einfach nicht!«

»Das ist zweifellos sehr rührend von Ihnen. Aber wir werden ein bißchen mehr brauchen als einfachen Glauben an ihn, finden Sie nicht auch? Ich meine, falls sich ein Beweis für eine wirkliche Verbindung der Devlins mit den Russen ergeben sollte, könnten ernsthafte Kanäle von St. Martin ausgegangen sein.«

»Ist der Genfer Agent absolut sicher, daß es wirklich Zotov war? Er kann sich nicht geirrt haben?«

»Sie haben den Bericht ja selbst gelesen. Er ist seiner Sache so sicher, wie jemand es sein kann, der Zotov nur einmal auf dem Dorfplatz an sich vorbeigehen sah. Aber ja, wir werden davon ausgehen müssen, als handele es sich um eine eindeutige Identifizierung. Wir werden etwas unternehmen müssen.«

Die Schritte, die sie unternahmen, die vorsichtigen Erkundigungen, ergaben folgendes: Der Mann, der sich Hans Raedler nannte, behauptete, in Leipzig geboren zu sein. Die deutsche Niederlage sah ihn auf der westlichen Seite der Trennlinie, und dort war er auch geblieben. Die Papiere und die Geschichte des Hans Raedler waren im Mahlstrom des Krieges und der Niederlage untergegangen, und sie waren von London aus nicht imstande, die Leipziger Vergangenheit nachzuprüfen. Der Antrag auf einen Reisepaß war von den westdeutschen Behörden 1957 bewilligt worden; er trug das Foto des Mannes, der jetzt in St. Martin war.

Sie veranlaßten einen Berner Agenten, einen Mann namens André, eine Stellung als Kellner in Sion anzutreten. Er war ein Mann mit einer gutentwickelten Schweizer Leidenschaft für lange Wanderungen. –

Sally vermochte nicht genau zu sagen, wann sie das Gefühl zu haben begann, beobachtet zu werden. Es war eine so vage Empfindung, daß es keinen klaren Namen dafür gab. Es war nicht mehr, als hätte sich die Luft hinter ihr bewegt, doch jener leichte Luftzug ging ihr kalt und eisig bis auf die Knochen. Es war nicht zu benennen, es war ein Nichts, doch als die lautlose Melancholie des englischen Herbstes in den Winter hinüberglitt, begann es ihr wie ein Teil ihres Lebens zu erscheinen, wie ein Teil der Trauerzeit, wie ein Etwas, mit dem sie leben mußte. Es war in jenem Jahr für alle eine Zeit der Trauer und der Scham; es war der Herbst, in dem ein Staatspräsident von den Kugeln eines Attentäters ermordet wurde, der Herbst, in dem der bittere Nachgeschmack der Lüge eines Kriegsministers im Unterhaus, durch die beinahe die Regierung Ihrer Majestät gestürzt worden wäre, noch in der Luft hing und Mißtrauen über Mißtrauen züchtete, eine Zeit, in der die Menschen sich plötzlich ärmer und ohne Führung fühlten und das Vertrauen erschüttert war. Ihre eigene Tragödie schien Sally mit der allgemeinen Stimmung der Unsicherheit zu verschmelzen; möglicherweise waren diejenigen, die sie beobachteten und etwas suchten, nur in ihrer Einbildung vorhanden, weil auch sie ärmer und zutiefst getroffen war.

Rückblickend begann sie das Aufsteigen dieser Empfindungen, dieses Verdachtes auf die Zeit kurz nach jenem Tage, als sie die letzten Sachen aus Devlins Wohnung geholt hatte, zu datieren. Es war nichts ungewöhnliches zu sehen, als sie von Tyne and Townsend nach Hause kam, nichts, um sie zu warnen; erst als sie an den Schrank ging, um sich das Fotoalbum herauszuholen, als sie nach dem Abendbrot bei ihrer Zigarette und ihrem Kaffee saß, war sie schlagartig überzeugt, daß es anders hingelegt worden war – irgendwie angefaßt oder durchgewühlt worden war. Sie hockte sich auf die Fersen zurück vor dem Schränkchen, in dem sie die ganzen Sachen verstaut hatte – sie wahllos auf die Dinge gestapelt hatte, die sich bereits darin befanden –, und betrachtete voller Zweifel das Durcheinander. Es war unmöglich, sich zu erinnern, ob das Album zuoberst gelegen hatte oder unter dem Bündel von Briefen, ob sie es in diesem Winkel hineingelegt hatte oder jenem; und doch blieb das Gefühl, daß es herausgenommen und aufgeschlagen worden war. Sie zog es heraus und nahm es mit zum Sofa zurück.

Die Fotografien begannen mit der Zeit, als sie ein Baby war, bei ihrer Mutter saß, mit dem ersten Stofflamm spielte, dem ersten lebendigen jungen Kätzchen. Ihr Vater mußte die meisten von ihnen aufgenommen haben, da er selbst nur selten im Bilde erschien. Dann waren da einzelne Schnappschüsse von ihm während des Krieges in der Uniform der Royal Air Force und solche, die ihn mit anderen Offizieren zeigten, von denen einige später fielen; mit einigen anderen blieb er jedoch auch nach dem Krieg in Verbindung. Er hatte nie geglaubt, daß Männer im Frieden jemals den Grad von Nähe aufrechtzuerhalten vermochten, den die Angst und die Langeweile des Krieges zwischen ihnen erzeugt hatte. »Es ist einfach nicht normal«, sagte er. »Und es hat eben keinen Zweck, so zu tun, als hätte sich nichts geändert! Vieles hat sich geändert – und wer möchte schon die Zeit zurückstellen?«

Doch wenn er sich auch nicht bemüht hatte, die Kriegsjahre lebendig zu erhalten, war er seinem Bilde eines Vaters treu geblieben – einem ziemlich konventionellen Bilde eines Vaters, wie sie jetzt erkannte, während sie über die Fotos nachsann, die in ihren Schulferien aufgenommen worden sein mußten – einige deutlich erkennbar in London, im Zoo, im Tower. Und als sie älter geworden war und dorthin zu reisen vermochte, wo er sich gerade aufhielt, hörte der Hintergrund auf, vertraut zu sein – strohgedeckte Dächer und ein dicht daneben lauernder Dschungel, die weite Savanne Afrikas, die unberührte Reinheit eines Strandes am Karibischen Meer. Sie lächelte leicht, als sie diese Bilder betrachtete; manchmal war es schwierig gewesen, mit ihrem Vater Schritt zu halten – er war auf seine Weise ziemlich fordernd gewesen, hatte eine Art von Reife von ihr verlangt, bevor sie völlig bereit dafür gewesen war. Aber Devlins Tochter zu sein war etwas Besonderes und manchmal gefährlich erregend gewesen. Es war kaum ein Wunder, daß sie nicht mit achtzehn geheiratet hatte. Nie hatte sie gewußt, wann der nächste Ruf von ihm kam. Das war das Schwerste an der Heirat mit Elizabeth gewesen, an das sie sich hatte gewöhnen müssen – die zunehmende Gewißheit, daß nie mehr ein solcher Ruf von ihm kommen würde. Sie begriff diese Wahrheit zum erstenmal, während sie die Fotos anschaute, und sie überlegte, ob es nicht das erste war, in dem sie Devlin enttäuscht hatte. Er hatte Reife von ihr verlangt, als sie noch sehr jung war, und als sie so alt war, daß man es von ihr hatte erwarten können, hatte sie versagt. Der Gedanke, nie mehr zu ihm sagen zu können: ›Schau, ich akzeptiere die Tatsache, daß du verheiratet bist. Laß mich hinein . . .‹, war schwer zu ertragen, und dann die Stimme der letzten fünf Jahre entgegnen zu hören: ›Aber es war Elizabeths Schuld – Elizabeth hat dich ausgeschlossen.‹ Sie blickte auf die verblaßten Fotos des Mannes in dem Khakianzug hinunter und konnte ihn beinahe das sagen hören, was er nie ausgesprochen hatte: ›Du warst zuerst hier – wenn der erste Schritt von dir gekommen wäre, hätte die Brücke geschlagen werden können. Dies ist ein Konflikt zwischen Frauen . . .‹ Und sie war noch nicht genug Frau gewesen.

Sie blätterte die Seite um. Auf der nächsten waren einige leere Stellen, wo Bilder fehlten, so wie im ganzen Album – Stellen, wo sie aus den Schlitzen herausgerutscht und nie ersetzt worden waren, die irgendwo zwischen den endlosen Stapeln von Papieren steckten, die Devlins Leben enthielten. Einige der leeren Stellen waren alten Datums, das Papier zu einer einheitlichen Farbe mit der restlichen Seite verblaßt. Einige waren kürzlich herausgefallen, das Papier war an den Stellen dunkel und nicht verschossen. Sie wünschte, sie vermöchte sich zu erinnern, welche Fotos es gewesen waren – wer geknipst worden war, sie oder Devlin? Und wo? Wo waren die Fotos von der Kanadareise, einer der Reisen, auf denen sie ihn nicht begleitet hatte? Und in welchem Jahr war das gewesen? Waren nicht ein oder zwei von Alaska dagewesen? Und hatte er jemals welche auf jener Reise entlang der Westküste von Südamerika gemacht, oder hatte sie ihn sich lediglich in ihrer Phantasie dort vorgestellt, so wie sie ihn sich überall in der Welt vorgestellt hatte, wo er gewesen war? Nicht ein einziges der Bilder in dem gesamten Album war mit Ort oder Datum versehen. Sie blickte geradezu mit Verzweiflung zu der hohen Wand voller Schränke und Borde ihr gegenüber auf und war sich voller Erschrecken des ungeordneten Durcheinanders bewußt, das sie verbargen. Sie sah sich plötzlich Auge in Auge mit dem, was ein Leben voll angeborener Unordentlichkeit ihr angetan hatte. Der Lebenslauf Devlins war in jenen Papieren aufgezeichnet, die sie so sorgfältig aufbewahrt hatte, oder aber in ihrer Erinnerung, die sich jetzt als gefährlich unzuverlässig erwies. Sie hatte die Aufzeichnungen gerettet, doch trugen sie, genau wie die Fotos, weder Ort noch Datum. Devlin war da, aber illusorisch und fragmentarisch, und es war ihre Schuld.

Nun fiel ihr auch wieder ein, daß sie sich gelobt hatte, den zweiten Satz Schlüssel zu seiner Wohnung zu finden – die Schlüssel, um die sie sich nicht mehr gekümmert hatte, da sie durch Elizabeths Vorgehen wertlos geworden waren. Jetzt war es jedoch wichtig, sie zu finden, um sich selbst zu beweisen, daß sie nicht ganz so unachtsam gewesen sein konnte, wie sie schien, gleichsam als Beweis, daß ihres Vaters Besitz ein heiliges Vermächtnis war und sie es nicht verraten hatte. Sie erhob sich und ging zur Schublade; mit einem raschen Ruck war sie draußen, und der Inhalt plumpste auf den Fußboden. Auf den ersten Blick konnte sie sehen, daß dort – genau wie es hatte sein müssen – zwei Schlüsselbunde lagen.

Eine Welle der Erleichterung überflutete sie, und das Telefon klingelte. Es war Robert. Sie unterhielten sich eine Zeitlang. Er war gerade von einer späten Besprechung gekommen; sie war, wie Sally merken konnte, befriedigend verlaufen. Er war in übermütiger Stimmung, jener ›Ich bin so gut und besser als die älteren Männer‹-Einstellung, die sie sowohl ärgerte wie beeindruckte. Er war so erschreckend ›on top‹ in allem; sie hatte nie jemandem gekannt, der so typisch für dieses Land in diesem Augenblick seiner Geschichte war – die Art des jungen Mannes, nicht zurückzuschauen auf vergangene Größe und nicht den Wunsch zu hegen, die Zukunft durch den Versuch zu belasten, jetzt zu groß sein zu wollen; er würde mit dem Teufel Geschäfte machen, wenn der Teufel ein Kunde wäre. Und die Zahlen in den Büchern würden immer schwarz sein. Erneut wunderte sie sich, wie schon so oft, warum sie in seinem Leben war. Vielleicht war sie Roberts einziges Zugeständnis an Unzulänglichkeit...

»Sally, du hörst ja gar nicht zu!«

Sie fuhr hoch. »Doch, doch«, log sie. Sie streckte die Hand nach einer Zigarette aus, zog sie dann jedoch schuldbewußt zurück. Robert merkte immer, wenn sie rauchte.

»Ist irgend etwas los?« fragte er. »Irgend etwas anderes?«

Was meinte er bloß mit irgend etwas anderes? Langweilte ihn ihre Trauer um Devlin? Ließ ihr Grübeln und Nachdenken ihn ungeduldig werden? Der Gedanke versetzte ihr einen Stoß, und sie sagte ihm, was sie nicht hatte sagen wollen: »Ich weiß nicht. Ich bin nicht sicher... Robert, aber ich habe das Gefühl, es ist jemand hier in der Wohnung gewesen.«

Er antwortete nicht sogleich. Schließlich fragte er: »Weshalb glaubst du das?«

Sie hielt die Pause für absichtlich, als hätte er ihr Zeit geben wollen, sich zu beruhigen, es noch mal zu überlegen.

»Ich bin nicht sicher«, wiederholte sie trotzig. »Es ist schwer zu sagen. Es scheint herumgestöbert worden zu sein. Als hätte jemand etwas gesucht.«

»Fehlt irgend etwas?« erkundigte er sich und zwang sie, zur Sache zu kommen. »Möchtest du, daß ich die Polizei benachrichtige?«

»O nein!« Die Vorstellung, Robert könnte in wenigen Minuten die Polizei schicken, war beängstigend; sie würden mit ihren höflichen, leeren Gesichtern das Durcheinander in der Reihe von Wandschränken betrachten und fragen: »Was fehlt?« Rasch sagte sie daher: »Ich bin nicht sicher, ob etwas gestohlen worden ist. Ich habe nur so ein Gefühl.«

»Aber es fehlt nichts?« beharrte er.

»Nein – nicht daß ich wüßte.«

»Dann ist das also in Ordnung. Weißt du, Sally, du darfst nicht zulassen, daß du...«

»Ich werde es nicht mehr zulassen«, versprach sie.

Sie versuchte es, aber ohne Erfolg. Jeden Abend, wenn sie den Schlüssel in die Tür steckte, verhielt sie wartend eine Sekunde lang und lauschte. Es war nie jemand da, nie entdeckte sie ein konkretes Anzeichen dafür, daß jemand dort gewesen war. Vernahm sie ein Geräusch, so stellte sich immer heraus, daß es Tim verursacht hatte, als er vom Sofa sprang; außer dem Schnurren seines Willkommens herrschte Stille; kein Laut außer dem leisen Seufzen des Windes draußen, dem schwachen Rattern der Fenster in den alten Rahmen, dem leichten Luftzug, der einen Vorhang bewegte.

»Er hat recht, Tim, meinst du nicht auch? Robert hat recht – ich darf es nicht zulassen.«

Sie formte nie in Worte, was sie denn nicht zulassen durfte, was sie nicht tun oder werden oder glauben sollte. Doch war eine Veränderung eingetreten; in jenem Winter machte sie sich an die Aufgabe, durch das Medium der Aufzeichnungen und Bücher, die er ihr hinterlassen hatte, Ordnung in Devlins Leben zu bringen – in Devlins Leben und ihr eigenes.

Der Vorgang des Ordnens, des Sortierens und des Registrierens erstreckte sich bis in ihr Büro. Sie ging am Morgen, nachdem jener erste Verdacht erwacht war und ihr die erste Erkenntnis gedämmert hatte, daß sie ihre Beziehung zu Devlin besser ergründen mußte, in dem Bewußtsein hin, daß auch dort ein Beweis ihrer Nachlässigkeit, ja sogar Gleichgültigkeit gegenüber den Dingen wartete, die Devlin gehört hatten.

Tyne und Townsend waren ein Überbleibsel einer vergangenen Zeit, die wieder zum Leben erwacht war mit dem neuen Wohlstand und dem neuen Trend zu prächtigen Kunstbüchern für Geschenkzwecke. Die Herstellungsmethoden erforderten unendliche Sorgfalt, waren kostspielig und notgedrungenerweise sehr langsam; das Tempo des Hauses war darauf eingestellt. Sally und Mary Farrar, das Mädchen, mit dem sie in dem vollgestopften Bürozimmer saß, waren die Assistentinnen der

Herausgeber; sie schrieben Briefe an Druckereien in ganz Europa, überprüften Quellenangaben und baten berühmte Kunstsammler brieflich um die Erlaubnis, Werke aus ihren Sammlungen zu fotografieren. Die Ordner über die in Herstellung befindlichen Bücher und jene, die bereits fertig waren, befanden sich in Regalen, die drei der vier Wände bis hinauf unter die hohe Decke bedeckten. Sally fragte sich, als sie es alles jetzt mit neuen und erstaunten Augen sah, ob sie hier geblieben war, die Stellung ihr gefallen hatte, weil das Ganze ein wenig von der gleichen Art der Unordnung war, die sie für sich selbst zu Hause geschaffen hatte; hier war jedoch wenigstens das Material ordnungsgemäß abgelegt und mit Aufschriften versehen, wenn es auch schwierig war, es wiederzufinden, wenn es einmal abgelegt war. Wenn der Winter vorbei war, sie einen Fortschritt mit Devlins Aufzeichnungen erzielt hatte, würde sie sich eine andere Stellung suchen, überlegte sie. Und dann fiel ihr ein, daß sie wahrscheinlich Robert heiraten würde, wenn der Winter vorbei war.

Von dem vorigen Lektor hatte sie einen riesigen Schreibtisch geerbt, der einst sehr schön, jetzt jedoch von Zigarettenglut und allen möglichen Schrammen bös zerkratzt war. Er war doppelseitig mit Schubladen auf beiden Seiten. Sie hatte Mühe, den Schlüssel für die linke Vorderseite zu finden, doch schließlich entdeckte sie ihn, ganz nach hinten geschoben, mit vier anderen in der obersten Schublade von Marys Schreibtisch.

»Keiner dieser Schlüssel paßt zu irgend etwas, soviel ich weiß«, behauptete Mary achselzuckend. »Vermutlich hat die Putzfrau sie irgendwo gefunden und da hineingeworfen. Einige von ihnen sehen alt genug aus, um die Tore des Towers aufzuschließen.«

Sally wartete, bis Mary zum Mittagessen gegangen war, bevor sie die unterste Schublade der linken Vorderseite öffnete. Mit einem Gefühl der Traurigkeit und der Scham legte sie die Hand auf das Manuskript; es war beinahe ein Jahr her, seit sie es auch nur aus der Schublade herausgenommen hatte. Die letzten Kapitel waren lediglich so, wie sie ankamen, auf die früheren geworfen worden, da sie, von Robert gefesselt, nicht diesen Beweis gebraucht hatte, wie Devlin an sie dachte. Es war das Jahr von Robert gewesen, das Jahr, in dem sie zu ruhelos und zu gefesselt gewesen war, um mehr als ihre nötigste Arbeit hier zu machen, und sie jede andere Aufgabe hatte schleppen lassen. Sie schien weit zurückzuliegen, jene erste Begegnung mit Robert und das Vorgeplänkel. Keiner von ihnen hatte damals kapitulieren wollen, jeder hatte zurückgehalten. Sie hatten weiter andere Verabredungen gehabt und dann endlich gemerkt, daß die Welt sich einzig und allein auf sie beide verengt hatte – oder zumindest ihre Welt hatte sich auf Robert verengt. Mit einem jähen Gefühl der Überraschung erkannte sie, daß die Ruhelosigkeit, das qualvolle Herumrätseln an Robert verschwunden war; war es immer so, wenn ein Mann und eine Frau voreinander kapitulierten – gab es nichts mehr zu erforschen, zu ergründen?

Sie ging an jenem Tag nicht zum Mittagessen fort, sondern saß in der Stille des leeren Raumes und dachte ein wenig über Robert und mehr über Devlin nach – und als sie das Manuskript durchblätterte, nur noch über Devlin.

Das Manuskript war auf eine unausgesprochene Weise Devlins Versprechen an sie, daß alles so war, wie es immer zwischen ihnen gewesen war. Die ersten Seiten waren kurz nach seiner Heirat mit Elizabeth angekommen. Unangekündigt und ohne Erklärung war es gekommen, jedesmal ein Kapitel oder so ungefähr, als habe es keine größere Bedeutung als irgendeiner der Briefe, die er ihr schrieb. Es war immer weiter gekommen, in unregelmäßigen Abständen, die letzten Kapitel vor mehr als drei Monaten. Es war lang – viele Seiten in Devlins Handschrift und beinahe nicht zu zählende halbe Seiten und angeklammerte Zettelchen an Einfügungen – Devlins übliche Methode zu schreiben. Nie hatte er die Herausgabe erwähnt, hatte gehandelt, als gehöre das, was er schickte, vollkommen ihr, genau wie alle seine Briefe. Es war nichts für oder von Elizabeth auf diesen Seiten, weder was das Thema noch die Inspiration betraf. Devlin hatte schließlich den Punkt erreicht, wo er über die Devlins schrieb, ein ausführliches persönliches Gemälde der Familie entwarf, das er als Roman verkleidete, doch Sally wissen ließ, daß dies ihr Erbe war. Sie wußte, es würde eines Tages verlegt werden, vorläufig jedoch blieb es ganz zwischen ihnen beiden, so, wie er es gemeint hatte. Sie wußte von der Beschaffenheit des Manuskriptes, daß keine andere Kopie davon gemacht worden war und daß Devlin sie auch das hatte wissen lassen wollen, damit sie seinen Wert erkannte.

Bis zum Beginn der Zeit mit Robert hatte sie es immer

abgetippt, wenn es ankam; dann hatte jedoch Robert Besitz von ihr ergriffen, und das Manuskript war vernachlässigt worden. Sie hatte als einziges die neu eintreffenden Kapitel gelesen und jedes Mal über Devlins Gefühl für die innere Kontinuität gestaunt, da er doch gleichzeitig andere Artikel schrieb; sie hatte sie gelesen und in diese Schublade zu den übrigen gelegt. Sie fragte sich, wie es möglich war, ein Geschenk wie dieses für selbstverständlich zu halten, doch hatte sie es getan.

Es war länger, viel länger, als sie dachte. Die Geschichte war von der reichen Fülle eines Schriftstellers, der sich Zeit läßt, der keine dringende Notwendigkeit für das Erscheinen des Buches vor Augen hat. Er hatte sich selbst Zeit gelassen, es alles mit dem Gefühl zu erfassen und es so niederzuschreiben, wie es ihn berührt hatte. Es waren nahezu dreihundert bereits getippte Seiten und, soweit sie es nach dem dicken Bündel der handgeschriebenen Seiten zu schätzen vermochte, vielleicht zweihundert, die noch abzuschreiben waren. Sie hatte in ihrem völligen Aufgehen in Robert nicht einmal gemerkt, wie Devlin sich beeilt hatte, als er sich dem Ende näherte. Sie spürte, es war zu Ende, wenngleich er es nicht gesagt hatte. Die Familiensaga hatte den Punkt rechtzeitig erreicht, an dem der junge Lawrence Devlin seine Reise in die Welt antrat; was danach kam, gehörte in Zeitungsausschnitte und die Mappen der Buchbesprechungen. Devlin war nicht der Mensch gewesen, über die Jahre des großen Ruhms zu schreiben.

Nur eine Seite wurde in jener Mittagspause getippt. Sie richtete einen neuen Ordner für sie ein. Den bereits abgetippten Teil des Manuskriptes und das Originalexemplar steckte sie in zwei große Umschläge, um sie, die Umschläge sauber beschriftet, mit nach Hause zu nehmen.

Alles war außer Sicht weggeräumt, als Mary vom Essen zurückkam. Sally wollte nicht, daß jemand Fragen über dieses Manuskript stellte – schon gar nicht jemand, der sein Vorhandensein Jackson Hayward und über ihn vielleicht Elizabeth melden könnte.

Devlin hatte es mit der Herausgabe nicht eilig gehabt – sie hatte das ebenfalls nicht. Er hatte es ihr geschenkt, und sie würde es behalten, bis die Zeit richtig schien, es herzugeben.

An jenem Abend legte sie die beiden Umschläge in eines der Wandschränkchen im Atelier und betrachtete sie mit einer gewissen Befriedigung. Es war der Anfang eines neuen Regimes, überlegte sie. Mit der Zeit würden sämtliche Aufzeichnungen Devlins so geordnet und beschriftet werden.

Es versprach ein langer, eintöniger Winter für André Duval in Sion zu werden. Obgleich die Berichte aus Bern nie so weit gingen, war es doch deutlich, daß Duval ruhelos war. Er habe die Tätigkeit als Kellner nicht für eine Sache von Dauer gehalten, schrieb er. Und es gab nichts zu berichten aus St. Martin, so daß er nicht einmal das Gefühl hatte, sein Geld zu verdienen, über das er sich sonst, als braver Schweizer, gefreut hätte.

»Nichts zu berichten«, sagte Willsden.

So fing es an; in St. Martin geschah nichts. Raedler wurde selten gesehen, Elizabeth nie.

»Besucher?« fragte Canfield.

»Keine. Keine Menschenseele ist, soviel Duval weiß, auch nur in die Nähe gekommen.«

»Und es steht auch nichts über sie in der Presse. Gar nichts. Nicht einmal in der Spence-Presse.« Canfield prüfte es regelmäßig nach. »Es ist, als wäre auch sie tot.«

In Sally blieb und wuchs das Gefühl, daß jemand in das Atelier kam und – sie wußte nicht recht, wie sie es nennen sollte, – herumsuchte oder nachprüfte. Sie hatte nie einen direkten Beweis dafür, vermochte die Überzeugung jedoch nicht abzuschütteln. Sie wußte jetzt, sie war nie imstande gewesen, genau zu sagen, ob etwas verrückt oder gestohlen war – wie konnte sie auch; wo sie nie den vollen Umfang dessen, was vorhanden war, gekannt hatte? Die großen braunen Umschläge voll Devlins Zettelwirtschaft – es konnten zweihundert dagewesen sein, genausogut aber auch dreihundert. In einige, die nach dem Aussehen der Umschläge vor so langer Zeit wie zwanzig oder dreißig Jahren beiseite gelegt worden waren, hatte sie niemals einen Blick hineingeworfen. Keine Seite schien überschrieben oder datiert zu sein; sie fand viele Fragmente, die sich auf nichts von dem bezogen, was Devlin je veröffentlicht hatte, und die zu keiner Periode seines Lebens zu gehören schienen, die sie zu erinnern vermochte. Es war alles ein solches Durcheinander; es brauchte viel Zeit und viele Stunden des Lesens, und sie wurde sich in zunehmendem Maße ihrer eigenen Naivität bewußt, in der sie geglaubt hatte, alles über das Leben ihres Vaters zu wissen. Sie hatte ihn so gekannt, wie ein Kind einen Vater kennt, nicht so, wie eine Frau einen Mann kennt. Sie lernte einen anderen Mann kennen. Gelegentlich stieß sie in den Bündeln von Briefen auf Briefe von Frauen, von denen sie nie etwas gehört hatte, Briefe, die niemals für die Augen eines anderen bestimmt gewesen sein konnten.

Die Aufgabe war ungeheuer groß und beinahe entmutigend; sie führte sie jedoch fort, da sie besessen war von dem Gefühl, daß sie und ein anderer miteinander um die Wette liefen, wer zuerst bei dem letzten Wissen über diesen Menschen ankommen würde, das seine Aufzeichnungen zu geben vermochten. In ihren mehr vom Verstand bestimmten Augenblicken mußte sie sich fragen, weshalb eigentlich – und wer war es? Elizabeth? – Hatte Elizabeth jemanden hergeschickt, um das wegzuholen, was ihrer Ansicht nach Sally nicht gehörte? Wenn das der Fall war, was fehlte dann? Wo waren die Lücken? Es waren keine da. Der Verdacht erwachte in ihr, daß vielleicht auf Elizabeths Veranlassung hin in Devlins Wohnung eingebrochen worden war, doch dann verwarf sie diesen Gedanken als absurd. Elizabeth hatte das Recht, die Schlösser an der Tür auswechseln zu lassen; sie hatte das Recht, beinahe alles zu tun, wozu sie Lust hatte. Als Sally erwog, ihr eigenes Türschloß ändern zu lassen, ja sogar noch ein zweites anzubringen, verwarf sie auch diesen Gedanken. Sie würde Robert erklären müssen, weshalb sie es tat. Und es gab wirklich nichts zu erklären. Würde sie ihm erzählen, daß sie sich fürchtete? Sich fürchtete, wovor?

Auch Devlins Bücher mußten durchgesehen werden. Sie erstreckten sich über lange Zeit zurück – einige von ihnen bis zu seiner Zeit im Trinity College. Er hatte die Angewohnheit gehabt, beim Lesen Anmerkungen auf einen Briefumschlag oder irgendeinen Zettel zu kritzeln, der gerade griffbereit war – sehr oft Fragen, die er sich selbst stellte und zu beantworten versuchte –, und diese Zettel dann in dem Buch zu vergessen. Sie fand Hunderte von ihnen in den Büchern auf den Regalen – sie nahm sie heraus und hatte inzwischen genug gelernt, um auf ihnen den Namen des Buches zu vermerken, aus dem sie kamen; sie wanderten alle in einen neuen Umschlag. Sie entdeckte ebenfalls, daß die Staubschicht auf den Büchern frische Spuren aufwies.

Als sie die Putzfrau, Mrs. Bennet, fragte, die so tat, als mache sie einmal in der Woche bei ihr sauber, ob sie kürzlich die Bücher abgestaubt habe, sah Mrs. Bennet sie mit einem Blick an, der halb belustigt, halb mitleidig war.

»Aber nein, Miß! Sie sagten mir doch – wissen Sie's nicht mehr? – ich solle sie nicht anfassen, weil Sie sie so geordnet hätten. Ich hoffe, ich weiß, wann ich die Finger von etwas lassen muß.«

Die Bücher waren nie geordnet worden, und sie beide wußten das. Dies war auch eines der Dinge, die Sally irgendwann einmal hatte machen wollen.

Manchmal, wenn sie abends nach Hause kam, spürte sie fast greifbar die körperliche Gegenwart eines Menschen – eines Fremden – in dem Atelier. Sie hatte es deutlich an dem Abend gefühlt, als sie das Licht angeknipst hatte und Tim, mit gesträubtem Fell und den Rücken zu einem Buckel gekrümmt, mitten im Zimmer gestanden hatte. Er hatte sie mit seinen großen goldenen Augen angeglüht und dann angefaucht. »Aber Tim?«

Sofort hatte er sich geschämt. Er lief auf sie zu, rieb sich an ihren Beinen und stieß eines seiner seltenen Miaus aus. Sie hob ihn hoch, hielt ihn an die Schulter und streichelte seinen Kopf. »Was ist denn? – Was hat dich denn so aufgeregt?«

Er tat es nie wieder. Aber nie wieder begrüßte er sie mit einem faulen Heben seines Kopfes, von wo immer er gerade schlief. Er war stets hellwach und stand mitten im Zimmer und blickte zur Tür, wenn sie sie aufstieß.

Und da war jener Nachmittag, als der Nebel so dicht geworden war, daß der alte Mr. Townsend alle weiblichen Angestellten am Nachmittag nach Hause geschickt hatte. Der Bus kroch die Edgware Road entlang; in Maida Vale, dicht am Kanal, war der Nebel eine dichte Wand. Die Straßenlampen waren wie Kerzen, die man undeutlich und aus großer Entfernung sah; ihre Strahlen fielen auf die Falten des graugelben Dampfes und drangen nicht weiter. Ein beißender Rußgestank erfüllte die Luft, reizte Nase und Kehle und brannte in den Augen – und doch war er kalt und feucht. Sally ertastete sich ihren Weg von der Haltestelle die Willet Road hinunter. Die Fassaden der Häuser waren in dem wolligen Grau verschwunden; gelegentlich kam langsam ein Auto vorbei, man hörte es, sah es jedoch nicht. Der Nebel warf gedämpft das Echo der Schritte Vorübergehender zurück, die jäh aus ihm auftauchten und ebenso rasch wieder in ihn eintauchten, als kämen aus der

Dunkelheit noch dunklere Schatten. Es war schwierig, den Türgriff in der Mauerpforte zu finden; sie schlüpfte hinein und ließ sie mit einem Gefühl des Triumphes zuknallen, daß sie die trügerische Leere des Nebels bekämpft und bestanden hatte. Ein dunkelgrauer Schatten trippelte vor ihr den Weg zur Haustür entlang.

»Tim!« Er blieb nicht stehen; der Nebelvorhang wogte und schloß sich zwischen ihnen. Er wartete jedoch auf der Fußmatte vor der Tür. »Nette Art, mir guten Tag zu sagen«, beschwerte sie sich und stieß ihn sanft mit der Fußspitze an. »Undankbarer Kerl, du...« Sie hatte jetzt die Tür aufgeschlossen, und der Kater schlüpfte vor ihr hinein.

Wie immer war der Nebel durch die Ritzen unter der Tür und den Fensterbrettern hereingesickert; er hing im Zimmer wie die Stoffdrapierungen auf einer Bühne und hatte sich unter dem Atelierfenster und in den Ecken in dicken Falten gesammelt. Sie warf Mantel und Tasche auf das Sofa und ging in die Küche, um Teewasser aufzusetzen. Tim blieb ihr auf den Fersen, bis sie seine Untertasse ausspülte und neue Milch hineingoß. Prüfend guckte sie in den Eisschrank. »Na, Tim, sieht ja heut' abend nach Schmalhans Küchenmeister aus. Eins steht fest – ich werde nicht zum Laden hinuntertappen!« Tim hörte nicht zu – er spritzte einen feinen Sprühregen von Milch um sich herum, während er die Milch in sich hineinschlabberte. Er hatte immer unordentliche Eßmanieren gehabt. »Du bist noch schlimmer als ich«, meinte Sally. Sie nahm die Butter für ihr Brot aus dem Eisschrank und schlug die Tür zu – und erstarrte. Das Geräusch der zuknallenden Tür schien irgendwo im Wohnzimmer ein Echo gefunden zu haben. Tim hielt inne und schaute mit angelegten Ohren seitwärts zu den Flügelfenstern. Sally stellte die Butterdose hin, und sie klirrte auf den Tisch. »Wer ist da? Ist jemand da?«

Der Nebel schien ihr ihre eigene Stimme zurückzuwerfen. Sie wußte, wenn sie sich nicht jetzt bewegte, würde sie in einer Minute nicht mehr den Mut haben, sich überhaupt noch zu rühren. Sie ging um den Tisch herum und mitten in das Wohnzimmer in Richtung auf die Flügelfenster. Erst als sie fast vor ihnen stand, sah sie, daß eines von ihnen leicht angelehnt war. Die feuchte Kälte von draußen schien nach ihr zu greifen.

»Ha!...« Es war, als würde ihr der Schrei entrissen, als sie die Glastür mit der flachen Hand zuschlug. Dann preßte sie das

Gesicht an die Scheibe und versuchte, in den Garten hinauszuschauen, doch der Nebel hing nur eine Handbreit entfernt vor den Fenstern und schien von Schatten lebendig zu sein, die keine Wirklichkeit besaßen. Die Schritte, die sie gehört hatte, konnten ihre eigenen gewesen sein oder von der Straße jenseits der Mauer gekommen sein; der Nebel gab allen Geräuschen einen falschen Klang.

Während sie ihren Tee trank und dabei auf der Kante des Sofas saß, den Blick auf die Flügelfenster geheftet, befahl sie sich, ruhig zu sein. Es gab eine Erklärung dafür; sie mußte sie nur finden. Gestern morgen hatte sie die Türen geöffnet, da die Sonne voller Launenhaftigkeit geschienen hatte, als sie sich ihr Frühstück machte – sie tat das immer, noch bevor der Frühling gekommen war. Es war eine törichte, voreilige Geste der Hoffnung. Möglicherweise hatte sie die Tür nicht wieder richtig zugemacht. Wahrscheinlich war das gleiche schon früher geschehen, doch konnte sie sich an kein einziges Mal erinnern. Aber Robert hatte immer gesagt, ihr Gedächtnis wäre nicht sehr gut, und sie sollte alles immer noch einmal nachprüfen.

Entweder war es das, oder aber Mrs. Bennet hatte ihren Zeitplan geändert und am Vormittag saubergemacht. Als sie mit dem Finger durch die Staubschicht auf dem Couchtisch fuhr, erschien das nicht sehr wahrscheinlich.

Die andere Möglichkeit bestand darin, daß bereits jemand im Haus gewesen war, als sie hereinkam.

Bevor sie ihren Gedanken erlaubte, darum zu kreisen, ging sie nach oben ans Telefon und wählte Mrs. Bennets Nummer. Sie mußte warten, während Mrs. Bennets Vermieterin sie holte.

»Ja, Miß? – Was ist los?« fragte sie kurzangebunden, als sie endlich kam. Ihre Stimme klang, überlegte Sally, als sei sie von einem warmen Kaminfeuer weggezerrt worden und fände das gar nicht schön.

»Es tut mir leid, daß ich Sie stören muß, Mrs. Bennet. Ich hätte nur gerne gewußt, ob Sie heute hier waren.«

»Was? – An so einem Tag? Ich würde sagen nein, Miß. In dieser Suppe 'rausgehen, wenn ich es nicht muß! Ist was nicht in Ordnung?«

Sally erzählte ihr von der Tür. »Es wäre nicht das erste Mal, daß Sie sie aufgelassen haben, Miß. Geradezu leichtsinnig, wenn Sie mich fragen. Ich sehe immer nach, ob alles richtig zu ist. Es ist eine Frage der Erziehung, Miß. Manche Menschen sind nachlässig, andere nicht, wenn Sie verstehen, was ich meine...«

»O ja, Mrs. Bennet.«

»Ach, und wo Sie schon am Telefon sind, Miß... es ist gut, daß Sie anriefen. Ich wollte nämlich schon mit Ihnen sprechen.«

»Worüber denn, Mrs. Bennet?«

»Tja, Miß – es ist nur folgendes. Ich möchte Ihnen meine Kündigung einreichen. Sollen wir sagen, so in zwei Wochen, Miß?«

»Ihre Kündigung, Mrs. Bennet? – Ist etwas nicht in Ordnung?«

»Tja... Sie haben mir da doch all diese Zettel hingelegt, Miß – diese Zettel, ob ich dies anders hingelegt hätte oder jenes angefaßt hätte. Also, ich finde... ich habe volles Vertrauen bei sehr vornehmen Leuten genossen, und niemand hat mich je beschuldigt, herumgeschnüffelt zu haben. Ich meine, ich wühle nicht in anderer Leute Schubladen herum...«

Sally lehnte sich gegen das Kopfbrett des Bettes zurück und schloß für einen Moment die Augen, da sie sich plötzlich hilflos fühlte. »Es tut mir leid, Mrs. Bennet. Es tut mir wirklich leid, aber ich habe mir nicht klargemacht, daß die Zettel so wirken könnten. Es ist nur... ich habe die sämtlichen Sachen meines Vaters hier durchgesehen... meines Vaters Sachen, und da ist...« Es fehlten ihr die Worte; es war ja auch nichts zu sagen, es gab einfach keine Möglichkeit zu erklären, daß Dinge angefaßt oder angeschaut, aber nicht gestohlen wurden. Sie konnte Mrs. Bennet erregt atmen hören; die Frau wartete mit grimmiger Geduld. »Es tut mir leid...«, wiederholte Sally lediglich matt.

»Also wirklich, Miß – das klingt nicht sehr befriedigend, oder? Es ist alles etwas seltsam, wenn Sie mich fragen. Aber Sie sind in letzter Zeit ja auch so merkwürdig geworden – seit es Ihren armen Vater erwischte. Nicht mehr ganz Sie selbst, wenn Sie wissen, was ich meine. Vielleicht wären Sie mit jemand anders glücklicher, mit jemand, der Sie nicht vorher kannte und nicht den Unterschied merken würde. Sagen wir also in zwei Wochen, Miß? Dann würde ich also Freitag in vierzehn Tagen bei Ihnen aufhören. Ich hoffe, Sie fühlen sich bald besser, Miß.«

Sally ließ den Hörer auf die Gabel fallen und griff nach einer Zigarette. »Du bist also nicht mehr ganz du selbst«, sagte sie laut und betrachtete ihr Gesicht, das sich nebelhaft und verschwommen in dem Spiegel an der Wand der Galerie spiegelte. Tim war ihr nach oben gefolgt und saß auf dem Fußende des Bettes. Sie winkte ihn mit der Hand heran, und da dies einer seiner seltenen, weniger unabhängigkeitsdurstigen Augenblicke war, kam er zu ihr. »Erscheine ich anders, Tim?« Sie blickte wieder zu ihrem geisterhaften Spiegelbild hinüber. »Ich kann nicht sagen, daß du anders aussiehst, mein Mädchen. Aber Mrs. B. findet, du bist ein bißchen verrückt geworden, seit dein armer Vater abberufen wurde. Nun, vielleicht bist du das. O Gott, Tim – vielleicht bin ich das!«

Vier Tage später erwog Sally, ob sie Inspektor Lester anrufen solle; die Polizei hatte keinerlei Spur der aus Devlins Wohnung gestohlenen Sachen entdeckt – Roberts Sekretärin erkundigte sich regelmäßig danach und schickte Berichte. Vielleicht sollte Lester jedoch über das, was im Atelier vorging, Bescheid wissen; es schien irgendwo eine Verbindung zu bestehen, da es sich in beiden Fällen um Devlins Aufzeichnungen handelte. Aber was gab es zu melden – daß sie glaubte, eine Tür zuschlagen gehört zu haben, und daß frische Spuren in der Staubschicht auf Umschlägen und Büchern waren? – daß möglicherweise einige Schnappschüsse fehlten, wenngleich sie nicht einmal das hätte beschwören können? Es lief auf lauter Unsinn hinaus – doch vielleicht würde er es nicht für Unsinn halten. Sie könnte sagen, sie möchte ihn zwanglos sprechen; sie würde sehr ruhig sein und eine Verabredung für die nächste Woche vereinbaren, damit er nicht ebenfalls wie Mrs. Bennet dachte, Devlins Tochter sei ein bißchen sonderlich geworden, seit es ihren armen Vater erwischte.

Als sie anrief, sagte man ihr, Inspektor Lester habe Urlaub und würde in drei Wochen wieder dasein.

Danach dachte sie an den Mann, der bei Lester gewesen war – nicht den Assistenten, sondern den anderen Mann. An sein Gesicht vermochte sie sich nicht mehr zu erinnern – es war der schlimmste Tag des Wartens gewesen, der letzte Tag, an dem noch die Nachricht kommen konnte, daß Devlin am Leben war. Sie erinnerte sich sehr wenig an jenen Mann, außer daß er Devlin auf eine Weise zu kennen schien wie die anderen nicht und er am auffälligsten reagiert hatte, als sie sagte, Devlins Manuskripte seien der Harvard-Universität vermacht worden. Wer war er? Wozu hatte er gehört? Lester hatte es nie richtig gesagt.

Sie ließ den Gedanken an den Unbekannten fallen. Und sie ließ innen an den Flügelfenstern Riegel anbringen. Zu Robert sagte sie nichts darüber, obwohl er sie natürlich bemerkte.

»Es war an der Zeit, nicht wahr?« meinte sie lediglich. »Sie hätten schon am gleichen Tag, als ich einzog, angebracht werden müssen. Ich komme spät damit – wie gewöhnlich.«

Er legte ihr die Finger unter das Kinn und hob es hoch. »Wir werden heiraten«, sagte er. »Und du wirst in Eaton Square leben – und dann hast du Simpson, der die Tür zwischen dir und den Drachen bewachen kann.«

Sie lächelte schwach, doch ihr Blick glitt zu den vollgestapelten Regalen und Fächern. Sie hatte noch nicht ihren Kampf mit den Drachen um den Besitz ihres eigenen Ichs und dem von Devlin zu Ende ausgefochten; es gab noch manches zu tun. Sie war noch nicht bereit, nach Eaton Square umzuziehen.

Im Januar stieß sie im Büro beim Durchblättern der Seiten von The Bookseller auf die kurze Notiz: ›Jackson Hayward hat bekanntgegeben, daß das Erscheinen des Buches von Elizabeth O'Mara Spence, ›Ein neuer Wind‹, das für vergangenen Herbst angekündigt worden war, verschoben worden ist. Das Buch ist ein Bericht über die Jahre ihrer Ehe mit Lawrence Devlin und ihre gemeinsamen Reisen. Der Nobelpreisträger Devlin verschwand im vergangenen Oktober bei einem Flugzeugunglück in Afghanistan. Es ist kein zukünftiger Erscheinungstermin festgesetzt worden.‹

Für jeden im Verlagsgeschäft bedeutete das lediglich, daß das Buch nicht fertig war und es vielleicht nie sein würde.

Zum erstenmal spürte Sally, daß sie und Elizabeth O'Mara Spence sich nähergekommen waren. Etwas Persönliches sprach aus der sachlichen Mitteilung, daß das Erscheinen eines Buches auf unbestimmte Zeit verschoben war, etwas Menschliches. Sie teilten ihren Kummer nicht miteinander – sie und Elizabeth hatten nie etwas miteinander geteilt. Aber sie hatten beide vielleicht denselben Mann geliebt.

Sie dachte nachts darüber nach, wenn sie in der Dunkelheit

lag und auf den Schlaf wartete und dem gleichmäßigen Brummen von Tims Schnurren lauschte. Sie streckte die Hand aus und berührte sein Ohr, fühlte das leichte Schütteln seines Kopfes und wie er sich dann wieder hinlegte.

»Meinst du, sie hat ihn geliebt, Tim?« fragte sie in die Dunkelheit. »Meinst du, sie hat ihn wirklich geliebt? Vielleicht wird auch sie ein bißchen verrückt.«

Canfield las ebenfalls die Notiz. Sie wurde der Akte über Devlin hinzugefügt. Als er über ihre Bedeutung nachgrübelte, überlegte er, daß diese vergangenen Monate die einzige Periode völliger Untätigkeit in Elizabeth O'Mara Spences Leben gewesen sein mußten, die einzige Zeit, seit sie eine sehr junge Frau gewesen war, in der sie sowohl still wie schweigend verharrt hatte.

## 3

Der Winter dauerte weiter an. Für Sally war er sowohl zu lang wie zu kurz. Er war zu lang; die Krokusse in dem kleinen Fleckchen von Garten vor den Flügelfenstern waren spät daran, und die Tage wurden nur widerstrebend länger. Und er war zu kurz; jeden Abend, den sie nicht mit Robert verbrachte, arbeitete sie in den Stapeln von Umschlägen, las, sortierte und versuchte zu ordnen. Die Tage verstrichen, die Wochenenden vergingen zu rasch; sie schien sich im Schneckentempo durch die Aufgabe hindurchzukämpfen, die sie sich selbst gestellt hatte. Und Robert redete darüber, wann und wo sie heiraten würden.

Bei der ersten Gelegenheit, bei der er es erwähnte, hatte sie wie beiläufig geantwortet: »Ich dachte, wir würden uns einfach einen Trauschein holen und an einem Sonnabend nach Caxton Hall fahren.«

Er hatte sie über die große, samtbezogene Speisekarte des Restaurants hinweg angesehen, in dem sie gerade aßen. Seit Devlins Verschwinden hatten sich die Restaurants geändert, die Robert für sie aussuchte – sie waren jetzt elegant und teuer und untadelig diskret. Später, wenn die Trauerzeit als vorbei angesehen werden konnte, würde er wieder zu lustigeren und gesellschaftlich aktuelleren Restaurants zurückkehren, jenen, die gerade in Mode waren. Alles, was Robert tat, war von einer großen und bemerkenswerten Richtigkeit. »Nun – ich gebe zu, wir sollten es in Anbetracht der Umstände nicht zu großartig machen, aber ich finde, eine kirchliche Trauung wäre angemessen. Schließlich ist es nicht so, als wäre einer von uns schon mal verheiratet gewesen.«

Sie verbarg ihr Gesicht hinter der Speisekarte, wußte sie doch, daß Robert nie zur Kirche ging außer bei Hochzeiten oder Beerdigungen.

»Ich nehme an, du denkst an St. Margaret's, Westminster. Etwas Schlichtes und Teueres...«

Er runzelte die Stirn. »Ich sehe nicht, was an St. Margaret's verkehrt ist. Die Familien würden es begrüßen, denke ich.«

»Ich habe keine Familie – außer einer alten Großtante in Dublin, die blind ist. Ich glaube nicht, daß sie viel zum Glanz der Sache beitragen würde.«

Robert hatte nichts erwidert; er hatte seine Aufmerksamkeit auf die Speisekarte gerichtet und wie immer für sie beide ausgesucht; sie hatten das Thema dann fallengelassen. Er schnitt es jedoch immer wieder an, und nach einigen Wochen wußte Sally, sie war zu einer Hochzeit verurteilt, die, so schlicht und einfach sie auch klingen mochte, auf den Titelseiten aller Sonntagsausgaben prangen würde. »Jackson Hayward wird dich zum Altar führen«, sagte er. »Ich werde mit ihm reden, ja?«

»Ich finde, das ist mal eine Sache, die ich selbst für mich tun kann.« Wenn sie schon jemand zum Altar führen mußte, so würde Jackson Hayward der Beste dafür sein. Sie dachte an die gutgelaunte Ungezwungenheit des dicken Verlegers und wußte, wenigstens diese Eigenschaft würde das Ganze davor bewahren, zu pompös zu werden. Es war jedoch keine Hochzeit, bei der sie sich Devlin vorzustellen vermocht hätte. Sie hatte ihn nie in einem Cutaway gesehen.

»Ich denke, Juni ist die beste Zeit«, meinte Robert.

»Juni? Ist das nicht ein bißchen konventionell?«

»Es ist nichts Verkehrtes an Konventionen – im richtigen Augenblick bewahren sie jeden vor dem Chaos. Es ist fast an der Zeit, eine Anzeige in die Times zu setzen.«

Bis dahin hatte sie sich nicht klargemacht, daß er einer der in England noch übriggebliebenen Menschen war, die glaubten, es wäre unmöglich, geboren zu werden, sich zu verloben oder zu verheiraten oder gar zu sterben, bis nicht die Anzeige in der Times erschien. Sie sah plötzlich Robert vor sich, wie er mit Sechzig sein würde. Er würde die Baronie erhalten haben, falls das Oberhaus bis dahin nicht bis zur Auflösung reformiert worden war – und es würde auch eine erbliche Baronie sein; Robert würde dafür sorgen, daß seine Kinder erbten, was er verdient hatte. Mit Sechzig würde er voll dynamischer Energie und ›on the top of his world‹ sein – und er würde einer jener hochgewachsenen, mageren Engländer sein, die mit zunehmendem Alter immer besser aussahen. Und sie dachte an sich selbst, wie sie sich immer noch bemühen würde, mit ihm Schritt zu halten, wenn er sechzig war.

»Und es ist an der Zeit«, fügte er hinzu und zog sie wieder in die Gegenwart zurück, »daß du dich über diesen ganzen Unsinn mit Elizabeth O'Mara Spence hinwegsetzt. Sie sollte wirklich eingeladen werden. Dies ist deine letzte Chance, sie kennenzulernen.«

»Weshalb? Ist das nicht ziemlich gleichgültig – jetzt?«

Er seufzte, blieb jedoch geduldig. »Schau, Sally, du bist ein süßes Mädchen, aber auch unglaublich unwissend. Wenn wir verheiratet sind, wirst du lernen müssen, daß wir mit einer ganzen Reihe von Menschen verkehren werden, aus dem einfachen Grunde, weil sie von Nutzen sein können. Man braucht sie nicht immer leiden zu mögen. Du mußt dir merken, daß die eigenen Gefühle nicht immer das Wichtigste sind.«

Sie lachte ihn beinahe aus. »Ich sehe nur nicht, was das alles mit Elizabeth zu tun hat?«

»Die O'Maras sind eine außerordentlich wichtige und einflußreiche Familie. John O'Mara ist gerade Präsident von Endicott Trust geworden – das ist so ungefähr die größte Bank Amerikas. Es könnte eine ungeheure Hilfe sein, ihn zu kennen, wenn unsere Firma in den amerikanischen Markt einsteigt.«

Ihr war nicht mehr nach Lachen zumute. Sie hatte auf einmal die übelkeiterregende Überzeugung, daß er glaubte, Devlin hätte in die O'Mara-Familie eingeheiratet, weil Elizabeth von Nutzen für ihn sein konnte, und der Friedenspreis wäre Devlin hingeworfen worden, weil die O'Maras, strenggenommen, nicht für die Wahl in Frage kamen. Sie hatte die Empfindung, als treibe sie in einer Welt dahin, in der nichts durch einen spontanen Impuls, mit einem Gefühl der Freude geschah; sie hatte begonnen, sich zu fragen, ob es überhaupt eine andere Welt gebe, oder hatte sie sich nur vergebens danach gesehnt, weil sie nicht über das Stadium von Devlins Märchenerzählungen hinausgekommen war? Sie kam sich vor, als kämpfe sie schwimmend, hilflos und sinnlos gegen die Strömung an. Das jenseitige Ufer existierte gar nicht. Es war leichter, sich von der Strömung mitziehen zu lassen.

Sie arbeitete jetzt also gegen die Zeit – gegen die Zeit, wenn Robert das Kommando übernehmen würde, den Tag, an dem das Atelier zugeschlossen und verlassen würde und Robert alle Aufzeichnungen einlagern lassen würde, bis der richtige Zeitpunkt kam, daß ein anerkannter Schriftsteller sie für Devlins Biographie durchsah und auswertete. Sie arbeitete nun mit einem Gefühl der Verzweiflung und der Schuld, da sie, wie sie wußte, hoffnungslos mit dem Material herumstümperte, das sie in Händen hielt. Sie las und ordnete, wußte jedoch nicht recht, nach welchen Gesichtspunkten sie ordnete, oder was es dann war, was sie suchte. Sie wußte auch, daß es alles höchstwahrscheinlich Elizabeth als literarischer Nachlaßverwalterin gehörte und daß eines Tages die unvermeidliche Aufforderung kommen würde, es alles herzugeben. So blieb sie bis spät in die Nächte auf und rauchte zu viele Zigaretten, und jeder Umschlag, den sie öffnete, fügte der Bürde der Schuld und Angst eine neue Last hinzu.

Im Büro ging es nur langsam voran mit dem Abtippen des Manuskriptes. Sie wagte nicht, daran zu arbeiten, wenn Mary da war. Jackson Hayward konnte hören, daß Sally ein Devlin-Manuskript tippte, und dann würde man ihr auch das fortnehmen. Sie begann zu wünschen, Mary möge eine Liebesaffäre haben und mittags länger wegbleiben. Aber Mary war gerade in niemanden verliebt, und sie war ein sehr pflichtbewußtes Mädchen. Sally aß nur einen Apfel an ihrem Schreibtisch und tippte und schloß die Manuskriptseiten weg, als sie langsam mehr wurden. Sie nahm sie jedoch nicht mit nach Hause. Sie legte sie nicht in den Umschlag zu den ersten dreihundert Seiten, die sie früher getippt hatte. Sie begann zu fühlen, daß alles im Atelier den Händen und den Augen des eingebildeten Unbekannten ausgesetzt war. Als das abgetippte Manuskript im Büro immer dicker wurde, nahm sie einen alten Ablagekasten, versah ihn mit dem Namen eines Buches, das es nicht gab, und schob ihn zwischen die anderen alten auf das oberste Bord, wo man von unten nicht einmal den Titel lesen konnte.

Es war ein Schock für sie, als eines Tages – Mary war zum Essen gegangen, und sie schrieb das Manuskript ab und kam in Anbetracht von Devlins Handschrift recht schnell vorwärts – sich die Tür öffnete und Jackson Hayward im Türrahmen stand. Die Hayward-Büroräume befanden sich – viel größer und eleganter als die von Tyne and Townsend – auf der gegenüberliegenden Straßenseite, doch machte sich Jackson Hayward nicht oft die Mühe, herüberzukommen. Er betrachtete Tyne and Townsend als ein einträgliches kleines Geschäft, das so allein vor sich hintrudelte und das man am besten sich selbst überließ.

»Hörte dich tippen«, erklärte er. »Solltest du nicht zum Essen gegangen sein, Sal?«

Er war einer der ganz wenigen Menschen, der sie so nannte, wie Devlin es getan hatte; sie kannte ihn ihr ganzes Leben lang. Er zog an der unvermeidlichen Zigarre; sie betrachtete ihn liebevoll und dachte, wie schade es war, daß er jedes Jahr ein wenig roter und dicker wurde.

»Fühlte mich nicht danach«, antwortete sie. »Ich dachte, ich mache erst dies fertig...«

Indem sie seine Aufmerksamkeit auf sich gefesselt hielt, nahm sie den Bogen aus der Maschine und ließ ihn in die Mappe gleiten. Sehr langsam und scheinbar gleichgültig legte sie dann die Mappe auf das Manuskript. Wenn Hayward in die Nähe des Schreibtisches gekommen und sein Blick auf die Handschrift gefallen wäre, hätte er erkannt, was es war.

Er ließ jedoch die Hand auf der Türklinke liegen, als würde er aufgehalten. »Ich sehe es lieber, wenn du 'rausgehst«, erklärte er. »Auch wenn es nur zu einem kleinen Bummel ist, um die Schaufenster in der Oxford Street anzuschauen. Kann nicht zulassen, daß du hier herumsitzt und grübelst«, fügte er unumwunden hinzu.

»Ich grübele ja gar nicht!«

»Na, sieh zu, daß du es nicht tust. Würde Dev nicht gefallen. Und was hat der Halstead-Bursche vor? Wirst du ihn heiraten?«

Sie fuhr auf dem Drehstuhl herum. »Ich nehme an, Sie denken, Sie hätten ein Recht, solche Fragen zu stellen.«

Er war nicht gekränkt. »Da hast du verdammt recht! Das

habe ich nämlich auch. Wo Dev nicht hier ist, um sie zu stellen – ja, ich finde, ich habe das Recht!«

»Woher wissen Sie von Robert?«

Er machte eine ungeduldige Bewegung mit seiner Zigarre. »Er ist ein verflixt bekannter junger Mann – und du bist Devlins Tochter. Es spricht sich herum. Sie sagen alle, er sei ein fabelhafter Bursche. Ich weiß das nie so recht bei diesen Finanzkerlen. Ist er ein vernünftiger Mann, Sal? Ist er gut genug für dich?«

»Vernünftig?« Sie schüttelte langsam den Kopf. »Ja – ja, ich würde sagen, Robert ist sehr vernünftig. Was das andere betrifft, ob er gut genug für mich ist, so verbringe ich meine ganze Zeit damit, mich zu fragen, wie ich es nur fertigbringen soll, seiner ebenbürtig zu werden.«

Hayward stieß ein kurzes Schnauben aus. »Sieh dich doch nur an! Das ist alles, was ein Mann braucht. Sobald ein Mädchen anfängt, etwas anderes zu denken, bringt sie sich selbst völlig durcheinander.« Er betrachtete sie prüfend. »Na – ich denke, das kann ich dir überlassen.« Und dann fügte er wie beiläufig hinzu, als sei er nicht extra deshalb gekommen: »Hast du genug Geld, Sal?«

Sie nickte rasch. »Da ist doch der Trust Fund, Sie erinnern sich? Es war ein zweiter da, als ich fünfundzwanzig wurde. Es ist nicht viel, aber es genügt für die kleinen Schwarzen, die ich für Roberts teure kleine Restaurants brauche.«

»Na – dann heirate ihn, und laß ihn die kleinen Schwarzen bezahlen. Aber im Ernst, Sally, falls du Geld brauchst...« Sie schüttelte wieder den Kopf, doch er sprach weiter. »Die Tantiemen für Devlin stapeln sich zu Bergen. Kann sie natürlich nicht anrühren. Es muß irgendeine Regelung nach einer Weile getroffen werden. Kenne das Schweizer Recht nicht so, Elizabeth O'Mara wird ganz schön was dazu zu sagen haben. Sie hat vielleicht den Anspruch auf das meiste, aber ich bin sicher, es ist auch etwas für dich dabei. Aber ich könnte dir immer Vorschuß geben, wenn du etwas brauchst.«

»Der Trust Fund – er reicht.«

»Also schön – gut, daß Devlin ihn einrichtete. Ich veranlaßte ihn dazu. Er dachte nie an solche Dinge. Aber, Gott sei ihm gnädig, so war er nun mal. Na – ich muß weiter. Und blas keine Trübsal, hörst du? Bis auf bald, dann – ich bin nur auf der anderen Straßenseite, wie du weißt.«

Und dann war er fort. Sally kehrte nicht zu der Arbeit am Manuskript zurück; sein Besuch hatte sie merkwürdig aufgewühlt. Sie erkannte, daß es lange Zeit her war, seit sie mit jemandem gesprochen hatte, der Devlin ebenfalls liebgehabt hatte.

Es war eigentlich merkwürdig, überlegte Canfield, daß er beide am selben Tag sah – seine frühere Frau Linda und Sally Devlin.

Linda saß am Steuer eines Bentley, der in eine Verkehrsstauung in der Bond Street eingekeilt war, bei der es jedesmal nur einige Meter vorwärts ging; so blieb er, der zu Fuß ging, die ganze Straße hinunter immer auf gleicher Höhe mit ihr. Er hatte sie mehrmals lange angeschaut, doch sie hatte nicht einen einzigen Blick auf den Strom von Passanten auf seiner Straßenseite geworfen. Es war über fünf Jahre her, seit er sie zuletzt gesehen hatte.

Er fand, sie sah wundervoll aus. Sie war ein gutaussehendes Mädchen gewesen und hatte sich nun zu einer schönen Frau entwickelt. Er betrachtete den Bentley und die elegante Frisur und kam zu dem Schluß, daß der Mann, dessentwegen sie ihn verlassen hatte, eine viel bessere Karriere machte, als sogar sie erwartet haben konnte. Er dachte dann an sich selbst, der er immer noch seine Artikel für die Croft-Zeitungen schrieb, an die zwei Bücher, die ihm überhaupt kein Geld eingebracht hatten, an die Aufträge von Willsden und die endlosen Reparaturen am Haus in St. John's Wood – und kam ebenfalls zu dem Schluß, daß Linda die Dinge genau richtig beurteilt hatte, die heutzutage zählten. Am Piccadilly hatten sich ihre Wege wieder getrennt. Er hatte ihr ein schweigendes Lebwohl nachgesandt und hoffte, es würden abermals genauso viele Jahre verstreichen, bevor er sie wiedersähe. Und als er den Piccadilly überquerte, war er überrascht über das plötzliche Gefühl der Freiheit, das ihn erfüllte. Er hatte Linda gesehen und ihr Lebwohl gesagt. Sie war nun völlig verschwunden, und der Abschied berührte ihn nicht.

Anders war es gewesen, als er Sally Devlin am Abend im Foyer von Covent Garden gesehen hatte. In letzter Minute hatte er beschlossen, sich die Callas als Tosca anzuhören. Es gab keine Karten mehr außer einigen für die allerteuersten Plätze, was bei weitem das überstieg, was er dafür ausgeben wollte; aber er hatte eine Karte gekauft. In der Pause hatte er plötzlich

Sally in der Menge erblickt, die sich mit einem Herrn unterhielt, den er als Lord Letwood erkannte, den Präsidenten des I. S. C.[1] Einen Augenblick später war auch Robert Halstead zu ihnen getreten, dem ein Kellner mit einem Tablett mit Drinks folgte. Canfield drängte sich langsam näher heran, wobei ihm manchmal das Geschiebe der Menge zwischen ihnen den Blick versperrte und er nur flüchtige Ausschnitte von ihr erhaschte. Sie spielten eine Art Verstecken, nur wußte Sally nicht, daß sie es spielte. Er machte einen Versuch, sich loszureißen, indem er zur Bar ging und einen zweiten Scotch bestellte. Als er ihn bekam, ertönte das Klingelzeichen. Der Raum begann sich zu leeren. Er sah sie jetzt ganz, und es war ihm unmöglich, die Augen von ihr zu lassen. Sie war gar nicht so, wie er sie von jenem Nachmittag in Devlins Wohnung in Erinnerung hatte; sie hatte nicht jenen Ausdruck trauernder Geistesabwesenheit, und ihr Gesicht trug nicht die Schatten tiefer Müdigkeit. Er merkte, wie er sie einfach anstarrte, fasziniert von ihrem Anblick, dem warmen Schimmer der weißen Haut neben dem Glanz des dunklen Sherry-Haars, dem schwarzen Kleid von berückender Einfachheit, das ihre Schultern und Brüste enthüllte und in einem Mann das Verlangen erweckte, sie anzufassen, so wie er es sich plötzlich brennend wünschte.

Der Raum leerte sich jetzt sehr rasch; es waren keine Leute mehr zwischen ihnen, niemand, hinter dem er sich hätte verbergen können. Sie stand schweigend da und hörte der Unterhaltung zu, die nun ausschließlich zwischen Lord Letwood und Robert Halstead stattfand. Sie schien ihm den Ausdruck eines Menschen zu haben, der solchen Unterhaltungen viele Male zugehört hatte; sie hatte sich, wie er glaubte, angewöhnt, interessiert auszusehen und nicht zu unterbrechen, war jedoch der Unterhaltung als solcher entflohen, und ihre Gedanken folgten ihrem eigenen Lauf. Sie starrten sich gegenseitig an, und das Glas in ihrer Hand verhielt dicht unter ihrem Kinn wie erstarrt. Er wußte, er sollte sich jetzt abwenden, durfte nicht zulassen, daß sie ihn erkannte, was sie nun offensichtlich versuchte. Aber er vermochte sich nicht umzudrehen und fortzugehen. Es gab einige Dinge im Leben, sagte er sich, die kein Mensch aufgeben kann. Dann berührte Halstead sie am Arm und nahm ihr das Glas ab. Gehorsam ging

[1] Indian Staff Corps

sie neben ihm zur Tür. Wie angewurzelt blieb Canfield auch jetzt noch stehen und sah ihr nach, und es schien ihm, als vollführe ihr Kopf eine rasche, nervöse halbe Drehung, wobei ihre Augen ihn suchten. Doch konnte er sich getäuscht haben; es mochte eine mechanische Bewegung gewesen sein, als sie die Hand hob, um jenes prachtvolle Haar aus dem Gesicht zu streichen.

Er sagte sich jedoch, er habe sich nicht getäuscht, und ließ für keine andere Empfindung Raum in sich als die große Freude, daß sie noch einmal zu ihm zurückgeblickt hatte.

Lord Letwood hatte sie in die vorderste Reihe seiner Loge gesetzt, weil sie eines jener Gesichter besaß, die viele Blicke auf sich zogen, und er ein Mann war, der das genoß. Sie verbrachte den letzten Akt damit, den verdunkelten Zuschauerraum, die Logen ihr gegenüber und die Orchestersessel unter ihr, mit den Augen zu durchsuchen, um noch einmal einen Blick von dem Mann zu erhaschen, den sie in der Bar gesehen hatte. Sie konnte doch den Namen, der zu dem Gesicht gehörte, nicht vergessen haben, sagte sie sich, die gekrümmten schwarzen Augenbrauen, den Schopf schwarzen Haares und die humorvollen, weltmüden Fältchen in seinen Augenwinkeln. Sie konnte nicht vergessen haben, wo und wie sie ihn getroffen hatte. Es mußte ihr wieder einfallen; es mußte ihr einfach wieder einfallen, und sie mußte ihn finden.

Beim Abendessen im Savoy Grill stellte Lord Letwood bei sich fest, daß Robert Halsteads Verlobte sogar noch schöner war als auf den ersten Blick und es ein Jammer war, daß sie ein bißchen einfältig war. Sie schenkte ihm nicht sehr viel Beachtung.

Den ganzen Winter über ergaben die Berichte von André nichts. Über dem Schloß von St. Martin hing ein Vorhang völliger Untätigkeit. Elizabeth O'Mara Spence wagte sich nicht aus ihren Toren hervor, noch nicht einmal in das Tal hinunter; es wurde nichts von ihr verlegt, und die Spence-Presse brachte keine Notizen über zukünftige Pläne. Alles, was André berichtete, war die Tatsache, daß sie einsam auf der Terrasse des Schlosses auf und ab wandelte. Indem er eine schwierige und wenig benutzte Skiabfahrt wählte, entdeckte André einen günstig gelegenen Punkt, von dem aus man die Terrasse von St. Martin mit Hilfe eines starken Fernglases übersehen und beobachten konnte. Näher kam er nie heran.

André wurde jetzt ruhelos; er hatte sich an die Tochter eines Mannes herangemacht, der seit Ende des Krieges im Schloß gearbeitet hatte – sie gehörte zu einer Sippe, aus der ein Viertel der gesamten Dorfbevölkerung bestand. Alles, was er von ihr erfuhr, war, daß sich das Leben in dem Schloß seit Devlins Verschwinden in drastischer Weise geändert hatte, daß der Dienstbotenstab ratlos und unglücklich war, doch keiner von ihnen daran dachte, Madame Devlin im Stich zu lassen. Durch all dies kam aber André nicht näher an das Schloß selbst oder Elizabeth O'Mara heran; und unglücklicherweise hatte das Mädchen angefangen, ihn ernst zu nehmen.

»Führt das überhaupt zu irgend etwas?« fragte Canfield Willsden. »Es könnte sich als die längste Kette von Zufällen herausstellen, und Sie verschwenden da die ganze Zeit einen Mann.«

»Warten Sie's ab«, erwiderte Willsden. »Es muß einfach etwas zu bedeuten haben. Geben Sie der Sache Zeit, sich zu entwickeln, und wir werden sehen...« Willsden schien Canfield glänzend für die Belastungen dieses Berufes geeignet zu sein. Er kramte nun suchend zwischen den Papieren auf seinem Schreibtisch herum. »Wir möchten, daß Sie nächste Woche nach Berlin fliegen, Josh. Sie können einen Artikel über die Mauer schreiben, wo Sie schon mal dort sind.«

»Aber bestimmt nicht noch einen!« protestierte Canfield. »Jeder Journalist der Welt hat seinen Artikel über die Mauer geschrieben.«

»Um so mehr Grund für Sie, auch dazu zu gehören. Es ist in diesem Beruf nicht gut, anders zu sein«, antwortete Willsden ungerührt. »Wir möchten, daß Sie sich mit Daniel in Verbindung setzen...«

Ungefähr zu der Zeit, als die Schneeschmelze im Rhonetal fällig war, der Zeit also, wenn das Gepolter der Lawinen in den Bergen über St. Martin zu hören war – und lange Zeit, nachdem die rußbedeckten Krokusse in Sallys Gärtchen geblüht und rußbedeckten Narzissen Platz gemacht hatten, die über dem vom Winter gedunkelten Efeu blühten –, kam die erste brauchbare Nachricht. Als er den Bericht zum erstenmal las, spürte Canfield das rein berufsmäßige Prickeln der Erregung über diese Bestätigung, daß eine auf lange Sicht aufgestellte Vermutung ein Körnchen Wahrheit enthielt. Dann wich seine Erregung beinahe sofort tiefer Niedergeschlagenheit, als er begriff, daß Devlin sich durch dieses Körnchen Wahrheit noch tiefer in das Netz zu verstricken schien, aus dem Canfield ihn so gern hätte entfliehen sehen.

In St. Martin war zweimal ein Fremder gesehen worden. Die erste Meldung seines Auftauchens hatte André auf seinen Aussichtspunkt eilen lassen, wo er lange hatte warten müssen, bis er durch den Anblick eines Fremden auf der Terrasse belohnt worden war. Am folgenden Tag war er mit einem Fotoapparat und allen dazu nötigen Utensilien zurückgekehrt. Es war ihm jedoch nicht immer möglich, seine Freizeit mit dem Tageslicht in Einklang zu bringen, das er brauchte, um das Schloß sehen zu können. Wolken und Schneegestöber hatten die Sicht verdunkelt; und dann erfuhr er, daß der Fremde St. Martin verlassen hatte. Er schickte eine Beschreibung von ihm nach Bern. In der Woche darauf war ein Freund angekommen, um einen verspäteten Winterurlaub mit André zu verbringen; er hatte zu ermäßigten Preisen in Andrés Hotel gewohnt. Sie begrüßten einander sehr herzlich und redeten über die früheren Zeiten. Sie hatten sich nie zuvor gesehen.

Und von dem Zeitpunkt an war Andrés Freund immer auf den langen Skiwanderungen unterwegs, die André unternahm. Er gab fröhlich zu, es sei nicht viel los mit ihm auf Skiern, doch war er ein vorzüglicher Fotograf. Er machte ungezählte Aufnahmen von Sion und St. Martin; an klaren Tagen gelang es ihm, mit Teleobjektiven eindrucksvolle Bilder von den bedeutendsten Gipfeln aufzunehmen, ohne daß er in mühsamem Aufstieg zu nahe zu ihnen emporsteigen mußte; er fotografierte den Besitzer des Hotels und seine Familie und fotografierte Andrés Freundin und ihre Familie; er erkundigte sich offen nach einer Möglichkeit, das Schloß zu fotografieren, doch jedermann sagte ihm, das sei unmöglich. Sogar früher, bevor Madame sich da oben von der Welt abschloß, hätte sie nie Außenstehenden gestattet, die Kunstschätze zu besichtigen oder zu fotografieren; einzig und allein die Spence-Zeitungen hätten das jemals gedurft. Doch seine Geduld wurde belohnt, als der Vater des Mädchens eines Abends in einem Wirtshaus beiläufig erzählte, der Mann, der vor einigen Wochen Madames Gast gewesen wäre, sei wiedergekommen und habe einen anderen Mann mitgebracht. Gäste im Schloß waren jetzt selten genug, um in Bemerkungen erwähnt zu werden. Also unternahm Andrés Freund jeden Tag mühsam den Aufstieg zu dem Aussichtspunkt oberhalb des Schlosses, beladen mit seinen Kameras, die inzwischen als ein Teil von ihm angesehen wurden. Als er nach Bern zurückkehrte, hatte er Fotografien der Besucher in St. Martin, wie sie auf der berühmten Terrasse auf und ab spazierten.

Sie studierten die Fotos sehr sorgfältig in London und begannen die Unterlagen ihres Archivs durchzusuchen. Die beiden Bilder von Elizabeth O'Mara Spence, die während ihrer einsamen Gänge auf der Terrasse aufgenommen worden waren, zeigten denen, die ihr Gesicht kannten, eine bestürzende Veränderung. Sie war in dunkle Pelze gehüllt; kein Nerz, sondern Zobel, sagte einer der Sachverständigen. Das Haar, das einst blond gewesen und es durch die Friseure auch weiter geblieben war, schien jetzt weiß zu sein. Das harte, blendendhelle Licht des Wallis war grausam zu ihrem Gesicht, enthüllte die tiefen Linien um den Mund und die dunklen Schatten unter den Augen. Das Gesicht, das stets als fein modelliert, wenn auch nicht als ausgesprochen schön gegolten hatte, war zerstört und ausgemergelt.

Canfield brauchte kaum die Identität des einen Besuchers in St. Martin zu erfahren, um eine Tatsache zu wissen: Elizabeth O'Mara Spence war ernstlich krank.

Die Identität des Mannes war lediglich eine Bestätigung. Er war der für die Russische Botschaft in Bern tätige Arzt. Die Identifizierung des anderen Mannes bereitete mehr Schwierigkeiten. Sie brauchten einige Zeit, um herauszufinden, daß er ein italienischer Arzt aus Mailand war, der sich einmal als kommunistischer Kandidat für die Wahlen hatte aufstellen lassen.

»Sollten wir nicht den Schweizern Bescheid sagen?« fragte Canfield Willsden.

»Hat noch keinen Sinn. Sie werden nur darauf hinweisen, sie seien ein freies und neutrales Land. Je weniger Personen etwas davon wissen, um so geringer die Chance, daß sie erfahren, daß wir etwas wissen.«

»Wie wäre es mit der C.I.A.[1]?«

Willsden schöpfte nervös Atem. »Wenn wir uns hiermit an die

[1] Central Intelligence Agency

Amerikaner wenden, werden wir viel Staub in sehr hohen Regionen aufwirbeln. Wenn wir Beschuldigungen erheben, müssen wir sie beweisen können. Wir müssen da sehr vorsichtig vorgehen. Sie ist im Moment nicht in der Lage, jemandem zu schaden. Und jede Frau hat das Recht auf ihren eigenen Arzt.« Wie Canfield wußte, war es das letzte, was Willsden wollte, die ganze Angelegenheit der C.I.A. zu übergeben und die Kontrolle darüber zu verlieren; es war einer der Gründe, überlegte er, weshalb Fehler und Irrtümer und sogar Katastrophen auf diesem Arbeitsgebiet passierten. Ein Verbündeter weigerte sich, indem er eifersüchtig seine Geheimnisse hütete, einem anderen die Informationen weiterzugeben; und der andere, der die Information erhielt, unterließ es manchmal, entsprechend zu handeln. Die andere Seite hatte den Vorteil, eine Diktatur zu sein mit zentralisierter Kontrollgewalt. Es war ein Vorteil, überlegte Canfield, daß sie es sich leisten konnten, ohne diese zu arbeiten.

Als er an jenem Tag das Büro verließ, sagte er zu Willsden:

»Sie fangen besser an, sich nach jemand anders für diese Aufträge umzusehen.«

»Sie denken doch nicht daran, uns zu verlassen, Josh?«

»Ich denke nicht nur daran. Ich tue es.«

»Na, wir werden Sie natürlich sehr vermissen.«

Willsden lächelte; er glaubte nicht, daß jemand sie jemals verließ.

Es kostete eine ganze Menge Geld und einige Zeit, bevor sie einen Weg in die vertraulichen Unterlagen des Sanatoriums fanden, in dem Elizabeth O'Mara Spence sich erholt hatte, als die Nachricht von Devlins Verschwinden kam. Ein kalter Schauer überlief Canfield so heftig, daß er buchstäblich zitterte, als er den Bericht las, obgleich es ein warmer Frühlingstag in London war. Die Zeit wurde für sie alle knapp. Elizabeth O'Mara Spence hatte sich in dem Sanatorium in dem anmutigen Tal bei Zürich einer Operation unterzogen. Sie hatte Krebs; der Bericht besagte, daß nach Ansicht der Ärzte mit keiner langen Frist mehr zu rechnen war.

Das nächste Stückchen Information für das Devlin-Dossier ergab sich und wurde neben die anderen gelegt – noch beziehungslos, wartete es darauf, auf seinen Platz in dem Mosaik eingefügt zu werden. Es war die Art und Weise, in der es daherkam, die Canfield zu schaffen machte; es war eine schmutzige, schäbige Sache, die er da gemacht hatte, und er war durch sie nicht besser als der Mann, der seine Information an den Höchstbietenden verschacherte. Willsden hätte gesagt, der Zweck rechtfertige die Mittel, doch Canfield ging nicht näher darauf ein, wie er die Informationen bekommen hatte.

Die Chance, sie zu erhalten, hatte sich durch seine Freunde, die Ridleys, ergeben. Ein Teil seiner Scham beruhte auf der Erkenntnis, daß er, als die Gelegenheit gekommen war, sich nicht einmal mit netten Gefühlen darüber herumgeschlagen hatte, das Haus seiner Freunde als Fundgrube für Informationen zu benutzen. Sobald er die Beute gewittert hatte und den Wert dieser Beute, hatte er mit keinem Gedanken mehr an Molly und Philip Ridley oder den Grund ihrer Gastfreundschaft gedacht. Daß die Jagd leicht gewesen war und die Beute ihn nicht lange hatte hinterherhetzen lassen, machte die Verachtung nur noch größer, die er für sich empfand. Am meisten entsetzte ihn, daß er, als die Gelegenheit dagewesen war, wie ein Professioneller gehandelt hatte. Er hatte immer darauf bestanden, kein Professioneller zu sein, doch Willsdens Lächeln, als er gesagt hatte, er würde nicht weiter für sie arbeiten, hatte durchblicken lassen, daß er es besser wußte.

Molly Ridley hatte ihn in die Arlington Street zum Abendessen eingeladen. Der Frühlingsabend war hell und dufterfüllt gewesen, als er hinging, doch seine Gedanken waren unausweichlich zu jenem letzten Mal zurückgetrieben worden, als er bei den Ridleys gewesen war, jenem Abend im Herbst, als die Nachricht über Devlin bekanntgeworden war. Er dachte an das Mädchen, das Molly an jenem Abend für ihn gehabt hatte, und er vermutete, daß die heutige Einladung deshalb erfolgte, weil sie ein neues Mädchen für ihn gefunden hatte. Er wünschte, es gäbe einen Weg, ihr, ohne ihre Gefühle zu verletzen, zu sagen, daß er es vorzog, sich selbst seine Mädchen auszusuchen. Diese war dunkelhaarig, attraktiv und von dem sauberen, gepflegten Aussehen, das gewisse amerikanische Frauen wie ein zusätzliches Kleid tragen. Sie arbeitete in der Amerikanischen Botschaft und war seit acht Monaten in London. Er fand sie amüsant und lustig, und sie schien sich sehr anzustrengen, ihm zu gefallen, was er im allgemeinen nicht für die Art von Amerikanerinnen hielt. Er war bereit, diese Meinung zu revidieren; sie gefiel ihm wirklich sehr gut. Er unterhielt sich bestens, bis sie erwähnte, daß sie in Washington vier Jahre lang für Senator Tom O'Mara gearbeitet hatte, bevor sie sich entschloß, diese Stellung beim State Department anzunehmen. London war ein Leckerbissen für Anfänger, und sie wäre nicht hergeschickt worden, wenn der Senator nicht Vorsitzender des Kommitees für Auslandsbeziehungen wäre. Sie sagte nicht, er hätte seinen Einfluß geltend gemacht; sie sagte lediglich, sie verfüge über eine Menge Erfahrung, die man für sehr nützlich in dieser Stellung gehalten hätte. Ziemlich nachdenklich fügte sie dann hinzu, sie habe für ein Jahr oder so in einer ausländischen Hauptstadt leben wollen.

Danach hatte er versucht, sie zu veranlassen, von den O'Maras zu erzählen, hatte sogar versucht, ihr Komplimente zu machen. Senator O'Mara hatte jedoch, wie er feststellen mußte, eine gute Sekretärin verloren; sie ließ sich durch keine Schmeicheleien oder Überredungskünste dazu verleiten, mehr als Allgemeinheiten zu erzählen. Doch sie war auch nur ein Mensch, und es war einsam für sie in London; als er, nachdem sie sich von den Ridleys verabschiedet hatten, vorschlug, doch noch zum Embassy auf einen Drink hinüberzugehen, hatte sie erfreut zugestimmt. Er wünschte, sie wäre nicht so nett gewesen; es wäre leichter gewesen, das zu tun, was er zu tun vorhatte.

Er bestellte zwei große Cognacs, und beim ersten Glas versuchte er nicht, sie dazu zu bringen, von sich zu erzählen. Er erzählte, wie sie es wollte, von sich selbst, dem Selbst, das für den öffentlichen Gebrauch bestimmt war, dem Mann, der für die Croft-Zeitungen schrieb. Er erzählte sogar von den beiden Biographien; sie interessierte sich auf besondere Art dafür, da sie beide politische Biographien waren. Sie hatte weiter über Literatur reden wollen, doch er hatte darauf bestanden, daß sie tanzten. Sie tanzte sehr gut; er hielt sie sehr eng an sich gezogen, und sie gab zu, daß es in London sehr einsam für sie war – wie er vermutet hatte – und sie zu viele andere Amerikaner kannte. Als der dritte Cognac vor sie hingestellt wurde, war sie bereit, über Washington zu erzählen, ohne dazu überredet oder durch Komplimente verleitet werden zu müssen.

»Der Senat fehlt mir sehr, wissen Sie«, sagte sie. »Es war, als gehörte man zu einer ganz besonderen Familie. Er hatte seine eigenen Witze... Sie wissen schon. Und es ist auch eine verflixt wichtige Familie.« Sie drehte das Glas zwischen den Fingern und sah in die Flüssigkeit hinab; wo sie saßen, war es sehr dunkel, und ihre Stimme klang nur sehr leise durch die Musik. Er mußte sich anstrengen, ihre Worte zu verstehen. »Besonders fehlt mir, für Tom O'Mara zu arbeiten. Der Mann ist einfach phantastisch – oh, verstehen Sie mich nicht falsch. Alle lieben Tom O'Mara. Sie würden nie denken, daß er aus so einer Familie kommt. Er ist so einfach und nett – und eines der besten Gehirne in ganz Washington. Nie vergißt er, wenn ihm jemand einen Gefallen tut – wissen Sie, auch wenn man dafür bezahlt wird, für ihn zu arbeiten, vergißt er nie, daß man abends Überstunden gemacht oder an Wochenenden gearbeitet hat. Ich war neulich nahe drauf und dran, ihn zu bitten, ob ich nicht zurückkommen könnte – doch beschloß ich, London noch eine etwas längere Chance zu geben...«

Nun senkte Canfield den Blick auf sein eigenes Glas; er wollte nicht einmal versuchen, ihren Gesichtsausdruck zu erforschen, während sie das sagte. Es war bereits offensichtlich, daß sich ihre Meinung über London in den letzten Stunden entschieden gebessert hatte.

»Sahen Sie den Senator?« erkundigte er sich und hoffte, es möge ganz beiläufig klingen.

»Ja – er war in London – nur für eine Nacht. Stellen Sie sich vor, er machte sich die Mühe, mich anzurufen und zu einem Drink ins Grosvenor einzuladen. ›Sie können jederzeit, wenn sie wollen, wieder zurückkommen, Pat‹, sagte er. Ich wurde um ein Haar schwach und sagte auf der Stelle ja. Aber ich muß ein Jahr für das State Department arbeiten...«

Aus Angst, sie könnte das Thema fallenlassen, unterbrach er sie: »Was machte er hier? Untersuchte er seinen getreuen und loyalen Verbündeten, die Regierung Ihrer Majestät?«

»Hier? – O nein! Er war auf dem Rückweg von Vietnam. Er kam über Europa, um seine Schwester, Elizabeth O'Mara, zu sehen.«

»Ach ja, man vergißt, daß sie seine Schwester ist.«

»Sie vergißt es! Er nicht. Sie sind nie eine sehr enge Familie gewesen – sie scheinen es, weil man immer etwas über ihre Karrieren in den Zeitungen liest, doch stehen sie sich persönlich nicht sehr nah – Sie wissen, was ich meine, nicht wahr? Aber es ist wahrscheinlich nicht nötig, sich so zu benehmen, wie sie es jetzt tut. Keiner von der ganzen Familie kann es verstehen. Sie haben keine Ahnung, was sie verbrochen haben – sie hat sie plötzlich völlig von ihrem Leben ausgeschlossen, als existierten sie gar nicht. Beantwortet keine Briefe und läßt sich am Telefon nicht sprechen. Sie ist immer ein unabhängiges Biest gewesen, doch diesmal hat sie es noch viel weiter getrieben.«

»Aber Sie sagten doch, er hätte sie gerade gesehen?«

»Das ist es ja – er sah sie nicht! Er war gerade von Genf gekommen, als ich ihn traf, und, wie ich vermute, so aufgeregt darüber, daß er einfach davon sprechen mußte. Außerdem hat er volles Vertrauen zu mir. Er war zu jenem Schloßbesitz von ihr gefahren, und sie hatte ihm die Tür vor der Nase zugeschlagen.«

»Weshalb denn, um Himmels willen...?«

»Wer wüßte das? Die O'Maras wissen es nicht, und Whitney Spence weiß es auch nicht. Sie ist auch für ihn nicht zu sprechen. Alles war jahrelang gutgegangen, bis Lawrence Devlin vergangenen Herbst verunglückte – sie war mit Lawrence Devlin verheiratet, wissen Sie. Nun, der jüngste Bruder John kam herüber, um die Familie zu vertreten – Sie verstehen, ihr zur Seite zu stehen. Er kam bis Genf, und dort wartete eine Nachricht auf ihn, sie sei zu krank, um jemanden zu sehen, und er solle ihr nicht näher kommen. Na, John wurde wütend darüber und sagte, zum Teufel mit ihr, bestieg ein Flugzeug und kam zurück. Tom O'Mara und der Stellvertretende Minister – das ist der andere Bruder – waren damals mit Arbeit zugedeckt und konnten nicht fort. Dies ist die erste Gelegenheit, die der Senator hatte, und er sagte ihr nicht, daß er vorhatte, sie zu besuchen. Erschien einfach und wurde abgewiesen. Hat sie nicht einmal zu sehen bekommen. Er ist sofort wieder abgefahren und hat gebetet, daß niemand beobachtet hatte, was er tat, als er in Genf das Flugzeug verließ. Es ist eine der Stories, wie sie die Zeitungsleute lieben...« Sie schlug die Hand vor den Mund. »Mein Gott, Tom O'Mara sollte nie wieder mit mir sprechen! Ich habe ja wie ein Idiot dahergequasselt. Und völlig vergessen, daß Sie ein Zeitungsmann sind.«

Er versuchte, gekränkt auszusehen. »Ich bin ein politischer Korrespondent und nicht an Klatschspalten interessiert.«

Sie war voller Reue, und er besänftigte ihre Gefühle, indem er über die O'Maras sprach, als hätten sie einen übertrieben wichtigen Platz in der internationalen Politik inne, was sie zu glauben bereit war.

Schließlich sagte sie: »Ich fürchte, ich habe zuviel getrunken, Josh. Versuchen Sie zu vergessen, was ich erzählt habe, ja? Tom O'Mara ist ein so wundervoller Bursche, und ich glaube, ich war genauso wütend auf diese Hexe wie er. – Es fing alles an, als Lawrence Devlin verunglückte«, fügte sie hinzu. »Wenigstens glauben sie, es hätte damals angefangen. Sie glauben, der Schock hat sie ein wenig verrückt werden lassen. Sie zerbrechen sich den Kopf, wie sie einen Arzt dort hinein bekommen können, ohne zuviel Aufsehen zu erregen. Diese Familie steht immer so im Scheinwerferlicht... Und sie sind sehr empfindlich dagegen.«

Die Unterhaltung ging weiter, und schließlich ließ sie das Thema der O'Maras fallen. Canfield ließ sie von sich selbst erzählen, da er das für das Beste hielt, was er als Gegenleistung für das tun konnte, was sie ihm ahnungslos geschenkt hatte. Sie trank noch einen Cognac, während sie erzählte, und er hörte geduldig zu, da sie einen Zuhörer brauchte. Er brachte sie zu ihrer Wohnung neben der Marylebone High Street und gab ihr einen Gutenachtkuß und merkte dann, daß sie sich wie in einer Art Verzweiflung an ihn klammerte.

»Josh?«

»Ja, Pat?«

»Du bleibst doch bei mir, Josh? Heute nacht? Es ist so einsam in dieser verdammten Stadt. Manchmal wache ich auf...«

Und er war geblieben. Er merkte, daß es nicht leicht war, für das zu bezahlen, was man gestohlen hatte.

## 4

Es lag auf Willsdens Schreibtisch – und hatte wahrscheinlich den ganzen Winter über auf einem Stand in dem Shor Basar in Kabul gelegen. Das Wunder war, daß es in einem Land der Kamele nicht längst für die Ausbesserung eines Kamelgeschirrs verkauft worden war. Canfield verstand nichts von Kamelgeschirren, doch vermutete er, dies war zu dünn gewesen und auch als solches zuwenig. Unschuldig lag es da und doch gleichzeitig voll beunruhigender Macht – das Etui einer Kamera, auf dem die hastigen Buchstaben – *vlin* gemalt stand.

Canfield nahm es erneut in die Hand und schwang es hin und her, um festzustellen, wo sich der Lederriemen an dem Etui rieb. Es war offenkundig, daß die Reibung die Buchstaben hatte verschwinden lassen. Er fand es typisch für Devlin, die Initialen nicht in Gold einprägen zu lassen, sondern seinen Namen selber in diesen fahrigen Buchstaben daraufzuschreiben.

Sie hatten mit dem jungen Angestellten der Englischen Botschaft, der es entdeckt hatte, Glück gehabt – er war schnell und diskret und beharrlich gewesen. Obgleich der Standinhaber bestritt zu wissen, woher es gekommen war, und lediglich sagte, er hätte es von einem Mann gekauft, den er nicht kannte, hatte der junge Dritte Sekretär nicht von ihm abgelassen und war zurückgekehrt, um das Geld vor ihm auszubreiten, das ihm gehören sollte, falls er sein Gedächtnis ein wenig auffrischte. Der Standinhaber gab zu, er hätte etwas von einem Flugzeug eines Ausländers gehört, das von Mazar abgeflogen sei und nicht zurückgekommen wäre; er hatte davon gehört und sich nicht weiter darum gekümmert. Ausländer waren von geringem Interesse, ausgenommen als mögliche Feinde, und das Leben war in jedem Fall schwer. Glück, Gut oder Übel waren die Gabe Allahs. Der Fremde war ein Ungläubiger gewesen, und wen kümmerte es schon, was aus ihm geworden war? Der Dritte Sekretär hatte gewartet, hatte sich geduldig und höflich all die allgemeinen Betrachtungen und Abschweifungen angehört und hatte bei seinem eigenen heidnischen Gott schwören müssen, daß der Name des Standbesitzers nie über seine Lippen käme. Das Wrack eines Flugzeuges war von einer kleinen Karawane, die in Richtung auf den Amu Darja unterwegs war, entdeckt worden; es war nördlich des Flusses gewesen. Ein Vetter eines Freundes war mit in der Karawane gewesen. Das Wrack des Flugzeuges war zum Teil verbrannt, von dem Ausländer keine Spur vorhanden gewesen. Ob eine Kamera in dem Etui gesteckt hätte? Er wußte es nicht; nach der Moslem-Religion war es verboten, Bilder zu machen; Kameras waren daher uninteressant. Alles, was zu ihm gelangte, war das Stückchen Leder, das sie beide vor sich liegen sahen, und er solle nicht vergessen, daß der Amu Darja weit weg war und es alles vor langer Zeit geschehen war, vor dem Winter.

Sie sprachen nicht über die Tatsache, daß nördlich des Amu Darja die Sowjetunion war. Der Dritte Sekretär bezweifelte, ob der Standinhaber es überhaupt wußte – oder sich darum kümmerte. Ein Viertel der Bevölkerung Afghanistans waren Nomaden, und sie hatten im Laufe der Jahrhunderte die den Nomaden eigene Verachtung für durch Politik entstandene Grenzen entwickelt; wenn dies illegale Grenzübertretung war, wer wußte und wen kümmerte auch das schon? Canfield drehte das Lederetui mit dem Gefühl leiser Verzweiflung in den Händen. Wer wußte ebenfalls, wieviel davon wahr war? Hatte Devlin nur einen Abstecher von Mazar-I-Sharif gemacht, um einen letzten Blick auf die großartigen Ruinen von Balkh zu werfen, bevor er wieder Kurs zurück auf Kabul nahm, und aus Versehen die Grenze überflogen? Man überquerte jedoch nicht den Oxus, ohne es zu merken. War das Flugzeug zu hoch zwischen den Gebirgszügen aufgestiegen, und versagten die Motoren durch Sauerstoffmangel? – War Devlin dem zum Opfer gefallen? Hatte ihn das Gefühl zu großen Selbstvertrauens erfaßt, das Sauerstoffmangel auslöst, und war ihm das Benzin ausgegangen? Er war ein ausgezeichneter Pilot gewesen, doch war er ebenfalls siebenundfünfzig Jahre alt. Das Flugzeug war abgestürzt. War Devlin bei Bewußtsein gewesen? Hatte er einen Herzanfall, einen Krampf gehabt? Hatte er einfach in der weiten, berauschenden Wildnis dieses Landes nicht gemerkt oder beachtet, daß er die sowjetische Grenze verletzte? War das Flugzeug abgeschossen worden, oder hatte man es erwartet? Hatte Devlin etwas mit der Ermordung von Fergus in Beirut zu tun und befürchtet, sie wüßten mehr über ihn, als es tatsächlich der Fall war? Hatte er die Grenze als Fluchtweg benutzt? Hatte Devlin den Absturz überlebt? Canfield lehnte sich in seinem Sessel zurück. Es war kaum nötig, die Frage auszusprechen, doch sprach er sie aus, nur um sie loszuwerden und zu hören:

»Wo ist er? Wo ist er, lebend oder tot?«

Der Bericht ging bis zur obersten Instanz hinauf, und dann kamen die Entscheidungen herunter. Es waren gerade äußerst delikate Verhandlungen im Gange, und sie konnten nicht riskieren, diese zu stören, indem sie Behauptungen aufstellten, die nur auf sehr dürftigem Beweismaterial fußten. Sie mußten einen anderen Weg finden, herauszubekommen, was aus Devlin geworden war und welcherart das Verbindungsglied zu Elizabeth O'Mara Spence war.

Canfield zuckte die Achseln, als Willsden es ihm erzählte.

»Was sonst?« Die direkte Gegenüberstellung gab es so gut wie gar nicht auf diesem Arbeitsgebiet; es geschah nicht sehr oft, daß ein Powers-Oberst-Able-Austausch stattfand. Jeder kannte die Absichten der anderen Seite, die in dem Sammeln von Informationen bestanden, im Aushecken von Propagandaaktionen und der genauen Abschätzung der Schwächen und Stärken des Gegners. Doch konnten sie diesem Geschäft nur so lange nachgehen, wie sie alle so taten, als ginge nichts dergleichen vor. Solange von einem Agenten nie zugegeben wurde, daß er ein Agent war und ein Militärattaché in einer ausländischen Hauptstadt eben nur das und sonst nichts war. Es störte das Gleichgewicht, wenn jede Seite dauernd öffentliche Angriffe gegen den Gegner unternahm, ausgenommen, wenn es im richtigen Augenblick geschah und dem Zweck diente.

»In diesem Fall«, erklärte Willsden, »wäre es nicht der richtige Schachzug. Ich hoffe, sie wissen im Moment nicht, daß wir wissen, daß etwas nicht stimmt. Falls Devlin am Leben ist, haben sie einen Grund, es geheimzuhalten. Er mag übergewechselt oder durch einen Zufall dort sein. Was es auch ist, unsere einzige Hoffnung, an die Wahrheit heranzukommen, ist Elizabeth O'Mara Spence.«

Die Spitze von Canfields Bleistift bohrte sich in das Löschblatt und brach ab.

»Und der Weg, auf dem wir im Augenblick am nächsten an Elizabeth O'Mara Spence herankommen, heißt Sally Devlin.«

Sie machten ihre Pläne; Pläne, die Sally Devlin mit einbeziehen mußten, die Sally Devlin ohne ihr Wissen benutzten; doch Willsden bestand darauf, daß, bevor der Plan ausprobiert wurde, noch ein anderer Versuch gemacht würde, an Elizabeth O'Mara Spence heranzukommen und in das Schloß von St. Martin durch eine verläßliche Quelle hineinzugelangen.

»Ich würde es lieber vermeiden, die Tochter zu benutzen«, erklärte Willsden. »Auch ohne daß wir ihr erzählen, worum es geht, ist es immer ein Risiko, jemand einzuschalten, der der ganzen Sache so nahesteht. Wenn Devlin ihr Mann war, ist es außerordentlich gefährlich, seine Tochter zu benutzen.«

»Wir haben nichts gegen sie vorliegen«, entgegnete Canfield knapp.

»Wir haben auch gerade erst angefangen, sie zu überwachen«, antwortete Willsden. »In der Zwischenzeit werden wir sehen, was Jackson Hayward für uns tun kann. Falls er Erfolg hat, werden wir die Tochter gar nicht mehr brauchen.« Er richtete den Stiel seiner Pfeife auf Canfield. »Ich möchte, daß Sie zu ihm gehen, Josh, und ihm erklären, was er tun soll. Wir werden es natürlich vorbereiten. Er wird wissen, daß er Ihnen vertrauen kann.«

»Und können wir ihm vertrauen?« fragte Canfield und hoffte, Willsden begriffe den Sinn seines Sarkasmus.

»Wir haben ihn, so gut die Zeit es erlaubte, überprüft. Doch er ist in Ordnung. Er war im Krieg beim Neval Intelligence.«

»Und dadurch ist er in Ordnung?«

»Werden Sie nicht spitzfindig, Josh. Schließlich werden Sie, falls wir den zweiten Plan ausführen müssen, ein sogenannter Hayward-Autor sein, nicht wahr? Wir werden übrigens dafür sorgen müssen, daß Ihre anderen Verleger kein Theater darüber machen.«

»Das wäre mal was Neues«, meinte Canfield, während er sich erhob. »Ich habe zwar von Verlegern gehört, die ihr Leben für ihr Vaterland ließen, nicht aber von solchen, die es für ihre Autoren ließen.«

Da Jackson Hayward auf diesem Gebiet geschult war, tat er, ohne zuviel zu protestieren, was sie von ihm verlangten. Er war nicht erstaunt, als die meisten seiner Fragen nicht beantwortet wurden, da er auch das kannte. Dagegen gefiel ihm nicht, bei einer Untersuchung über Devlin mitzuhelfen, und er sagte es auch.

»Wir hoffen – ich hoffe, Mr. Hayward –, einen Verdacht gegen Devlin zu widerlegen.«

Im Gedanken an diese Versicherung hatte Jackson Hayward sich zu dem, was sie von ihm verlangten, bereit erklärt. Doch auch ohne dieses Argument wäre er wahrscheinlich, wie Canfield unglücklich überlegte, schließlich bereit dazu gewesen. Patriotismus konnte anfangen, einem als ein schmutziges Wort zu erscheinen, wenn es benutzt wurde, um anständige Menschen zu Handlungen zu zwingen, die sie für unanständig hielten. Und Jackson Hayward war entschieden der Ansicht, daß es eine unanständige Handlung war, einen Freund zu bespitzeln. Dies war wieder ein Gebiet, auf dem die andere Seite im Vorteil war; sie wurden selten von derartigen Überlegungen bewegt.

Also unternahm Jackson Hayward mit Henry Townsend

von Tyne and Townsend eine Reise nach Zürich, angeblich um darüber zu verhandeln, was es kosten würde, eine große Kunstenzyklopädie herauszugeben. Während er dort war, rief er in St. Martin an und erkundigte sich, ob er hinunterkommen könne, um eine geschäftliche Angelegenheit mit Mrs. Devlin zu besprechen. Die Antwort war die gleiche, wie jeder, der seit Oktober im Schloß angerufen oder persönlich erschienen war, sie erhalten hatte; Madame Devlin sei nicht zu sprechen, und man möchte sich in allen geschäftlichen Angelegenheiten an ihre Anwälte wenden.

Voller Erleichterung kehrte Jackson Hayward darauf nach London zurück in der Annahme, er hätte seine Pflicht getan und wäre nun frei, und berichtete von dem Mißerfolg seiner Reise. Da erzählten sie ihm von ihrem zweiten Plan oder vielmehr so viel von ihm, wie er nun einmal davon wissen mußte.

Sie hatten inzwischen die Fäden fest in Händen, und so brachte beinahe unverzüglich Opinion, Crofts angesehenste Monatszeitschrift, den Artikel, den Canfield über Devlin geschrieben hatte. Er begann mit der Erinnerung an jenen Morgen ihrer Begegnung auf dem Berg in Connemara und holte dann zu einem behutsam dargestellten Überblick aus über Devlins Entwicklung von dem Mann der Tat, der Tat in Romane übersetzte, zu dem Schriftsteller, für den der Mann der Tat nur noch von zweitrangiger Bedeutung war. Hayward schickte ein Exemplar davon durch einen Boten zu Sally in ihr Büro hinüber und ein zweites an Elizabeth O'Mara Spence. Von Sally kam ein kurzer Dankesbrief, in dem sie ihre Freude über den Artikel aussprach. Von St. Martin war die Empfangsbestätigung von Hans Raedler unterschrieben, dem Sekretär von Elizabeth O'Mara Spence, und enthielt keinen weiteren Kommentar.

Sie hatten Sally Devlin überwacht, und die Überwachung hatte nichts ergeben. Sie führte ein Leben, wie es Tausende anderer junger Frauen in London führten; es gab nichts im Ablauf ihres täglichen Lebens, von dem die Welt nichts hätte erfahren dürfen, ausgenommen vielleicht die Tatsache, daß es häufig sehr spät war, wenn Robert Halstead aus der Pforte in der Mauer trat und in dem Ashton Martin davonfuhr. Sie traf sich mit niemandem, mit dem sie sich nicht hätte treffen dürfen, und knüpfte auch keine Verbindungen zu Leuten an, die normalerweise keine Rolle in ihrem Leben gespielt hätten. Die dieser Aufgabe zugeteilten Agenten fanden diese Arbeit recht angenehm; manchmal aßen sie, um sich nach den Leuten zu erkundigen, mit denen sie und Robert Halstead gegessen hatten, in denselben Restaurants; es war ein sehr beliebter Auftrag. Halstead war, wie Canfield erfuhr, so etwas wie ein ›Tischhüpfer‹, der stets woanders aß, und gute Weine liebte. Es gab außer Robert Halstead keine anderen Männer in Sally Devlins Leben, und an den Abenden, an denen sie ihn nicht sah, blieb sie zu Hause. Sie blieb dann sehr lange auf. Das hätte auch Canfield selbst ihnen sagen können. Sie hatten nicht lange mit der Überprüfung zu tun gehabt, waren dann aber bis zu ihrer Schulzeit zurückgegangen und hatten jeden Verein und jeden Club notiert, in die sie jemals eingetreten war. Sally Devlin war anscheinend nicht sehr anschlußbedürftig. Sie vermerkten alles, was sie über ihre Bekannten in Oxford herausfanden, wo sie mit einer Drei in Geschichte noch gerade durchgerutscht war, und wie oft sie das Land verlassen hatte, um sich mit ihrem Vater zu treffen. Seit der Heirat ihres Vaters war sie nur zweimal im Ausland gewesen, beides anscheinend harmlose Aufenthalte in Irland. Ihre Post war langweilig und routinemäßig. Sie war unter diesen Gesichtspunkten ein Mädchen wie jedes andere. Und dann, gegen Ende der Überprüfung, hatten sie aus reiner Routine einen Agenten das Atelier beobachten lassen, während Sally Devlin im Büro war. Sie hatten mit keinem Ergebnis gerechnet und waren daher wie elektrisiert, als ein Mann, der einen Lieferwagen vor dem Atelier geparkt hatte, hineingegangen und fast zwei Stunden drinnen geblieben war. Der Wagen hatte als Aufschrift den Namen eines Lieferanten in Acton getragen, den es, wie sie herausfanden, gar nicht gab; das Nummernschild war gefälscht. Zwei Tage darauf kehrte der Wagen zurück, und derselbe Mann ging hinein. Diesmal machten ihre Fotografen in ihrem eigenen Wagen einige Fotos von ihm. Nach Canfields Meinung war es derselbe Mann, der mit Alexi Kogan in Devlins Wohnung gewesen war, wenngleich die Beleuchtung es damals schwierig gemacht hatte, absolut sicher über den Mann zu sein, den er dort im Oktober gesehen hatte.

Sie waren dann selbst in das Atelier gegangen und hatten die Borde und Schränke, vollgestopft mit Büchern und Aufzeichnungen gesehen, und da wußten sie, es war keine Zeit vorhanden, das alles zu überprüfen.

»Sie suchen etwas – etwas von ihr oder Devlin«, sagte Willsden. »Zweimal waren sie dort, das wissen wir genau. Der ganze Kram, den sie da hat, scheint sich in irgendeiner Weise auf Devlin zu beziehen oder von ihm selbst zu stammen. Unsere Jungen werden nicht klug daraus. Es braucht jemanden, der Devlins Werk sehr gut kennt, Josh. Ein Experte entdeckt vielleicht etwas, was unseren Leuten gar nicht auffallen würde...«

Er hatte protestiert, doch seine Proteste waren, genau wie Haywards, zwecklos gewesen.

Es wurde immer schmutziger, fand Canfield, und immer niederträchtiger. Er stand zum erstenmal in Sally Devlins Atelier und dachte, wie er sich den ganzen Winter gewünscht hatte hierherzukommen, und nun hätte er viel darum gegeben, nicht nur nicht hier zu sein, sondern die Türschwelle nie überschritten zu haben. Er durchlebte in seinem Innern den ganzen Sturm der Empörung über diesen Einbruch in die private Sphäre, der Sally Devlin erfaßt hätte – er wußte, er war in dieser Sache wenig professionell, vermochte es jedoch nicht zu ändern. Er war hier, unaufgefordert und unerwünscht, illegal und heimlich; die armseligen kleinen Türschlösser hatten ihn nicht aufzuhalten vermocht, genausowenig wie sie den Mann ferngehalten hatten, der in dem Lieferwagen gekommen war.

Eine Bewegung hinter ihm im Zimmer erinnerte ihn daran, daß er Zeit vergeudete. Powell, der Mann, den er bei sich hatte und der die Tür aufgemacht hatte, da Canfield nie in solchen Geschicklichkeiten geschult worden war, versuchte ihn taktvoll daran zu erinnern, daß Arbeit auf ihn wartete und sie nicht den ganzen Tag Zeit hatten. Sie würden nicht sprechen, außer wenn sie sich absolut dazu gezwungen sahen; sie konnten nicht wissen, ob nicht irgendwo im Atelier eine Abhöranlage angebracht war.

Canfield strich die dünnen Glacéhandschuhe straff und nahm auf gut Glück den ersten Umschlag.

Er hatte sofort gewußt, er würde nichts finden – oder wenn doch, dann durch reinsten Zufall. Es hätte Tage gedauert – sogar die oberflächliche Durchsicht hätte Tage gedauert; und für eine gründliche Suche wären Wochen nötig gewesen. Sie hatten nicht wochenlang Zeit. Man brauchte sich nur an das verwüstete Gesicht von Elizabeth O'Mara Spence über den seidig dunklen Pelzen zu erinnern. Canfield wußte, sie würden die Räder ihrer Maschinerie der List bald langsam in Bewegung setzen müssen, oder aber die Frau auf der Terrasse würde ihnen für immer entgleiten und die Wahrheit über Devlin mit sich nehmen.

Beinahe drei Stunden lang schaute er, nur mit halbem Herzen bei der Sache, in die Umschläge, die er herausgriff, und hatte nicht einmal den Wunsch, die Handschrift zu lesen, die Devlins sein mußte. Er empfand eine gewisse Gereiztheit ihm gegenüber bei dem Gedanken, daß er eine Menge für das Recht gegeben hätte, sich auf Grund einer Erlaubnis das anzusehen, was er in Händen hielt; hier lag das Material für einen Biographen aufgestapelt wie eine ganze reiche Goldmine, und er kam hereingekrochen, um hastig darin herumzuwühlen und zu schnüffeln, ein Dieb, der die Schlacke mit dem Gold nehmen mußte.

Powell war bereits an ihn herangetreten und zeigte auf das Zifferblatt seiner Uhr, als plötzlich das Walkie-Talkie-Gerät, das er bei sich trug, in sein hartes Gekakel ausbrach.

»Subjekt im Taxi angekommen. Bezahlt den Fahrer.«

Mit einem raschen Ruck seines Kopfes deutete Powell auf die Treppe zur Galerie; er war es gewöhnt, sich schnell zu bewegen. Er nahm den Umschlag, den Canfield gerade durchgearbeitet hatte, stopfte die Papiere wieder hinein und legte ihn auf seinen Platz zurück.

Sie konnten nirgends anders hingehen als auf die Galerie. Der einzige Ausgang führte über den Gartenweg zu der Pforte in der Mauer, und dieser Weg war jetzt versperrt. Canfield zog sich, immer drei Stufen auf einmal nehmend, die Treppe hinauf, erfaßt von dem Mißtrauen und Unbehagen, in die Enge getrieben zu werden. Es gab keinen Ausgang. Als sie sich auf den Boden der Galerie warfen, wo sie für jeden unten außer Sichtweite waren, hörten sie die Gartenpforte mit einem fröhlichen Knall zuschlagen und das Klappern ihrer Absätze auf dem Klinkerweg. Powell bedeutete Canfield, seine Aufmerksamkeit dem langen Kleiderschrank zuzuwenden, der an die Rückwand der Galerie gebaut war und von dem einige Schiebetüren offenstanden. Sie würden sich zuletzt dort hinein verziehen müssen und darauf vertrauen, daß dies einer der Abende war, an denen Robert Halstead sie in eines seiner teuren kleinen Restaurants führte.

Es bedeutete einen neuen Schock, sie mit jemandem sprechen zu hören, als sie den Schlüssel in die Tür steckte – der Aufpasser draußen im Auto hatte sie nicht gewarnt, daß sie nicht allein war. Canfield hob den Kopf, um zu beobachten, wie die Tür geöffnet wurde; eine große grau-weiße Katze lief ihr voran. Sie mußte ihre Gegenwart spüren, denn sie lief nicht weiter als bis zur Mitte des Zimmers, blieb dann stocksteif und mit erhobenem Schwanz stehen und starrte zur Galerie hinauf, die großen goldenen Augen voller Feindseligkeit. Sally ging jedoch an der Katze vorbei, ohne zu bemerken, wohin sie starrte, und sprach weiter zu ihr. Sie sahen, wie sie ihren Mantel und eine Kleiderschachtel auf das Sofa warf – sie war einkaufen gewesen, und das war vermutlich der Grund, weshalb sie früher nach Hause kam. Sie entschwand darauf aus ihrem Blickfeld unter der Galerie, und sie hörten das Zuschlagen der Eisschranktür. Die Katze hörte es ebenfalls; sie lief zur Küche. Powell hatte begonnen, sich mit großer Behutsamkeit auf den Schrank zu zu bewegen, da die Fußbodenplanken alt und trocken waren. Ungeachtet Powells hektischen Zeichen, ihm zu folgen, blieb Canfield, wo er war. Er konnte sie unten herumgehen hören. Dann erklang auf einmal Musik – es war ein Plattenspieler, kein Radio. Mit freudigem Erschrecken lauschte Canfield dem sanften, disziplinierten Rhythmus des Vivaldi-Konzertes. Sie summte ein Stückchen der Melodie ziemlich falsch mit, während sie die Schnur der Kleiderschachtel durchschnitt. Er verfolgte, wie sie das Kleid aus dem Seidenpapier herausnahm, es liebevoll ausschüttelte und sich anhielt. Indem sie das Kleid so festhielt, deutete sie einige menuettartige Schritte zum Takt der Musik an und wandte sich bei der letzten Drehung der Galerie zu. Er dachte, sie könnte nicht anders, als ihn bemerken, doch schweiften ihre Blicke nicht zu seiner Höhe empor. Sie schien glücklich zu sein und eigenartig unschuldig, wie sie dort mit dem neuen Kleid tanzte; ein Stück unbewußter Weiblichkeit, das ihn entzückte. Wieder summte sie leise vor sich hin, und es war merkwürdig rührend, wie falsch ihre Stimme die Melodie mitsang. Er überlegte, daß er und dieses Mädchen da unten außer Devlin auch diese Liebe zu Vivaldi teilten. Und dann überfiel ihn in jäher Folge auf diese Freude die kalte Wahrheit, daß er kein Recht besaß, sie es ihm nicht gegeben hatte, daß er als Eindringling kam, um in ihrem Leben herumzuschnüffeln und herumzuspionieren.

Sie vernahmen erneut ihre Stimme – entweder redete sie mit sich selbst oder der Katze –, und sie vernahmen das Klappern des Teekesseldeckels, als der Dampf gegen ihn preßte. Nach einigen Minuten war nichts mehr zu hören außer der Vivaldi-Musik. Trotz Powells Kopfschütteln riskierte Canfield noch einen Blick über die Galerie. Und es war wieder heller Wahnsinn, diesen Blick zu verlängern, doch er tat es; es war etwas, was er sich zu oft in den vergangenen Monaten vorgestellt hatte, und hier war es nun, in Wirklichkeit. Das Atelier war vom Schein der Abendsonne durchflutet; sie saß auf dem Sofa zwischen den zerdrückten Kissen; das Kleid lag über der Rückenlehne. Ihr Gesicht war von ihm abgewandt, so daß nur die Farbe ihres Haares ihr besonderes Erkennungszeichen war. Neben ihr auf dem niedrigen Tisch stand eine Tasse Tee; sie saß jedoch zurückgelehnt da, und der Rauch ihrer Zigarette kräuselte sich zwischen den goldenen Staubkörnchen empor.

Sie schien nicht einsam zu sein, so wie sie ihm an jenem Tag in Devlins Wohnung erschienen war; und sie schien auch nicht verwundbar zu sein, so wie sie ihm an jenem Abend in Covent Garden für den Druck von Halsteads Ehrgeiz verwundbar erschienen war. In der heiteren Ruhe dieses Augenblicks schien sie Canfield in jenen Monaten gereift zu sein, als wäre sie aus der Traurigkeit dieses Winters mit einer neuen inneren Seite aufgetaucht, die vorher nicht dagewesen war. Ihm kam der Gedanke, daß er, trotz des kleinen Tanzes mit dem neuen Kleid, vielleicht das letzte von dem Kind gesehen hatte, das, ein wenig frühreif, auf dem Berg herumgesprungen war, Devlins Aufmerksamkeit und Liebe gefordert hatte und die Stille jenes Sonnenaufganges vor vierzehn Jahren gestört hatte. Es lag etwas Erregendes, eine freudige Erwartung darin, über die Frau nachzudenken, die nun aufgetaucht war, die Frau, die dort unten saß und rauchte und Vivaldi hörte, eine Hand auf dem sanft sich hebenden und senkenden Bauch der grauweißen Katze.

Bevor die Platte endete, gab Powell ihm ein Zeichen, daß es höchste Zeit sei, ihre Plätze hinter der Reihe von Kleidern und Mänteln einzunehmen. Er hatte, wie Canfield zugeben mußte, den Sinn des Professionellen für den richtigen Augenblick;

kaum hatten sie sich in den Schrank verstaut und die Kleider dicht zusammengezogen, als die Platte mit einem Klicken aufhörte. Canfield spürte vor lauter Abscheu ein Gefühl der Übelkeit im Magen; bevor die Ateliertür sich öffnete, hatten sie zwei Möglichkeiten gehabt – sie konnten standhaft bleiben und sich zu erkennen geben und gezwungen sehen, ihr alles zu erzählen, oder konnte sich verstecken. Sie hatten die Möglichkeit gewählt, die ihrer Funktion im Leben entsprach, und hatten sich versteckt. Nun mußten sie bleiben und die Folgen auf sich nehmen.

Der Ausblick zwischen den Kleidern hindurch war außerordentlich beschränkt, und die Schiebetüren, obgleich offen, beschnitten ihn noch mehr. Doch die Geräusche waren deutlich genug. Nun, wo die Platte zu Ende war, hatte sie es eilig, und ihre Eile würde, wie Canfield überlegte, wahrscheinlich ein Gefühl von ihrer Gegenwart überdecken; sie war nicht das Mädchen, das herumging und nach etwas suchte, was nicht dasein sollte. Sie ging in das Badezimmer, und sie hörten das Badewasser einlaufen; sie ging vor ihrem Blickfeld hin und her. Schubladen wurden geöffnet und hastig zugeknallt. Der Duft des Badeöls drang zu ihnen. Canfield erkannte, er würde von dieser Stunde an ein besonderes Wissen über diese Frau besitzen, wie es rechtmäßig nur einem Geliebten oder einem Ehemann zukam. Sie absolvierte das Ritual des Badens und Anziehens beinahe vor ihren Augen; plötzlich wollte er diese Art von Wissen noch nicht über sie. Es würden in diesen Gesten Dinge enthüllt werden, die ein Mann vielleicht besser nie kennenlernte; es würden Eitelkeiten und Kleinlichkeiten offenbar werden, von denen kein Mann etwas wissen sollte, bevor er so tief verstrickt war, daß sie ihm nicht mehr viel ausmachten. Er wußte, diese nächste halbe Stunde konnte der Tod von allem sein, was er für sie empfand. Er fragte sich, ob sein Beruf auch dieses intime Wissen über sie verlange, und er wußte, er verlangte es nicht; er schob seinen Beruf als Grund vor, um etwas kennenzulernen, was ihn nichts anging; er wurde das, was er so fürchtete zu werden. Er fühlte so etwas wie Trauer, da sie unter anderen Umständen – falls er jemals Gelegenheit gehabt hätte, Sally Devlin auf die übliche Weise kennenzulernen – ihm diese Art von Wissen, das ihm jetzt durch Heimlichkeit zufallen würde, vielleicht freiwillig dargeboten hätte.

Er sah zu Powell hinüber. Der andere Mann spürte seinen

Blick und wandte leicht den Kopf. Ein Augenlid senkte sich – wenn auch nur schwach im Dunkel erkennbar – in einem breiten und lasziven Zwinkern. Canfield fühlte, es wäre wahrscheinlich eine Erleichterung gewesen, die Faust auf seiner Nase landen zu lassen, und wußte doch gleichzeitig, daß es keineswegs genutzt hätte. Nun kam das Geräusch ihrer bloßen Füße auf dem Teppich und dann das laute Plantschen in der Badewanne. Der warme Dampf wälzte sich aus dem Bad heraus und begann den Spiegel über dem Frisiertisch zu beschlagen, den Canfield im Teilausschnitt sehen konnte; der Duft des Badeöls schien intensiver und seine Botschaft sinnlicher zu werden.

Canfield lernte mehrere Dinge über sie; sie genoß ihr Bad auf geräuschvolle, übermütige Weise und brauchte nicht lange dazu, da sie nicht dem Genuß frönte, sich entspannt in die Umarmung des warmen Wassers zurücksinken zu lassen. Sie zog neue Unterwäsche an, doch was sie ausgezogen hatte, blieb da liegen, wo es gerade hingefallen war. Sie verweilte nicht vor dem Spiegel, nachdem sie ihr Gesicht zurechtgemacht hatte; er fand, sie war professionell wie ein Mannequin, nur ohne die narzistische Verehrung eines Mannequins für sein eigenes Gesicht. Eitel genug, um gesund zu sein, jedoch nicht zu sehr.

Wenn sie unordentlich war, so war sie ebenfalls gewohnt, sich in Eile anzuziehen. Sie schlüpfte mit den Füßen in Schuhe, die wartend an einem der offenen Abschnitte des Schrankes standen, während sie sich Parfum auftupfte; Canfield bemerkte, daß es das gleiche war wie das Badeöl, und es gefiel ihm. Sie packte eine Handtasche voll und suchte eine Minute lang in einer zerwühlten Schublade nach passenden Handschuhen. Sie hatte bereits ein Taxi bestellt, bevor sie rasch in den Schrank nach ihrem Mantel griff; ihre Hand fiel wie automatisch auf ihn. Canfield vermochte nichts anders; er reckte den Hals, um einen Blick von ihr zu erhaschen, als sie rasch die Treppe hinunterlief, in schwarzer Unterwäsche und den Mantel über dem Arm; und dann schob er sich zwischen den Kleidern hervor, um mit einem neuen Staunen und Entzücken den Augenblick mitzuerleben, als sie das neue Kleid hochhob, in es hineinschlüpfte und den Reißverschluß zumachte. Es war nur noch Zeit für einen schnellen, unzulänglichen Blick in den kleinen Konvexspiegel über dem Kamin. Sie hörten das Taxi draußen. Sie gab der Katze einen Kuß zwischen die Ohren, und dann vernahmen sie wieder das leichte Klappern ihrer Absätze auf dem Klinkerweg.

Als sie ganz aus dem Schrank auftauchten, flüsterte Powell: »Na, das ist aber, was ich 'ne Frau nenne!« Canfield antwortete ihm mit einem Laut, der sogar in seinen Ohren wie ein Knurren klang. Als sie sich vorsichtig die Treppe hinunterbewegten, vermied er es, dem starren Blick der Katze zu begegnen. Sie sprang vor ihm davon und benutzte die Klappe in der Tür, doch auch so hatte Canfield ihre wissenden Augen auf sich ruhen gefühlt, und er empfand das Schamgefühl der Schuld.

## 5

Mary machte sich fertig, um essen zu gehen, und war am nächsten am Telefon, als es klingelte. »Für Sie«, sagte sie zu Sally und reichte ihr den Hörer hinüber. »Es ist Mr. Hayward.« Sie ließ sich wieder an ihrem Tisch nieder und bereitete sich ganz unverhohlen darauf vor, dem Gespräch zuzuhören.

»Sal?«

»Ja, Mr. Hayward...«

»Wie wär's, wenn du heute abend für einen Drink 'rüberkämest, wenn du deine Schreibmaschine zugemacht hast?«

Sally zögerte: »Sehr gerne, nur...«

»Was ist los? – bist du mit Halstead verabredet?«

»Ja.«

»Na, dann sag ihm, du kämest ein bißchen später. Es ist jemand hier, von dem ich möchte, daß du ihn kennenlernst. Sagen wir also gegen sechs?« Er gab ihr keine Gelegenheit, etwas anderes als ja zu sagen. »Also gut. Ich erwarte dich.« Und damit hing er auf.

»Was wollte er?« erkundigte sich Mary.

»Ach, nichts Besonderes – soll zu einem Drink 'rüberkommen – jemanden kennenlernen.«

»Wen?«

»Das sagte er nicht.«

»Nichts Besonderes? – Ich nenne das 'ne ganze Menge. Wissen Sie was, Sally – Sie sind verwöhnt. Sie lernen so viele Leute kennen – und sie haben keine Ahnung, was es heißt, so wie – nun, wie ich zu sein. Wenn jemand wie Jackson Hayward mich zu einem Drink auffordern würde, um jemanden kennenzulernen, würde ich sterben vor... Und Sie werden Robert Halstead heiraten... und werden immer weiter interessante Leute kennenlernen für den Rest ihres Lebens.«

Sally schwang sich auf ihrem Stuhl herum, die Hände auf den Schreibmaschinentasten, und sah Mary nicht an. »Ich bin verwöhnt – das gebe ich zu. Ich bin sogar verwöhnt genug, mir zu wünschen, es möchte nur ein einziges Mal jemanden geben, der mich nur um meiner selbst willen kennenlernen möchte.«

Mary nahm wieder ihre Handtasche. »Das heißt zuviel verlangen. Die Welt funktioniert nach Namen – und Sie haben einen Namen. Es ist zwar ein ererbter Name, doch ist es ein Name, und Sie sollten sich glücklich schätzen.«

»Ich werd's mir merken, für irgendwann einmal«, erwiderte Sally kurz und begann auf die Tasten zu hämmern.

Die Räume des Hayward-Verlages hatten sich mit einer Geschwindigkeit geleert, die der schöne Frühlingsabend ausgelöst hatte; als Sally ankam, war niemand mehr am Empfangstisch, und am Schaltbrett waren die Nachtverbindungen eingestöpselt. Sie zögerte am Fuß der Treppe, und eine junge Frau kam auf dem Weg nach draußen herunter. Sie nickte Sally ungezwungen zu. »Mr. Hayward schwirrt irgendwo herum, Miß Devlin – er läßt Sie bitten, doch gleich in sein Büro hinaufzugehen.«

»Vielen Dank.«

Es fiel ihr wieder ein, daß Hayward die Angewohnheit hatte, im Büro herumzuschleichen, gerade wenn alle gingen, und einen oder den anderen seiner Direktoren an ihren Schreibtischen festzunageln, um mit ihnen eine Sache zu besprechen, die zu keiner anderen Zeit entschieden werden konnte. Es war die Zeit, in der er, wie er sagte, den größten Teil seiner Arbeit erledigte. In den Bürozimmern war es sehr still, als Sally die Treppe hinaufstieg, so als sei das Mädchen, das sie getroffen hatte, als letzte fortgegangen. Es war ein altes, schönes Gebäude – eines von vier Terrassenhäusern, die als Büros dienten – mit gewundenen Treppen, die nach oben zu einer Kuppel führten, die jetzt ein unheimliches Zwielicht in die unteren Stockwerke sickern ließ. Das Treppenhaus war mit einem dicken Läufer ausgelegt, doch das Knacken des alten Holzes markierte in der Stille ihre Schritte.

Der Mann, der in Haywards Zimmer wartete, mußte ebenfalls den Protest des alten Holzes gehört haben. Er saß erwartungsvoll der Tür zugewandt und war schon halb aufgestanden, als sie eintrat. Sie blieb stehen, die Hand noch auf dem Türgriff.

»Mr. Hayward erwartet...«

Er kam auf sie zu. »Ja, ich weiß. Er wird sofort hiersein. Sie sind Miß Devlin. Mein Name ist Josh Canfield.«

»Guten Tag, Mr.... Josh – Joshua Canfield? Der Joshua Canfield, der den Artikel über meinen Vater schrieb?«

Er nickte. »Ja.«

»Es war ein guter Artikel. Er gefiel mir. Er gefiel mir wirklich sehr, Mr. Canfield.« Doch während sie das sagte, dachte sie in Wirklichkeit gar nicht an den Artikel, sie mußte einfach etwas sagen – was sie eigentlich sagen wollte, war, daß sie froh war, ihn endlich gefunden zu haben, aber dafür schien es noch zu früh.

Er lächelte. »Das freut mich. Wissen Sie, ein Journalist ist sich immer bewußt, daß er sich seinen Lebensunterhalt durch die Erlebnisse anderer Menschen verdient. Eine Art Geschäft mit Menschen wie Lawrence Devlin... Sie leisten die schwere Arbeit, und wir berichten einfach nur darüber und kritisieren ihre Leistung. Und die meiste Zeit sind wir uns erbärmlich deutlich bewußt, daß wir selbst nicht das können, was sie vollbracht haben...« Er brach ab. »Aber hören Sie, als letztes sagte Jackson Hayward mir noch, ich solle dafür sorgen, daß Sie etwas zu trinken bekommen, da Sie dort drüben bei Tyne and Townsend sehr schwer arbeiten – und ich habe mich noch gar nicht darum gekümmert.« Haywards Büro war fast wie ein Wohnzimmer eingerichtet mit den antiken Möbeln, die er liebte; Flaschen und Gläser und Eiskübel standen auf einem italienischen Refektoriumstisch. Canfield deutete auf sie. »Was möchten Sie?«

»Scotch mit Wasser«, erwiderte sie abwesend. Als er sich abwandte, um das Gewünschte einzuschenken, sagte sie: »Aber Sie sind nicht nur Journalist, Mr. Canfield!«

Es schien ihr, als erstarre er ein wenig und halte in der Bewegung des Eingießens inne. »Bin ich das nicht?« meinte er, noch immer mit abgewandtem Gesicht.

»Nach jenem Artikel schlug ich Sie nach. Sie haben zwei Biographien geschrieben – eine über Pitt und eine über Selwyn Griffith. Ich besorgte mir die über Griffith. Wissen Sie – mein

Vater bewunderte ihn sehr. Er hielt ihn, was die Politik betraf, für einen der kühnsten Männer dieses Jahrhunderts.«

Er reichte ihr das Glas. »Ist es so richtig? – Es ist, wie ich sagte, Miß Devlin. Biographien zu schreiben ist eine gehobenere Form von Journalismus. Ein Geschäft mit anderer Leute Ruhm.«

»Sie tun sich selbst Unrecht, Mr. Canfield. Das Griffith-Buch ist hervorragend. Es ließ mich verstehen, warum mein Vater ihn so bewunderte. Ich lernte durch es, einen Akt politischen Mutes anzuerkennen ...«

Sie hatten sich in zwei gegenüberstehende Sessel in der gebogenen Fensternische gesetzt. Das Sonnenlicht des Spätfrühlings hing noch im Raum. Sie beugte sich zu ihm vor, wobei sie das Glas mit den Händen umschlossen hielt. »Ich bin froh, daß ich Sie gefunden habe, Mr. Canfield. Sie haben mir Kopfzerbrechen gemacht ...«

Die gekrümmten schwarzen Augenbrauen rückten zusammen. »Ihnen Kopfzerbrechen? Aber doch nicht vierzehn Jahre lang? Das ist eine lange Zeit für ein kleines Mädchen, um es überhaupt zu erinnern ...«

Sie verwarf den Gedanken, indem sie das Glas schwenkte. »Doch nicht das – oh, ich erinnere mich, glaube ich, wie ich eines Morgens mit Vater einen Berg bestieg und wir jemanden trafen. Aber er unterhielt sich mit jedem – oder jeder unterhielt sich mit ihm. An Sie erinnere ich mich nach so langer Zeit nicht mehr. Doch war es vor sehr viel kürzerer Zeit, nicht wahr, Mr. Canfield?«

Er wollte anscheinend nicht darauf antworten. »War es das?«

»Wissen Sie es nicht mehr? Das glaube ich nicht! In Covent Garden – vor ein paar Wochen? Wir sahen uns zehn Minuten lang an und versuchten, uns darauf zu besinnen, wo wir uns schon einmal gesehen hatten. Das war es, nicht wahr?«

»Ja, das war es.«

Sie lachte in einer Art von Triumph. »Ich wußte, ich würde Sie wiederfinden! Aber wo – wo nur vorher? Wir kennen uns, nicht wahr?«

»Ja – wir kennen uns!«

Plötzlich stellte sie ihn. »Jetzt weiß ich's – es war in der Wohnung! Es war nicht vor vierzehn Jahren. Es war in der Wohnung! Sie waren dort zusammen mit Inspektor Lester an dem Tag, als sie entdeckten, daß eingebrochen worden war. Was machten Sie da? Sie sind doch nicht auch ein Polizeibeamter, oder?«

»Nein, ich bin kein Polizeibeamter.«

»Nun werde ich aber böse, Mr. Canfield! Wie viele Fragen muß ich Sie noch fragen?«

Er seufzte und lehnte sich in seinem Sessel zurück. Die Lachfältchen um seine Augen waren tolerant und voller Erfahrung, dachte sie; ihn würde nur sehr wenig überraschen, und doch sprachen die gekrümmten schwarzen Augenbrauen von unersättlicher Wißbegier. Es war Humor in seinem Gesicht und Wissen, das durch Erfahrung nicht bitter geworden war. Sie konnte sich nicht erinnern, jemals das Gesicht eines Mannes so genau angesehen zu haben, und sie wußte auf einmal, daß sie ihn in dem Lichte dessen betrachtete, was sie in diesem vergangenen Winter über sich selbst – und auch über Devlin – gelernt hatte. Und voll ungestümer Freude wünschte sie sich, alles darüber zu wissen, sie mußte es einfach wissen.

»Nun, Sie haben mich ertappt. Ich hoffte, Sie würden sich nicht mehr erinnern, wo genau es war – oder wie. Selbstverständlich erinnere ich mich an Covent Garden und den Tag in der Wohnung Ihres Vaters.« Das Lächeln, das über sein Gesicht glitt, erwärmte sie; die Lachfältchen bogen sich aufwärts wie zur Feier einer Erinnerung, die ihm kostbar war. »Das werde ich nicht so schnell vergessen. Doch meine Anwesenheit dort war sehr inoffiziell – Lester ist ein Freund von mir, und ich war gerade bei ihm, als die Nachricht von dem Einbruch in die Wohnung kam. Ich fragte ihn, ob ich mitkommen dürfe. Er mußte sich auf meine Verschwiegenheit verlassen. Ich wollte nicht, daß er meinetwegen Schwierigkeiten bekam, doch wollte ich sehr gerne mit ihm gehen.« Er deutete auf sie, und sein Gesicht wurde wieder ernst. »Sie denken, es war die Neugier eines Journalisten, und ich hatte kein Recht, dort zu sein. Es stimmt, ich hatte dort nichts zu suchen. Ich kann nur zu meiner Entlastung vorbringen, daß jeder Mann seine Helden hat, und einige von ihnen überleben sogar das Alter der Desillusionierung. Devlin überlebte es für mich. Falls Sie eine Entschuldigung verlangen, überreiche ich Sie Ihnen hiermit reuevoll.«

»Ist schon gut. Ich werde es Inspektor Lester nicht melden – und bin nicht böse auf Sie. Ich habe Devlin ebenfalls geliebt.«

Sie lächelten sich, halb unbewußt, an. Sie empfand sehr deutlich, wie beglückend es war, von ihm angelächelt zu werden. Es erwachte eine Antwort in ihr, gleichsam ein Erkennen von einem Etwas, was sie sich vorgestellt, gewünscht hatte, jedoch niemals zuvor erlebt hatte; es war das erste Erkennen – überraschend, ja sogar erschreckend – von etwas, was sie bisher in jeder anderen Beziehung vermißt hatte. Etwas hatte für sie begonnen, und sie wußte nicht genau, wie sie es nennen sollte. Sie hatte bei diesem Mann das Gefühl merkwürdiger Vertrautheit, so als kenne sie ihn schon lange Zeit, und doch wirkte er erregend auf sie. Sie war froh, daß dieser Winter durchlebt und überstanden war und sie seine Lektionen gelernt hatte, daß sie der neue Mensch war, der sie geworden war, und er sie kannte.

»Dann ist ja alles gut, Mr. Canfield.«

Sie sah ihn groß an, und er erwiderte den vollen Blick. Sie war freudig beglückt, daß er nicht so tat, als sei dies eine gewöhnliche gesellschaftliche Begegnung und gewöhnliche Konversation machte. Wenn er nicht gemerkt hätte, daß sich etwas für sie ereignet hatte, hätte es sich nie ereignen können. Wenn er es nicht zugegeben hätte, wäre es ein Akt der Feigheit gewesen.

»Dann ist ja alles gut, Josh.«

»Ja«, sagte er. »Ja – ich freue mich, daß es gut ist.«

Sie rasten eine Straße entlang, und die Meilensteine der Konvention flogen mit einer unerkennbaren Geschwindigkeit vorbei. Die Fältchen der Erfahrung, des Schmerzes und des Lachens um die Augen sagten ihr, daß er keine Zeit für all die Eröffnungszüge und Finten hatte. Er hatte sie gespielt und wußte, sie waren ermüdend und kindisch. »Sie sehen kaum noch wie das kleine Mädchen in Connemara aus.« Er sagte ihr nicht, was er von ihrem jetzigen Aussehen hielt, was die meisten anderen Männer getan hätten. Er sagte ihr seine Ansicht, weil sie für sie beide wichtig war, weil sie Zeit aufzuholen hatten. »Sie haben sich auch in anderer Weise verändert«, fuhr er fort. »Sie waren damals viel selbstsicherer – obwohl Sie noch ein Kind waren. Ich hätte Ihnen so gerne an jenem Nachmittag in der Wohnung geholfen – Sie sahen so verlassen aus ... so verloren. Und das andere Mal, in Covent Garden, dachte ich das gleiche, obgleich Sie mit Abstand die schönste Frau dort waren. Es war erstaunlich, denn schöne

Frauen sehen nicht oft verloren aus. Es war ein schwerer Winter, nicht wahr?«

»Woher wissen Sie das?«

»Ich weiß es.«

Erstaunlicherweise schien es tatsächlich, als wisse er es. In einer Anwandlung von Panik spürte sie das Prickeln von Tränen hinter den Augen und das Zusammenziehen der Kehle, das Worte fast unmöglich machte. Sie vermochte beinahe nicht der Versuchung zu widerstehen, ihm zu erzählen, wie diese Monate seit Devlins Verschwinden gewesen waren, ihm von dem Gefühl der Einsamkeit zu erzählen, von dem er bereits wußte, von ihrer Vermutung, den unklaren Ängsten, der sich auftürmenden Bürde der Aufzeichnungen und dem Schuldgefühl darüber, diese noch für sich zu behalten. Es drängte sie, ihm davon zu erzählen, da er in diesen wenigen Minuten in sie hineingegriffen und ihr wahres Wesen berührt hatte und er ihrem Herzen nähergekommen war als irgend jemand je zuvor. Einen Augenblick lang hielt sie inne und versuchte, sich selbst zurückzuhalten, sah für einen Moment den Weg mit Robert vor sich, den überschaubaren Weg, sicher und wahrscheinlich gefahrlos, an dem die Wegweiser bereits vorhanden waren; sie war jedoch in diesen wenigen vergangenen Minuten überraschend mit diesem Mann abgebogen – oder war vielmehr im Begriff, es zu tun, einen Weg einzuschlagen, unüberschaubar und voll unbekannter Möglichkeiten, vielleicht Gefahren. Etwas Seltenes und Kostbares konnte an diesem Wege liegen, falls sie den Mut hatte, ihn zu beschreiten. Aber halt, wart einen Augenblick! Kehr lieber um! Den anderen Weg kannte sie, er war sicher; dieser Mann hatte ihr ja noch nicht angeboten, sie mitzunehmen. Wer war Josh Canfield?

»Kann ich Ihnen auf irgendeine Weise helfen?« fragte er leise und eindringlich.

»Jetzt nicht«, antwortete sie langsam. »Mit der Zeit...«

Mit der Zeit? – welcher Zeit, mußte sie sich fragen. Ihre Zeit war Roberts Zeit, unterstand Roberts Kommando. Das Bedürfnis zu sprechen und zu erzählen war geradezu ein körperlicher Schmerz, doch sie würden, wenn überhaupt, ihre eigene Zeit finden müssen.

Sie saßen schweigend da und sahen sich an, als Jackson Hayward ins Zimmer trat.

Die Art, in der sie dasaßen, erschien Hayward merkwürdig. Er war überzeugt, sie hatten minutenlang, bevor er kam, kein Wort miteinander gesprochen, und doch war es kein unbehagliches Schweigen gewesen. Es war vielmehr er, der sich unbehaglich fühlte, so als wäre er überflüssig. Nachdem er Sally begrüßt hatte, wandte er sich ab, um sich einen Drink einzuschenken. Während er unnötig lange mit den Eiswürfeln herumhantierte, betrachtete er sie mit einem verstohlenen Blick und überlegte, warum er fand, sie sehe anders als sonst aus. Der vergangene Winter hatte sie natürlich verändert; sie hatte aufgehört, ein junges Mädchen zu sein; doch hatte sie einen Ausdruck innerer Anspannung und Abwesenheit gehabt, der ihm nicht gefallen hatte und den Robert Halsteads Anwesenheit in ihrem Leben anscheinend nicht verringerte oder verscheuchte. Er wünschte, er hätte ein glücklicheres Gefühl über Robert Halstead, aber diese Wahl mußte ja nun Sally treffen, und sie schien sie getroffen zu haben. Er wandte sich mit dem Glas in der Hand wieder ihnen zu und sah, daß Sally immer noch Josh Canfield anblickte; in ihren Wangen stand eine zarte Röte, und ein berückendes, leicht sinnliches halbes Lächeln umschwang ihre Lippen. Zum erstenmal seit Monaten fühlte er, daß sie geweckt und aufgerüttelt worden war, daß etwas ihre Haltung gehorsamer Lebenshinnahme durchbrochen hatte. Man sah das manchmal bei jungen Mädchen, die im Begriff waren zu heiraten, diese Art sternäugigen Strahlens; aber, falls es das war, weshalb ließ sie dann ihr Lächeln auf Canfield wirken? Hayward setzte sich schwerfällig auf das Sofa zwischen den beiden Sesseln und hoffte, daß das, was immer es auch war, das er in Sallys ganzer Art spürte, sein Problem nicht komplizieren würde.

»Sal, ich wollte, daß du Josh kennenlernst – du erinnerst dich natürlich an seinen Artikel, nicht wahr? – dem im Opinion, den ich dir 'rüberschickte?«

Sie nickte. »Wir haben darüber gesprochen. Ich hielt ihn für sehr gut, wie ich bereits sagte. Ich bin jedoch enttäuscht worden, da ich mich nicht mehr von jenem Morgen an Mr. Canfield erinnerte, den er darin beschrieb.« Sie begann jetzt ein neckendes Spiel. Hayward fühlte, daß etwas völlig seiner Kontrolle entglitt. Canfield hatte ihn auf nichts dergleichen vorbereitet; doch alles, was Canfield tat, bestand darin, daß er Sallys Lächeln mit einem Blick schweigender Ermutigung erwiderte, die hier, nach Haywards Ansicht, nicht am Platze war. »Er wollte mir nicht sagen«, fuhr sie fort, »ob er fand, ich hätte mich in der Zwischenzeit seit damals irgendwie verbessert.«

Canfield äußerte sich schneller als Hayward: »Ich hatte nicht den Mut, Miß Devlin das zu sagen, was ganz offensichtlich gesagt werden müßte. Sie könnte ja schließlich denken, ich wolle ihr schmeicheln, das könnte sie doch denken, Mr. Hayward, in Anbetracht dessen, was Sie ihr zu sagen haben. Ich mußte doch den fatalen Hauch der Schmeichelei vermeiden...«

Hayward fühlte sich vollkommen hilflos; er wußte nicht, was überhaupt vorging. So stürzte er sich Hals über Kopf in das erste Problem, das er bewältigen mußte.

»Was würdest du sagen, Sal, wenn ich dir erzählen würde, daß ich Josh gebeten habe, eine Biographie über Dev zu schreiben?«

Die Eröffnung schien sie nicht einmal zu überraschen. »Wenn das so ist, freue ich mich sehr.«

»Du nimmst das sehr gelassen«, meinte Hayward.

»Nicht gelassen, glaube ich. Ich bin nur erfreut. Nachdem Sie mir den Artikel im Opinion über meinen Vater schickten, las ich Mr. Canfields Biographie über Griffith. Sie erinnern sich, Devlin war ein leidenschaftlicher Verehrer von Griffith.«

»Du bist also einverstanden?« Hayward nahm hastig einen riesigen Schluck Whisky. Es ging zu glatt, und zu rasch sah er sich bei dem schweren Teil der Unterredung angelangt.

»Natürlich bin ich einverstanden. Es ist sehr nett von Ihnen, mich zu fragen, Mr. Hayward – aber Sie müssen doch gewußt haben, daß ich ja sagen würde. Mr. Canfield ist ein guter Schriftsteller, und Sie sind Devlins Freund. Ich bin überzeugt, Sie haben sich große Mühe mit der Wahl des Biographen gemacht. Ich bin zufrieden mit ihr.« Sie schwenkte das Eis in ihrem Glas und schien dem leisen Klicken zu lauschen. Wieder lag jenes seltsame Lächeln um ihre Lippen, und es war da noch etwas anderes, überlegte Hayward. Sie sah – und vielleicht war sie es – erleichtert aus. Etwas ging hier zu schnell für ihn. Er hatte mit einer längeren Diskussion gerechnet.

»Wir werden natürlich dafür sorgen«, versicherte er, »daß das Buch über Dev einen weitaus größeren Markt erreicht als die Griffith-Biographie. Damals, als Sie es herausbrachten,

Josh, befand sich Griffith in einer politischen Verbannung. Ich glaube, die Tatsache, daß er so etwas wie eine Auferstehung in der allgemeinen Beurteilung erfahren hat, könnte zu einem großen Teil auf der Bedeutung jenes Buches beruhen, das sich endlich durchgesetzt hat. Die Öffentlichkeit ist immer Jahre hinter solchen Büchern zurück. Na, das wird nicht mit Dev passieren. Er war immer aktuell. Er ist einer der letzten populären Helden, die wir je haben werden. Ein ungewöhnlicher Mann, dieser Dev... Er brachte es fertig, die Kriegszeit zu überdauern – es ist schwierig, ein echter Held für die Menschen zu sein, die den Krieg durchkämpften und durchlebten, und immer noch ein Held für deren Kinder zu sein, die in den ›Verbannt die Bombe‹-Umzügen marschieren. Für sie ist er der Mann des Friedenspreises. Ich glaube, Sie haben bei diesem Buch alles auf ihrer Seite, Josh. Ein großartiges Thema und einen großen Markt.«

»Wann fangen Sie an, Mr. Canfield? Ich habe da noch einige Sachen, die von Nutzen sein könnten...« Sie bemerkte die erregte Bewegung, die Hayward machte, und wandte sich ihm mit einem sich ausbreitenden Lächeln zu. »Ach, nur so einige Kleinigkeiten, nichts Besonderes. Mr. Canfield könnte aber kommen und sie sich ansehen...«

Er nickte besänftigt. »Nun, Sal, Josh sollte eigentlich sofort anfangen. Aber die Biographie ist nur ein Teil von einer größeren Sache, die ich im Sinn habe...«

»Ja...?«

Er mußte es jetzt in Angriff nehmen. Er wappnete sich, indem er zum Tisch zurückging und sich noch einen Whisky eingoß. Sally und Canfield schienen an ihren Drinks nicht einmal genippt zu haben. Dann kehrte er zum Sofa zurück und ließ sich schwerfällig nieder.

»Es ist an der Zeit, Sal, etwas für Dev zu tun.«

»Etwas zu tun?« Sie runzelte die Stirn. »Was gibt es zu tun? Was kann man tun?«

»Was ich meine, ist...« Hayward lehnte sich gegen den Stapel von Kissen zurück, und der Rauch seiner Zigarre trübte die Luft um seinen Kopf zu blauem Dunst. »Was ich meine, ist, etwas für Devs Namen zu tun. Etwas, durch das er auf andere Weise in der Erinnerung fortlebt als durch seine Bücher. Es war ein solcher Schock für uns, als er auf jene Art von uns ging... Ich meine, wenn er wie die meisten Menschen im Bett gestorben wäre, wären wir vielleicht schon längst auf diese Idee gekommen. Man tut das im allgemeinen – eine Art Denkmal und all das.« Seine rundlich gepolsterte Hand deutete, die Zigarre zwischen den Fingern, in der Luft ein unbestimmtes, ungeheuer großes Etwas an. »Doch da war es plötzlich, letzten Herbst – man wußte nicht, ob er noch lebte oder tot war. Immer bestand noch eine Möglichkeit, daß er auftauchen würde. Es wäre nicht das erste Mal beim guten Dev gewesen. Aber hier sitzen wir nun, und es ist Frühling, und immer noch keine Nachricht, und . . .« Seine Stimme wurde weich, und er sah das Mädchen an. »Verzeih, Sal – aber es ist nicht sehr wahrscheinlich, daß jetzt noch irgendeine Nachricht kommt, oder?«

Sie schüttelte den Kopf. »Nein – nicht sehr wahrscheinlich.«

»So ist es Zeit, daß er ein würdiges Denkmal erhält. Etwas Anständiges.«

Es klang Verlegenheit in ihrer Stimme, als sie fragte: »Aber ich hoffe, Sie wollen nicht . . . Also, es wird doch nicht so ein richtiges Denkmal werden – etwa eine Gedächtnistafel?«

Hayward schnaubte verächtlich und sah gequält aus. »Ich würde dem guten Dev niemals so etwas antun! Er war einfach nicht der Mensch, dem man zu seinem Gedächtnis eine Steintafel mit eingekratzten Worten errichtet.«

»Was denn?«

»Das kommt darauf an. Ich dachte an etwas, was einen bleibenden Wert haben würde – eine Stiftung – etwas, um vielleicht Schriftstellern oder Studenten zu helfen. Dev liebte das Reisen, und es würde mir angemessen erscheinen, wenn wir versuchen würden, in seinem Namen einigen anderen Menschen zu ermöglichen, jene Art von Erkenntnissen zu sammeln, die er durch seine Reisen gewann. Nicht nur einen einfachen Studentenaustausch – schließlich gehört die Weisheit der Welt nicht den Jungen. Es sind häufig verheiratete Männer, die Familien zu unterhalten haben, die mal herauskommen sollten, um neue Dinge zu sehen und neue Ideen zu hören. Und das sind meistens die, die es sich nicht leisten können. Sehr oft brauchen sie Zuschüsse, wenn sie tatsächlich schreiben, um überhaupt am Leben zu bleiben. Es ist eine Sache, die die amerikanischen Universitäten und Stiftungen gut machen und die wir nicht sehr oft bei uns versuchen. Ich möchte, daß es anfängt – und unter Devlins Namen.« Er beobachtete die ganze Zeit aufmerksam ihr Gesicht; der Rauch hing in dichten Schwaden in der unbewegten Luft. »Hayward wäre nun zu einer beträchtlichen finanziellen Hilfe bereit – ich will nicht leugnen, daß wir im Laufe der vielen Jahre einen ganz schönen Batzen an Devs Büchern verdient haben. Doch das, was ein Verleger zu einer solchen Sache beisteuern könnte, wäre nur ein Tropfen auf einen heißen Stein verglichen mit dem, was wirklich nötig wäre, damit das Ganze irgendeinen feststellbaren Nutzen hätte. Wie weit wir gehen können und wie groß die Sache werden kann, hängt nicht von mir ab.«

»Wovon denn?«

»Von Elizabeth – und dir.«

Beim Klang des Namens der anderen Frau erstarrte sie. Er verfolgte, wie sie ihr Glas wie einen schützenden Schild hochhob. »Von mir? Ich verstehe nicht, wieso?«

»Ich denke, du wirst es verstehen, Sal. Ich denke, du wirst. Zuerst einmal müssen wir Elizabeths Unterstützung haben. Und natürlich hoffe ich, daß der Großteil des Geldes von ihr kommen wird. Aber siehst du nicht« – er richtete seine Zigarre auf sie –, »siehst du nicht, daß es auf einer zu engen Grundlage beruhen würde, wenn wir es nur mit Elizabeths Geld aufbauen würden? Es wäre lediglich das Denkmal einer sehr reichen Frau für ihren Mann. Das ist etwas zu einfach und spricht die Vorstellungskraft nicht sonderlich an. Ich möchte, daß sich so viele Menschen wie möglich daran beteiligen – ich möchte kleine Spenden von all den Leuten, die Devlins Bücher bewunderten. Ein Pfund hier und ein Pfund dort – schafft eine breite Basis, und viele Menschen identifizieren sich mit dem Ausgang des Unternehmens – jener Art zu schreiben, die um ihrer selbst willen geschieht. Ebenso nötig wie Geld würde diese Stiftung Publicity brauchen. Wenn wir erreichen, daß die Spence-Zeitungen und -Zeitschriften das Netz für uns auswerfen – das könnte sein, wenn Elizabeth uns den Weg ebnen würde. Soviel ich weiß, war Whitney Spence immer sehr stolz, daß er die ›Briefe aus Südafrika‹ in Auftrag gab und als erster Verleger herausbrachte. Auf gewisse Weise betrachtet er, glaube ich, den Friedenspreis, als gehöre er ihm.«

Sie äußerte sich nicht dazu. Hayward wünschte, sie würde es tun, da es ihm seine Aufgabe möglicherweise erleichtert hätte. Er sah, daß sie von Zeit zu Zeit Canfield anschaute, doch erhielt Hayward keine Hilfe von jenem. Er setzte seinen Vorstoß also fort.

»Sal – ich habe das Gefühl, daß, falls wir dies nicht in großem Stil aufziehen, wir ebensogut darangehen können, jene Worte in irgendeiner Kirche auf eine Steintafel zu kratzen und die Angelegenheit damit zu beenden.«

»Ich verstehe.« Sie saß eine Zeitlang mit eingezogener Unterlippe da und drehte das Glas in den Händen. Dann hielt sie jäh in der Bewegung inne. »Nein – ich verstehe es nicht! Ich verstehe nicht, wieso irgend etwas von alldem von mir abhängt. Es ist doch Elizabeths Hilfe, die Sie wollen?« Sie blickte von einem zum andern. »Sie wissen sehr genau, daß ich keinerlei Einfluß auf sie habe.«

Hayward drehte die Zigarre erregt zwischen den Fingern hin und her. »Ich habe versucht, dies ohne dich zu machen, Sal – natürlich hätte ich dich um deine Zustimmung für die endgültigen Pläne gebeten. Ich habe wirklich versucht, dich nicht in die Sache mit Elizabeth hereinzuziehen. Ich weiß, ihr steht euch nicht besonders gut. Aber seit Devs Verschwinden benimmt sich Elizabeth wirklich sehr merkwürdig.«

»Merkwürdig?« Sie war voller Abwehr, überlegte er; sie wollte nichts über Elizabeth hören.

»Sie empfängt niemanden, Sal. Sie bleibt da ganz allein in St. Martin eingeriegelt. Ich versuchte, sie zu besuchen, wie du weißt – ach nein, du weißt es ja nicht. Ich war in Zürich und rief sie an. Ich wollte hinfahren und ihr diesen ganzen Plan unterbreiten. Sie ließ sich nicht einmal am Telefon sprechen – irgend so ein Sekretär sagte lediglich, alle ihre Angelegenheiten würden von ihren Anwälten erledigt, und ich solle mich an diese wenden. Ich versuchte es – aber du weißt ja, wie Anwälte sind. Vermutlich dachten sie, ich wollte etwas für mich selbst. Jedenfalls habe ich überhaupt keine Antwort erhalten. Mir sind also die Hände gebunden.«

Sally vollführte eine Bewegung mit ihrem Glas. »Ich würde gerne helfen, Mr. Hayward. Das wissen Sie. Aber ich sehe einfach nicht, wie.«

»Sal, ich habe mein Herz daran gehängt, etwas für Dev zu tun. Ich will das Schweigen nicht als Elizabeths Antwort nehmen. Sie würde nicht genügen. Wenn ich muß, werde ich versuchen, das Projekt allein auf die Beine zu stellen, aber es würde ein Nichts, verglichen mit dem, wozu sie es machen könnte. Nun fühle ich jedoch, daß im Augenblick nichts Elizabeth erreicht. Der Plan muß ihr wie durch einen Schock zu

Bewußtsein gebracht werden. Das können weder Briefe noch Telefonanrufe. Ich muß einfach eine Gelegenheit finden, mit ihr zu sprechen. Das heißt, ich muß nach St. Martin fahren. Wenn sie mich nicht hereinläßt, muß ich mir meinen Einlaß erzwingen.«

»Wie wollen Sie das machen?«

»Mit deiner Hilfe, wie ich hoffe. Ich will einen Gedächtnisgottesdienst für Dev ansetzen – ein paar wirklich große Namen dazu holen –, so viel Publicity, wie es nur verträgt –, oh, ich weiß, es klingt zynisch, aber der gute Dev hätte sich prächtig darüber amüsiert, wie all seine Feinde da erscheinen werden, um ihre Namen in die Zeitungen zu bringen. Ich möchte es als Vorbereitung zu der Idee mit der Stiftung ankündigen – und gleichzeitig auch Joshs Biographie. Alle Berichte würden den Gedanken verbreiten, daß der Erfolg der Stiftung von Elizabeths Hilfe abhängen würde und daß auch die Biographie ihre Mitarbeit brauchte – ihre Unterlagen und ihre eigenen Aufzeichnungen über ihre gemeinsamen Jahre. Die Luft wird geradezu geladen sein gegen ihre Weigerung. Es wird als Fait accompli präsentiert. Es ist ein Trick, aber es bleibt mir einfach nichts anderes übrig. Ich werde verkünden, daß wir drei nach St. Martin fahren, um den ganzen Plan mit ihr zu besprechen...«

»Nein!« brach es aus Sally hervor. »Nein, Moment mal! Ich soll nach St. Martin fahren?«

»Ja, du, Sal.«

»Nein! Ich nicht!«

»Weshalb nicht?«

»Weil...« Ihr Glas fuhr auf den Seitentisch herunter und knallte gegen den Aschenbecher. Dieser glitt vom Tisch und fiel auf den Teppich. »Sie wissen sehr genau, weshalb!« Sie bückte sich und hob die Zigarettenstummel auf. Hayward sah, wie ihre Hand zitterte. »Ich habe Elizabeth O'Mara nie kennengelernt. Sie wollte mich nicht kennenlernen! Es gab eine Zeit, als es möglich gewesen wäre, uns zusammenzubringen, doch die Zeit ist längst vorbei. Es gibt also nichts, was ich für Sie tun kann, Mr. Hayward.«

»Ich brauche dich, Sal! Ich muß sagen können, du führest mit nach St. Martin. Ich würde da nie allein hineinkommen. Josh auch nicht. Du bist meine Trumpfkarte. Elizabeth ist eine Frau, die ihr Leben lang in der Presse und für die Presse gearbeitet hat. Sie weiß besser als die meisten Leute, wie eine Weigerung aussehen würde, wenn ich sie publik mache. O ja, es ist eine gewisse Erpressung, die ich lieber nicht anwenden würde, aber ich muß irgend etwas unternehmen. Sie müßte halsstarriger oder unüberlegter – oder noch etwas Schlimmeres – sein, als ich vermute, falls sie diese Art der Publicity ignoriert, die die Ankündigung, wie ich hoffe, haben wird. Ich möchte, daß sie befürchtet, ausgeschlossen zu werden. So wie ich Elizabeth kenne, wird sie die Kontrolle darüber haben wollen, sobald sie erkennt, daß es mit oder ohne ihre Hilfe gemacht wird. Ich baue darauf, daß du genau das Druckmittel bist, das wir brauchen, um in St. Martin Einlaß zu finden und zu erreichen, daß sie sich mit uns hinsetzt und wir alles besprechen können. Sie weiß sehr genau, was die Presse daraus machen wird, wenn Devlins Tochter öffentlich die Tür vor der Nase zugeschlagen wird.«

»Aber privat hat sie das die ganze Zeit getan. Sie hatte ihre Chance. Sie hat mich nie sehen wollen. Sie hat auch Sie nicht sehen wollen, obwohl Sie früher in St. Martin waren. Wenn einer den ersten Schritt machen muß, muß sie es tun.«

»Sal, überleg es dir noch mal«, bat er ruhig. »Du kannst es dir leisten, großzügiger als sie zu sein. Du hast jetzt ein sehr viel reicheres Leben als Elizabeth.«

»Blödsinn! Sie ist Elizabeth O'Mara Spence, oder etwa nicht? Sie ist reich und berühmt!«

»Sie ist eine einsame, kranke Frau.«

»Krank?«

Haywards Blick glitt zu Canfield, und jener nickte kaum merklich. »Sie ist eine Sterbende, Sal.«

Sie sog hörbar die Luft ein. »Eine Sterbende?«

»Krebs. Ich kann dir nicht sagen, wie ich es erfuhr, da die Ärzte nicht befugt sind, derartige Auskünfte zu geben. Doch manchmal ist es einfach aus humanen Gründen nötig...«

»Eine Sterbende...« Sie fragte jetzt nicht mehr, sondern nahm es hin.

»Du siehst also, warum ich es durchdrücken muß. Es ist keine Zeit, herumzuwarten, bis sie aus ihrem Schock und der Trauer über Dev auftaucht. Das ist natürlich der Grund, warum sie sich so völlig zurückgezogen hat, warum niemand bis zu ihr vordringt. Wir haben keine Zeit, ein Jahr zu warten.«

Ihr Gesicht hatte einen grüblerischen, gequälten Ausdruck,

und er haßte es, sie so zu sehen; sie begann vom neuem, ihr Glas zu drehen, rundum und rundum.

»Ich denke jetzt an dich, Sal«, gestand er nun leise. »Kannst du es dir erlauben, nicht hinzugehen? Dies ist die einzige Chance, die sich dir noch bietet, und du hast nicht mehr viel Zeit.«

Sie wandte sich ihm zu; ihr Gesichtsausdruck war fragend, und sie zog die Brauen zusammen.

»In deinem Alter, Sal, verändert man sich in fünf Jahren eine ganze Menge und wächst auch. Du hast jetzt eine Gelegenheit, noch einmal zum Anfang mit Elizabeth zurückzugehen. Du kannst es in Ordnung bringen, wenn du willst. Schieb beiseite, was Elizabeth auch getan oder unterlassen hat. Du bist es, die die Veränderung bewirken kann.« Er winkte abwehrend mit der Hand. »Ich spreche jetzt nicht von der Stiftung. Vergiß sie für einen Augenblick. Denk einmal nur an dich und Elizabeth – und Dev. Du hast eine Gelegenheit zurückzugehen. Nicht vielen Menschen wird dieses jemals geboten. Ergreife sie! Es kann nicht weh tun, den ersten Schritt zu tun. Sally, du bist nicht mehr das junge Mädchen von damals, als Dev Elizabeth heiratete. Du hast dich verändert. Sie vielleicht auch. Versuch es ... versuch es doch!«

Plötzlich sah sie Canfield an. »Und was sagen Sie?«

»Sind Sie sicher, daß Sie hören wollen, was ich denke?«

Sie stieß ein halbes und ein bißchen wildes Lachen aus. »Sie sind nun einmal hier, oder? Sie gehören dazu. Und bevor Sie mit Devlin fertig sind, werden Sie alles über uns wissen – über Elizabeth und mich. Und Sie werden sich ziemlich an die Wahrheit halten müssen, oder es wird ein schlechtes Buch. Ja – Sie gehören dazu – was sagen Sie also?«

»Das brauche ich Ihnen nicht erst zu sagen. Sie wissen, was Sie zu tun haben. Nur ist es jetzt besser, daß Devlin tot ist. Sie tun es nicht für ihn. Sie tun es für sich selbst. Weil Sie müssen!«

Er stand auf und ging zu ihr; ihr Gesicht war zu ihm emporgewandt. Als er so dort stand, neben ihrem Sessel, spürte Hayward das leichte Knistern der Spannung und Befangenheit, das zwischen ihnen wie Elektrizität hin- und hersprang. Er existierte in diesem Augenblick nicht für sie.

»Diese Frau ist allein – und eine Sterbende. Es gibt eine Geste, die Sie machen können – eine Tat, die Sie vollbringen können –, falls Sie sich für sie entscheiden. Sie wird Sie vielleicht zurückweisen, doch das beeinträchtigt nicht die Geste als solche.«

Plötzlich begriff Hayward, daß dies nichts mit dem Plan zu tun hatte. Canfield hatte wie ein Mann gesprochen, dem es zutiefst am Herzen lag, was aus dieser Frau wurde; es war eine flehentliche Bitte für ihr ganz persönliches Seelenheil.

Sie schienen Hayward lange Zeit so zu verharren, die Blicke ineinander verflochten. Dann nickte Sally langsam. Die Spannung zwischen ihnen brach ab, und Canfield kehrte zu seinem Sessel zurück.

»Sie werden also die nötigen Vorbereitungen treffen, ja?« sagte Sally zu Hayward. »Sie sagen mir dann, was ich zu tun habe.«

Er nickte.

Sally wünschte, Robert hätte nicht gewollt, daß sie führe; sie wünschte, er hätte energische Einwände erhoben, hätte erklärt, sie müsse doch hierbleiben, um mit den Vorbereitungen für die Hochzeit zu beginnen. Er hatte jedoch keine Einwände erhoben; sie wußte, er war auf einen Kontakt für die Zukunft mit den O'Maras erpicht. Die Idee der Devlin-Stiftung gefiel ihm, doch ahnte sie, daß ihm die Publicity, die sie umgeben würde, noch mehr gefiel.

»Ich frage mich nur, ob Hayward der richtige Mann dafür ist«, erklärte er. »Als Verleger ist er in Ordnung, doch scheint er mir sonst so etwas wie ein Wichtigtuer zu sein.«

»Er war der beste Freund meines Vaters.«

Er lächelte sie nachsichtig an. »Das hat doch recht wenig damit zu tun.«

Sie hatte das Gefühl, daß Robert, falls die Devlin-Stiftung errichtet würde, irgendwie erreichen würde, einer der Kuratoren zu werden. Zweifellos würde er seine Sache sehr gut machen. »Übrigens«, fügte er hinzu, »habe ich dich bei Hartnell angemeldet. Sie haben Verständnis für das Problem, das sich durch deine Abwesenheit ergibt; sie werden deine Maße nehmen und eine Kleiderpuppe anfertigen und schon mit einigen Kleidern anfangen, während du fort bist. Es sind dann nur einige Anproben nötig, wenn du zurückkommst. Sie werden natürlich auch das Hochzeitskleid nähen.«

»Ich mache mir nicht viel aus Hartnell-Kleidern. Sie sind nicht so recht mein Stil.«

Wieder lächelte er sie an. »Du wirst wunderbar aussehen! Wie immer. Es ist so viel einfacher auf diese Weise, findest du nicht auch? Erspart dir eine Menge Mühe, und du kannst länger in St. Martin bleiben. Oh, und laß mir die Liste für die Einladungen da, ja? Miß Ritchards und die Mädchen können dann schon damit anfangen.«

»Ich habe keine Liste. Ich war noch nie verheiratet.«

»Na, dann mach eine Liste.« Er bemühte sich, geduldig zu sein, doch konnte sie sehen, wie er im Geiste die Punkte abhakte, über die er sich vorgenommen hatte, mit ihr zu sprechen. Er kam zum nächsten. »Und ich habe mit Simmonds wegen der Katze gesprochen. Er ist bereit, für sie zu sorgen. Er wird einen Tag vor deiner Abreise in einem Taxi herkommen und sie abholen.«

»Falls wir überhaupt fahren. Elizabeth hat uns bis jetzt noch nicht dazu aufgefordert.«

Robert antwortete nicht; er glaubte an den Druck der Presse und hielt es für unwahrscheinlich, daß Elizabeth sich dagegen behaupten würde. Sally hatte ihm nicht erzählt, daß Elizabeth todkrank war. Irgendwie hatte sie es nicht fertiggebracht, ihm das zu sagen.

Josh Canfield war auch nicht vernachlässigt worden. »Er ist schon eine ganze Weile Korrespondent für Croft. Ich habe mich über ihn erkundigt. Sie halten recht viel von ihm, soviel ich verstand. Und da war auch ein Buch über Selwyn Griffith. Griffith war natürlich ein unmöglicher Mann, aber anscheinend hat Canfield was Vernünftiges aus dem Material gemacht. Dieses Mal wird es selbstverständlich anders – er hat ein gutes Thema. Es wäre jedoch eine Hilfe gewesen, wenn Hayward einen etwas bekannteren Mann ausgesucht hätte. Ach was, ich bin sicher, er wird es ganz gut machen. Und es wird ja vermutlich nur die erste von einer ganzen Reihe von Biographien über deinen Vater sein...«

Sie wünschte, er hätte sich damit befaßt, was Canfield für ein Mensch war; sie wünschte, er hätte gefühlt, daß sein Platz in ihrem Leben bedroht war. Sie wünschte, er hätte sie sehr hart geküßt und gesagt, sie dürfe nicht fahren; sie wünschte, er hätte gesagt, sie dürfe nicht länger als drei Tage dort bleiben; und sie wünschte, er hätte darauf bestanden mitzukommen, auch wenn es für ihn bedeutete, in dem Hotel in St. Martin zu wohnen. Aber er tat nichts von alledem.

Sie wünschte, Josh Canfield hätte angerufen. Sie wünschte, sie könnte ihn wiedersehen, bevor sie nach St. Martin abreisten. Falls sie nicht nach St. Martin fuhren, würde sie vielleicht verheiratet sein, bevor sie ihn wiedersah.

Das, was geschehen mußte, geschah sehr rasch. Hayward kündigte an, daß in zwei Wochen ein Gedächtnisgottesdienst für Lawrence Devlin in der Kirche St. Martin's-in-the-Fields abgehalten würde. Der Ankündigung war die Nachricht beigefügt, daß er beabsichtige, eine Lawrence-Devlin-Gedächtnisstiftung zu errichten und mit Elizabeth O'Mara Spences Unterstützung bei dem Projekt rechnete. Außerdem habe er Joshua Canfield mit der Verfassung der Biographie über Lawrence Devlin beauftragt.

Für Canfield war es die kritische Zeit. Jetzt war er im Freien. Die Fremden, die das Schloß von St. Martin besetzt hatten, wußten nun, daß er bei Hayward und Sally sein würde, wenn diese sich dort an Elizabeths Türschwelle einfanden. Die öffentliche Meinung würde verlangen, daß man sie einließ. Dies war also die Zeit, um die Vergangenheit Joshua Canfields zu durchleuchten, und falls sie dort irgend etwas fanden, was sie alarmierte, war es durchaus möglich, daß sogar die öffentliche Meinung nicht die Tür von St. Martin öffnen würde. Es blieb nicht viel Zeit für Agenten, die in einem ausländischen Land arbeiten mußten und sich nur der Hilfsmittel einer unterirdischen Nachrichtenorganisation bedienen konnten; doch war es genügend Zeit, um Mißtrauen oder Verdacht entstehen zu lassen. Sehr viel würde davon abhängen, wie weit und genau sie seine Auslandsreisen verfolgt hatten und wie sorgfältig sie seine dortigen Kontakte überwacht hatten. Es würde davon abhängen, wie eingehend sie sich mit seinen Finanzen befaßten und wie lange sie dazu brauchten, um zu entdecken, daß er regelmäßig in ein Haus ging, das, wie sie wahrscheinlich wußten, trotz des Firmennamens, unter dem es sich verbarg, ein Zentrum der geheimen Spionageabwehr war. Es würde davon abhängen, wie viele scheinbar unschuldige Fragen sie an seine Freunde stellen konnten. Es war möglich, alles herauszufinden, was es über Josh Canfield zu wissen gab, wenn einen genügend Zeit, genügend Geld und genügend Leute zur Verfügung standen. Doch in den gesamten Annalen von Josh Canfields Beruf war die beste Tarnung diejenige, die dem Herzen der Wahrheit am nächsten kam. Er war Josh Canfield und würde weiter Josh Canfield sein, und die Offenkundigkeit jener Wahrheit mochte sie so blind machen, daß sie nicht sofort nach den dunkleren Punkten dahinter suchen würden. –

Es regnete passenderweise an dem Morgen, als sich Londons literarische Welt in der Kirche St. Martin's-in-the-Field versammelte; die meisten Herren trugen eine ernste Miene zur Schau und beigebraune Regenmäntel, die beinahe die Uniform des Engländers werden. Canfield trug ebenfalls seinen Regenmantel und fand, daß er inmitten all der andern sehr gut untertauchte. Er setzte sich in eine Bank im rückwärtigen Teil der Kirche – nicht so weit hinten, daß es aussah, als wolle er sich verstecken, jedoch weit genug, um der Bescheidenheit Genüge zu tun. In diesem Augenblick war Lawrence Devlins Biograph nicht sehr wichtig. Sie waren gekommen, um von Lawrence Devlin selbst zu sprechen.

Die üblichen Hymnen und Psalmen entsprachen nicht sonderlich Devlins Einstellung und wurden daher kurz gehalten. Einige der literarischen Größen sagten die erwarteten und einige wenige ganz unerwartete Dinge über ihn.

Doch als Jackson Hayward seine Blätter auf den Bibelständer legte, sagte er nur wenige kurze Sätze über seinen Freund Larry Devlin. Auf Wunsch von Devlins einzigem Kind, Sarah, würde er ein kurzes Zitat vorlesen, und er begann mit John Donnes bekannten Worten:

»Kein Mensch ist eine Insel, ganz für sich allein ... jedes Menschen Tod macht mich kleiner und ärmer, da auch ich ein Teil der Menschheit bin ...«

Canfield glaubte nicht, daß es Devlins Lieblingszitat gewesen war; es war zu viel Geltungsbedürfnis in dem Mann gewesen, um ihm zu gestatten, mehr als alles andere die Worte zu lieben, die für immer von einem anderen und berühmteren Schriftsteller geprägt worden waren. Es mußte Sally selbst gewesen sein, überlegte Canfield, die sich diese Worte gewünscht hatte, und er sah sie als ihre Rechtfertigung vor sich selbst an, nach St. Martin zu gehen und Elizabeth in Devlins Namen die Hand hinzustrecken. Schien sie sich zu sagen, daß sie selbst in dieser neuen Beziehung wachsen würde, ob sie nun glückte oder fehlschlug, um die Verarmung durch Devlins Verlust auszugleichen? Elizabeth war jetzt eine Sterbende, doch ein Teil sollte in Sally weiterleben. War es das, was sie damit sagen wollte? Canfield hoffte es.

Als sie hinausgingen, erklang zum Abschluß die Toccata und Fuge D-Dur von Bach, brausend und jauchzend und voll wilden Triumphes; sie war nur erfüllt von Leben und nicht einer Spur des Todes. Jackson Hayward und Sally standen dicht am Hauptportal, um jedem die Hand zu geben, der an ihnen vorbeikam; Robert Halstead stand ein wenig hinter Sally mit genau dem richtigen Ausdruck von Besorgtheit und Besitzerrecht. Canfield bemühte sich, ihn nicht anzusehen, als er Sally die Hand hinstreckte. Sie war sehr schön, fand er, in dem Schwarz, das sie trug; das rote Haar und die weiße Haut erglühten in der Düsterkeit dieses Regenmorgens, der Regenschirme und beigebraunen Regenmäntel.

Danach gab Canfield sich auf der Treppe große Mühe, allen Literaturkritikern der Zeitungen, die ihn nur halbwegs kannten und seinen Gruß erwidern würden, zuzunicken sowie mit ihnen zu sprechen. Dies mußte für diejenigen getan werden, die ihn beobachteten und herauszufinden versuchten, ob sein Platz in der literarischen Welt echt war oder lediglich von Jackson Hayward geschaffen wurde. Er mußte jetzt als echt gelten. Doch während er sich so unterhielt und sich manchmal dem einen oder anderen der Literaturlöwen aufdrängte, die ihn nicht so recht erkannten, jedoch für Schmeicheleien empfänglich waren, fragte er sich, welcher der Männer in den beigebraunen Regenmänteln in der Menge da war, nicht um das Gedächtnis Lawrence Devlins zu ehren, sondern lediglich, um Josh Canfield zu beobachten.

Und dann, als die lange Reihe von Menschen ein Ende gefunden hatte, schritt Jackson Hayward die Stufen zu dem wartenden Wagen hinunter. Sally und Robert Halstead folgten ihm; Canfield wußte, was sie vorhatten. Sie fuhren in den Savoy Grill zum Mittagessen. Auch das war angemessen. Canfield vermochte nicht anders, als ihnen mit den Blicken zu folgen. Aber das taten die Blicke fast aller übrigen Männer auf der Treppe.

Die Menge zerstreute sich; Canfield überquerte den Trafalgar Square im Bewußtsein, daß ihm wahrscheinlich jemand folgte, und verhielt sich wie ein Mensch, der keinen Grund hat, etwas Derartiges zu vermuten. Er dachte an das, was er gerade miterlebt hatte, und an das, was von den literarischen Größen

Londons über Lawrence Devlin gesagt worden war. Von den ganzen dort versammelten Menschen hatten nur er und ein oder zwei andere jener anonymen Regenmantelmenge entweder vermutet oder gewußt, daß Devlin vielleicht nicht tot war.

Hayward biß auf seine unangezündete Zigarre und schob Canfield das gelbe Telefonformular über den Tisch zu »Sie hat angebissen«, erklärte er. »Wir fahren nach St. Martin!«

Nun, wo das geschafft war, wollte Hayward zu seiner Beruhigung hören, daß das, was er eingefädelt hatte, das Richtige war. »Es wird alles gutgehen, nicht wahr, Josh? Ich meine, für Dev?«

Er erhielt jedoch keinen Trost, nur die Kälte der grauen Augen, die ihn unverwandt ansahen, ohne nachzugeben und ohne zu versuchen, ihn zu beruhigen. Er wünschte, Josh Canfield würde ausnahmsweise das übliche Spiel der Verstellung spielen, ihm seine Beruhigung zu geben, ohne sich zu viele Skrupel über die Wahrheit zu machen; doch plötzlich verriet ihm der Blick jener Augen, daß Canfield sehr müde war, daß er das Spiel der Verstellung auf tiefgreifendere Weise vielleicht zu oft gespielt hatte und er nicht mehr fähig war, es nun in Dingen zu spielen, die ihm etwas bedeuteten. Hayward wußte jetzt ohne jeglichen Zweifel, daß Devlin, und vielleicht auch Devlins Tochter, Canfield sehr viel bedeuteten.

»Das gerade werden wir herausfinden«, war alles, was Canfield zu sagen bereit war. Die Einsilbigkeit der Antwort ließ Hayward frösteln.

Hayward steckte den Kopf in der Mittagspause in Sallys Bürozimmer, und ein Lächeln der Erleichterung überflutete sein Gesicht, als er sah, daß Mary Farrars Schreibtisch leer war. Sally war da und saß vor ihrer Schreibmaschine. Sorgfältig schloß er die Tür hinter sich. »Wir fahren, Sal«, verkündete er. »Es ist ein Telegramm von Elizabeth gekommen. Könntest du übermorgen startbereit sein?«

»Ja«, sagte sie, und sie wußte, was sie zu tun hatte. Bevor Mary zurückkam, hatte sie Devlins Manuskript aus der verschlossenen Schublade ihres Schreibtisches genommen und es in einen Umschlag gesteckt, um es mit nach Hause zu nehmen. Am Abend begann sie die Kleider herauszusuchen, die sie nach

St. Martin mitnehmen würde. Als letztes holte sie die kleine Reisetasche hervor, die Devlin ihr für ihr Handgepäck auf ihren Flugreisen geschenkt hatte; in diese packte sie den Umschlag, den sie aus dem Büro mitgebracht hatte, und die Umschläge, die den ersten Teil von Devlins Manuskript enthielten, den sie im vergangenen Oktober mit in ihre Wohnung genommen hatte. Die Tasche war schwer, und sie überlegte, daß Hayward wahrscheinlich für Übergewicht bezahlen müßte; gleichzeitig wußte sie, daß niemand jemals in der Lage gewesen war, Elizabeth O'Mara Spence etwas wie dieses zu schenken.

## 6

Das Tal war weiß und staubig; der weißtrübe Fluß floß rasch zwischen Pappelreihen hindurch, die ab und zu unterbrochen waren, und das graue Grün der jungen Rebstöcke stieg in steinumkleideten Terrassen von dem grauen, steinigen Boden auf. Nach der Lieblichkeit der Uferlandschaft entlang des Genfer Sees schienen sie in ein Land gekommen zu sein, wo die nackten Knochen des Landes nach oben ragten. Es war ein breites, flaches Tal; auf beiden Seiten erhoben sich die massigen, undurchdringlichen Barrieren der Berge. Zu ihrer Rechten lag als krönender Abschluß eines Seitentales der Rhone der Große-St.-Bernhard-Paß; direkt vor ihnen war der Simplon und das Tor nach Italien. Ihre eigene Reise war beinahe zu Ende. Es würde nicht mehr sehr weit sein, würde nur noch Minuten dauern, überlegte Sally, bevor einer von ihnen etwas sagte. Sie blickte sich nach Hayward um, der hinten saß, doch sein Kopf war ihm in einem Nickerchen auf die Brust gesunken, wie so oft, seit sie in Genf losgefahren waren. Sein Tweedanzug war grau von der Asche seiner endlosen Zigarren, sein Gesicht vor Erschöpfung verknittert.

Sie bedauerte, daß die Reise sich ihrem Ende näherte. Nicht nur deshalb, weil sie von Furcht über das gepackt wurde, was sie in St. Martin erwartete; die Reise selbst hatte ihr unerwartetes Vergnügen bereitet. Im Flugzeug hatte sie neben Hayward gesessen, doch nach der Ankunft in Genf hatte Canfield umsichtig die Führung übernommen. Er war es gewesen, der einen Mietwagen besorgte, und er, der sich ans Steuer setzte.

Ohne einen Moment zu zögern, war er bereits auf der Straße nach Lausanne und Montreux, und er hatte einen Umweg zu dem Restaurant gemacht, in dem sie zu Mittag gegessen hatten, einem kleinen Lokal direkt am Ufer des Sees, wo die herrischen Schwäne angeschwommen kamen und Brot verlangten. Es waren keine anderen Touristen da; das Restaurant und die Speisekarte waren bescheiden und das Essen vorzüglich. Die Sonne brannte auf sie herunter und Hayward zog sich unter einen Sonnenschirm zurück.

»Ein politischer Korrespondent ist so oft nach Genf unterwegs, daß er einfach einige abseits des Weges gelegene Orte finden muß, oder er wird entweder verrückt oder geht pleite – oder beides«, hatte Canfield erklärt, als sie ihn fragten, woher er das Restaurant kenne. Sie hatte einfach Freude an der Mahlzeit gehabt wie lange Zeit nicht, ein Gefühl des Vergnügens, gemischt aus Wein und Sonne und Entspannung. Niemand war da, um ihre Anwesenheit dort zu beobachten, niemand, den man an einem anderen Tisch begrüßen mußte; der Kellner bediente sie gut, strich aber nicht dauernd um sie herum, und die Rechnung war sehr niedrig. Sie dachte wieder daran, dachte voller Wärme an das Gefühl der Ungezwungenheit, das völlige Fehlen jeder Spannung zwischen ihnen drei, ihre Empfindung, daß sie sich nicht anzustrengen brauchte oder mit jemandem oder etwas Schritt halten – es war genug gewesen, einfach zu sein, wie sie war, sich daran zu freuen, es zu genießen; sie alle hatten sich der Stimmung der Stunde hingegeben und der Reise als solcher. Sie dachte wieder an all dies und fragte sich, wie sich Roberts Gegenwart ausgewirkt hätte, wie er die Balance verändert hätte, als die Worte, auf die sie gewartet hatte, von Josh kamen.

»Sie können es jetzt sehen – St. Martin.«

Sie wandte den Kopf, erschöpft und voller Abneigung, nun das zu erblicken, dem sie die Stirn bieten mußte. Er hatte die Worte ruhig gesagt, wie um ihnen nicht zuviel Gewicht zu geben, doch dröhnten sie ihr in den Ohren wie der Widerhall eines Donnerschlages.

»St. Martin ...« Sie wiederholte den Namen, langsam und wie ein Kind, und dann wurde sie, ebenfalls wie ein Kind, von jäher und unerklärlicher Furcht erfaßt und wäre am liebsten näher an ihn herangerutscht. Sie wischte sich die Hände, die zu schwitzen begonnen hatten, seitlich am Rock ab. »Ich dachte nicht, daß es so eine Festung sein würde«, erklärte sie schließlich.

Es war eine mittelalterliche Festung, eine Burg auf einem Felsen am Anfang eines schmalen Seitentales, das sich nach Norden öffnete. Die Bausteine waren aus dem Felsen selbst gebrochen, dem grauen Felsen, so daß es schwierig war zu sagen, wo ihre Mauern begannen; ihre Wälle schienen einer hinter dem anderen miteinander zu verschmelzen, so daß die ihnen zugekehrte Seite beinahe senkrecht emporzuragen schien. Im Profil fiel sie in zackigen Absätzen zu dem zusammengekauerten Häuflein der Dächer des Dorfes zu ihren Füßen ab. Ihre grauen Mauern fingen das Licht der Nachmittagssonne auf und warfen es in die Richtung zurück, aus der sie sich nun auf der Straße näherten; das Licht milderte die Umrisse ein wenig, tat jedoch nichts, um den Steinhaufen irdischer oder menschlicher zu machen. Abgesehen von dem Grün des wilden Weins, der ihre Wälle an einigen wenigen Stellen umspann, gab es keine andere Farbe als das Grau. Sally vermochte niemanden und nichts auf den Wällen zu entdecken, was sich bewegte. Es konnte fast sein, erwog sie, daß die Burg verlassen war; eine Ruine, aus der alles Leben vor langer Zeit entflohen war.

»Er sprach nie so davon, als sei es eine Festung«, beendete sie ihren Gedankengang kraftlos.

Letzteres war jedoch nur eine halbe Wahrheit. Devlin hatte überhaupt nie von St. Martin gesprochen, da er sehr wohl gewußt hatte, daß sie nichts darüber hatte hören wollen. Doch jetzt, wo sich St. Martin und Elizabeth dicht vor ihr befanden, wußte Sally, die Zeit war gekommen, um aufzuhören, in Halbwahrheiten mit Josh Canfield zu reden. Das war es, was sie damals in Haywards Büro über das Buch gesagt hatte, das er schreiben würde. Vor fünf Jahren war die Wahrheit über Devlin von ihr zu der Frau übergegangen, die auf diesem Felsgipfel über dem Tal lebte; sie lag hier in St. Martin. Sie und Josh Canfield und Elizabeth mußten sie gemeinsam aufdecken und verkünden. Doch um Devlins wahres Wesen kennenzulernen, mußten sie sich erst einmal gegenseitig kennenlernen. Es würde für keinen von ihnen eine leichte Zeit in St. Martin werden.

Da sie es nun am nötigsten brauchte, schien es ganz selbstverständlich zu sein, zu fühlen, wie Joshs Hand sich auf die ihre legte, die warme, einhüllende Berührung einer harten männlichen Hand zu fühlen. Selbstverständlich und doch wundervoll.

»Haben Sie keine Angst«, sagte Josh.

Sie sah ihn an und dämpfte ihre Stimme zu kaum mehr als einem Flüstern, damit Hayward nicht aufwachte und diesen Augenblick zerstörte.

»Woher wußten Sie das?«

»Ich wußte es!«

»Und Sie finden es nicht verächtlich?«

»Ich hätte Angst um Sie, wenn Sie keine Angst hätten – ein bißchen.«

Er sprach rasch, da er nicht wollte, daß sie ihn unterbrach. »Sally – versprechen Sie mir etwas?«

»Was denn?«

»Versprechen Sie es mir einfach. Haben Sie ein wenig Vertrauen zu mir, oder können Sie das nicht?«

Sie hatte gerade überlegt, daß es keine Halbwahrheiten mehr geben durfte, und das bedeutete mehr als nur keine Lügen; es verlangte Vertrauen. »Doch Josh – was verspreche ich also?«

»Während wir in St. Martin sind, vergessen Sie nicht, daß ich da bin, ja? Schauen Sie – ich bin hier. Ich bin da, wenn Sie mit mir sprechen möchten. Vergessen Sie, daß Sie mich nicht kennen. Sie kennen mich verdammt besser, als Sie Elizabeth O'Mara Spence kennen. Ich bin Ihr Freund, Sally – ob Sie es nun in diesem Augenblick erkennen oder nicht. Sie ist vielleicht nicht Ihre Freundin – nicht am Anfang – vielleicht nie. Denken Sie einfach daran, daß ich da bin und daß ich Angst nicht verächtlich finde. Und ich glaube nicht, daß Zweifel jemals aus einem Menschen einen Feigling gemacht haben.«

»Danke, Josh.«

»Werden Sie daran denken?«

»Ja, das werde ich – vielen Dank!«

Ihre Hand wurde freigegeben, doch das Gefühl der Berührung blieb weiter. Sie blickte wieder nach St. Martin hinüber, und sie waren bereits so nahe, daß die ersten Häuser des Dorfes hinter ihnen lagen und sie den Kopf vorbeugen, nach oben drehen mußte, um das Schloß zu sehen, das sich auf dem Felsvorsprung über ihnen erhob. Die Straße verengte sich unvermittelt, und die Häuser umringten sie. Sie fuhren nun über altes Kopfsteinpflaster und kamen plötzlich auf dem winzigen Platz des Dorfes an. Gegenüber vom Hotel de Ville befand sich das einzige Café in Sicht. Des Tages Arbeit war beendet, und die erste Gruppe der Abendrunde hatte es sich an den gelben Tischen bequem gemacht. Eine Reihe von ihnen hörte die Frage, als Josh anhielt und sich hinausbeugte, um den Kellner, der an der Straße stand, zu fragen:

»Le château, s'il vous plaît?«

»Le château? – St. Martin?« Der Mann warf einen langen forschenden Blick auf die Insassen des Wagens, und sie konnten die Überraschung und Neugier in seinem Gesicht sehen. »A la gauche, Monsieur – à la gauche.« Und seine Hand beschrieb zu seinen Worten die gewundene, enge Straße, die links von dem Platz abging. Er zeigte nach links und aufwärts und führte sein sorgfältiges Englisch vor. »Den Berg hinauf, Sir – bis ganz nach oben. So weit, wie Sie kommen.«

Die Worte wurden von der gesamten an den Tischen sitzenden Menge gehört, und die Reaktion war unmißverständlich. Es schien, als wende sich jeder Kopf auf dem Platz, und aller Augen ruhten auf dem Auto, als es nach links einbog und aufwärts zu fahren begann.

Jackson Hayward war inzwischen aufgewacht. »Ich hätte es Ihnen sagen können, lieber Junge – den Berg hinauf, so weit, wie Sie kommen.«

Es war sehr steil, und das Kopfsteinpflaster war von jahrhundertealter Patina überzogen. Alle drei hatte ein Gefühl der Erwartung erfaßt, das vorübergehend ihre Müdigkeit vertrieb. Jackson Hayward versuchte, sich die Asche abzuklopfen; Sally beäugte ihr Gesicht in dem winzigen Spiegel ihrer Puderdose und war sich plötzlich zu sehr der Eleganz der Frau bewußt, deren Fotos sie gesehen hatte; sie sah staubig und heiß aus; das Kostüm, für London genau richtig, war viel zu warm für dieses Walliser Tal. Elizabeth würde sie ungepflegt finden. Nur Canfield sah richtig aus, stellte sie fest. Sie hatte bereits auf dem Flug von London erkannt, daß er all die kleinen Eigenschaften des erfahrenen Vielgereisten erkennen ließ, genau wie Devlin es stets getan hatte – die Anzüge, die bequem zu tragen waren und nicht krumpelten, der eine Koffer und die gewandte Erledigung der Reiseformalitäten. Als sie neben ihm am Schalter im Londoner Flughafengebäude stand, hatte sie sich behängt und aufgetakelt gefühlt. Unglücklich starrte sie das winzige Spiegelbild an.

»Sie sehen großartig aus!« Er sagte es sehr leise, indem er sich seitlich zu ihr beugte und die Augen nicht von den Windungen der steil emporsteigenden Straße ließ, an der die Häuser so dicht standen, daß sie die Nachmittagssonne irgendwo über sich verloren hatten. Er lächelte, während er es sagte. Die Freude und beruhigende Bestätigung erfüllten sie mit einem Gefühl der Wärme und gaben ihr Kraft bis zu dem Augenblick, in dem er jäh auf die Bremse trat, als sie um eine Kurve bogen und sich unvermittelt vor den eisenbeschlagenen Holzflächen der beiden großen Torflügel in dem steinernen Torbogen sahen.

»So weit wie wir kommen«, wiederholte Josh Haywards Worte. »Und geschlossen.«

Hayward beugte sich mit großer Mühe gegen die Schräglage des Autos nach vorn. »Verdammt ungastlich, wenn Sie mich fragen!«

»Da ist ein Klingelzug«, verkündete Josh. »Ob er funktioniert?«

Hayward hielt die Rücklehne des Vordersitzes umklammert und beugte sich zwischen ihren beiden Köpfen hindurch. »Elizabeth ist eine Amerikanerin. Alles funktioniert, lieber Junge. Am besten sogar die Klos...«

»Ich werde klingeln«, erklärte Sally, als Josh die Wagentür auf seiner Seite aufmachen wollte. Sie war noch vor ihm ausgestiegen und fühlte sich plötzlich verpflichtet, die Rolle bis zum Ende durchzuhalten, die sie Elizabeth gegenüber immer gespielt hatte. Sie war schließlich und endlich nach St. Martin gekommen; Devlin war tot, und der kleine Teil einer gemeinsamen Vergangenheit war alles, was diese beiden Frauen verband; eine gemeinsame Zukunft gab es nicht für sie. Sally stand nun dort, wo sie immer mit Elizabeth gestanden hatte. Sie reckte sich empor und klingelte, um in Elizabeths Haus eingelassen zu werden.

Das Tor öffnete sich auf eine Weise, in der sich – wie Sally später fand – alles andere in St. Martin zu öffnen schien – nämlich widerstrebend. Als erstes vernahm sie die Schritte auf den Pflastersteinen jenseits des Tores – und während sie wartete, bemerkte sie die Gesichter, die kurz an den Fenstern der Häuser erschienen, die die Straße bis hinauf zu den grauen Mauern des Schlosses säumten. Endlich öffnete sich eine kleine

Tür in dem einen Torflügel. Ein Diener in gestreifter Schürze tauchte auf.

»Bon soir.« Sie nannte ihren Namen, und es erschien notwendig, hinzuzufügen, daß Madame sie erwartete. Er nickte und ließ die Tür angelehnt, während er das Telefon zum Haus benutzte. Nach einer lauten Unterhaltung hing er wieder auf. Er sagte etwas zu Sally in einem so starken Akzent, daß sie ihn nicht verstehen konnte. Darauf wurde ihr die Tür vor der Nase zugemacht.

Sie stand einen Augenblick wie betäubt und wandte sich dann achselzuckend ab, um zu der offenen Tür des Wagens zurückzugehen. »Ich weiß nicht, was hier vorgeht«, sagte sie zu Josh und Hayward und versuchte, ihrer Stimme einen nonchalanten Klang zu geben. Hayward deutete jedoch bereits zurück zum Tor. »Na bitte – ich sagte ja, alles funktioniert!«

Sie sah sich um. Beide Seiten des Tores öffneten sich gleichzeitig mit wunderschöner Stille und Präzision. Der Mann in der gestreiften Schürze stand bei einer kleinen Schalttafel neben dem Telefon und drückte einen Finger auf einen Knopf für die Torflügel; mit der anderen Hand winkte er ihnen zu, hereinzufahren. Sally kletterte wieder neben Josh ins Auto.

»Ich muß sehr hinter der Zeit zurück sein, erwartete ich doch eigentlich, sie würden sich auf quietschenden Angeln öffnen.«

»Dies ist die Schweiz, mein Kind«, erinnerte Hayward sie, während sie mit kühlem Nicken an dem Diener vorbeifuhren, der die Begrüßung nicht erwiderte. »Alles funktioniert in der Schweiz – und im Hause einer Amerikanerin in der Schweiz funktionieren völlig unerwartete Dinge auf unerwartete Weise. Wie die Torflügel. Kann mich nicht daran von früher erinnern – als Dev hier war. Glaube jedoch, das Tor stand damals immer offen.«

Jenseits des Torhäuschens und der Mauer war freies Gelände – dickes grünes Gras mit der grauen Kopfsteinstraße, die sich durch es hindurchwand, immer weiter aufwärts, und sich um den Berg emporschraubte. Als das Auto an Höhe gewann, konnten sie über die Mauer, die nun unter ihnen lag, auf die Dächer des Dorfes blicken. Dann führte sie eine letzte Kurve der Straße zum letzten aufragenden Buckel des Felsens außer Sicht des Dorfes, und sie waren endlich so weit gekommen, wie sie konnten. Josh parkte den Wagen auf einem breiten, gepflasterten, vollkommen leeren Platz am Fuße der senkrecht aufsteigenden Mauern des Schlosses. Die dunklen Ölflecke auf den Kopfsteinen verrieten ihnen, daß früher viele Autos hier in einer Reihe gestanden hatten.

»Was machen wir jetzt?« fragte Sally.

»Warten – einfach warten«, antwortete Hayward, der sich damit abmühte, seine Körperteile aus dem winzigen Auto zu quetschen. »Sie werden uns abholen. Oder pflegten das zumindest früher zu tun – ah, da sind sie ja. Das hat sich wenigstens nicht geändert.«

Sie folgten mit den Blicken seiner fuchtelnden Armbewegung und schauten zu dem Torweg, der im rechten Winkel zu der Mauer verlief. Es war, als blickten sie die schmale Gasse eines mittelalterlichen Gebirgsstädtchens hinauf. Sie stieg in einer langen Flucht breiter, flacher Stufen empor und wand sich in einer Spirale um den Felsen und die Burg, auf beiden Seiten von Reihen kleiner, schiefergedeckter Häuschen gesäumt. Die äußere Reihe bildete einen zusätzlichen, hervorstehenden Wall für die Burg; bei der inneren waren die Rückwände der Häuschen in den Felsen selbst geschlagen. Die Gasse war ein winziges Satellitendorf, das sich an den Felssockel der Burg klammerte. Drei kleine Kinder spielten auf dem Treppenweg, wie Sally die Gasse unverzüglich taufte, und ihre leuchtendbunten Plastikspielsachen erschienen merkwürdig deplaciert inmitten der handwerklichen Perfektion geschnitzter Haustüren und Fensterpfosten. Hayward lenkte ihre Aufmerksamkeit jedoch auf die drei Männer, die die Stufen hinunter auf sie zukamen, alle drei trugen die gleichen gestreiften Schürzen wie der Diener an dem Tor.

»Ihr könnt ihnen das Gepäck überlassen«, sagte Hayward, »und eure Puste für den Aufstieg sparen.«

Die Männer kamen heran, verbeugten sich leicht und begrüßten Hayward, den sie zu kennen schienen, in langsamem Englisch, während sie Sally neugierig betrachteten. Josh öffnete den Kofferraum für sie. Sally hörte, wie Hayward leise vor sich hin brummelte: »Dev kam immer persönlich herunter – ließ einen nicht wie einen Touristen herumlatschen...« Und dann vernahmen sie das Klappern eiliger Schritte auf den Stufen über sich und drehten sich um und blickten hinauf. Er war nicht so jung wie seine Bewegungen, dachte Sally, als er näher kam; er bewegte sich wie ein Athlet im Training, doch war bereits ein Anflug von Grau in seinem dunklen Haar. Er sah auf adrette Weise gut aus. Seine Haut war totenblaß, als verbringe er wenig Zeit in dem Walliser Sonnenschein; obgleich er frisch rasiert war, zeichnete sich sein Bartwuchs dunkel auf der weißen Haut ab. Er trug einen grauen Anzug, ein bißchen altmodisch im Schnitt, und einen dunklen, einfarbigen Schlips. Die gesamte Erscheinung des Mannes war gleichsam grau in grau, was hauptsächlich von der Farbe seiner Augen herrühren mochte. Seine Lippen verzogen sich zu einem automatischen Lächeln.

»Verzeihen Sie, daß ich nicht bereits hier unten war, als Sie ankamen. Ich bin Hans Raedler, Madame Devlins Sekretär. Ich soll Sie in Madames Namen begrüßen.« Er verbeugte sich leicht, während er dies sagte, doch in seinen Augen lag mehr kühle Abschätzung als freundliche Begrüßung. Er sah Sally an. »Sie sind natürlich Miß Devlin. Willkommen in St. Martin.«

Sally neigte den Kopf. Sie hörte zu, wie Hayward Josh vorstellte und versuchte, Raedlers Akzent geographisch zu bestimmen; es war ein sehr leichter Akzent – vielleicht ein schweizer-deutscher. Mehr als alles andere war es die Korrektheit seiner Ausdrucksweise, durch die man ihm den Ausländer anmerkte.

Die drei Diener mit dem Gepäck waren ihnen voraus hinaufgegangen. Raedler deutete auf die Treppe. »Sollen wir hinaufgehen, Miß Devlin?« Und er begann ein beinahe berufsmäßig gewandtes Geplauder über das Wetter, den Flug und die Autofahrt. Während Sally zuhörte und routinemäßige Antworten gab, überraschte sie die Ähnlichkeit, die Raedlers Benehmen mit dem eines Hoteldirektors von einem eleganten Hotel hatte, der sein ewiges Schema wiederholte, wenn er die Gäste zu ihren Zimmern geleitete. Es hörte sich an, als vollführe er diese Aufgabe vierzigmal am Tag. Voller Belustigung bemerkte sie, daß Hayward nichts davon mitbekam. Trotz des steilen Anstieges und seines Übergewichtes hatte er sie auf der Treppe überholt und näherte sich bereits einem zweiten Torbogen. Sally war jedoch froh, daß Josh bei ihr blieb. Sie wollte nicht gerne mit Raedlers professioneller Kälte allein gelassen werden.

Etwas Merkwürdiges war dagegen mit dem Treppenweg selbst geschehen. Abgesehen von Raedlers Redestrom hatte sich eine Stille auf ihn herabgesenkt. Sie überlegte erstaunt, was mit den Kindern passiert war, die noch wenige Augenblicke zuvor hier gespielt hatten, warum die Türen, die in der Nachmittagssonne offengestanden hatten, nun alle fest geschlossen waren. Sie blickte im Vorbeigehen zu den Fenstern der kleinen Häuschen und erwartete, daß die weißen Gardinen von den Händen der Neugierigen beiseite geschoben würden; doch nichts regte sich. Sie wurde von einem Gefühl der Unwirklichkeit über diese ganze Umgebung gepackt, als ob sich diese Steinhäuschen als angemalte Leinwandkulissen entpuppen würden und die Blumen in den Fenterkästen aus Plastik seien, genau wie die leuchtend bunten verschwundenen Spielsachen. Doch die Kinder waren echt gewesen, und es war mehr als die Geste der guterzogenen Dienstbotenfamilien, die die Unordnung der Kinder rasch aus dem Blickfeld der Gäste forträumt, welche die Kinder hatte verschwinden lassen. Es war wie die Stille selbst, die anzudeuten schien, daß alles Leben geflohen war, so wie es ihr vorgekommen war, als sie St. Martin von weitem erblickt hatte. Etwas jedoch war dem entgangen. Ein roter Gummiball lag vergessen neben einem steinernen Blumenkübel. Sally bückte sich und hob ihn auf. Mit dem Ball in der Hand wandte sie sich von einer Seite der Gasse zur anderen in der Erwartung und Hoffnung, eine jener eisenbeschlagenen Türen möge aufgehen und ein Kind oder eine Mutter ihr Recht auf ihn geltend machen. Aber niemand tat es. Und doch war sie sicher, daß der Vorgang beobachtet worden war. Ein wenig betrübt legte sie den Ball wieder neben den Blumenkübel. Raedler und Josh waren wartend stehengeblieben.

»Machen Sie sich keine Mühe, Miss Devlin. Sie werden ihn schon finden.«

Die Kälte seiner Worte bestürzte sie, doch sah sie an Raedler vorbei Josh an und fand Verständnis für ihre Reaktion in seinen Augen. Sie gingen weiter, doch war nun sogar Raedlers Redestrom versiegt. Hayward war den Weg bis nach oben hinaufgekeucht, als sei er entschlossen, Raedler nicht die Ehre zu überlassen, sie hereinzubitten. Er stand, die Hände in die Hüften gestützt, schwer atmend da. »Die Kletterei lohnt sich immer, wenn man erst mal oben ist«, erklärte er, als sie näher kamen. Er breitete die Arme mit der Geste des Besitzers aus und bedeutete ihnen, durch den Torbogen zu treten. Vor ihnen breitete sich die Terrasse von St. Martin aus, die schon den Ruhm eines Königs gekannt hatte, lange bevor die Namen der Menschen, die sie in den letzten zwei Jahrzehnten betreten hatten, sie in die Schlagzeilen der Weltpresse gebracht hatten.

»Willkommen in St. Martin, Sally«, sagte Hayward, indem er Raedlers frühere Worte ignorierte. Er ergriff sie energisch am Ellbogen und schob sie über die Steinplatten.

Es war ein Blick, der das Auge eher veranlaßte emporzuschauen, als in das Tal hinunterzublicken. Zu beiden Seiten des Flusses, jenseits der flachen, von Überflutungen vernarbten Wiesen, versperrten die Berge den Weg. Die weiter entfernt emporragenden schneebedeckten Gipfel schimmerten in opalisierenden Farben in der Sonne. Das Licht war von blendender Helle, ein beinahe grelles, transparentes, trockenes Licht. Die Terrasse selbst war eine Art der Burg vorgelagerter Felsvorsprung, so daß man von ihr aus den Kreis der Berge unbeschränkt und ungebrochen sehen konnte. Eine gravierte Kupferplatte, die in die steinerne Brüstung eingelassen war, gab das Profil der Berggipfel mit ihren Namen wieder. Sally beugte sich darüber, um es zu studieren, doch Josh trat hinter sie, ergriff sie leicht an den Schultern und drehte sie langsam zu sich um.

»Ich kenne sie nicht alle, doch der da, im Südwesten, ist der Mont Blanc. Beinah genau im Süden von hier ist la Dent Blanche – dahinter wäre dort drüben, wenn man es sehen könnte, das Matterhorn und Monte Rosa. Diese Kette im Norden sind die Berner Alpen. Wir werden mal nach Montana hinauffahren, damit Sie alles besser sehen. Doch die Täler dort drüben im Süden habe ich am liebsten. Wir müssen auch nach Evolène und Arolla fahren ...«

»Monsieur kennt das Tal also sehr gut?« Die Frage schien Sally eine besondere Bedeutung zu haben und mehr als nur das höfliche Geschwätz über die Reise und das Wetter zu sein.

»Journalisten kommen gewöhnlich in der Welt herum«, meinte Josh beiläufig.

Raedlers dunkle Augenbrauen deuteten höfliche Skepsis an. »Gibt es Artikel über die Geschehnisse in Orten wie Evolène zu schreiben? Es hieß, Monsieur sei ein politischer Korrespondent.«

»Gerade deshalb habe ich vielleicht so eine Vorliebe für die entlegenen und unberührten Orte entwickelt. Der Zirkus, den die Politiker in Städten wie Genf anrichten, treibt einen ja fast in die Wildnis.«

»Ganz recht«, bestätigte Raedler, doch sein Tonfall ließ

durchblicken, daß er Joshs Begründung für einen oberflächlichen Vorwand hielt. Er straffte die Schultern, und es schien Sally als hätte er am liebsten mit den Fingern geschnippt, um sie alle wieder unter seine Führung zu bekommen. Er heftete den Blick auf sie, da er sie für die am leichtesten zu Verletzende hielt.

»Ich bin überzeugt, Miß Devlin würde sich gerne nach der Reise ein wenig erfrischen. Wenn Sie gestatten ... Ich bringe Sie jetzt zu Ihren Zimmern. Madame wird zum Abendessen erscheinen. Hier entlang, bitte.«

Er wies auf eine weitere eisenbeschlagene Spitzbogentür, deren einer Flügel offenstand. Sallys Füße verharrten sekundenlang wie angewurzelt, was vielleicht nur Hans Raedler bemerkte. Die grauen Augen blickten sie kühl an. Er weiß, ich möchte nicht hineingehen, dachte sie. Er weiß es – und er freut sich darüber.

Sie gab sich einen Stoß und ging den anderen voran durch den Eingang in die große Halle von St. Martin. Irgend etwas stimmte nicht in diesem Hause, überlegte sie. Viel mehr als Elizabeths Krankheit, viel mehr als Devlins Verschwinden stimmte hier nicht. Als die Tür sich hinter ihnen schloß und so die von Westen hereinfallende Lichtbahn abgeschnitten wurde, war ihr zumute, als ob mit ihr auch der Weg zum Entfliehen abgeschnitten worden sei.

## 7

Sally fragte sich, ob es nicht ein wenig zu perfekt sei; es mußte, überlegte sie, eine ungeheure Summe Geld gekostet haben. Sie verstand wenig von mittelalterlicher Kunst und Kunstgeschichte, doch ihr Instinkt sagte ihr, daß alles in dieser Treppenhaushalle echt war, daß ein großer Teil davon aus der gleichen Epoche stammte wie die Burg selbst und die Auktionssäle ganz Europas von einer Horde von Einkäufern durchgekämmt worden sein mußten, um diesen Effekt zu erreichen.

Die massive Steintreppe ragte mitten in die Halle hinein und stieg zu deren halber Höhe an, bevor sie sich in das klassiche Y teilte, um zum zweiten Stockwerk zu führen; dort umgab eine Galerie aus wundervoll gemeißeltem Stein die gesamte Halle, von der Flure in das Innere des Gebäudes führten.

Wenn auch Hans Raedler ihnen auf der Treppe voranging,

war es Hayward, der sich der Pflichten des Führers bemächtigt hatte.

»Es wird natürlich als eines der großen privaten Museen Europas bekanntwerden«, erklärte er, »wenn Elizabeth je zuläßt, daß es besichtigt und fotografiert wird. Sie sagte jedoch immer, sie hätte zu viele Jahre an der Restaurierung gearbeitet, und als es dann fertig gewesen sei, habe sie darin leben wollen und es nicht einem Schwarm von Kunstexperten zeigen wollen, damit die es in einzelne Stücke zerpflückten. Ich habe ihr gesagt, es wäre etwas für einen großen Kunstband – etwas für Tyne and Townsend, meinst du nicht auch, Sal? –, doch konnte ich sie nie dazu bewegen, dem zuzustimmen.«

Er blieb auf dem letzten breiten Absatz stehen, um die nun unter ihm liegende Halle zu betrachten; Raedler, der bereits auf halber Höhe des nächsten Treppenabschnitts war, wurde so gezwungen, sich umzudrehen und zu warten. Hayward breitete die Arme in der gleichen besitzerischen Bewegung aus, die er auf der Terrasse gemacht hatte. »Von hier sieht es am schönsten aus, finde ich – besonders nachmittags, wenn das Sonnenlicht jene hohen Westfenster trifft...«

Sie standen alle drei an der steinernen Balustrade. »Ich glaube, Mrs. Devlin muß einen großartigen Sinn für Humor haben«, bemerkte Josh. »Man stelle sich nur vor, wie es gewesen sein muß, ›nein‹ zu den Rüstungen zu sagen, die die Kunsthändler ihr zweifellos aufdrängen wollten.«

Hayward warf Josh einen schnellen Blick zu, als habe er ihn in Verdacht, sich lustig zu machen. »Ich bezweifele«, erklärte er kurz, »daß Elizabeth in ihrem ganzen Leben sehr viel besessen hat, was sie nicht aufgedrängt haben wollte. Nicht Elizabeth!«

»Sie scheint ja eine furchtbare Dame zu sein«, entgegnete Josh. »Ich fürchte mich gerade vor ihr – Sie nicht auch, Sally?«

Er hatte es, wie Sally dachte, absichtlich laut genug gesagt, damit Raedler und jeder, der sonst noch lauschte, es hören konnte. Es durchbrach für sie sofort das beklemmende Gefühl der Isolierung; seine Worte riefen jedem laut zu, daß in allem hier etwas zu Theatralisches war, in dieser Atmosphäre der Stille und der Reserviertheit. Es erfüllte einen entweder mit Furcht oder Belustigung, und Josh ließ sie alle wissen, daß er belustigt war. Sie lächelte leicht und wurde als Antwort von einem Lächeln von Josh belohnt. Die wartende Gestalt auf der Treppe bewegte sich mit einer gewissen Widerspenstigkeit.

»Es wird mir ein Vergnügen sein, Miß Devlin, Sie zu einer Führung durch das Haus mitzunehmen, wann immer Sie möchten. Sie brauchen nur zu fragen ... Und darf ich Sie jetzt zu Ihren Zimmern bringen?«

Sally sah zu Raedler hinauf, das Lächeln noch starr auf dem Gesicht, um ihre Wut über die Arroganz dieses Mannes zu verdecken. »Gewiß, Monsieur Raedler ... Ich möchte sehr gerne das ganze Haus sehen. Aber es scheint doch ein Jammer, jeden Teil nicht so zu genießen, wie er sich gerade darbietet. Führungen sind doch für Touristen, nicht wahr?«

Langsam kehrte sie ihm den Rücken zu und blickte wieder in die Halle hinunter. »Verdammte Unverschämtheit ...«, hörte sie Hayward neben sich knurren.

Raedler hatte es vielleicht ebenfalls hören sollen. Sally hatte jedoch bereits den Zusammenstoß mit Raedler beiseite geschoben, während sie dastand und sich an den Gedanken zu gewöhnen versuchte, daß dies das Haus war, in dem Devlin gelebt hatte.

Es war Elizabeths Haus, konnte jedoch niemals Devlins Haus gewesen sein. Es war großartig und feierlich, und sogar die Farben der Wandteppiche und die Patina der hölzernen Tische und Bänke und hochlehnigen Stühle vermochten nicht, ihm seine Kälte zu nehmen. Sally wunderte sich, wie ihr Vater, der das Licht und das Gefühl des offenen Raumes über alles geliebt hatte, mit diesen schmalen Schlitzen, die in den dicken Mauern als Fenster dienten, gelebt haben konnte. Es herrschte keine Feuchtigkeit, und doch hatte man den Eindruck, als sei es feucht, da die Sonne nie voll und warm in die weiten Flächen dieser Halle zu scheinen vermochte. In dem zunehmenden Dämmerlicht, als die Sonne nun tiefer glitt, erhaschte Sally das Aufblitzen des mit Edelsteinen besetzten Kelches, der in seinem Glaskasten rechts neben einem der beiden gewaltigen, aus großen Steinen gemauerten Kamine stand. Als Gegenstück hing an der anderen Wand in all seiner primitiven Schönheit ein auf Holz gemaltes Kreuzigungstryptichon, dessen erstaunliche Primärfarben plötzlich im schwindenden Licht durch einen unter der Treppe verborgenen Scheinwerfer angestrahlt wurden. Hayward sah Sallys Blick auf dem Bild ruhen.

»Fra Phillipo Lippi«, sagte er. »Eine der großen Kostbarkeiten von Elizabeths Sammlung. Die Wandteppiche sind echte Gobelins. Der Eingang zur Kapelle ist dort hinter dem Wandschirm. Das Chorgestühl ist vierzehntes Jahrhundert, aus Spanien. Niemand weiß, wie alt die Fundamente des Hauses sind – das jetzige Gebäude wurde im zwölften Jahrhundert begonnen und irgendwann im fünfzehnten fertiggestellt... Und dann – ach, Sie werden es ja alles sehen...« Haywards Stimme klang müde, als seien ihm die Worte ausgegangen und sogar der Wunsch, noch mehr zu sagen.

Sally umfaßte es mit einem letzten Blick. Es war wie ein Bühnenbild, wundervoll und leicht absurd. Sie fragte sich, ob ihr Vater der Frau, die er geheiratet hatte, wohl nahe genug gestanden habe, um einen Scherz darüber riskieren zu können.

Sie folgten Raedler den Gang entlang, der von der Galerie abzweigte. Unter ihren Füßen breitete sich ein samtweicher königsblauer Teppich aus, der das Geräusch ihrer Schritte verschluckte; es erschien Sally seltsam, daß vier Menschen sich in beinahe lautloser Stille bewegen konnten. Und wieder wurden ihre Gedanken zu ihrem Vater zurückgelenkt; er war ein Mensch stiller Orte gewesen, doch solcher Orte, wo die Stille natürlich und nicht künstlich gewesen war. Was hatte er über die in diesen Mauern eingefangene Stille empfunden? Sie wurde in ihren Gedanken durch Raedler unterbrochen, der unvermittelt vor einer Tür stehenblieb und sie mit einer beinahe theatralischen Bewegung aufstieß. ›Als ob er der Hoteldirektor wäre...‹, dachte Sally.

»... den Madame Devlins Gäste als Wohnzimmer benutzen«, sagte er dabei. »Dieser hat seine eigene Terrasse, wie Sie sehen. In Wirklichkeit ist es einer der Wehrgänge... Selbstverständlich stehen die Salons unten jederzeit zu Ihrer Verfügung.«

»Ja, ja«, antwortete Hayward gereizt. Er wurde der Führung und Erklärungen überdrüssig. »Ich bin schon früher hier gewesen, wie Sie wissen.«

Readler warf ihm einen Blick zu, und Sally dachte, die Fassade des Hoteldirektors würde zerbrechen. Er nickte jedoch lediglich und steckte die Zurechtweisung ein. »Selbstverständlich... Ihr Zimmer, Mr. Hayward, ist nebenan, hier, und Mr. Canfields dort auf der anderen Seite.«

Raedler durchquerte jedes Zimmer, um die Tür zum dazugehörenden Bad zu öffnen. Um nachzuprüfen, ob Seife und Handtücher da waren, ging es Sally boshaft durch den Kopf. Sie vermochte das Bild des Hoteldirektors nicht loszuwerden. Das

Gepäck war vor ihnen angekommen, und irgendwie war jedes Stück in das richtige Zimmer gebracht worden. Wo, fragte sie sich, fand Elizabeth heutzutage noch Dienstboten, die so etwas taten, und wieder mußte sie an ihren Vater denken, der fünf Jahre lang inmitten all dieses Luxus gelebt und ihn wahrscheinlich nie bemerkt hatte, genausowenig wie er dessen Fehlen bemerkt hätte; es war einer der ironischen Aspekte jener Ehe, daß eine reiche Frau beinahe vollkommen an Devlin vergeudet war.

»Sie müssen noch ein wenig weitergehen, Miß Devlin«, verkündete Raedler und versuchte es mit einem Lächeln bei ihr, was jedoch vollkommen danebenging. »Ihr Zimmer ist genau hier darüber, jene Treppe da hinauf ...« Er bedeutete ihr weiterzugehen.

»Moment mal!«

Canfields Stimme ließ sie sich ihm zuwenden. »Ist etwas mit dem Arrangement verkehrt, Mr. Canfield?« Raedlers Stimme gab ihm drohend zu verstehen, er solle es nur wagen, etwas verkehrt zu finden.

»Wäre es nicht angenehmer für Miß Devlin, mein Zimmer zu haben; ich meine – hier, neben dem Wohnzimmer und nicht irgendwo ganz für sich allein?« Die Sanftheit von Canfields Gesichtsausdruck war nicht dazu bestimmt, jemanden zu täuschen. »Sie wissen – weniger Treppen und mehr Gesellschaft für sie.«

Wieder probierte Raedler sein Lächeln. »Ich versichere Ihnen, Miß Devlin wird sich äußerst wohl fühlen. Wir haben das Prunkappartement für sie hergerichtet – von ihm hat man den Blick nach beiden Seiten des Tales. Es war ursprünglich ...« Er blickte rasch zu Hayward hinüber und zögerte, um zu sehen, ob der andere ihm sagen würde, daß sie bereits dieses historische Detail kannten. »Ursprünglich waren es die Wohnräume des Bischofs von St. Martin, dessen Sitz diese Burg war. Es war Madames ausdrücklicher Wunsch, daß Miß Devlin es haben sollte ...«

»In dem Fall«, begann Sally, »bin ich sicher ...«

Canfield unterbrach sie. »Sagen Sie nur ein Wort, Sally, und wir tauschen. Wenn Sie da oben nicht glücklich sind, brauchen Sie es nur zu sagen ...«

»Vielen Dank, Josh. Ich bin sicher, ich werde« – sie zögerte – »mich dort sehr wohl fühlen.«

»Ausgezeichnet«, meinte Raedler knapp. »Und nun, Miß Devlin...« Er drehte sich um und ging ihr voran den Gang entlang. Sie sah, als sie sich noch einmal umdrehte, wie Josh die Achseln zuckte und die Hände in einer Gebärde der Hilflosigkeit hob. Doch wußte sie jetzt ziemlich genau, daß Josh Canfield keineswegs hilflos war.

Die Treppe war schmal und gebogen und zwischen zwei dicken Mauern ohne Fenster eingeschlossen; sie wurde von elektrischen Wandleuchten beleuchtet. Sally bemühte sich, die Stille abzuschütteln, die sich wieder um sie zu schließen drohte, kämpfte darum, sich nicht von Raedler einschüchtern zu lassen.

»Ich hätte gedacht, der Bischof hätte einen bequemeren Zugang zu seiner Wohnung gehabt. Diese Treppe ist so schmal – ich dachte, die meisten Angelegenheiten wurden damals im Schlafzimmer erledigt.«

»Ganz recht«, erwiderte Raedler rasch, als würden seine Behauptungen angezweifelt. »Er befand sich nicht hier, als Madame die Restaurierung vornehmen ließ, doch soviel ich weiß, war der Hauptzugang eine Treppe mit Vorzimmern, die ungefähr dort begann, wo jetzt der Parkplatz vor dem Haus ist. Sie war sehr verfallen, und man hielt es für unpraktisch zu versuchen, sie wieder aufzubauen.« Er wartete ihre Antwort nicht ab. Sie waren auf einem Absatz angelangt, wo der Weg durch zwei kunstvoll bemalte und vergoldete Doppeltüren versperrt wurde. Raedler stieß sie auf.

»Soviel ich weiß, war dies Madames Schlafzimmer.«

Sally ging langsam hinein. Es war ein großer ovaler Raum am Ostende des Gebäudes mit fünf langen Fenstern, zu denen man durch zwei Stufen emporsteigen konnte; jedes Fenster war in sich selbst ein Alkoven mit Steinbänken, die in die dicken Mauern eingebaut waren. Das eigenartige, intensive Licht des Wallis war schwächer geworden, doch war immer noch genügend vorhanden, um den Raum zu durchfluten. Das Mittelfenster gab den Blick in das Tal hinunter frei, wo die Masse der Berge zurückwich und immer kleiner wurde, bis sie sich am Ende des Tales zum Simplon hin wieder vereinte. Von den Seitenfenstern sah man rechts und links nichts als die nahen Abhänge der Berge, gesprenkelt von Bauernhäusern und kleinen Weinbergen und üppigen Gebirgswiesen. Sally trat über die Stufen in einen der Alkoven hinauf, und unter ihr war nun, etwa einen Kilometer entfernt, der grauweiße Schaum des Flusses, dessen Ufer von den Pappeln markiert wurden. In der Ferne sah man die Dächer und Türme und die große Kirche von Valère in Sion. Direkt unter ihr ging es senkrecht hinunter bis zu den grauweißen Hängen der Weinberge, die in Terrassen bis zu dem Felssockel der Burg hinaufreichten. Auf dieser Seite waren keine äußeren Befestigungen vorhanden; der senkrechte Absturz als solcher war Schutz genug für die Burg.

»Weshalb zog Mrs. Devlin aus diesem Zimmer aus?« Sally hielt das Gesicht von Raedler abgewandt, damit er nicht sah, wie sehr ihr dieser Raum zuwider war. Sie wollte nicht in Elizabeths Zimmer wohnen oder in dem Bett schlafen, das sie benutzt hatte. Sie wünschte nun, sie wäre auf Joshs Vorschlag eingegangen. Sie hatte beinahe schon auf der Zunge, ihm zu sagen, daß sie tauschen würde, doch dann wußte sie, sie konnte es nicht. Elizabeth würde wissen wollen, weshalb sie das Zimmer getauscht hatte.

Raedler lächelte das Lächeln, dem sie zu mißtrauen gelernt hatte, und schien die Falle zu genießen, in die sie sich hineinmanövriert hatte.

»Das habe ich Madame nie gefragt, Miß Devlin. Aber gewiß ...« Seine Handbewegung umfaßte den Raum. »Dies ist großartig, nicht wahr? – aber das Zimmer, das Madame allein benutzte, war möglicherweise nicht für die bequeme Unterbringung zweier solcher Persönlichkeiten wie Madame und ihren Gatten geeignet. Madame bewohnt jetzt die Suite, die sie mit Ihrem Herrn Vater teilte.«

»Ach so.« Sally schluckte trocken.

Sie trat wieder in das Zimmer hinunter, und ihr Gesicht war nun gelassen. Es gelang ihr sogar ein Lächeln, das genauso mühsam war wie das von Raedler. »Es war äußerst liebenswürdig von Madame, mir diesen Raum zu geben.« Und dann deutete Sally auf ihre Umgebung. »Es scheint jedoch eine gewisse Vergeudung zu sein, ihn mir zu geben, da ich hier nichts zu arbeiten habe.«

Ein großes Himmelbett stand zwischen zwei Kaminen. Auf halbem Wege zu den drei Fenstern, die die Biegung des Ovals bildeten, stand ein langer Eichentisch mit drei hochlehnigen geschnitzten Stühlen. Sie deutete auf ihn. »Mr. Canfield hätte eigentlich den Nutzen von all diesem Platz zum Arbeiten haben sollen – und den Blick. Sagt man nicht, daß Schriftsteller am besten mit einem schönen Blick arbeiten?«

Raedler sah sie kalt an, und sie kam sich töricht vor, daß sie versucht hatte, leichtfertig daherzureden. »Das kann ich wirklich nicht beurteilen, Miß Devlin. Madame ist die einzige Schriftstellerin, die ich je gekannt habe. Aber ich hätte gedacht, daß Sie durch Ihren Vater da einige Erkenntnisse gewonnen hätten...«

»Ja, ja«, unterbrach sie ihn. »Wir wissen alle, daß Schriftsteller sich keinen Deut um einen Blick scheren. Die meisten bevorzugen eine kahle Wand. Doch Mr. Canfield würde dieser Raum gefallen...«

»Sie kennen Mr. Canfield gut, Miß Devlin?«

Sie schwang zu ihm herum. »Warum fragen Sie das?«

»Sie nannten ihn – jenen Namen, den ich noch nie gehört habe – Josh? Er heißt Joshua, nicht wahr? Ein merkwürdiger Name...«

»Joshua ist ein guter englischer, nonkonformistischer Name«, erklärte sie rasch und hitzig, ohne mit Sicherheit zu wissen, ob das stimmte. Doch Raedler mußte irgendwie auf seinen Platz verwiesen werden.

»Nun«, meinte er, »es ist doch nett für Sie beide, zusammen hier zu sein, wo Sie alte Freunde sind.«

Sie verschloß die Lippen und bestritt es nicht; sie blickte sich statt dessen im Raum um, betrachtete die Pracht der Bettvorhänge, die mit einem Wappen und einem Motto bestickt waren, das ihr vertraut zu erscheinen begann, und die seidige Herrlichkeit der Teppiche. An der Rückwand des Zimmers befanden sich zwei gewaltige Kachelöfen; die Kacheln wiesen das alte Savoyer Wappen auf. Die Bischöfe hatten es gern warm gehabt, überlegte sie. Auf beiden Seiten führten kleine Stufen zu einer Plattform auf den Ofen, auf denen die Dienstboten geschlafen hatten. Es waren sonderbare, recht plumpe Überreste einer vergangenen Zeit; das ganze Schloß war jetzt zweifellos an eine Zentralheizung angeschlossen. Ihre Blicke wanderten weiter zu dem großen, geschnitzten Tisch und den Stühlen und den verschlungenen, geschmiedeten Wandleuchtern; das alles gehörte bestimmt in ein Museum. Der ganze Raum war wundervoll und beeindruckend; er atmete eine unendliche Einsamkeit aus und schien so unpersönlich wie der Blick auf die Berge, den seine Fenster umrahmten. Er schnitt sie ab und zwang sie in einem goldenen Käfig. Und irgendwie hatte Josh geahnt, daß es so sein würde. Sie betrachtete den Mann, der vor ihr stand, mit aufsteigendem Haß. Aus irgendeinem Grunde wollte er oder Elizabeth, daß sie allein war, und sie war entschlossen, einen letzten Versuch zu machen, diese trennende Mauer, die sie um sie aufgerichtet hatten, zumindest in übertragenem Sinne zu zerstören.

»Ja, es ist immer nett, mit alten Freunden zusammen zu sein. Ich kenne Mr. Canfield seit – es müssen tatsächlich schon vierzehn Jahre her sein, seit ich ihn kennenlernte.«

»Soso... Nun, ich hoffe, Sie werden Ihren Aufenthalt hier genießen, Miß Devlin. Wie ich sehe, hat man Ihr Gepäck schon heraufgebracht. Ich werde das Mädchen schicken, damit es für Sie auspackt.«

»Das ist nicht nötig. Ich bin ganz gut gewöhnt, für mich zu sorgen.«

»Sie dürfen uns nicht die Freude verweigern, Ihnen zu Diensten zu sein, Miß Devlin. Es ist zwar ländlich hier, doch ist St. Martin nicht bäurisch. Die meisten Damen finden Vergnügen daran, sich zurechtzumachen. Ich werde Ihnen das Mädchen schicken. Sie heißt Marie.«

Damit verbeugte er sich und zog sich zurück, und sie blieb, den Blick auf die gemalten Türen geheftet, allein zurück. Sie wünschte, sie wäre nicht so stark an Robert erinnert worden.

Hayward lehnte sich in den großen Sessel zurück, schloß die Augen und ließ seine Gereiztheit durch den Whisky und das ihn einhüllende Gefühl der Gemütlichkeit besänftigen. Ganz bald, dachte er, würde ihm St. Martin beinahe so erscheinen, wie es immer oder vielmehr in den fünf Jahren gewesen war, als Devlin hier gelebt hatte und er, Hayward, stets ein willkommener und verwöhnter Gast gewesen war. Es war die ungewohnte Tatsache, hier ohne Devlin zu sein und nicht von Elizabeth persönlich begrüßt zu werden, die ihn so irritiert und aus der Fassung gebracht hatte. Herrgott noch mal, wie fehlte Dev ihm! – Dev wäre nun hiergewesen, hätte mit dem Glas in der Hand auf der Kante des Tisches dort gesessen und erzählt – hätte in jener für ihn typischen Non-stop-Art erzählt, die einen manchmal verrückt machen konnte, einen jedoch in atemloser Spannung hielt, und wäre von Zeit zu Zeit in jenes ungezügelte, wilde Lachen ausgebrochen, das irgendwie durch Charme und Geist gemildert wurde. Mit Dev wäre es hier nie so still gewesen. Hayward gefiel die Stille nicht. Auch sie irritierte ihn. Er hatte St. Martin nicht so in Erinnerung gehabt. Auch wenn man berücksichtigte, daß Dev nicht mehr da war, war das Haus doch unnatürlich still, als ob irgendwie jeder einzige Bewohner seine Sachen gepackt hätte und fortgegangen wäre, als ob das Leben selbst das Haus verlassen hätte. Nun ja, Dev war tot, und Elizabeth war eine Sterbende. Das Leben war in der Tat entwichen, und es war das Ende von St. Martin, wie er es in Erinnerung hatte.

Hayward seufzte laut vernehmlich und öffnete wieder die Augen. Nichts in dem komfortablen Raum war verändert, nichts Konkretes wenigstens. Er hatte schon früher in diesem Zimmer gewohnt, und all die kleinen luxuriösen Aufmerksamkeiten waren da wie immer. Im Bad lagen noch immer die Stapel von Handtüchern, die Rumseife und das Eau de Cologne, das sie von den Virgin Islands kommen ließ; es standen immer noch der zwölf Jahre alte Whisky und die Blumen auf der Kommode; da war das Briefpapier in den Schubladen, verziert mit dem geprägten Wappen von St. Martin, die offene Schreibmaschine – Elizabeths Gäste waren von der Sorte, die nie sehr weit von einer Schreibmaschine oder dem Telefon sein konnte. Das Telefon wies immer noch das genau durchdachte Hausverbindungnetz auf – die Knöpfe, die man drücken konnte, um mit den verschiedenen Teilen des Hauses verbunden zu werden. Er betrachtete es auf dem Tisch neben sich und ließ die Augen die Liste von Namen hinuntergleiten – Mrs. Devlins Schlafzimmer, Mrs. Devlins Badezimmer. Mr. Devlins Schlafzimmer ... Sie hatten es noch nicht geändert. Er fuhr ein wenig zusammen, als er seinen eigenen Namen frisch getippt neben einem der Knöpfe erblickte. Mr. Hayward ... das war eine Variante. Früher waren die Zimmer numeriert gewesen. Hier war Joshs Name ... Mr. Canfield. Und hier war Sally ... Miß Devlin. Vielleicht war das Raedlers Beitrag zu ihrem Willkommen gewesen. Typisch für die gründliche deutsche Mentalität. Na, vermutlich meinte er es gut. Hayward dachte an Sally, die oben, einen Stock höher, saß, ohne die Geselligkeit des Wohnzimmers, das er mit Josh teilte, und wahrscheinlich auch ohne den Whisky. Er überlegte, ob er ihren Knopf drücken und mit ihr reden solle, sie ein wenig aufmuntern. Sie hatte gegen Ende der Reise einen angestrengten und erschöpften Eindruck gemacht. Wen hätte es nicht angestrengt, zum erstenmal unter diesen Umständen nach St. Martin zu kommen! Sally war jedoch ein braves Mädchen. Sie konnte viel mehr aushalten, als man dachte. Sally war doch Devs Tochter, oder etwa nicht? Herrgott noch mal, wie fehlte Dev ihm! Einfach schrecklich war es hier ohne Dev...

Er würde Sally nicht anrufen. Auch er war müde.

Ein leises Geräusch im Zimmer weckte Hayward aus seinem Nickerchen; sekundenlang versuchte er sich mühsam an den Namen des Mannes zu erinnern, der vor ihm stand.

»Lancome!«

Der alte Mann verbeugte sich. »Ich kam, um zu sehen, ob Monsieur alles zu seiner Gemütlichkeit vorgefunden hat und alles nach seinem Wunsch ist.«

»Aber natürlich – natürlich. Alles ist tadellos wie immer. Es freut mich, Sie wiederzusehen, Lancome. Freut mich sehr!« Das Gesicht von Elizabeths Butler war ein vertrauter und willkommener Anblick. Er hatte ihn in der Halle vermißt und sich gefragt, welche anderen Pflichten Raedler noch neben derjenigen, Elizabeths Gäste zu ihren Zimmern zu führen, übernommen hatte. Es waren jedoch, soviel Hayward wußte, keine anderen Gäste seit Raedlers Auftauchen dagewesen, so daß alte Bräuche nicht nur verändert, sondern verschwunden waren.

»Monsieur Hayward ist höchst willkommen in St. Martin. Wir sind alle sehr glücklich, ihn hierzuhaben – ihn und Monsieur Devlins Tochter.«

»Ich fürchte, wir werden euch allen eine Menge extra Arbeit machen, Lancome.«

»Es ist uns stets eine Freude gewesen, für Madames Gäste zu sorgen, Monsieur. In dem jetzigen Fall, wo Madame so lange allein war, ist der Haushalt nicht nur bereit, es zu tun, sondern erpicht darauf. Darf ich Monsieur noch einen Whisky einschenken?«

Hayward wollte im Augenblick nichts mehr zu trinken, doch spürte er Lancomes beinahe verzweifeltes Bedürfnis, etwas für ihn zu tun. »Das wäre famos«, meinte er deshalb. Lancome ließ die Tür zum Wohnzimmer offen, als er mit dem Glas hinüberging. Hayward beobachtete, wie der alte Mann eine kleine Zeremonie aus dem Einschenken des Whiskys und

Sodas machte. Einer der Punkte, die Hayward bei Elizabeth beeindruckt hatten, war die Tatsache, daß sie ihre Dienstboten so lange behielt. Er erinnerte sich an einiges, was Dev ihm von Lancomes Geschichte erzählt hatte. Der alte Mann war in St. Martin geboren worden und als kleiner Junge ins Hotelfach gegangen. Er hatte Elizabeth viele Male im Ritz in Paris bedient, und nach dem Krieg hatte er nach ihrer Scheidung von Whitney Spence die Leitung ihres Haushaltes übernommen. Niemand anders als Lancome hatte ihre Aufmerksamkeit auf die verfallene Burg der Bischöfe von St. Martin gelenkt und sie zu deren Kauf gedrängt. Während der Restaurierung und der Zeit, in der Elizabeth hier gelebt hatte, war er zu einer Quelle des Schutzes für sein Heimatdorf geworden.

Raedlers Ansichreißen der Macht mußte, wie Hayward sich überlegte, für den alten Mann besonders schwer zu ertragen gewesen sein.

»Vielen Dank, Lancome – ah, vorzüglich! Und wie geht es Madame Devlin? Wir werden sie, hoffe ich, beim Abendessen sehen?«

»Man hofft es, Monsieur, doch wer weiß? Manchmal bleibt Madame tagelang und sogar eine ganze Woche lang in ihren Zimmern, und keiner vom ganzen Haushalt bekommt sie zu sehen.«

»Wer bedient sie denn dann?«

»Eine Frau – eine, die sich eine Zofe nennt. Marie ist ausgeschlossen worden. Marie war fast zwanzig Jahre lang bei Madame.«

»Wer ist diese Frau? Woher ist sie gekommen?« Hayward hörte, wie seine Stimme anstieg, vermochte es jedoch nicht zu ändern. Es erwartete ihn hier in St. Martin mehr als das, worauf Josh Canfield ihn vorbereitet hatte.

»Sie kam beinah sofort, nachdem Madame von ihrer Erholungskur in Zürich zurückgekehrt war. Sie ist eine Krankenschwester, Monsieur – keine Zofe. Darüber hinaus –«, fügte Lancome achselzuckend hinzu, »weiß niemand etwas.«

Hayward sah mit Bestürzung Tränen in den Augen des alten Mannes glänzen; die unpersönliche Maske des wohlerzogenen Dieners war zerbrochen. Er erkannte, daß Lancome nicht zu ihm gekommen war, um sich nach seinem Wohlbefinden zu erkundigen, sondern weil er einfach jemanden finden mußte, zu dem er sprechen konnte.

»Monsieur«, erklärte Lancome mit heiserer Stimme, »wir haben hier alle in St. Martin gewartet. Wir haben darauf gewartet, daß jemand kam. Plötzlich, als Monsieur Devlin in jenes Land flog, wo er umkam, sind wir abgeschnitten. Niemand kommt. Niemand erhält die Erlaubnis zu kommen. Nicht einmal wir, die wir Madame lieben und ihr dienen, kommen an sie heran. Monsieur, ist das normale Trauer? Wir machen ja alle möglichen Zugeständnisse, aber können das einfach nicht finden. Es geht hier etwas vor, was wir nicht verstehen, doch was können wir machen?«

Von Erregung bedrängt, erhob sich Hayward und begann zwischen dem Tisch und dem Fenster auf und ab zu laufen. Er wußte nicht, wie er diese Situation handhaben sollte. Er hätte gerne Josh gerufen, fürchtete jedoch, dadurch Lancomes Redefluß zum Versiegen zu bringen. »Aber Sie könnten sie doch gewiß fragen?« platzte er los und begann, durch das Gefühl, den Boden unter den Füßen zu verlieren, gereizt zu werden. »Sie sind doch viel mehr Madames Freund als ihr Angestellter.«

»Das habe ich auch einmal gedacht, Monsieur. Aber jetzt glaube ich das nicht mehr. Wie könnte ich es? Ich habe heutzutage kaum Gelegenheit, ein paar Worte mit Madame zu sprechen.«

»Warum, um alles in der Welt, haben Sie dann nicht jemand anders herbeigerufen? Ihren Bruder – Mr. Spence – oder sogar mich?«

»Sie glauben, ich hätte das nicht vorgeschlagen? Einmal, als ich kurze Zeit mit Madame allein war, sagte ich ihr, daß ihre Brüder kommen sollten, da es ihr nicht gut ginge. Ich wußte nicht recht, wie ich es sagen sollte – wenn sie es wünschte, sagte ich, würde ich selbst eine Botschaft an Madames Brüder nach Amerika bringen.« Hayward konnte sehen, daß Lancome bei dem Gedanken an Amerika buchstäblich zitterte. »Ich habe nie eine derartige Reaktion erlebt, Monsieur, Madame war völlig verstört – verbot mir strengstens jeden Kontakt zu einem ihrer Familienmitglieder oder Bekannten. Sie sagte, es würde tödliche Folgen haben, wenn ich es täte. Ich verstand es nicht, gehorchte jedoch. Man gehorcht Madame in der Regel.« Und dann fügte er hinzu: »So haben wir also gewartet, wir alle, die wir Madame lieben und ihr gedient haben, auf irgendeine Hilfe von außen. Auf jemanden, der uns Anweisungen gibt. Endlich sind Sie nun gekommen – Sie und Monsieur Devlins Tochter.«

»Und was erwarten Sie, sollen wir tun?« fragte Hayward.

»Wer wüßte das? Aber wir warten. Wir stehen Ihnen zur Verfügung.«

Hayward lehnte sich an den Tisch, da er das Gewicht dessen spürte, was Lancome ihm aufgebürdet hatte. Er verfolgte, wie jener ein unnötiges Theater mit kleinen Gegenständen im Zimmer machte, den Tintenlöscher auf dem Schreibtisch zurechtrückte und nachschaute, ob der Papierkorb auch leer war. Dann sah er wieder unvermittelt Hayward an.

»Das Schlimmste – das, was mich am meisten beunruhigt... Es ist so« – er gestikulierte ratlos mit den Händen in der Luft –, »so bizarr, daß ich nicht wußte, was ich davon denken sollte – was ich tun sollte.«

»Nun, was ist es?«

»Es war der Tag, an dem Madame von der Erholungskur zurückkam. Wir wußten noch nicht, daß Monsieur Devlin in seinem kleinen Flugzeug abgestürzt ist. Wir wußten noch nichts von der Ankunft dieses Raedlers. Aber als er mit Madame eintrifft, wird ihm sofort die Leitung des Haushaltes übertragen. Und Madame selbst – schrecklich! Sie sieht hoffnungslos krank aus und völlig aufgelöst. Dem Irrsinn nahe! In dem Durcheinander der unerwarteten Rückkehr, denn man hatte uns nicht Bescheid gegeben, bleibt ein wenig Zeit mit ihr allein. Das war, bevor dieser Raedler alles so einrichtete, daß niemand mehr allein mit ihr ist. Sie wandte sich an mich – ich bin, wie Sie sagen, ihr Freund. Sie wandte sich an mich – eine verzweifelte Frau, Monsieur. Sie nahm meine Hände in die ihren. ›Wir haben ihn verloren‹, sagte sie. ›Wir haben ihn verloren.‹ Und dann sagte sie nichts mehr. Aber erst am nächsten Tag, Monsieur, bekamen wir die Nachricht, daß Monsieur Devlin vermißt wird! Spät am nächsten Tag kamen die Anrufe aus allen Teilen der Welt. Die Presse. Madames Brüder. Sie sagte nichts und weigerte sich, jemanden zu sprechen. Doch sie wußte es schon, Monsieur. Sie wußte es schon!«

Canfield war fast unverzüglich zum Telefon gegangen, und der Anblick der drei Namen, frisch getippt und einladend, ließ ihn innehalten. Es gab für ihn zwei mögliche Erklärungen dafür;

die erste Möglichkeit bestand darin, daß Raedler sie angefertigt hatte und Sally in ein weit entferntes Zimmer einquartiert hatte, um den Gebrauch des Haustelefons zu unterstützen, damit ihre Gespräche auf Band aufgenommen werden konnten. Ein geschulter Agent würde niemals ein solches Telefon benutzen, doch ein harmloser Mann würde es tun; er würde sich immer wieder daran erinnern müssen, daß er ein harmloser Mann war. Die zweite Möglichkeit war, daß die frisch getippten Namen keinerlei Bedeutung hatten und lediglich eine höfliche Geste an Elizabeths Gäste waren, daß kein anderes Motiv für sie bestand, als dem, womit die Gäste in diesem Haus bereits verschwenderisch verwöhnt wurden, eine zusätzliche Bequemlichkeit hinzuzufügen. Es würde bedeuten, daß sie sich alle in London geirrt hatten – daß hier in St. Martin nicht mehr herrschte als die trostlose Vereinsamung durch die Krankheit der Hausherrin und den Verlust Devlins. Es würde außerdem bedeuten, daß der Genfer Agent sich an jenem Tag zu Beginn des Winters geirrt hatte und daß Hans Raedler lediglich Hans Raedler war und nicht der Zotov, an den der Mann sich von früher erinnerte. Es würde bedeuten, daß es reiner Zufall gewesen war, als er, Canfield, an jenem Oktoberabend die beiden Russen vor Devlins Haus gesehen hatte; daß eine Kette von Zufällen Devlin über die sowjetische Grenze gebracht hatte und eine Kette von Zufällen ihnen sein Kameraetui und die Nachricht in die Hände gespielt hatte, daß sein Leichnam nicht in dem Wrack gewesen war. Es war ja überhaupt von Anfang an ein reiner Zufall gewesen, der sie auf Devlins Spur geführt hatte – seine Begegnung mit dem ermordeten Fergus in der Bar vom St. George's Hotel in Beirut.

Canfield blickte wieder auf seinen Namen herunter und fand, daß es einfach eine zu lange Kette von Zufällen war; angesichts dieser Tatsache schien es, als hege man keinen Verdacht gegen ihn, und doch wäre es das Allertörichtste, das tatächlich zu glauben und demgemäß zu handeln. Er wußte von einer Reihe von Leuten, die sich nie wieder in London zurückgemeldet hatten, weil sie das gedacht hatten. Es war durchaus möglich, daß Fergus darunter gewesen war.

Die nächste Viertelstunde verbrachte er damit, Zimmer und Bad zu durchsuchen und sich zu überlegen, wo, falls überhaupt, die winzigen Mikrophone versteckt waren. Er fand keine, doch hieß das nicht, daß sie nicht vorhanden waren. Er erkannte plötzlich die Unzulänglichkeit seiner Ausbildung, um sich in einer Situation wie dieser zu befinden; an Orte wie diesen schickten sie die Feldexperten, Männer, die Gefahr geradezu riechen konnten, die ein inneres Ohr für Komplikationen besaßen und einen sechsten Sinn dafür, wie ihnen zu begegnen war. Die Experten hatten jedoch nicht vermocht, in das Schloß von St. Martin einzudringen, und so hatten sie es riskiert, ihn zu schicken. Und nun mußte er an andere geschickte Amateure denken, die nie nach London zurückgekehrt waren, weil geschickte Amateure nicht genügten in einer Welt, in der nur der echte Professionelle sich die Chance des Überlebens zu verschaffen vermag. Ihm kam zum erstenmal der bestürzende Gedanke, daß die in London ihn, weil er bereits seine Absicht verkündet hatte, bei ihnen aufzuhören, riskierten, da sie ihn für entbehrlich hielten. Sie waren natürlich alle entbehrlich, doch diejenigen, die sie nicht mehr einsetzen würden, waren es in doppeltem Maße.

Ihm brach der Schweiß in den Handflächen aus. Er dachte an Sally Devlin, wie sie neben ihm im Auto gesessen hatte, an die Art, wie sie ihm das Gesicht zugewandt hatte mit jenem suchenden, beinahe flehenden Blick, der ihn um etwas gebeten hatte. Die Erinnerung an jenen Blick schmerzte ihn. Er wollte ihr so gerne das, was immer es auch war, was sie suchte, geben – was immer es war und wann immer. Er wollte jetzt unbedingt überleben; er wollte nicht entbehrlich sein. Er wollte die Chance haben, etwas mit der Zeit zu machen, die hinter dem Besuch in St. Martin lag.

Er packte seinen Koffer aus und nahm ein Bad, und als er sich wieder angezogen hatte, ging er zum Telefon. Er würde es mit der Unschuld benutzen, die sie von ihm erwarteten. Er würde das tun, was jeder andere Mann getan hätte, würde es jedoch tun, weil er den Wunsch danach hatte und nicht, weil ein Teil der Verteidigungstaktik jener, die dieses Spiel spielten, darin bestand, immer das zu tun, was unter normalen Umständen das Natürliche war.

Er hob den Hörer und drückte den Knopf neben ihrem Namen.

Es dauerte lange, bis sie mit leiser und vorsichtiger Stimme antwortete. Er fragte sich, ob sie gedacht hatte, es sei Elizabeth O'Mara Spence.

»Ja?«

»Ich bringe Ihnen einen Drink 'rauf. Scotch mit Wasser – ja?«

»Josh? – sind Sie es? Ja – ja bitte!«

Das Mädchen Marie war gekommen, und Sally hatte es fortgeschickt. Die gedrungene, kleine Frau mit dem netten Gesicht war sichtlich enttäuscht gewesen, und Sally hatte sich für ihre Roheit gehaßt. Sie mußte sich jedoch eine gewisse Unabhängigkeit von Raedler bewahren; vor allem mußte sie die Möglichkeit haben, ihre Reisetasche allein auszupacken. Falls sie den Inhalt jener dicken Umschläge – Hayward hatte über das Gewicht jener kleinen Tasche gemurrt – Elizabeth geben mußte, würde sie es zu dem Zeitpunkt tun, den sie für richtig hielt.

Sie hatte also ihre Sachen selbst ausgepackt, und nun hingen ihre Kleider verloren in dem riesigen Wandschrank des Ankleidezimmers; ihre beiden Koffer, die so viel Platz in dem Kofferraum des Autos eingenommen hatten, schienen zusammengeschrumpft zu sein, wie sie dort nebeneinander auf der langen gepolsterten Gepäckbank standen. Das Badezimmer aus Marmor und Mahagoni verschluckte ihre Toilettengegenstände; sie breitete ihre Kosmetiksachen soweit wie möglich aus, doch verminderten sie in keiner Weise die leeren Flächen. Sie entdeckte, daß es schwierig war, in Räumen wie diesen unordentlich zu sein. Das Ankleidezimmer und das Bad waren Wunder an praktischer Zweckmäßigkeit mit genauen Plätzen für alles, so daß gar keine Möglichkeit für die Unordnung bestand, die sie menschlich gemacht hätte. Obgleich nichts Persönliches von Elizabeth O'Mara Spence in diesen Räumen zurückgeblieben war, wurde doch jeder, der nach ihr hier wohnte, von der – wenn auch nicht fühlbaren – Gegenwart erfaßt, die sie hinterlassen hatte. Die Frau, die diese Zimmer eingerichtet und bewohnt hatte, war eine große Anhängerin von praktischer Zweckmäßigkeit und Ordnung; und sie erlegte beides jedem auf, der nach ihr hier wohnte.

Sally nahm schnell ein Bad und zog ein ärmelloses schwarzes Kleid an, entschied sich jedoch gegen jedes einzelne Stück des Modeschmuckes, den sie mitgebracht hatte; falls Elizabeth Schmuck trug, würde er echt sein. Kritisch betrachtete sie sich in dem dreiteiligen Spiegel und wußte, es würde kein echter

Wettstreit sein, da sie beinahe dreißig Jahre jünger war; dieser Sieg würde leicht und schal sein. Eigenartig war nur, daß der Mann, um dessen Beachtung sie hätten kämpfen können, tot war und sie niemals zusammen sehen würde. Doch als sie sich Parfum mit einer Bewegung überschüttete, die ihr nie sparsam gelungen war, war es plötzlich Josh Canfield und nicht ihr Vater, an den sie dachte.

Als sie fertig war, nahm sie die Umschläge und ging zurück in den Salon. Die Schubladen und Fächer des Ankleidezimmers schienen ein zu offenkundiger Platz, um sie dort zu lassen, und doch beunruhigte sie der Gedanke, daß sie sie ja irgendwo lassen mußte, daß Raedler sich anscheinend durch dieses Haus bewegte, wie es ihm paßte, und daß das Mädchen mit dem netten Gesicht möglicherweise von der Sorte war, die jedes Stückchen vom Gepäck eines Gastes inspizierte. Sie wollte nicht, daß Elizabeth von der Existenz des Manuskriptes berichtet wurde. Ihr war nun nichts mehr geblieben, als den Zeitpunkt zu wählen, zu dem sie es ihr schenken wollte.

In dem weiträumigen Appartement schwand nun endlich das Licht dahin und glitt aus dem Tal; die Dämmerung zog sich um den Fluß zusammen und umschloß die Abhänge und Weingärten. Die Lichter von Sion begannen aufzuglimmen, doch oben in den engen Tälern, die von diesem Tal abzweigten, waren sie in den Dörfchen und abseits gelegenen Gehöften sparsamer; dort warteten sie, dachte Sally, bis die wirkliche Dunkelheit kam, und auch dann würden die Lichter nur kurze Zeit aufleuchten; dort oben auf den Almen, wo das Vieh graste, würden sie frühzeitig zu Bett gehen und noch vor der Sonne wieder aufstehen. Sie war gegen ihren Willen gefesselt von der Großartigkeit der Aussicht, der sanften Dämmerung unten im Tal und dem letzten Lichtschein auf den Gipfeln der Berge. Sie verharrte zögernd und knipste nicht das Licht an, das all dies ausgesperrt hätte. Der große Raum war voller Schatten. Mit leisen Schritten trat sie in einen der Fensteralkoven hinauf und atmete tief die leichte, trockene Luft ein, den staubigen Geruch, der nun, wo der Frühling vorbei war, auf den Rebstöcken lag. Sie hatte nicht vorgehabt, sich von Elizabeths Tal gefangennehmen zu lassen, doch genau das war geschehen; sie stand nun am Fenster, wie ihr Vater oft gestanden haben mußte, und lauschte seinen Geräuschen und seinem Schweigen.

Es war nicht die Schweiz der Ansichtspostkarten, nicht das Land, wie es sich der Ausländer vorstellte, mit den idyllischen Seen und adretten, blumengeschmückten Châlets, den Flüssen und den sanften, bewaldeten Hängen, die zu den höheren Bergen hinaufführten; es war rauher und herber, eine trockene, beinahe wilde Landschaft. Es gab hier nichts Modisches, und das hatte Sally am meisten überrascht. Sie hatte erwartet, Elizabeth umgeben von den konventionellen landschaftlichen Sehenswürdigkeiten vorzufinden, umgeben von dem konventionellen Komfort und der fast zuckersüßen Art von Landschaft, wo alles, worauf das Auge fällt, vollkommen ist. Als sie das Rhonetal zum erstenmal erblickt und den ersten Eindruck von dem schweren, strengen Ernst des Ortes erhalten hatte, den Elizabeth zu ihrem Heim erwählt hatte, hatte Sally zu verstehen begonnen, daß wenige der konventionellen Maßstäbe auf die Frau paßten. Sie war furchterregender geworden und trotz all der Gegensätzlichkeit dieses Hauses zu dem, was ihr Vater in seinen eigenen Wohnungen angestrebt und gesucht hatte, mehr die Art von Frau, die ihn interessiert und fasziniert haben mochte.

Sie hatte sich Devlin stets in einem Kuckucksuhrenmilieu vorgestellt, und sie stellte nun fest, daß Elizabeth keine Kuckucksuhrfrau war. Ihr Vater mußte dieses Tal gern gehabt haben.

Der Summer ertönte hinter ihr im Zimmer, und sie schreckte zusammen, und die Umschläge rutschten ihr aus den Händen.

Nachdem sie ihre Augen mühsam an das letzte Licht draußen gewöhnt hatte, schien der Raum im Vergleich dazu in völlige Finsternis getaucht. Sie rannte in einen Stuhl hinein, als sie sich ihren Weg zu der Stelle ertastete, wo sie sich eines Lichtschalters erinnerte. Das gesamte Appartement erwachte zu vollem Leben, und die herabsinkende Nacht wurde ausgeschlossen; ein rascher Blick durch das Zimmer ließ sie jedoch nicht das Telefon entdecken. Sie ging dem Geräusch nach zu einer hohen, geschnitzten Kommode, die aussah, als hätte sie immer dort gestanden. Doch der leichte Druck ihrer Hand ließ die Tür zur Seite gleiten und enthüllte ein Telefon und eine ganze Tafel von Knöpfen. Die Einrichtung des Raumes hätte nicht den Anachronismus des modernen Telefons erlaubt, doch konnte Elizabeth O'Mara Spence selbstverständlich nicht ohne eines sein. Sie hatte fast Angst, den Hörer abzunehmen. Es wäre leichter gewesen, Elizabeth von Angesicht zu Angesicht gegenüberzustehen, als mit einer körperlosen Stimme am Telefon zu ringen.

»Ja?« sagte sie und wünschte, ihre Stimme hätte nicht so unsicher geklungen.

»Ich bringe Ihnen einen Drink«, erklärte Joshs Stimme. »Scotch mit Wasser – ja?«

»Josh? – sind Sie es?« Sie fühlte, wie sie sich in Erleichterung und Freude fallen ließ. »Ja – ja bitte!«

Als sie auflegte, wußte sie, sie mußte nun sehr schnell einen Platz für das Manuskript finden, und ihr Blick streifte suchend durch den großen Raum.

Der Whisky war in einem großen Glas. »Ich habe ihn ordentlich groß gemacht«, erklärte er. »Es ist ein langer Weg jene Treppen hinunter.«

Sie nahm das Glas entgegen und schloß hinter ihm die Tür. »Ich war fast schon auf dem Weg, Sie zu finden. Ich war überzeugt, daß irgendwo hinter dem einen oder anderen dieser mittelalterlichen Möbelstücke ein Barschrank verborgen ist, doch habe ich ehrlich gesagt etwas Angst, sie alle auszuprobieren. Ich weiß ja nie, was für technische Wunderdinge mir hier entgegenspringen könnten, und ich komme mir wie ein Mädchen vom Land vor. Wissen Sie« – sie spreizte die Hand mit einem leisen Kichern –, »das Klo rauscht los, wenn man auf einen Knopf im Fußboden tritt. Das erste Mal tat ich es aus Versehen und bin fast vor Schreck gestorben.« Sie nahm einen langen Schluck aus ihrem Glas. »Ich glaube, ich fürchte mich ziemlich arg, Josh. Ich wünschte, wir würden sie zu sehen bekommen und es hinter uns bringen.«

»Das werden wir schon – bald genug. Sie ist krank, Sally – wahrscheinlich hat sie nicht die Kraft für zuviel Geselligkeit. Sie möchte wahrscheinlich lieber in Frieden gelassen werden.«

»Und ich wäre lieber nicht gekommen! Wie lange müssen wir bleiben, Josh?«

»Wer kann das wissen? – Wie lange werden wir willkommen sein?«

»Wir sind ganz und gar nicht willkommen!«

»Wir sind jedoch hier. Das allein ist wichtig – daß wir hier sind. Wichtig für Elizabeth – und wichtig für Sie, Sal!« Er ging weiter in das Zimmer hinein und sah sich um. »Kommen Sie und zeigen Sie mir jetzt die Wunder dieser Räume – sie hat Ihnen wirklich das Prunkappartement gegeben, was?«

»Ich wünschte trotzdem, ich wäre nicht hier«, wiederholte sie und kehrte zu ihrem Thema zurück. »Ich wünschte, ich wäre nicht hier in St. Martin!«

Er drehte sich rasch zu ihr herum. »Nein, das tun Sie nicht! Das wünschen Sie ganz und gar nicht! Sie sind kein Mensch, der nein zu einer neuen Erfahrung sagt – egal welcher Art!«

»Denken Sie das von mir?« Sie trat dicht zu ihm heran. »Denken Sie das von mir? – oder nur, weil mein Vater jeden Umweg machte, um alles kennenzulernen? Er ließ jedes nur mögliche Erlebnis auf sich zukommen – und Sie erwarten, daß ich genauso bin?«

»Nicht genauso – vergessen Sie, daß Sie Devlins Tochter sind! Sie werden das tun, was Sie tun müssen, weil Sie es von sich selbst erwarten. Sie sind nicht Devlins Tochter – Sie sind Sie selbst!«

Sie überlegte, daß er wohl niemals wissen würde, daß dies genau die Worte waren, die ihr niemand je zuvor gesagt hatte und die sie so dringend gebraucht hatte. Er würde nicht wissen, daß sie ihm dafür dankbar war; die Menschen konnten keine Gedanken oder Gefühle lesen; sie hörten die Worte, doch Worte waren lediglich Worte, und Taten waren Taten.

Sie legte ihm die Arme auf die Schultern und streckte sich auf die Zehenspitzen, um ihn zu küssen. Und als ihre Lippen seinen Mund trafen, hatte sie die bestürzende, jähe Überzeugung, daß er auf irgendeine unerklärliche Weise ihre Empfindungen gekannt hatte. Ihre Lippen trafen sich, als hätte er auf sie gewartet. Sie hielten noch ihre Gläser in den Händen, und doch waren ihre Körper eng aneinandergepreßt. Als hätte er auch darauf gewartet. Es lag eine Art beglückten Erkennens und freudiger Sicherheit in der Weise, wie sie zueinanderfanden. Als sie schließlich ihre Lippen von seinem Mund löste, sagte sie lediglich »Wie?« im Staunen, wie es so rasch hatte geschehen können.

»Frag nicht«, gebot er kopfschüttelnd. »Stell nie Fragen über solche Dinge. Küß mich einfach!«

Und sie tat es und lächelte unter seinem Kuß. »Was nun?«

»Du stellst zu viele Fragen – weil du noch jung bist. Wenn du älter bist, wirst du lernen, nicht so viele Fragen zu stellen. Du wirst es einfach geschehen lassen.«

Er hatte ihr das Glas abgenommen und es weggestellt. Dann legte er wieder die Arme um sie, und sie wurde an ihn gezogen, und die Umarmung war umfassender und tiefer und drängender als alles, woran sie sich zu erinnern vermochte.

»Josh ... so viel? Hier und jetzt?«

»Sei still, Sally Devlin! Eines Tages werde ich dir vielleicht erzählen, wie lange und wie oft ich hierauf gewartet habe.« Der Druck seiner Lippen bog ihren Kopf nach hinten.

Kein Wort wurde mehr laut; es gab nichts als die Bewegung und den Druck, bis Raedlers Stimme ertönte.

»Verzeihung, Miß Devlin.«

Widerstrebend lösten sie sich aus den Armen. Canfield spürte, wie die Wut in ihm aufstieg; bevor er jedoch zu Raedler hinüberblickte, sah er Sally an, neugierig, ob er Bedauern oder Verlegenheit in ihrem Gesicht sehen würde. Die Wut wurde beinahe völlig von der Freude ausgelöscht, nur die langsame und stolze Drehung ihres Kopfes zu Raedler zu gewahren, die natürliche, schöne Würde der Bewegung, die keine Furcht und kein Bedauern enthielt.

»Was ist?« fragte sie, als wäre Raedler eine unbedeutende, ärgerliche Unterbrechung.

»Verzeihen Sie – ich klopfte an, bekam jedoch keine Antwort.«

Sie neigte den Kopf ein wenig zu Canfield, und ihr Blick, mit dem sie den Sekretär musterte, war kühl. »Verständlich – ich war beschäftigt.«

Canfield vermerkte mit boshaftem Vergnügen das Aufflakkern von Unbehagen, das über das Gesicht des Mannes huschte.

»Ich bitte vielmals um Entschuldigung. Als ich keine Antwort erhielt, dachte ich, Sie wären vielleicht schon hinunter ins Wohnzimmer gegangen, glaubte jedoch, mich vergewissern zu müssen, bevor ich selbst hinunterging. Ich kam, um Sie hinunter zum Essen zu begleiten. Madame war besorgt, Sie könnten sich verlaufen.«

»Wie Sie sehen, bin ich in bester Begleitung. Doch war es freundlich von Madame, so um mich besorgt zu sein. Einen Augenblick.«

Und während sie nach nebenan ging, um ihre Handtasche zu holen und ihre Lippen aufzufrischen, standen sich Canfield und Raedler gegenüber. Nun, wo Sally nicht mehr da war, war auch ihre ausgleichende Macht verschwunden. Canfield betrachtete den anderen mit einer Wut, die vorsichtiger geworden war, vorsichtiger, weil er daran erinnert wurde, wo er war und zu welchem Zweck. Er wurde daran erinnert, wer der Mann war, der dort in der Tür stand. Durch Sally war er plötzlich in einer Weise verwundbar, wie er es nie in einer anderen Mission gewesen war, die sie ihm erteilt hatten. Er hatte immer nur in eigener Sache zu denken brauchen, und seine Kontakte hatten sich ausschließlich auf Professionelle erstreckt, also Personen, die ebenfalls wußten, weshalb sie da waren und was sie zu tun hatten. Er hatte es nie gleichzeitig von seiner Seite und von der Seite der Harmlosen und Uneingeweihten beobachten müssen. Und dann sah er, daß Raedlers reglos starre Wachsamkeit sich entspannt hatte; er nahm sich mit der Bewegung eines Mannes, der für den Augenblick aufgehört hatte, wachsam zu beobachten, eine Zigarette aus seinem Etui.«

»Miß Devlin sagte mir, daß sie Sie schon lange kennt, Mr. Canfield. Es muß eine lohnende Aufgabe sein, den Auftrag zu bekommen, Mr. Devlins Biographie zu schreiben ... Madame wird es sehr interessieren, Ihre diesbezüglichen Pläne zu erfahren.«

Neben der in ihm aufsteigenden ungestümen Welle der Freude, daß Sally aus irgendeinem Grund behauptet hatte, seit langer Zeit mit ihm befreundet zu sein, wurde sich Canfield noch einer anderen Tatsache bewußt, und der Gedanke daran ließ ihn frösteln und sich schäbig vorkommen. Die Szene, die Raedler gerade mit angesehen hatte, hatte ihn veranlaßt, seine mißtrauische Vorsicht fallenzulassen; Canfields Stellung als der Biograph wurde akzeptiert. Die Tarnung funktionierte sehr gut. Was ihn beunruhigte, war der Gedanke, daß Sally vielleicht eines Tages zu wissen verlangen würde, wie gut sie funktioniert hatte, zu wissen verlangen würde, ob das, was sie gerade zusammen erlebt hatten, nur ein Teil dieser Tarnung gewesen war, vorsätzlich ausgeheckt und herbeigeführt wie alles übrige.

Das war die größte Gefahr dieses Berufes; wenn man so viele Lügen erzählte, wann konnte man sich dann noch selbst glauben?

»Eine große Ehre«, sagte er zu Raedler und nahm eine Zigarette an.

Sally empfand ein heftiges Gefühl der Erleichterung, als Elizabeth nicht zum Abendessen erschien. Sie hatten noch zehn Minuten länger im Salon gewartet, an ihren Drinks genippt und nur wenig geredet, bis Raedler wieder erschien und sie in das Eßzimmer führte.

»Madame läßt sich entschuldigen, sie wird den Kaffee mit Ihnen nehmen.« Und dann nahm Raedler selbst den Platz am Ende des langen Tisches gegenüber dem leeren Stuhl ein, auf dem Elizabeth gesessen hätte. Sally blickte zu Hayward hinüber und sah, daß sein Gesicht merkwürdig arbeitete, als wisse er nicht, ob er protestieren oder weinen solle. Und dann begriff sie, daß Raedler Devlins Platz an diesem Tisch eingenommen hatte.

»Mrs. Devlin ist nun schon seit einiger Zeit krank«, äußerte Hayward. Er zerrte an dem Brot auf seinem Teller, als wäre er zornig und müßte etwas für seine Hände zu tun finden. »Ich hoffe, sie bekommt die richtige ärztliche Pflege. Sollte sie nicht in Paris oder Zürich sein ...?« Er starrte Raedler finster und vorwurfsvoll an und anschließend den großen Raum, in dem sie saßen, mit den beiden überdachten Kaminen und den Wänden und dem Fußboden aus Stein, als hege er den Verdacht, daß das Haus in seinen Gepflogenheiten ebenso mittelalterlich sei wie in seiner Einrichtung. »Eine Hausbehandlung ist gut und schön, aber ich hätte gedacht, ein Krankenhaus ...«

Raedler gab Lancome ein Zeichen, den Wein einzuschenken. »Madames Unpäßlichkeit kommt von der Leber, soviel ich verstand, Mr. Hayward – recht schwächend, aber nicht gefährlich, versicherte man uns. Probieren Sie doch diesen Wein, Miß Devlin. Es ist ein Fendant – aus dieser Gegend. Ein noch sehr junger Wein, doch mit der Zeit hat man ihn gern. Vielleicht hätte ich etwas Großartigeres für Ihre Ankunft aussuchen sollen, aber ich dachte, dieser Wein aus den eigenen Weinbergen des Schlosses würde Ihnen Spaß machen.«

»Mrs. Devlin sucht nicht mehr selbst ihren Wein aus?« Haywards Stimme war beinahe ein Knurren. Er knallte den Suppenlöffel in den Teller hinunter.

Raedler hob die Augenbrauen nur um eine Spur. »Sie vergessen, daß ich den Haushalt nicht kannte, als Sie früher hier waren. Madame hat vieles mir übertragen, seit ich hier bin. Soviel ich weiß, wollte sie seit Mr. Devlins Tod nicht von den Details des Haushaltes belästigt werden.«

»Was war es für ein Glück für Mrs. Devlin, Sie zu kennen – zu wissen, daß Sie ihr all das abnehmen und sich auch um ihre Angelegenheiten kümmern konnten.« Canfield beobachtete Raedlers Gesicht sehr genau, während er ihm diese halbe Frage hinwarf, erhoffte jedoch keine große Reaktion. Raedler wäre nicht dort, wo er war, wenn er nicht auf alles bestens vorbereitet wäre.

»Im Gegenteil – es war ein Glück für mich. Ich lernte Mrs. Devlin vor einigen Jahren kennen, als ich einer der Sekretäre von Herrn Helmut Ritter war, dem Industriellen. Wir lernten uns kennen, als sie bei ihm wohnte. Ich erfuhr, daß sie einen vertrauenswürdigen Sekretär suchte – es ist so interessant, für diejenigen zu arbeiten, deren Interessen so weitgespannt sind...«

»Ritter starb, nicht wahr?« erkundigte sich Hayward. Er ließ sich zum zweitenmal Spargel servieren.

»Ach ja. Vor zwei Jahren. Seitdem fand ich nichts, was mir wirklich zusagte. Einige Stellen sind sehr langweilig. So nahm ich Madames Angebot sehr glücklich an.«

Er würde die Information an Willsden weitergeben, überlegte Canfield, und sie würden es nachprüfen. Wahrscheinlich hatte Hans Raedler für Helmut Ritter gearbeitet. Nachdem Raedler als Zotov aus Australien verschwand, war es absolut möglich, daß er in eine Position wie Ritters Sekretär, oder einer von ihnen, hineingeschoben worden war. Er würde ausgezeichnet darauf vorbereitet sein, seinen neuen Herrn von den Angelegenheiten des alten Rüstungsbarons zu erzählen. Für ihn galt das gleiche wie auch in seinem, Canfields, Fall: Je näher die Tarnung der Wahrheit kam, um so wirksamer war sie. Er gab den Versuch auf, weiter nachzubohren; es war eine Anfängerübung, und Raedler hatte vor langer Zeit diese Klasse erfolgreich absolviert. Er nickte gedankenverloren, als langweilten ihn Raedlers verschiedene Stellungen, und lächelte Sally über den Tisch hinweg an. Hinter ihrer Schulter gewahrte er wieder das Motto, das in die steinerne Kamineinfassung gemeißelt war.

»Veritas Praevalet«, las er und deutete mit einer Kopfbewegung darauf. »Ich sehe es überall im Haus. Ist es ...?«

Hayward unterbrach ihn. Ohne einen Blick auf die gemeißelten Buchstaben zu werfen, sagte er rasch, wie um Raedler zuvorzukommen: »Die Wahrheit wird siegen, lieber Junge – oder so ähnlich. Das Motto der Bischöfe von St. Martin. Verdammt gute Sache für einen Kirchenmann, das nicht zu vergessen, besonders wenn man soviel für sich beiseite schaffte, wie diese alten Schurken das aus fester Gewohnheit taten. Ausgezeichnete Forellchen ... und dieser Bordeaux ist entschieden eine Verbesserung nach dem Fendant. Elizabeth hielt nie viel davon, provinziell zu sein.« Und er bedachte Raedler mit einem Lächeln, das reine Säure war.

Und Sally erkannte erneut, als sie den Blick senkte, was sie so viele Male erblickt, seit sie dieses Haus betreten hatte. Das Motto war zierlich in Gold auf den einfarbig weißen Teller gemalt. Es war diskret auf den gemalten Türen zur Wohnung des Bischofs zu sehen gewesen und zwischen den gestickten Blumen und Vögeln auf der Bettüberdecke. Es wirkte leicht theatralisch, so wie sie anfangs das gesamte Haus gefunden hatte. Doch jetzt war ihr nicht danach zumute, darüber zu lachen.

Während sie bei Tisch saßen, hatte jemand die Holzstöße angezündet, die in den beiden Kaminen im Salon aufgestapelt lagen, wenngleich der Abend noch warm war. Der große Raum lag in gedämpftem Licht voller Schatten; nur die Wandleuchter über den Kaminen brannten. Der Schein des Feuers zuckte durch die Schatten, lief in die Dunkelheit hinein und wieder heraus und ließ den Farbreichtum der Tapisserien und den wässerigen Glanz edler, blasser Teppiche sichtbar werden. Schlanke Hunde aus altem Silber schmückten die Feuerböcke, Hunde, die den kleinen Windspielen auf den zwei Jan-van-Eyck-Gemälden glichen, die zu beiden Seiten der Eingangstür hingen und den sehnigen, eifrigen weißen Hunden der Wandteppiche. Sally erinnerte sich, wie Devlin von großen Häusern, in denen er zu Gast gewesen war, von Häusern wie diesem gesagt hatte: »Das dumme ist, daß man nie einen gemütlichen Stuhl in einem Museum finden kann.« Elizabeth war jedoch klüger gewesen. Die steifen, geschnitzten, hochlehnigen Stühle aus der damaligen Epoche standen an den Wänden; vor den Kaminen waren die langen Sofas, tiefe Sofas für großgewachsene Männer, alle mit dem gleichen maulwurffarbenen Samt bezogen, der den Blick nicht auf sich zog, so daß man nicht von dem abgelenkt wurde, was man sich in diesem Raum ansehen sollte: die van Eycks, den Memling und die drei Wandteppiche, die als ›Die Grazien‹ bekannt waren. Es war alles sehr geschickt und zu einem Zweck arrangiert; Sally wurde daran erinnert, daß die Menschen, die sich in diesem Raum aufgehalten hatten, nicht von der Sorte waren, die oft Zeit hatten, müßig vor einem Kaminfeuer zu verweilen. Irgendwo würden, vor den Blicken verborgen, die allgegenwärtigen Telefone vorhanden sein.

Zwischen den beiden Kaminen standen auf einem langen Tisch das Kaffeeservice, die Likörflaschen und die Gläser. Raedler trat unverzüglich zu ihm, als sei es nicht das Amt des Butlers Lancome, in diesem Zimmer nach dem Essen zu servieren.

»Sie nehmen einen Kaffee, Miß Devlin?«

»Ja, gerne – schwarz.«

Hayward hatte Raedler fast mit dem Ellbogen beiseite geschoben. »Laß mich dir etwas hiervon geben, mein Liebes. Elizabeth hat einen wundervollen Keller – einen beneidenswerten Keller. Einige dieser Cognacsorten sind heutzutage nicht mehr zu bezahlen – zumindest nicht mit dem Geld, das man für sie zahlen bereit ist.«

»Falls es Miss Devlin interessieren sollte, wäre es ein leichtes, eine Besichtigung der Weinkeller für sie zu arrangieren. Es sind die umgebauten alten Kerker, soviel ich weiß«, erklärte Readler, der mit Sallys Kaffeetasse vor ihr stand.

Hayward zuckte die Achseln. »Nicht nötig, daß Sie sich bemühen, Readler. Ich kenne mich in ihnen aus. Ich werde mir einfach mal von Lancome die Schlüssel holen, wenn Sally und Josh Lust haben, sie anzuschauen.«

Readler verbeugte sich leicht. »Gewiß, Mr. Hayward. Lassen Sie es mich nur wissen – denn ich habe jetzt die Schlüssel.«

Hayward antwortete nicht, er wandte sich ab und ließ unsanft Cognac in ein Glas plätschern. »Hier, Josh – ich habe Sie nicht gefragt, was Sie möchten. Konnte nicht zulassen, daß Sie die Gelegenheit verpassen, Cognac wie diesen zu probieren.« Dann bohrte er die eine Hand in die Hosentasche, während er mit der anderen sein Glas fest gepackt hielt, und drehte Raedler auf dessen Frage, ob er Kaffee wünsche, einfach den Rücken zu. »Rühr ich abends nie an«, murmelte er dabei.

Darauf ging er zu einem der Kamine und blieb in an ihm ungewohnter schlechter Laune mit gesenktem Kopf vor ihm stehen.

Sally blieb allein mit Raedler am Tisch zurück. Mit einem flatternden Gefühl der Panik sah sie sich suchend nach Josh um, doch er war zum anderen Ende des Raumes geschlendert, das Gesicht zu den Wandteppichen erhoben. Sie wünschte, er würde zurückkommen, und ihr Mund öffnete sich, um ihn zu rufen, und schloß sich dann wieder; sie brauchte ihn nicht an ihrer Seite – er war da, im selben Raum mit ihr, und das war alles, was sie brauchte. Sie wandte sich wieder Raedler zu.

»Sie haben hier viel zu tun«, bemerkte sie.

»Meine Arbeit macht mir Freude.«

Sie zuckte die Achseln und wußte plötzlich, er liebte diese halbe Frage nicht, wußte irgendwie, daß Raedler nie Fragen beantwortete, wenn er es vermeiden konnte. »Wo findet man so ein Muster an Tugenden wie Sie, Monsieur?« drang sie neckend in ihn. »Alles untersteht Ihnen – und wie man sieht, wird nichts vernachlässigt.«

Er machte seine sonderbare halbe Verbeugung. »Ich freue mich, wenn es Ihren Beifall findet. Im übrigen« – er zuckte die Achseln –, »es ist mein Beruf. Und was Ihre Frage betrifft, wie man so jemanden findet...« Er gestattete sich die schwächste Andeutung eines Lächelns. »Alles, was man dafür braucht, ist Geld.«

Die Antwort hatte eine Art höhnischer Vulgarität, die sie haßte. Zum erstenmal empfand sie den Wunsch, Elizabeth zu verteidigen. »Die Reichen können doch nichts dafür, daß sie reich sind. Und Sie, Monsieur, scheinen zu wissen, wie die Reichen zu finden sind.« Sie hielt ihm mit einem falschen lieblichen Lächeln die Tasse hin. »Ob Sie wohl so nett wären, Monsieur...«

Sie war nicht besser als er, überlegte sie, da sie Vulgarität mit Vulgarität beantwortete, indem sie ihn wie einen Dienstboten behandelte. Sie begann, Raedler zu hassen, doch hatte sie nun durch Josh entdeckt, daß sie ihn nicht länger fürchtete. Sie wunderte sich nur, wie Elizabeth durch den Umstand, daß sie seine Tüchtigkeit brauchte, übersehen konnte, was für ein Mensch er war. Vielleicht war es Elizabeth gleichgültig. Und wo war Elizabeth? Beabsichtigte sie, sie für immer in den Händen dieses Mannes zu lassen? Sie überlegte, wie lange sie, jeder einzelne von ihnen hier herumstehen, an Elizabeths Tür pochen und darauf warten würde, eingelassen zu werden. Es lag eine Arroganz in diesem Verhalten, die derjenigen Readlers entsprach. Vielleicht hatte sie recht – Elizabeth war es einfach gleichgültig, was für ein Mensch Readler war; entweder das oder sie waren beide vom selben Schlag.

Sie nahm ihre Tasse von Raedler entgegen; ohne ihn nochmals anzusehen, drehte sich um und ging zu Josh.

Er stand vor einem hohen, hölzernen Schrank, dessen geschnitzte Türen offen waren, während das Innere erleuchtet und mit Glasscheiben abgedichtet war. Er hatte sich so weit vorgebeugt, daß seine Stirn beinahe die Scheibe berührte; die Seite des aufgeschlagenen alten Handschriftenbuches, die er studierte, war von erstaunlicher Leuchtkraft und Farbe, bunte Juwelen auf altem Pergament. Sie stieß einen leisen Ausruf aus, als sie es erblickte.

»O Gott! Wie schön!«

»Nicht wahr?« Er wandte sich um und lächelte sie erfreut an und schob ihr die Zigarette, die er gerade an den Mund führen wollte, zwischen die Lippen. Sie benutzte den Vorwand, sein Handgelenk zu umfassen, während er ihr das Feuerzeug hinhielt.

»Und das bist auch du!« erklärte er.

Da stand Hayward hinter ihnen. »Herrliches Stück, was?« meinte er und deutete mit einem Kopfnicken auf das Buch. »Die Belles Heures des Duc de Berry. Ich war einmal hier in diesem Zimmer, als der Direktor des reichsten Museums der Welt Elizabeth eine wahrhaft entsetzliche Summe Geld dafür bot. Ich glaube nicht, daß er jemals wieder eingeladen wurde.« Er seufzte tief. »Man vergißt, wieviel hier ist.« Er führte das Cognacglas an die Lippen und nippte genießerisch. »Wieviel hier war ...« Er drehte sich langsam auf dem Absatz um und wies auf den gesamten Raum. »Große Dinge haben sich in diesem Zimmer zugetragen. Elizabeth war so eine fabelhafte Gastgeberin ... Aber es war natürlich nicht das Geld, das das bewirkte – man bekommt nicht die Leute, die Elizabeth hier hatte, nur weil man es sich leisten kann, sie einzuladen. Es war Elizabeth, die sie anzog, und selbstverständlich Devlin, als sie geheiratet hatten.« Sie kannte jeden – und jeder, der in dieses Haus kam, konnte mit jener Art von Gesellschaft rechnen, über die man nur in den Zeitungen liest. Manchmal fragte ich mich«

– ein verstohlenes Lächeln falscher Bescheidenheit erschien auf seinem Gesicht –, »wie ein bescheidener englischer Verleger jemals zu der Ehre kam, hier mit Außenministern und Senatoren und sogar einigen Premierministern von einigen jener Staaten eingeladen zu werden, wie sie Afrika heutzutage ständig hervorbringt. Aber Dev wollte mich hierhaben; er war mein Freund, und Elizabeth wurde mir seinetwegen eine Freundin.« Hayward suchte nach einer Zigarre, und Canfield zog wieder sein Feuerzeug hervor. Die Flamme züngelte dicht vor Haywards Gesicht, und Canfield sah, daß die rotgeäderten Augen ein wenig glasig und schmal geworden waren, als sehe er wirklich vergangene Tage, vergangene Nächte in diesem Raum vor sich.

»Sie vertrauten Elizabeth, wissen Sie! Sie wußten, sie würde niemals über etwas schreiben, wenn sie sie baten, es vertraulich zu behandeln – aber das machte sich natürlich bezahlt, denn wenn sie eine Sache zur Veröffentlichung hatten, bekam Elizabeth diese vor allen anderen. Ich habe erlebt, wie dieses Haus heimlich als Treffpunkt benutzt wurde, wenn Genf oder London zu sehr im Licht der Öffentlichkeit lag. Ein Mann konnte sich hier ein oder zwei Tage vor der Presse verstecken und eine Sache gründlich durchdiskutieren. Dev erzählte mir einmal, die ersten Besprechungen über den Gemeinsamen Markt hätten hier begonnen – das war natürlich vor seiner Zeit. Sie hatten auch ihre Tragödien. Bouchard war hier, als der Anruf kam, der ihn in den Kongo schickte. Sie erinnern sich, was dort mit ihm geschah... Und de Bec wurde zwei Tage, nachdem er hier abreiste, in Algerien ermordet.«

Es klang Wehmut und Trauer aus Haywards Stimme, während er den Raum betrachtete und seinen Cognac schlürfte. Sally vermochte ihn beinahe so zu sehen, wie er ihn erinnerte, wie Dev ihn gekannt hatte – mit dem aufsteigenden Rauch der Zigaretten, den auf den Eichenbänken, die als Sofatische dienten, abgestellten Gläsern mit dem alten, kostbaren Cognac und den Händen der Redner – darunter einige Schwarze –, die in der Luft gestikulierten, wenn sie eine Behauptung aufstellten. Berühmte Männer und einige, die große Männer gewesen waren, hatten sich hier versammelt, doch jetzt waren sie verschwunden; sie waren verschwunden, als Devlin verschwand. Es war alles zum Stillstand gekommen. Dieser Raum war, wie Sally spürte, seit Monaten nicht benutzt worden;

doch wußte sie plötzlich, daß es Elizabeth gewesen war, die die Kaminfeuer hatte anzünden lassen, um die Geister wieder willkommen zu heißen. Es war eine Geste von solcher Liebenswürdigkeit, wie sie Raedler nicht besaß.

Sie ließ den nun geschärften Blick erneut durch den Raum schweifen und begann zu begreifen, daß hier Leben gepulst hatte und Lachen erschollen war, sogar bei den hochstehenden Gästen, und daß der Raum zeitweilig nicht wie ein Museum gewirkt hatte, sondern wie ein Heim. Hayward empfand ihn als solchen, und Sally wußte, sie hätte es auch vermocht, wenn sie hätte glauben können, daß hier jemals Liebe ihre Zelte aufgeschlagen hatte. Und dann fanden ihre Augen einen Teil dessen, was sie suchte, den Beginn des Beweises dafür. Hinter dem erleuchteten Schrank der Belles Heures erkannte sie plötzlich an der von ihr entferntesten Wand des Raumes das Bild ihres Vaters. Inmitten der ganzen Pracht von Elizabeths mittelalterlicher Sammlung wirkte es in höchstem Maße unpassend, ja beinahe schockierend. Es war dort mit der Unbekümmertheit eines Menschen aufgehängt worden, dem es gleichgültig war, daß es die Vollkommenheit dieses Raumes zerstörte, eines Menschen, der entschlossen war, Lawrence Devlin seinen Platz zwischen den größten Namen zu geben, die dieser Raum jemals beherbergt hatte. Es war entweder eine Tat der Liebe oder prahlerischen Besitzerstolzes.

Sally hatte das Bild erblickt, da es jäh zum Leben erwacht war; jemand hatte einen Schalter angeknipst, und unvermittelt war helles Licht darauf gefallen. In der Dunkelheit jener fernen Wand war es das einzige, was man deutlich sehen konnte – wie ein erleuchtetes Monument, überlegte Sally, wie ein sorgsam gehüteter Schrein.

Da erklang die Stimme der Frau in einem kehligen Flüstern: »Wir hatten hier unsere großen Augenblicke, nicht wahr, Jackson? Ich bin froh, daß du dich an die guten erinnerst. Willkommen, zurück in St. Martin!«

»Elizabeth!«

Sie saß auf der Steinbank, mit der eine tiefe Fensternische ausgekleidet war. Die einzige Beleuchtung kam von dem Licht, das auf das Porträt fiel. Sally vermochte nur die Umrisse einer schlanken Frau in einem weißen Kleid zu erkennen, das bis auf die Spitzen ihrer Abendschuhe herabfiel und ihre Arme bis zu den Handgelenken umhüllte – ein loses Gewand, in der Taille gegürtet, das, wie Sally fand, der luxuriösen Tracht einer Nonne ähnelte. Sie drehten sich bei ihren Worten alle ruckartig um, alle bis auf Raedler, der wahrscheinlich die ganze Zeit von Elizabeths Anwesenheit gewußt hatte. Nun, wo sie zu ihr hinblickten, streckte Elizabeth eine lange, schmale Hand aus und ergriff das Cognacglas, das neben ihr auf der Bank stand, ergriff es wie zu ihrer Verteidigung, wie eine Waffe.

Hayward eilte zu ihr. »Meine liebe Elizabeth! Ich hatte ja keine Ahnung, daß du hier warst! Wie geht es dir?« Sie reichte ihm kurz ihre freie Hand, und er beugte sich über sie.

»Ganz gut, Jackson – ganz gut.« Er hätte ihre Hand länger festgehalten, doch sie entzog sie ihm. »War das Essen gut? Du mußt verzeihen, daß ich nicht kam. Ich habe im Augenblick wenig Freude am Essen, und so sitze ich nicht gerne dabei und schaue zu, wie andere essen. Ich hoffe, Raedler hat etwas heraufholen lassen, was du gerne dazu trinkst – wir sind in letzter Zeit hier sehr ländlich geworden.«

»Alles war genauso wie immer, meine Liebe«, log Hayward. »Nur haben wir dich vermißt.«

»Ach was...« Die Hand winkte ab. »Es war eine lange Reise, die du für eine so langweilige Gesellschafterin gemacht hast, wie ich es momentan bin. Aber du warst ja immer sehr lieb.«

»Lieb?« schnaubte Hayward. »Keine Spur! Ich war bereit, jederzeit zu kommen, wann immer du mich brauchtest. Ich wäre, wie du weißt, sofort, nachdem wir die Nachricht über Dev erhielten, gekommen...«

»Keinen Sinn«; die erschöpfte, kehlige Stimme wurde schärfer. »Hatte keinen Sinn damals. Es war geschehen... du hättest nichts daran ändern können. Ich bleibe lieber mir selbst überlassen.«

»Mir fällt das schwer zu glauben, Elizabeth. Es waren so viele Menschen da, die gerne gekommen wären und jederzeit ihre Hilfe angeboten hätten. Ich glaube, es hätte eine Stütze für dich sein können, nur zu wissen, daß sie da waren.«

»Nein!« Das Glas fuhr empor, und sie trank mit einer raschen, ruckartigen Bewegung. »Nein – ich will nichts dieser Art! Sie strömten um der Sensation willen herbei, nicht um zu helfen. Alles, was sie wollen, ist lediglich, jedem berichten zu können, wie Elizabeth es trägt. ›Sie trägt es sehr schlecht‹ wäre alles, was sie gesagt hätten. Ich brauche nichts davon. Ich hatte genug zu tragen, ohne es auch noch für meine Freunde zu tragen.«

Hayward trat instinktiv einen Schritt zurück. »Aber liebste Elizabeth! – Ich bin einfach entsetzt! Entsetzt, daß du so gering von jenen denkst, die Dev liebten – die euch beide liebten!«

Ihre Hand schoß jäh vor; sie ergriff ihn am Ärmel. »Nein – geh nicht fort! Du nicht, Jackson! Selbstverständlich wirst du recht haben. Ich bin hier oben allein ein solcher Barbar geworden. Ich habe ja niemanden, der mich daran erinnert, daß ich noch lebe.«

Jacksons Gesichtsausdruck verletzter Mißbilligung zerschmolz augenblicklich; er war sichtlich bewegt. »Meine Liebe, du mußt so etwas nicht sagen! Wenn du nur wüßtest, wie viele deiner Freunde es für ein Privileg halten würden...«

»Keinen Sinn!« Wieder brachte sie ihn durch eine Bewegung zum Verstummen. »Es gibt nur einen einzigen Menschen, der je imstande war, mich zu überzeugen, daß das Leben die Mühe wert ist, die es nun einmal ist. Es gibt nur einen Dev.«

Als sie dies sagte, fiel ihre Hand schlaff von Jacksons Ärmel herab. Sie neigte den Kopf, als atme sie den Duft des Cognacs ein, doch wußten sie alle, es war ein Augenblick, um sich zu fangen; ihre Stimme war gebrochen, als sie den Namen aussprach. Sie warteten, und Raedler hantierte am Tisch mit dem Kaffee herum. Sally fühlte ihn, mehr als daß sie ihn sah, an ihrem Ellbogen.

»Darf ich Ihnen Ihre Tasse nachfüllen, Miß Devlin?«

»Wie bitte?« Sie vermochte nicht, die Augen oder ihre Aufmerksamkeit von Elizabeth zu lösen. Die Gestalt, die dort in Abwehrstellung auf der Bank kauerte und sich vor dem Licht und den Menschen in diesem Raum verbarg, war nicht das Geschöpf, das für ihren Vater existiert haben mußte, nicht die Frau des Geldes und der Macht, nicht die Frau der Zeitungsüberschriften und Pressefotos, nicht die internationale Gastgeberin. Was sie dort sitzen sah, war eine magere, alternde Frau, zusammengekauert, als habe sie Angst; die Knochigkeit ihres Körpers wurde unbarmherzig von dem weißen Gewand enthüllt, und das Haar, das einmal blond gewesen war, nun jedoch schmutzigweiß, hatte sie straff zurückgekämmt und zu einer Art Knoten zusammengewurschtelt. Im Stehen würde sie groß sein, doch das war auch die ganze Ähnlichkeit mit den Fotos.

Kein Bild von Elizabeth O'Mara Spence hatte jemals so ausgesehen.

»Noch etwas Cognac, Miß Devlin?«

»Nein.« Sie merkte, wie sie ihr Glas Raedler in die Hand drückte, da Elizabeth den Kopf gehoben hatte und ein langer Finger sie mit einer Bewegung heranwinkte, die noch die Spuren von Autorität enthielt, einen Rest des gebieterischen Gebarens, das Elizabeth O'Mara Spence in Sallys Vorstellung stets besessen hatte. Doch als sie den ersten Schritt tat, um der Aufforderung Folge zu leisten, kam der Schock. Nicht sie winkte Elizabeth heran, sondern Canfield.

»Dies ist also der Mann, Jackson, der, wie du sagst, über Dev schreiben wird?« Canfield ging auf Elizabeth zu, und einen Augenblick versperrte seine Gestalt Sallys Blickfeld. »Werden Sie es können, frage ich mich? Können Sie über Lawrence Devlin schreiben, wie über ihn geschrieben werden sollte?«

»Ich werde es versuchen, Mrs. Devlin.« Er sagte es fest und entschlossen und ohne eine Spur von versöhnendem Entgegenkommen. Sally wußte, er gab ihr damit zu verstehen, daß er es tun würde, ob sie dem nun zustimme oder nicht. »Ein Teil von Lawrence Devlin gehörte jedem, der jemals etwas von seinem Werk gelesen hat. Ich glaube, ich habe das Recht, es zu versuchen.«

»Es ist noch zu früh«, lautete die Antwort, die er erhielt. »Es ist noch viel zu früh, Jackson, um damit anzufangen, von Dev zu erzählen.«

»Man muß doch einen Anfang machen, Elizabeth«, protestierte Hayward. »Ich versuchte, einige meiner an die Stiftung geknüpften Hoffnungen in meinem Brief darzulegen – und ich finde, eine Biographie sollte ungefähr zu dem Zeitpunkt erscheinen, wenn die ersten Stipendien verliehen werden. Es muß etwas dasein, das erklärt, was Dev repräsentierte – was für ein Mensch er war.« Mit einer Handbewegung brachte er den Protest zum Verstummen, den er kommen sah. »Lieber Himmel, niemand erwartet in diesem Stadium die endgültige Biographie! Aber wir müssen einen Anfang machen – Schließlich gehört Dev in die Sphäre der Öffentlichkeit. Wie fändest du es zum Beispiel, wenn irgendein Lohnschreiber von der Fleet Street beschließen würde, einige hundert Seiten über Dev zusammenzuschmieren, nur weil es ihm gelingt, einem Verleger einen Vorschuß aus der Nase zu ziehen? Wie fändest du es, wenn das das erste Buch wäre, das über Dev erschiene? Es würde mir das Herz brechen, wenn mir jemand anders mit jenem ersten Buch zuvorkäme – Hayward hat jedes Buch verlegt, das Dev jemals geschrieben hat, und wir und niemand anders haben das Recht auf die erste Biographie – eine gute Biographie, denn die wird Josh uns schreiben.«

»Aber es hätte meine sein sollen! Es hätte unsere sein sollen! Dev und ich wollten sie schreiben...«

»Meine Liebe«, unterbrach Hayward sie energisch, »ich glaube, Sally würde dich gerne begrüßen. Sie hat ebenfalls eine lange Reise zurückgelegt.«

Elizabeths Kopf wandte sich in Sallys Richtung.

»Ja...«

Sie betrachtete Sally mit weitaufgerissenen Augen, als zwinge sie sich, etwas anzusehen, als sie lieber nicht gesehen hätte. Ihre Finger hoben die Falten ihres Gewandes auf und hielten sie umklammert.

»Elizabeth, dies ist also Sally«, sagte Hayward.

»Ah...« Elizabeth stieß den Atem in einem langen Laut aus, der beinahe ein Seufzer war. Ihre Finger ließen widerstrebend den Stoff ihres Kleides los, und sie hob die Hand ein wenig, schien dann jedoch nicht die Kraft zu haben, die Bewegung zu Ende zu führen. »So...« Sally war gezwungen, sich zu bücken und die angebotene Hand zu ergreifen; sie fühlte sich kalt und mager an. Von nahem war Elizabeths Gesicht verwüstet; die Linien in ihm waren dunkle Furchen, die tiefliegenden Augen eingesunken und von grauen Schatten umgeben. Die Augen selbst mit den dichten Wimpern waren schön, fand Sally – keines der Fotos von Elizabeth hatte sie auf die Schönheit dieser eisblauen Augen vorbereitet. Sie schienen das einzige vom Leben zu sein, das ihr geblieben war; sie waren intensiv und feurig, trotz der Kälte ihrer Farbe. Es schien Sally, als würde alle jenem mageren Körper verbliebene Kraft dafür verbraucht, um jenen Augen die Intensität und Klugheit und Lebendigkeit zu verleihen.

Endlich sprach Elizabeth. »Du siehst nicht wie Dev aus!« Die Worte hatten die Schärfe eines körperlichen Schlages für Sally. Sie ließ die magere Hand fallen.

»Manche fanden, es bestände eine beträchtliche Ähnlichkeit«, entgegnete sie. Sie vermochte nur mit Mühe durch das

Gefühl des Schocks und rasender Wut auf diese Frau zu sprechen.

»Nein – sie besteht nicht«, beharrte Elizabeth. Ihre Stimme wurde höher. »Vielleicht eine oberflächliche Ähnlichkeit. Aber keine echte Ähnlichkeit. Das findest du doch auch, Jackson, nicht wahr? Du findest doch nicht, daß sie wie Dev aussieht?«

Hayward grub die Hand in die Hosentasche; einen Moment lang schloß er halb die Augen, als versuche er sich zu Beherrschung und Geduld zu zwingen. »Nun – ich weiß nicht, Elizabeth. Ich habe immer gefunden, daß eine Ähnlichkeit besteht.«

Wie in Verzweiflung wandte sie sich nun an Canfield, den Fremden, und forderte eine Bestätigung dessen, was sie einfach glauben wollte. »Was finden Sie?«

Sie war nahe der Hysterie, überlegte er, und niemand als sie allein wußte, welche Höllen der Einsamkeit und Verlassenheit sie in diesem Winter durchlitten hatte. Sogar ihre Stimme war Canfield vom ersten Augenblick an merkwürdig vorgekommen, so als hätte sie beinahe aufgehört, sie zu gebrauchen, als sei niemand dagewesen, um sie zu hören. Sie war so etwas wie eine Barbarin geworden, wie sie selbst gesagt hatte, und übersprang nun sämtliche üblichen Konventionen des guten Benehmens, um das zu erreichen, was als einziges noch Bedeutung für sie besaß. Devlin war das einzige von Bedeutung, was ihr noch in ihrem Leben geblieben war, und sie hatte nur noch Kraft für ihn. Sie hütete ihn eifersüchtig und ließ nicht zu, daß irgendein Teil von ihm ihr genommen wurde, nicht die Worte, die ein Biograph über ihn schreiben mochte, nicht einmal die ererbte Ähnlichkeit zwischen Vater und Kind. Sie schien sich merkwürdig bedroht zu fühlen von dem Gedanken, daß Sallys Ähnlichkeit mit Devlin ihr einen Teil von dem rauben könnte, was ihr geblieben war. Canfield wurde von einem heftigen Gefühl des Erbarmens mit ihr erfaßt; er wußte, es hätte ihre Qual gemildert, wenn man ihr hätte versichern können, daß es niemand gab, der wirklich wie Devlin aussah. Sie hätte sich wieder sicher in dem Glauben an seine Einmaligkeit gefühlt. Doch Erbarmen gehörte nicht zu dem Auftrag, auf Grund dessen er nach St. Martin gekommen war. Er war gekommen, um die Wahrheit herauszufinden, und wenn Brutalität die Wahrheit enthüllen konnte, dann war sie die richtige Waffe.

»Die Ähnlichkeit ist unverkennbar«, erklärte er. »Wäre

Devlin eine Frau gewesen, so hätte er genau wie Sally ausgesehen.«

»Nein!« Das Wort wurde ein Aufschrei. »Dev ist...« Der Aufschrei brach ab und wurde zu einem Schluchzen. »Dev gehört mir – nur mir und meiner Liebe! Es gibt niemanden wie Dev! Und wenn ich ihn sehe...« Sie stockte und wandte sich wie eine gequälte Kreatur zu Raedler um. »Die sagten doch, ich könnte hinfahren...«

»Madame!« Raedlers Stimme ließ sie sofort verstummen. Er war neben ihr und hatte beinahe rauh ihren Arm erfaßt, wie Canfield bemerkte. »Madame ist überreizt – erschöpft. Sie sollte sich zurückziehen.« Sie machte keinen Versuch, zu verbergen, daß er ihr auf die Füße half; blindlings stützte sie sich auf den Arm, den er ihr reichte, die andere Hand über das Gesicht gespreizt, den Kopf in sie gebeugt. Sie schluchzte jetzt hemmungslos; sie lauschten dem Schmerz jener Laute, während die beiden sich langsam die gesamte Länge des Raumes hinunter fortbewegten. Zwischen dem Schluchzen wiederholte sie immer wieder die Worte ihrer Leidenschaft. Canfield vernahm sie wie ein Echo. »Dev gehört mir... Dev gehört...« Raedler stieß die Tür hinter ihnen zu, und sie vernahmen nichts mehr.

Canfield bewegte sich als erster. Er ging zu dem Tisch und goß drei frische Cognacs ein, die er dorthin zurücktrug, wo Sally und Hayward immer noch standen und auf die Tür starrten, hinter der Elizabeth und Raedler verschwunden waren. Hayward nahm dankbar das Glas entgegen. »Nicht zu fassen«, stieß er hervor. Er goß den Cognac in großen Schlukken hinunter, was er normalerweise für ein Sakrileg gehalten hätte. »Eine Tragödie. Ich hätte es nie von einer Frau wie Elizabeth für möglich gehalten! Natürlich ist es zum Teil unsere Schuld, weil wir sie hier allein gelassen haben... Wir hätten darauf bestehen sollen, sie zu sehen. Ich hätte darauf bestehen sollen! Aber wie konnten wir wissen, daß es sie so umwerfen würde? Wer hätte es von einer Frau wie Elizabeth gedacht? Sie hat nie Einmischungen in ihre Angelegenheiten geduldet. Wie konnten wir wissen, daß die Zeit gekommen war, auf einer Einmischung zu bestehen... Ach Gott!« Er stieß einen tiefen Seufzer aus und schüttete die andere Hälfte seines Cognacs hinunter.

Canfield drückte Sally das Glas in die Hand und bog ihre

leblosen Finger um den Stiel. »Trink!« gebot er.

Sie gehorchte automatisch, während ihre Augen noch starr geweitet waren, die Augen, von denen Elizabeth bestritten hatte, daß es Devlins waren.

»Ich glaube es auch nicht«, sagte sie. »Ich dachte nicht, daß es wahr sein konnte. Glaubst du ...« Sie richtete sich mit ihrer Frage an Canfield, nicht an Hayward. »Glaubst du, sie hat ihn wirklich geliebt?«

Canfield nickte. »Ja.« Doch innerlich verbesserte er die Zeit, die sie in ihrer Frage benutzt hatte. Elizabeth liebt ihn. Seine Nerven prickelten von dem, was er gerade gehört hatte, von dem Aufschrei, dem Schluchzen: ›Und wenn ich ihn sehe ... Die sagten doch, ich könnte hinfahren ...‹

Devlin lebte, und Elizabeth wußte es.

»Aber dann ...« Das Licht, das in Sallys Augen flutete, war plötzlich warm und stark, als sei sie aus einem Schock erwacht. »Wer ist dieser Mann? Was macht er hier? Warum bleibt sie hier allein mit diesem Mann? Das mindeste, was wir tun können – Mr. Hayward, Sie und ich müssen sie mit fortnehmen ...«

Sie würgte das letzte Wort mühsam heraus, da Canfield ihr unvermittelt die Hand auf den Mund gelegt hatte. Er schüttelte den Kopf und bedeutete Hayward, still zu sein. Er beugte sich dicht zu ihnen und sagte leise: »Wir werden unseren Cognac draußen auf der Terrasse zu Ende trinken, ja?« Er wies mit drängendem Kopfnicken auf die Tür und nahm dann nur sehr vorsichtig die Finger von Sallys Lippen. Sie sah ihn mit großen, bestürzten Augen an und wußte sofort, ohne es zu verstehen, daß man ihm gehorchen mußte.

»Ja«, sagte sie und spielte die Rolle, zu der Canfield sie ohne einen ihr ersichtlichen Grund zwang. »Die Kaminfeuer sind hier drinnen sehr warm. Ich habe immer gehört, daß die Amerikaner ihre Häuser überheizen.«

Sie wartete nicht auf sie, sondern eilte rasch durch den Raum, wo nur wenige Augenblicke zuvor Elizabeth gegangen war. Das scharfe Stakkato ihrer Hacken war das einzige Geräusch. Canfield dachte, während er das herrlich temperamentvolle Schwingen ihrer Hüften und ihre langen Beine betrachtete, daß sie instinktiv so gehandelt hatte, wie Devlin es getan hätte, indem sie mutig dem entgegenging, was immer sie erwarten mochte. Er hatte nie gezögert, und sie tat es ebenfalls nicht.

An der Tür sagte sie, wieder in der Rolle improvisierend, die er von ihr verlangte: »Ist heute abend ein Mond da? Ich möchte ihn so gerne auf dem Schnee dort oben sehen!« Sie besaß Devlins Mut, fand er, und in den nächsten Minuten würde sie diesen vollauf brauchen, wenn er ihr nun von Devlin erzählen mußte.

Es war kein Mond da, doch das Sternenlicht wusch um die hohen Gipfel, auf denen der Schnee lag, die klare Luft brachte sie nahe heran und umriß sie schärfer, so daß sie nur eine Handbreit entfernt schienen. Doch unter Sallys Hand lag der vom Alter geglättete Stein der Brüstung; es war seltsam, die noch vom Tag in ihm eingefangene Wärme der Sonne zu spüren. Sie klammerte sich an ihn, und während die Wärme in ihm blieb, wurden ihre Finger kalt, als Canfield sprach, er ihnen erzählte, wer Raedler war.

»Bedeutet das etwa, daß Sie glauben, Dev lebt?« Hayward sprach die erste Frage aus und seine Stimme war ein heiseres, erregtes Flüstern. Sie hatten die Terrasse im Dunkeln gelassen und drängten sich an der Brüstung zusammen, als böten sie sich gegenseitig einen Halt. »Elizabeth glaubt, daß er lebt«, erwiderte Canfield lakonisch. Sally fuhr herum, um ihm ins Gesicht zu sehen, und blickte angestrengt auf den blassen Fleck seines Gesichtes in der Dunkelheit. »Glaubst du, daß er lebt?« Sie hatte plötzlich heftig zu zittern begonnen; ihr ganzer Körper wurde von innerer Bewegung geschüttelt, die sie nicht zu beherrschen oder zu verbergen vermochte; sie hob die Hand an ihr Kinn, um zu versuchen, es festzuhalten. Josh zog sein Jackett aus, und sie fühlte, wie er es ihr um die Schultern hängte und es zuknöpfte. Es half jedoch nicht; die Kälte war in ihr, das zu plötzliche Aufflammen der Hoffnung und damit vermischt die Furcht vor dem erschreckenden Ernst von Canfields Benehmen, die Angst vor Readler und die Furcht darüber, daß Elizabeth, die ihn am Leben glaubte, es nicht sagen durfte.

»Glaubst du es?« beharrte sie.

»Ich weiß es nicht, Sal. Ich weiß es einfach nicht. Wir glauben ...«

»Wir? Wer ist wir? Wer bist du, Josh?«

Er hatte Angst davor gehabt, einmal den Zorn und das Mißtrauen in ihrer Stimme zu hören, und hier war nun beides.

Mißtrauen in ihrer Stimme zu hören, und hier war nun beides. Sie waren schließlich an dem Punkt angelangt. Wenn der Besuch in St. Martin ihnen nichts verraten hätte, hätte sie vielleicht niemals zu erfahren brauchen, was es war, für das er hinter der Fassade von Joshua Canfield, Schriftsteller und Journalist, arbeitete, oder hätte es niemals im Zusammenhang mit ihrem Vater zu erfahren brauchen. Die Tarnung mußte nun freiwillig gelüftet werden, denn wenn sie ihre Hilfe gebraucht hatten, um hier hereinzukommen, so würden sie diese doppelt nötig haben, um die Barriere von Hysterie und Gleichgültigkeit zu durchbrechen, hinter der Elizabeth sich verschanzt hatte, die Barriere der Unnahbarkeit. So würde man es ihr sagen müssen – alles. Und er würde jedes Wagnis eingehen müssen, das daraus entstehen mochte, ihr alles zu erzählen, ihre Weigerung zu helfen, ihr Zurückweichen und die Zerstörung des kostbaren Bandes, das zwischen ihnen entstanden war. Er dachte an all die Nachforschungen, die seine Leute über Sally Devlin angestellt hatten. Sie hatte diese Prüfung bestanden als ein gewöhnliches, vernünftiges, die Gesetze beachtendes Mädchen, dessen Loyalität man als absolut sicher voraussetzen konnte. Doch was konnte als absolut sicher vorausgesetzt werden, wenn es um ihre Liebe und Treue zu Devlin ging? Die Nachforschungen hatten lediglich vermocht, die offenkundigen Tatsachen über sie zu erfassen und diese zu einer sauberen Antwort zusammenzustellen; nicht mit einbeziehen in diese Rechnung konnten sie dagegen das menschliche Element, zumindest nicht mit verläßlicher Genauigkeit – nicht die Liebe und nicht den Haß. Diese erschienen nie in den Akten, und doch waren es letzten Endes diese Gründe, warum sie alle hier in St. Martin waren. Liebe war es bei ihm, Sally und Hayward; Raedler mochte auf der Seite des Hasses stehen, je nachdem, wie man es betrachtete. Und Elizabeth, war es Haß oder Liebe bei ihr?

»Antworte mir!« Sallys Stimme drang wie ein Messer in ihn.

Er verpfuschte es alles, überlegte er. Einer ihrer regulären Leute hätte es besser gemacht, hätte einen Weg zu Elizabeth gefunden, ohne Sally mit hineinzuziehen oder ihr den wahren Grund für diesen Besuch eröffnen zu müssen. Die Art und Weise, in der er die Sache anpackte, war unprofessionell, stümperhaft; sie warnten einen immer, daß die Arbeit stümperhaft und gefährlich wurde, sobald man das menschliche Element mit hineingeraten ließ. Das hieß mit anderen Worten, man durfte sich nicht persönlich für die Menschen interessieren, die mit in ein Projekt verwickelt waren – und ganz bestimmt durfte man sich nie in sie verlieben.

Sally zerrte wütend an seinem Arm. »Antworte mir!«

Er riß sich zusammen. »Ich versuche es ja.«

»Dann versuch es ein bißchen deutlicher! Bist du eine Art Polizeibeamter? – Ich habe dich das schon einmal gefragt. Erinnerst du dich, wann ich es dich fragte?«

»Ich erinnere mich – und ich sagte dir damals die Wahrheit – zum Teil die Wahrheit. Ich bin kein Polizeibeamter. Aber sie sind nicht die einzigen, die nach der Wahrheit forschen. Das ist wirklich alles. Das ist es auch, was ich mir selber über meine Tätigkeit sage, wenn ich lieber nicht an den Rest denken möchte.« Es war eine Bitte an sie, eine Rechtfertigung. Und er erkannte, daß es mit ihm vorbei war, wenn er tatsächlich dieses Stadium erreicht hatte. Er würde ihnen von nun an von keinem großen Nutzen mehr sein. »Manchmal ist die Wahrheit erfreulich – manchmal auch nicht. Wir müssen sie jedoch wissen, andernfalls arbeiten wir im dunkeln. Es ist heutzutage altmodisch, über die Feinde unseres Landes zu reden ... aber wir haben noch nicht unsere ›einheitliche friedliche Welt‹ errichtet, und so müssen wir jene im Auge behalten, die wir gewöhnt sind, unsere Feinde zu nennen. Die Gewohnheit der Furcht und des Mißtrauens ist schwierig abzuschütteln – für beide Seiten. Und so fahren wir einfach fort, Informationen zu sammeln ..«

»Spionage«, sagte sie. »Du meinst Spionage. Spionage! So viel kann ich verstehen. Ich brauche das nicht erklärt zu bekommen.« Sie war immer noch zornig und wurde immer noch von innerer Erregung geschüttelt. »Sie auch? Stecken Sie auch darin?« wandte sie sich an Hayward.

»Nur während des Krieges, Sal. Und was diese Sache betrifft ...« Er zuckte die Achseln. »Ich wußte bis heute abend nur wenig mehr darüber als du. Nur«, fügte er kläglich hinzu, »daß sie etwas über Dev herausfinden mußten.«

»Dann haben die«, sagte sie mit einer verbitterten Kopfbewegung zu Canfield hinüber, »nicht einmal Ihnen getraut!«

»Das ist nicht die Art und Weise, in der es funktioniert, Sally«, erklärte Canfield. »Wir trauen nur denen, denen wir trauen müssen – und nur, wenn wir es schließlich müssen. Sogar bei Menschen wie Jackson Hayward.«

»Und was ist mit Sally Devlin? Warum traust du schließlich Sally Devlin? Werde ich ins Vertrauen gezogen, oder geschieht es nur, weil ich hier Dinge erlebt habe, die du nicht wegerklären kannst?« Ein neuer Gedanke kam ihr, und ihre Stimme wurde so laut, so daß Hayward mit erregter Gebärde versuchte, sie zu beruhigen. »Deshalb also war es dir wichtig, daß ich mit nach St. Martin kam – nur um zu Elizabeth zu kommen! Was für eine entsetzlich erbärmliche Taktik du hast!«

»Ja«, bestätigte er. »Das alles stimmt, Sally. Dies ist nun einmal unsere Taktik.«

»Mein Gott, ich hasse dich!« In dem schwachen Licht konnte er sie sehen, wie sie die geballte Faust halb erhob. »Weshalb nur?« begehrte sie zu wissen. »Weshalb nur Dev? Weshalb nur Elizabeth? Was haben sie getan?«

»Vielleicht wird ihnen etwas getan. Die Suche hat zwei Seiten – weißt du noch, daß ich sagte, wir müßten die Wahrheit wissen? Dann hör mir zu, Sally. Hör bitte genau zu.«

Sie fügte sich, und sie rückten näher zusammen, zu einem kleinen Kreis an der Brüstung. Canfield sehnte sich danach, seine Hand auf ihre Hand zu legen, sie festzuhalten, das Zittern zu vertreiben, das sie immer noch schüttelte. Doch sprach er die Worte des Verdachts aus, und sie würde nichts von ihm wissen wollen. Er wußte, er sprach die Worte eines Feindes aus, als er Devlins Geschichte zu erzählen begann. Er entwarf ihnen beiden das Bild, das sich im Laufe des Winters entwickelt hatte, erzählte von der ersten Begegnung mit Kogan an dem Abend, als Devlins Verschwinden bekannt wurde, von der Durchsuchung der Wohnung, von dem seltsamen Auftauchen von Devlins Namen in dem Bericht über Fergus' Ermordung und von dem Verlust des Chiffrierkodes. Alles nur merkwürdige Zufälle, bis man Raedler als Zotov erkannte und begriff, woher er kam und womit er in Verbindung stand. Als Canfield von dem Kameraetui berichtete und der auf dem Marktplatz von Kabul geflüsterten Nachricht, daß das Wrack von Devlins Flugzeug auf der sowjetischen Seite des Flusses gesehen worden war, legte Hayward schließlich Sally die Hand auf die Schulter und versuchte, ihr den Trost dieser linkischen Berührung zu geben.

»Aber er – sein Leichnam war nicht da?«

»Sie sagten, nein.«

»Was beweist das?« lehnte sie sich ungestüm auf. »Ihr baut all das auf irgend so einer verstümmelten Geschichte aus sechster Hand von einem Budenbesitzer auf. Was weiß der schon – oder was kümmert's ihn? Ich wette, jemand bezahlte ihn für diese Auskunft! Wieso kann er es nicht alles frei erfunden haben? Wenn Dev tot war, warum sollten die Russen es dann nicht sagen? Und wenn er lebt und er... und er zu ihnen überwechselte, warum sollten sie es nicht der ganzen Welt verkünden? Es wäre doch ein ganz schöner Fang, Lawrence Devlin auf ihrer Seite zu haben. Schließlich ist er kein versoffener Homosexueller wie die meisten anderen, die sie einfangen.«

Er nahm die höhnische Herausforderung so an, wie sie sie gemeint hatte. »Jedes bißchen davon könnte Zufall sein – oder freie Erfindung. Außer Raedler – er ist es nicht. Und außer der Tatsache, daß Elizabeth aus irgendeinem Grunde überzeugt ist, daß er lebt.«

»Du bist also als Spion hier.«

»Spion ist ein dummes, unzutreffendes Wort. Es gibt heutzutage sehr wenig Spione. Es gibt Leute, die Informationen sammeln. Fergus überbrachte solche Informationen. Doch er wurde dafür ermordet. Ein Sammler oder Überbringer von Informationen – und ich weiß nicht, ob Devlin überhaupt eines von beiden war. Ich hoffe, er war es nicht.«

»Spione sind Spione«, erklärte sie. »Ich habe mir jetzt eine Menge Unsinn von dir darüber angehört, wer wessen Feinde sind. Aber nichts ändert die Tatsache, daß Spione Leute sind, die Informationen verkaufen – vielleicht verkaufen sie sogar andere Menschen. Du hast im Leben meines Vaters herumgestochert, ihn bespitzelt. Du bist hier, um Elizabeth zu bespitzeln. Und vermutlich hast du auch mich bespitzelt.«

»Ja«, gab er zu, »und wenn wir es eher getan hätten, hätten wir um so eher gewußt, daß unsere sogenannten Feinde dich ebenfalls bespitzelten.«

»Mich?« Sie schüttelte Haywards Arm mit einer heftigen Bewegung der Ablehnung ab. »Worüber redest du eigentlich?«

»In deiner Wohnung. Als wir dich zu überprüfen begannen, entdeckten wir, daß sie dort ein und aus zu gehen pflegten – ziemlich, wie es ihnen paßte. Wir kamen zu dem Schluß, daß es ohne dein Wissen geschah; doch wunderten wir uns, wieso du es nicht selbst merktest. Man merkt im allgemeinen, wenn jemand die eigenen Sachen durchgeschnüffelt hat. Vermißtest du nichts? Wir überprüften natürlich die Listen der Polizei; es liegt jedoch keine Anzeige vor.«

»Nein... das kann es auch nicht. Ich habe nie Anzeige erstattet. Es fehlte nie etwas.« Ihre Stimme war leise geworden; sie klang geschlagen und nachdenklich. Sie begann ihm zu glauben, überlegte Canfield. Der Zweifel hatte Fuß gefaßt und begann sein Ferment in ihr zu entwickeln, so wie er es bei ihm getan hatte. Schließlich fragte sie: »Warum? Warum wühlten sie bei mir herum? Was suchten sie?«

»Wir wissen es nicht. Doch glauben wir, daß sie gehofft hatten, das, was immer sie bei dir suchten, bereits damals zu finden, als sie in die Wohnung deines Vaters einbrachen.«

»Das waren die? Nein! Das kann nicht sein! Versuch mir nicht zu erzählen, sie seien gewöhnliche Verbrecher, die stehlen. Du vergißt, daß Sachen aus der Wohnung gestohlen wurden – das Jadepferd, die chinesische Schale. Ich hätte gedacht«, fügte sie hinzu, »sie hätten mehr zu tun, als in anderer Leute Häuser einzubrechen und zu stehlen.«

»Es wurde wie ein Einbruch getarnt. Wir glauben, sie hatten nur vor, die Aufzeichnungen durchzusuchen. Wir sind der Ansicht, man warnte sie, während sie gerade dort waren, daß die Nachricht von Devlins Verschwinden bereits in den Nachtausgaben stand – sie fürchteten, sie könnten dort überrascht werden, und so hatten sie keine Zeit mehr, die Papiere wieder so einzuordnen, wie sie diese vorgefunden hatten. Daher ließen sie es wie einen Einbruch aussehen, indem sie die Sachen mitnahmen, die nachher fehlten. In deinem Atelier waren sie vorsichtiger – aber dort hatten sie ja auch Zeit in Hülle und Fülle. Du wußtest nie, daß sie dort gewesen waren. Wenigstens glauben wir, daß du es nie wußtest.«

»Ich wußte es nicht«, antwortete sie langsam. »Ich wußte nie, wonach sie suchten oder weshalb. Was suchten sie denn?« wiederholte sie ihre Frage.

»Wir wissen es nicht. Deshalb sind wir ja hier, um das zu erfahren.«

Sie sah zu ihm auf, und er erkannte an ihrem starren, schmerzerfüllten Gesicht, daß er sich geirrt hatte, als er dachte, sie beginne ihm zu glauben. Sie hatte noch nicht nachgegeben, noch nicht. Der Zweifel hatte in ihr Fuß gefaßt, hatte jedoch noch nicht seine volle Wirkung entfaltet; sie klammerte sich immer noch an das, was ihr Leben gewesen war, und er war froh, denn er hätte es als verkehrt empfunden, wenn sie Devlin so rasch und so bereitwillig aufgegeben hätte.

»Nein«, widersprach sie. »Das ist nicht der wahre Grund, weshalb du hier bist. Du bist hier, weil du glaubst, Devlin sei übergetreten. Nur waren deine bezahlten Informationssammler nicht in der Lage, dir zu sagen, warum. Und nun möchtest du, daß ich dir helfe.«

»Ja. Ich möchte, daß du mir hilfst.«

Er sah, wie sie an dem Knopf seines Jacketts fingerte, und dann schüttelte sie es von den Schultern, und es fiel zu Boden.

»Was für Dummköpfe seid ihr – du, Josh – alle beide! Alle Leute deines Schlages! Lawrence Devlin ist ein großer Mann! Du sagtest, es sei altmodisch, mit dem Herzen am eigenen Land zu hängen. Es ist altmodisch – verrückt – zu sagen, jemand sei ein großer Mann. Aber ich behaupte, er war es! Es ist sehr einfach. Es ist alles, was du berücksichtigen mußt. Ich weiß, viele Leute sagten, der Friedenspreis sei eine politische Auszeichnung. Vielleicht war er das in gewissem Sinne. Doch weiß ich ebenfalls, daß er zufällig all die Dinge wirklich meinte, die er schrieb und die ihm den Preis einbrachten. Das ist es, was zählt. Falls er tatsächlich hinter den Eisernen Vorhang gegangen ist, so hat er seine Gründe dafür. Und zwar gute Gründe!«

Und damit war sie fort. Sie lauschten ihren eiligen Schritten auf der Terrasse, als die Dunkelheit sie verschluckte. Dann folgte der kurze Lichtschein, als sie die Tür zu der großen Halle öffnete und wieder schloß.

»Was machen wir nun, Josh?« fragte Hayward besorgt und bedrückt.

»Ich weiß es nicht. Lassen Sie mich darüber nachdenken.« Er dachte jedoch weder darüber nach noch über seine Unfähigkeit, die Situation zu meistern. Er war erfüllt von einem wilden Tumult freudigen Glücks darüber, daß sie sich nicht gleich dem Kommando des Bürokratismus gebeugt hatte, weil sie weiter an Devlin glaubte.

# 8

Die beiden Männer gingen eine Weile auf der kleinen Terrasse vor den Gästezimmern auf und ab, bevor sie sich endlich trennten, um zu Bett zu gehen. Inzwischen hatte Hayward vollauf die Notwendigkeit begriffen, die Mikrophone zu meiden, die in den Zimmern verborgen sein mochten; sie waren hin und her gegangen, während sie sich unterhielten, so daß das Geräusch ihrer Schritte ihre Worte übertönte. Diesen Teil verstand und kannte Hayward; was das übrige betraf, so empfand er eine Art nervösen Bedürfnisses, etwas zu unternehmen, irgend etwas.

»Können wir es jemandem erzählen? Den Schweizer Behörden? – Großartige Leute!«

»Wo sind die Beweise? Raedler ist auf Mrs. Devlins Wunsch hier. Wenn sie nicht Anzeige erstattet, sind uns die Hände gebunden.«

»Aber Herrgott noch mal – Dev lebt vielleicht! Sollen wir denn gar nichts unternehmen?«

»Sie haben gehört, was Sally sagte – falls er aus freien Stücken hinüberging, hatte er seinen Grund dafür. Falls es gegen seinen Willen geschah, müssen die Russen erst ihre Karten aufdecken. Wir müssen ihr Spiel bis zu Ende mitspielen. Wenn wir der Welt verkünden, Devlin befände sich möglicherweise bei ihnen, und sie wollen es nicht zugeben, so bringen sie ihn einfach um die Ecke. Nein – Elizabeth Devlin ist der Schlüssel. – Und ich weiß nicht, wie an sie heranzukommen ist«, fügte er langsam mit aufsteigender Verzweiflung hinzu.

Er verfolgte, wie Hayward verdrossen die Asche seiner Zigarre über die Brüstung schnippte. »Sie werden es versuchen müssen«, fuhr er fort, »wo ich jetzt alles mit Sally verpfuscht habe. Sie müssen versuchen, Elizabeth von Raedler wegzuholen – reden Sie von der Stiftung, von der Biographie. Es könnte schwierig sein. Raedler wird sie, glaube ich, nicht aus den Augen lassen.«

»Vielleicht nicht so schwierig, wie Sie annehmen. Wir haben Helfer in diesem Haus – Helfer, auf die Raedler nicht zählen kann.« Er berichtete Canfield, was Lancome ihm von den anderen Dienstboten erzählt hatte, von dem schweigenden Aufruhr im Haus, seit Elizabeth mit Raedler aus Zürich zurückgekehrt war, von der Feindschaft gegen ihn, die nur durch die treue Ergebenheit zu Elizabeth nicht in einen offenen Aufstand ausbrach.

»Die Alten werden sie nicht im Stich lassen. Lancome und einige andere sind bei ihr, seit sie vor beinahe zwanzig Jahren hierherzog. Sie halten die Jungen in Schach. Ich brauche Lancome nur zu sagen, ich müsse Elizabeth allein sprechen. Sie werden einen Weg finden. Es bedeutet, daß Raedler aus dem Weg geschafft werden muß. Das Dienstmädchen, von dem Lancome sagt, sie sei in Wirklichkeit eine Krankenschwester, muß abgewimmelt werden. Denn nicht einmal Raedler wäre imstande, geschäftliche Unterredungen in Anwesenheit des Mädchens zu rechtfertigen. Wir werden sehen ... wir werden sehen. Es muß einen Weg geben!«

Canfield untersuchte Haywards Zimmer in der gleichen Weise, wie er sein eigenes untersucht hatte. Er vermochte nichts zu entdecken, was ein Mikrophon hätte sein können, doch war er kein Experte, und es war möglich, daß Raedler ein Experte war oder einen zur Verfügung gehabt hatte. Im Geiste sah er, wie Raedler sich nun die auf Band aufgenommene Unterhaltung zwischen Lancome und Hayward anhörte. Haywards damalige Unwissenheit war sein Schutz gewesen, doch war Raedler gewarnt worden. Er stellte sich vor, wie Raedler Lancome zuhörte, als jener Hayward erzählte, daß Elizabeth, noch bevor die Nachricht kam, von Devlins Verschwinden gewußt hatte, und er verfluchte das Übermaß an Geheimhaltung, das diese Panne verursacht hatte. Wäre Hayward richtig eingeweiht gewesen, bevor sie London verließen, hätte er nicht zugelassen, daß Lancome diese Information einem Mikrophon anvertraute. Auch so ging es manchmal; die Geheimhalterei stellte ihre eigenen Fallen.

Er lehnte Haywards Vorschlag nicht ab, noch einen letzten Whisky mit Soda bei ihm zu trinken. Es schien nun sehr lange her, seit sie am Morgen ihre Maschine in London bestiegen hatten, und sie hatten, wie er sich überlegte, wahrscheinlich schon zuviel getrunken. Doch war es ein entsprechender Tag, ein entsprechender Abend gewesen. Schließlich legte Hayward jedoch das Ende seiner Zigarre weg und trank sein Glas aus.

»Zu Bett, alter Junge – morgen müssen wir an die Arbeit«, erklärte Hayward.

Canfield machte eine passende Bemerkung und sinnierte mißmutig, daß sie, seit sie von der Terrasse hereingekommen waren, zum Nutzen eines möglicherweise vorhandenen Bandgerätes gesprochen hatten. Und dann ging er in sein Zimmer, das ihn trotz seines lautlosen Luxus mit grausamer Leere empfing. Er dachte an das Mädchen in jenem riesigen Raum über ihm, dachte daran, wie ihre Arme um seinen Hals und ihr Kuß auf seinem Mund warm und fest gelegen hatten; und er zerbrach sich den Kopf, ob noch irgend etwas aus dem Scherbenhaufen zu retten war, den er aus dem gemacht hatte, was so verheißungsvoll zu werden versprochen hatte.

Trotz des unendlich langen Tages und der Müdigkeit, die seine Glieder zu betäuben schien, war er noch wach, als das Telefon neben ihm summte.

»Josh – ich bin's, Sally. Ich komme 'runter.«

Und das, überlegte er, würde etwas für das Bandgerät sein!

Er fand, sie sah jetzt aus, wie sie das erstemal ausgesehen hatte, als er sie in Devlins Wohnung gesehen hatte; mit den gleichen gespannten Gesichtszügen, den irgendwie eingesunkenen, aber zu erregt glänzenden Augen, dem Ausdruck gequälten Kummers und einer Art Verzweiflung. Zwei Stunden hatten ihr das angetan, überlegte er; in zwei Stunden hatte sie ein Aussehen angenommen, das dem gepeinigten Gesichtsausdruck jener kranken und besessenen Frau glich, die sie unten gesehen hatten.

»Ich muß der Sache ins Gesicht sehen, nicht wahr?« fragte sie zögernd.

Sie war in einem offenen Morgenrock heruntergekommen, den sie sich über das Nachthemd geworfen hatte, und mit bloßen Füßen. Nun saßen sie, Sally in eine Decke gehüllt, auf dem Boden der Terrasse, mit dem Rücken an die Brüstung gelehnt. Sie hatte sehr schnell begriffen, warum das notwendig war. Die unbestimmte Gefahr, mit der das Haus sie von Anfang an zu bedrohen schien, hatte einen handfesten Grund erhalten. Sie fürchtete sie nun weniger, da sie wußte, welcher Natur sie war.

»Ich meine – ich kann abfahren, nicht wahr? Ich kann einfach sagen: ›Zum Teufel mit euch allen! Löst eure Probleme selber! Erwartet keine Hilfe von mir bei der Verdammung meines eigenen Vaters.‹«

Er zündete eine Zigarette für sie an und schob sie ihr

zwischen die Lippen. Sie ergriff sie und zog gierig an ihr, beinahe ohne sich dessen bewußt zu sein. Er überlegte sich, ob Raedler sie wohl von irgendwo über ihnen beobachtete, ob er die Lichtpunkte in der Dunkelheit beobachtete. Und wie, wenn er es nun tat? – Es würde ihn lediglich wach halten.

»Ja«, bestätigte er. Sie mußte dazu gebracht werden, selbst die Worte der Kapitulation auszusprechen. Er hatte bereits zuviel gesagt; sie durfte von ihm keine weiteren Überredungsversuche hören.

»Es wird Tage dauern – oder Wochen. Das Gefühl, daß ich zu ihm gehalten und mich geweigert habe, irgend etwas mit deiner Bande zu tun zu haben. Aber wenn ich nicht die Wahrheit weiß, wie kann ich je beurteilen, ob ich das Richtige getan habe? Was erwartet mich anderes als ein endloses Nachgrübeln – wahrscheinlich jahrelang. Für immer, Josh . . .« Sie begann plötzlich wieder in ihrer Wolldecke zu zittern. »Ich könnte es nicht für immer ertragen . . . nachzugrübeln. Falls es jemals einen Frieden – ein normales Denken – für mich geben soll, wenn dies alles vorbei ist, muß ich die Wahrheit wissen oder so viel von der Wahrheit, wie einer von euch wissen wird, so viel, wie sie weiß! Ich glaube nicht, daß es einen Teil seines Wesens gab, den er all diese Jahre vor mir und allen anderen zu verbergen vermochte, doch falls es ihn gab, will ich auch diesen kennenlernen. Ich glaube es jedoch nicht – ich glaube, er starb auf genau die Art und Weise, wie ich es mir immer vorgestellt habe. Doch wenn er lebt, ist er nicht zu ihnen gegangen – dann erkämpfte er sich seinen Weg zu ihnen hinein, weil er dachte, er könnte etwas ändern. Er muß einen Plan gehabt haben. Es ist etwas, wie Devlin es getan haben mochte. Er könnte leben – aber wenn du das herausfindest, wirst du, glaube ich, ebenfalls herausfinden, daß er an etwas arbeitete, was keiner von uns verstand. Falls er lebt, ist etwas mit seinem Plan schiefgegangen – falls er lebt! Und wenn er lebt, muß man ihn lebend herausholen. Ich kann dazu nicht ›nein‹ sagen. Ich kann mich nicht weigern zu helfen, wenn das eine Möglichkeit ist. Ich kann das nicht tun.«

»Vielleicht wird dir nicht gefallen, was wir herausfinden, Sal.«

»Ich muß es wagen, oder? Weißt du, ich glaube einfach nicht, daß Devlin auf ihrer Seite war! Und diesen Glauben muß ich stützen. Ich muß alles darauf setzen, Josh. Wenn ich dich verlasse – wenn ich mich weigere zu helfen – von hier abfahre –, könnte es das Ganze zum Scheitern bringen, nicht wahr?«

»Höchstwahrscheinlich. Wir haben hier wenig Aussicht ohne dich, Sal. Ja, es könnte das Ganze zum Scheitern bringen. Hayward würde vielleicht zu ihr durchbrechen, doch bezweifle ich es. Er ist zu sehr Gentleman, hat zuviel Angst, ihr weh zu tun. Wenn sie zu bluten anfängt, bohrt er nicht weiter. Er denkt immer weiter an sie mit Devlin – und bringt es einfach nicht fertig. Und ich – ich habe überhaupt keine Chance. Sie lebt auf einer Gefühlsebene – und in der Vergangenheit –, wo jemand wie ich, der keine Beziehung zu jener Vergangenheit hat, niemals hoffen kann, sie zu erreichen. Sie kennt die Wahrheit, wie sie auch aussieht, doch jemand muß sich einen Weg in ihr Bewußtsein erzwingen; vorher wird sie nicht reden. Wenn überhaupt jemand das kann, bist du es, du und nicht Hayward.«

Sie saß eine Zeitlang schweigend da, den Kopf an den Stein zurückgelehnt. Ihr Körper hatte sich jetzt beruhigt und wurde nicht mehr geschüttelt. Sie zerdrückte die Zigarette auf den Steinplatten. Er zündete ihr an der Glut seiner Zigarette eine neue an und gab sie ihr.

»Warum?« fragte sie, »und wie?«

»Warum? – Weil ihr gesamtes Leben und Denken jetzt Devlin ist, und du bist Devlins Fleisch und Blut. Nein, warte – schüttel nicht so den Kopf – es wird noch kommen, weißt du. Die Wirkung einer so großen Ähnlichkeit, eines so nahen Blutsbandes ist sehr stark. Ich glaube, sie kann dem nicht widerstehen.«

»Sie konnte es fünf Jahre lang. Was wird sie jetzt ändern?« warf sie ein.

»Es waren die Jahre, in denen sie Devlin hatte. Sie brauchte niemand anders. Der Unterschied besteht darin, daß du hier vor ihren Augen bist. Du bist jetzt Wirklichkeit, bist hier bei ihr, und sie hat nicht Devlin, um ihn zwischen euch beide zu schieben. Ich glaube nicht, daß sie sich dem widersetzen kann«, erklärte er abermals. »Ich weiß einfach, daß sie es nicht kann. Du sahst ja, was heute abend geschah...«

»Ja, ich sah es. Und deshalb sehe ich nicht, wie ich helfen kann. Sie wollte nichts von mir wissen. Sie hätte mich 'rauswerfen lassen, wenn sie es gekonnt hätte. Statt dessen ergriff sie die einzige andere Möglichkeit – sie lief selbst weg.«

»Hast du jemals gesehen, wie jemand gegen eine beinahe unwiderstehliche Versuchung ankämpft, Sal? Sie geben ihr entweder nach oder laufen weg. Heute abend ist sie weggelaufen. Ich glaube, der Augenblick kommt bald, wo sie nicht mehr weglaufen kann – wo die Versuchung zu groß sein wird. Du bist das meiste von Devlin, das von ihm übrig ist. Sie hat seine Manuskripte und die Sachen, an denen er gerade arbeitete, doch du bist sein Kind. Sie ist nur ein Mensch wie wir alle – und in verzweifelter Not. Menschen in Not müssen meist darüber sprechen, es jemandem erzählen. Sie ist eine Frau, deren Beruf es ist, ihre Gedanken zu äußern und Kontakte zu schaffen. Sie hat den ganzen Winter hier allein gesessen – ohne jemanden, mit dem sie hätte reden können. Ich habe das Gefühl, als müsse ihr Bedürfnis zu reden fast überwältigend stark sein. Wenn sie dem nachgibt, wirst du es sein, mit der sie spricht, das glaube ich, oder du wirst es auslösen.«

Sie zog nachdenklich an ihrer Zigarette. »Einmal hat sie es beinahe getan.«

»Was getan?«

»Gesprochen – den Kontakt aufgenommen. Wie immer du es nennst.«

»Wann?« Er hatte nicht gewollt, daß seine Stimme so scharf klang, konnte es jedoch nicht verhindern.

»Damals, als Devlin verschwand. Am zweiten Tag, nachdem ich die Nachricht bekam – ungefähr um drei Uhr morgens. Es wurde ein von ihr angemeldetes Telefongespräch angekündigt, doch bevor wir sprechen konnten, wurde das Gespräch gestrichen.«

Er hörte auf, sie anzusehen, und ließ seinen Körper gegen den Stein neben ihr sinken, als eine Welle von Bestürzung und Enttäuschung ihn überflutete. Er dachte an den Winter des Wartens und Wachens – an all die verstrichene und verlorene Zeit. »Ich wünschte, wir hätten das gewußt, Sal. Ich wünschte sehr, wir hätten davon gewußt. Es bedeutete, daß sie zu jenem Zeitpunkt die Verbindung zu dir aufnehmen wollte – vielleicht um dir zu erzählen, was wir jetzt wissen möchten. Hätten wir von dem Anruf gewußt, hätten wir es alles in einem anderen Licht gesehen. Ich denke, wir hätten dich viel eher hierhergebracht.«

Ihre Stimme antwortete ihm leise und weit weg und zurückweichend: »Und wem hätte ich es sagen sollen? Wer war da, dem ich es hätte erzählen können?«

»Du hast recht. Es war niemand da, dem du es hättest erzählen können – niemand, für den es eine Bedeutung gehabt hätte. Wenn wir dich nur eingeweiht hätten! – Na, wir taten es nun einmal nicht...«, schloß er achselzuckend. »Das ist der Haken an der ganzen Sache gewesen. Keine Verbindung. Wir haben uns in bürokratischen Kreisen gedreht, und niemand wollte es riskieren, einen Durchbruch zu machen. Es ist alles eine verdammte Pfuscherei gewesen! »Ach, zum Teufel, Sal – ich hab' genug von dem Ganzen! Ich hatte nie die Absicht, mich so weit auf deren Geschäfte einzulassen. Am Anfang waren es kaum mehr als patriotische Botengänge, die ich für sie erledigte. Aber es ist ein Geschäft, aus dem man nur schwierig ausbrechen kann, außer wenn man einen Grund hat aufzuhören.«

»Hast du einen Grund, jetzt aufzuhören?«

»Vielleicht... Dies muß ich jedoch noch zu Ende führen. So weit, wie ich dazu imstande bin. Das ist auch verkehrt an der Sache. Oft weiß man nicht, was das schließlich gefundene Endergebnis gewesen wäre, da jemand anders, jemand von der anderen Seite der Erdkugel, es für einen beendet hat. Das Ende nicht zu kennen, ist für einen Schriftsteller eine höllisch unbefriedigende Lebensweise!«

»Wirst du imstande sein, damit aufzuhören?«

»Vielleicht«, wiederholte er. »Aber nun vergiß meine Probleme, Sal! Wir werden sie später lösen, falls überhaupt. Unsere Aufgabe hier ist, Elizabeth zu beobachten. Du mußt deine Chance abpassen.«

»Wie werde ich sie erkennen? Ich bin nicht an so etwas gewöhnt.«

»Du wirst sie erkennen.« Er lächelte leicht und wußte in der Dunkelheit nicht, ob sie es sehen konnte. »Du bist nicht dumm.«

»Das hoffst du«, entgegnete sie kurz. »Du machst mich nervös, Josh. Angenommen, ich verpfusche es nun?«

»Das wirst du nicht tun. Zumindest wirst du es nicht schlechter machen, als wir es bisher gemacht haben. Denk an das, was ich dir im Auto sagte – mein Gott, ist das wirklich nur einige Stunden her, daß ich hier bin? Stütz dich auf mich, Sal. Du wirst es brauchen. Du siehst eine Frau in der Auflösung. Aber versuch nicht, selbst eine Heldin zu sein. Stütz dich auf mich, wein dich aus, wenn du es möchtest. Tu alles, wozu es dich drängt. Aber hör nicht auf, Elizabeth zu beobachten. Ich glaube, du wirst wissen, wann es soweit ist.«

»Ich habe daran gedacht – deshalb bin ich ja heruntergekommen. Obwohl ich dich haßte, als ich herausfand, was du bist, konnte ich nicht glauben, daß du das nur in der Hoffnung zu mir gesagt hattest, dich in mein Vertrauen einzuschleichen. Wenn du das nur in der Rolle des Spionageagenten gesagt hast...« Sie schöpfte tief Atem. »Nun, dann habe ich eben eine schlechte Menschenkenntnis und verdiene die Folgen dafür, daß ich mich getäuscht habe. Aber ich habe mich nicht getäuscht, nicht wahr, Josh?«

»Nein, nicht getäuscht. Ich habe niemals in meinem Leben etwas ernster gemeint!« Seine Hand griff in die Falten ihrer Decke und suchte ihre Hand. »Mein Gott, du bist ja ganz kalt! Deine Hand ist wie Eis. Wart einen Augenblick.«

Er verließ sie und kam mit einer zweiten Wolldecke und der Whiskyflasche und Gläsern zurück. Sie kicherte leise, als er ihnen einschenkte.

»Es ist irgendwie verrückt, nicht? Hier zu sitzen... Auf jeden Fall nicht sehr vernünftig.«

»Ich habe das Gefühl, Sal, du möchtest sehr oft gar nicht vernünftig sein. Was mir recht ist. Ich hatte den ganzen Winter über manchmal die Empfindung, daß ein Teil von dir nicht sehr gut zu Robert Halstead paßt.«

Sie wandte sich ihm ruckhaft zu. »Du hast mir nachspioniert!«

»Nein – das nicht, nicht für sie. Erst zuletzt, als sie wissen mußten, was für ein Mensch du warst. Nein – es war nur der Eindruck, den ich an jenem Tag in der Wohnung deines Vaters von dir hatte. Ich konnte ihn nicht mit Halstead vereinbaren. Ich beobachtete dich an jenem Abend in der Oper. Du schienst die ganze Zeit von seiner Seite fortzutreiben – als hielte dich nichts bei ihm fest.«

»Ich erinnere mich an den Abend – ich sah dich an und fragte mich, weshalb ich dein Gesicht nicht mit einem Namen in Verbindung bringen konnte. Denn ich sagte mir immer wieder, daß ich nicht vergessen hätte, wer du warst, wenn ich dich jemals kennengelernt hätte. Ich ging an jenem Abend beinahe zu dir. Ich hatte das plötzliche Gefühl, daß ich dich an einem anderen Ort gekannt und dich irgendwie wieder verloren hatte.

Ich wollte dich nicht wieder weggehen lassen.« Er fühlte, wie ihre immer noch kalte Hand die seine fest umklammerte. »Muß ich dich wieder weggehen lassen, Josh?«

»Nicht, wenn du es nicht möchtest. Aber da ist dein Robert. Ich kann nicht herumstehen und warten, bis du mal etwas Zeit von ihm übrig hast. Und ich will auch keine Affäre hinter den Kulissen. Davon habe ich genug gehabt. Ich kann dir nicht sagen, was für eine unwürdige Sache es ist, so viele Male, wie ich es in diesem letzten Winter getan habe, wie ein Dieb vor der Wohnung einer Frau zu stehen und zu warten. Ich hätte am liebsten seinem verdammten Ashton Martin einen Fußtritt versetzt – und das ist ein ziemlich törichter Wunsch für einen erwachsenen Mann. Hoffentlich werde ich nicht betrunken, Sal. Ich rede ja. Und ich darf doch nicht reden. Aber ich möchte es jetzt lieber, als ich es je zuvor in meinem Leben wollte.«

»Ja, rede! Schnell, Josh – rede. Wieviel sind es – vierzehn Jahre, die wir aufholen müssen?«

»Vierzehn Jahre«, bestätigte er. »Bekommt Robert die nächsten vierzehn, Sal? Ich muß es wissen!«

»Nein – ob du sie nun bekommst oder nicht, Robert ganz bestimmt nicht! Ich habe Robert irgendwo verloren. Irgendwo auf dem Weg hierher verlor ich ihn. Und seit ich hier bin, habe ich wieder zu mir selbst gefunden. Auf einmal weiß ich, daß ich mein Leben nicht geordnet und geformt haben möchte. Ich möchte nicht gesagt bekommen, was ich tun soll und wie ich es tun soll. Ich will keinen Raedler in meinem Leben – ordentlich, tüchtig und schnell. Ich würde hinter ihm herhinken, und ich könnte ihn nie genug lieben, um seine Marionette zu sein. Jetzt mache ich ihm Spaß, doch ziemlich bald würde er ungeduldig mit mir werden – ich bin ungeschickt, schusselig und bin schnell verletzt. Robert würde sich nicht die Zeit nehmen, zu verstehen suchen, wie wichtig es ist, verletzte Gefühle durch ein bißchen Geduld wieder geflickt zu bekommen. Es ist zeitsparender und einfacher, durch Miss Ritchards telefonisch ein paar Blumen bestellen zu lassen. Ich bin eine Schlampe, Josh. Robert findet mich jetzt eine charmante Schlampe – doch wenn ich vierzig bin, wird er es entsetzlich lästig finden. Ich dachte, ich könnte mich ihm zuliebe ändern, aber ich kann es nicht. Ich will es noch nicht einmal!«

»Dich ändern? Warum um alles in der Welt?«

»Ich weiß es nicht – auch nicht, wozu ich mich ändern sollte.

Aber Robert gibt mir immer das Gefühl, als solle ich mich ändern ...«

Josh saß sehr still und sah zu, wie sie an ihrer Zigarette zog und ab und zu an ihrem Cognac nippte, und er hörte zu, wie sie erzählte, ohne sie zu unterbrechen. Er hörte zu, wie sie sich von Robert Halstead befreite. Er hörte zu, wie sie die Umrisse von Halsteads Dimensionen in ihrem Leben entwarf bis zurück zum Anfang, und dann hörte er zu, wie andere Namen auf den seinen folgten. Er hörte der Entdeckung erster Liebe zu und ihres Verlustes und dem langsamen Dämmern von Furcht und Desillusionierung. Devlins Name kam und ging durch all dies; auch er hatte diesen Geschichten gelauscht. Canfield sah Sally von dem Kind – beinahe von der Zeit, wo er sie auf dem Berg in Irland gesehen hatte – zu der Frau heranwachsen, die an jenem Oktobertag in Devlins Wohnung gekommen war.

»Als Dev Elizabeth heiratete, war ich natürlich schon so ungefähr auf mich selbst angewiesen. Ich war damals einundzwanzig, und es wird erwartet, daß man sein eigenes Leben lebt. Er war jedoch immer da, wenn ich mit ihm reden wollte. Komisch ... ich habe nie an ihn in Verbindung mit Frauen gedacht. Wie dumm ich war, nicht wahr? Ich habe noch nie so mit jemandem geredet. Du hörst schrecklich gut zu, Josh!«

»Ich habe lange Zeit vor deiner Tür gestanden und darauf gewartet, alles zu hören, was du mir sagen würdest. Du findest, ich bin ein Idiot? – Na schön, dann bin ich es eben! Jeder Mann ist es manchmal wegen gewisser Dinge oder gewisser Menschen. Es ist besser, es selbst zu erkennen.«

»Was bist du sonst noch, Josh? Ich möchte alles wissen, was du bist.«

»Das hat Zeit, Sal. Das hat viel Zeit.«

»Wie können wir das wissen? Wie können wir wissen, was geschehen wird? Nimm an, dies endet genauso wie der Abend in Covent Garden? Du würdest einfach verschwinden. Und ich hätte dich nicht kennengelernt – nur dies kleine Eckchen, und das genügt nicht.«

»Ich werde nicht verschwinden.« Doch er erzählte und hatte sogleich die Empfindung, die er seit Jahren nicht mehr gekannt hatte, seit so langer Zeit, daß er sie beinahe vergessen hatte, die Empfindung, sich vollkommen fallenlassen zu können. Sie vermochten nicht ihre Gesichter klar zu sehen; jene rasche Vertrautheit half ihnen, die man im Dunkeln erlangen kann. Er fand es leichter, als er es sich vorgestellt hatte, über Linda zu sprechen und über seine Ehe. »Wir erwarteten zuviel voneinander«, bekannte er. »Ich bin inzwischen humaner geworden – ob sie es auch geworden ist, weiß ich nicht, doch ist es gleichgültig. Linda ist nicht mehr in meinem Leben. Was ich nicht abstreite, ist der Teil, den sie einmal von ihm bildete.«

Während er erzählte, bewegte er sich zeitlich von jenem Morgen auf dem Berg vorwärts und zurück.

»Komisch«, meinte sie. »Ich erinnere mich nicht an dich damals. Ich erinnere mich jenes Morgens nicht deutlicher als irgendeines anderen Morgens. Wie soll man das auch wissen?«

»Man weiß es nicht.«

Er erzählte ihr, was auf jenen Morgen gefolgt war, und verheimlichte nicht die Rolle, die Devlin in allem, was er damals zu tun beschloß, gespielt hatte. »Ich gebe zu, ich hielt Ausschau nach etwas, was keine Routine war. Nach jenem Morgen wußte ich, ich konnte einfach nicht wieder anfangen zu unterrichten, auch wenn ich hungern müßte, während ich etwas anderes zu machen versuchte. Manchmal war ich dicht drauf und dran, wie ich mich entsinne. Eine Zeitlang dachte ich während jener Jahre, ich bemühte mich, ein zweiter Devlin zu sein. Dann merkte ich, daß das nicht nur unmöglich war. Ich wollte es gar nicht.«

»Und ich will es auch nicht.«

»Bist du dessen sicher?«

»Es gibt nur einen Dev. Das sagte doch Elizabeth. Ich liebte ihn ebenfalls, aber ich suche nicht nach einem zweiten Dev. Ich will einen eigenen Mann – einen Mann meiner Zeit und meiner Wahl.«

Er antwortete nicht darauf. Er wollte den Augenblick nicht weiter als diese Worte treiben; er hatte beinahe Angst davor, als seien die Götter eines gütigen Geschicks schon zu sehr herausgefordert worden. Da war auch das Gefühl von Gier, daß er etwas aufbewahren müßte, als hätte er gehungert und vermöchte das Versprechen von Nahrung im Überfluß nicht recht zu glauben und müßte nun an seinem ersten guten Mahl knausern. Für den Augenblick mußte es genug sein. Er wandte sich zu ihr und war überrascht zu entdecken, daß er ihr Gesicht jetzt deutlich sehen konnte. Sie war umgeben von den Trümmern ihrer Nacht, von den Zigarettenstummeln, den Gläsern, der halbgeleerten Cognac-Karaffe. Hinter ihrem Kopf begannen sich die Berge gegen einen hell werdenden Himmel abzuzeichnen.

Er erhob sich; seine Glieder fühlten sich steif an, und der Morgen war kühl geworden. Er streckte ihr die Hand hin, um ihr aufstehen zu helfen.

Sie stolperte beinahe in den Falten der Decke. Er hielt sie fest, ließ sie jedoch beinahe sofort wieder los, nicht fähig, auch nur die flüchtigste Umarmung zu wagen, da sie ihm in ihrer zerzausten Müdigkeit begehrenswerter schien, als er sie jemals gesehen hatte. Sie war die bis auf ihren innersten Kern entblößte Schönheit, ohne jeden künstlichen Zusatz und zu müde für Koketterie. Durch den Cognac und seine eigene Erschöpfung war er sich qualvoll ihres Körpers in dem nachlässigen Gewand bewußt.

Sie lehnte sich an ihn, als er sie zurück durch sein Zimmer führte. »Ich habe schon früher ganze Nächte durch geredet wie heute«, erklärte sie. »Jede Menge. Und es hat nie irgendeinen Zweck gehabt. Es scheint, als habe ich bis heute nacht in meinem ganzen Leben nie richtig geredet.«

Er strich ihr leicht über den Kopf, wie man ein müdes Kind streichelt. Es war alles, was er sich zu gestatten vermochte.

»Zieh die Vorhänge auf, Josh«, bat sie, als sie in ihrem Zimmer angekommen waren und sie ihren Morgenrock von sich geworfen hatte und unter die Bettdecke geschlüpft war. »Das da ist Osten, nicht wahr? Ich will die Sonne über dem Tal aufgehen sehen.«

Er tat, worum sie ihn bat, und zog die schweren Vorhänge von den Fenstern zurück, die nach Sion und gen Osten lagen. Auf der Sohle des Tales begannen die Zwillingshügel der Stadt aufzutauchen. In den über die niedrigen Berghänge verstreuten Bauernhöfen hatten die Hähne zu krähen angefangen. Er ballte die Finger um die Falten der Vorhänge zu Fäusten und fragte sich, wie er jenen Gang vorbei an dem großen Bett, in dem sie lag, schaffen sollte, vorbei an ihm zu der Tür.

»Josh?«

Er drehte sich um und sah sie an. Sie lag auf einen Ellbogen gestützt, und die Flut ihres glänzenden Haares war halb über ihr Gesicht geglitten und lag seidig auf ihren nackten Schultern. In dem blassen Licht schienen ihre Brüste hell schimmernd und unglaublich weiß. Ihr Lächeln war heiter und glücklich.

»Dies wird unser zweiter Sonnenaufgang«, erklärte sie, als er zu ihr kam.

## 9

Die Sonne war völlig aufgegangen, und es lag bereits der Anfang von Hitze in ihren Strahlen, als Josh auf die Terrasse vor seinem Zimmer zurückkam. Er trug die Gläser und die Karaffe in das Wohnzimmer und kehrte zurück, um die Decken zu holen. Sie hatten in der Sonne gelegen, und als er sie aufsammelte, wehte der Duft zu ihm empor, schwach und beinahe verflogen, der Duft von Sallys Parfum. Er dachte an das erste Mal, als er es gerochen hatte, den Tag, als er sich mit Powell in ihrem Atelier versteckt hatte und erkannte, daß er sich in die junge Frau verliebt hatte, deren Bild ihn den ganzen Winter verfolgt hatte. Er stand in der Sonne, blickte gedankenversunken auf die terrassenförmigen Weinhänge am Fuße der senkrechten Wand hinunter und wunderte sich, wie ein Mann wie Canfield sich überhaupt verlieben konnte, wo er doch längst die Überzeugung aufgegeben hatte, daß romantische und unberechenbare Dinge Menschen seiner Art und seines Alters widerfahren konnten. Er war jetzt nicht verliebt; er liebte ganz einfach. »Ich liebe«, sagte er zu sich selbst. »Ich liebe sie«, fügte er laut hinzu, um zu hören, wie es klang. Es klang gut – das Beste, was er sich jemals hatte sagen hören. Er fühlte sich, als wäre er wieder in die Welt eingelassen worden, gehöre wieder zu ihr und sei mit einer Lebendigkeit zurückgekehrt, wie er sie nicht mehr besessen hatte, seit er sehr jung gewesen war. Er war von einer hoffnungslosen Erwartung erfüllt, die zu jener jüngeren Epoche gehörte. Er lehnte sich an die Brüstung, die Decken wie einen Talisman fest in den Armen, und betrachtete die neue Welt, die er an diesem Morgen betreten hatte. Er fand sie wundervoll schön, pulsierend von intensivem Leben und froher Kraft, wie sie alle seine Sinne durchdrangen; tief atmete er die Luft seiner neuen Welt ein, sog sie in sich ein. Sein Blick schien geschärft und bewußt geworden zu sein; er schaute nicht mehr, er sah – sah die Sonne auf dem alten Stein, das graue Grün der Weinstöcke, den staubigen Schwung des schwarzen Trachtenrockes der Walliser Bäuerin, die auf einem schmalen Pfad zwischen den Rebstökken hindurchging. Die stolzen Hähne hatten ihren Chor eingestellt; er vernahm das gedämpfte Klingen der Kuhglocken von fernen Berghängen und irgendwo in der Nähe sanfte Taubenrufe. Die Insekten erwachten von dem Duft des Frühlingstages, dem Duft der blühenden Obstbäume und des süßen, neuen Grases. Es schien eine Sinfonie leiser und lieblicher Stimmen zu sein. Er lauschte ihr dankbar und mit geschärftem Gehör.

»Ich liebe sie«, sagte er abermals.

Und dann kam ein weiteres Geräusch hinzu, ein sehr nahes, beharrliches und rhythmisches, das nicht zu den anderen Lauten gehörte. Er zwang sich, all die anderen auszuschalten und nur diesem einen zu lauschen. Dann beugte er sich weit über die Brüstung vor und versuchte zu sehen, woher das Geräusch kam. Indem er sich zur Seite reckte, vermochte er den verwischten Bogen eines Seils zu erhaschen, das durch die Luft schwirrte und über die Steinplatten streifte und so das Schwung-Schlag-Geräusch erzeugte, das in seine Welt eingebrochen war.

Dort war Raedler auf einem der vorspringenden Wehrgänge des Schlosses in einem grauen Trainingsanzug, und das Springtau stieg und fiel im steten Rhythmus langer Übung. Seine Füße waren dicht geschlossen; er sprang sauber und gleichmäßig und mit einer Mühelosigkeit, die Canfield verriet, daß der Mann in ausgezeichneter körperlicher Kondition war. Es war ein beunruhigender Anblick, wie der alerte, wachsame Raedler da leichtfüßig in der frühen Morgensonne sprang. Er zerstörte beinahe die Welt, in die Canfield versucht hatte einzutreten, und zerrte ihn zurück zu den Problemen des Augenblicks, zerrte ihn zurück in den Schatten der Furcht, der über diesem Hause lag. Er wandte sich ab und ging wieder hinein; er stellte die Dusche sehr kalt und blieb, lange Zeit nach Luft ringend, unter ihr stehen, bis die süße Mattigkeit des Sonnenaufgangs abgespült und die Nacht ohne Schlaf vergessen war, bis er wieder imstande war, Raedler die Stirn zu bieten.

Als er sich angezogen hatte, ging er, ohne anzuklopfen, in Haywards Zimmer hinüber. Die Vorhänge waren zugezogen, und der Raum lag im Dunkeln; vom Bett kamen die friedlichen, tiefen Schnarchtöne des Verlegers. Bevor er die Vorhänge zurückzog, stellte Josh das Radio neben Haywards Bett laut an, so daß bereits der erste Ton des Protestes übertönt, wenn nicht sogar völlig verschluckt wurde.

»Josh! – Was um Himmels willen ...?« Seine Stimme wurde sogleich gefügig, als er Joshs warnende Geste sah und sich daran erinnerte, wie er sich zu verhalten hatte. Er kämpfte sich aus den Tiefen seines Schlafs empor und hörte aufmerksam zu, als Josh ihm bei dem laut angestellten Radio Instruktionen zuflüsterte.

Nach fünfzehn Minuten hatte er die Prozedur des Rasierens, Duschens und Anziehens beendet, bei der er sich lediglich einmal am Kinn schnitt und eine Kette gemäßigter unterdrückter Beschimpfungen von sich gab. Er hielt ein Papiertaschentuch an das Kinn gepreßt, als sie sich ihren Weg zu der Hintertreppe suchten und Hayward sein Gedächtnis nach dem Plan dieses alten Hauses durchforschte, in dem Treppen und Gänge häufig, ohne irgendwo hinzuführen, endeten oder sich im Kreise drehten. Schließlich fanden sie jedoch den Weg zu den hinteren Korridoren, wo die Küchengeräusche ihnen mitteilten, daß sie sich in der Nähe von Lancomes Pantry befanden. Sie war leer; Hayward steckte den Kopf in die Küche und machte einem jungen Diener ein Zeichen. Die gesamte Küche kam abrupt zu einem Stillstand, als Hayward den jungen Burschen durch die Schwingtür herauszog und ihm befahl, unverzüglich Lancome zu suchen. Falls sich Lancome zufällig in Monsieur Raedlers Gegenwart befände, solle er sagen, der Koch brauche Monsieur Lancome dringend in der Küche. Aufdämmerndes Vergnügen leuchtete im Gesicht des jungen Burschen auf, während er zuhörte und nickte, und Canfield erkannte, nicht nur die Alten standen auf ihrer Seite gegen Raedler.

Lancome kam innerhalb weniger Minuten schwer atmend angehastet, als ob er gerannt wäre. Er war verblüfft, doch einverstanden, als Canfield ihnen bedeutete, sich mit ihm in das Badezimmer zurückzuziehen, das zu der Wohnung des Butlers gehörte, und alle Wasserhähne voll aufzudrehen. Sie dämpften ihre Stimmen, und das Wasser übertönte sie mit seinem Rauschen, als Canfield ihnen sein Vorhaben erklärte. Lancome hörte aufmerksam zu, und dann erwachte ein langsames Lächeln auf seinen alten, schmalen Lippen.

»Kann es gemacht werden?« erkundigte sich Canfield.

»Dessen bin ich sicher, Monsieur.«

»Und diskret?«

»Mit der größten Diskretion.«

»Und außer diesem ersten Schritt – der Mann im Ort? – Man kann es mit ihm besprechen? Wird er mitmachen?«

»Dies ist ein kleiner Ort, Monsieur. Wir sind alle mehr oder weniger miteinander verwandt, und dieses Haus hat viel Arbeit und Schutz gewährt. Falls Monsieur Raedler mit dem Vorgesetzten dieses Mannes in Verbindung stehen sollte ...« Lancome zuckte die Achseln. »Dafür kann ich nicht einstehen. Aber für diesen Mann hier in St. Martin – ja, für den kann ich einstehen.«

Und dann führte er sie rasch in den Keller des Hauses und zu dem Platz, an dem Canfield hoffte, ihm zeigen zu können, was er wollte. Sie gingen durch Felsgänge, die das Tageslicht niemals erreicht hatte, und kamen an massiven, eisenbeschlagenen Türen vorbei; hier unten vermochten nicht einmal die Wirksamkeit von Elizabeths Heizungssystem und der grelle Schein der vielen Lampen das Gefühl von Alter und Feuchtigkeit gänzlich zu vertreiben. Sie waren zu dem Felsfundament von St. Martin herabgekommen. Lancome blieb stehen, als er seinen Schlüssel heraussuchte, und wieder glitt das seltsame Lächeln über sein Gesicht.

»Es haben noch andere Dinge begonnen, sich zu ändern, Monsieur«, erklärte er. »Und Madame selbst hat den Anfang gemacht. Sie werden es sehen – Sie werden es sehen, wenn Sie ins Eßzimmer gehen, wo Monsieur Raedler wartet.«

Und dann schwang er die Tür zurück und trat zur Seite, um sie hineingehen zu lassen.

Canfield und Hayward suchten sich auf demselben Weg zu ihren Zimmern zurück, auf dem sie gekommen waren, und tauchten dann bei ihnen auf, als wäre es eine neue Route gewesen. Um Raedlers willen machte Hayward Konversation, als sie die Treppe hinunterkamen und durch die große Halle zum Eßzimmer gingen.

»Eines hat mir immer bei meinen Besuchen hier gefallen, nämlich, daß man ein anständiges Frühstück bekommt – nichts von dem kontinentalen Quatsch von ein bißchen Kaffee und ein oder zwei elenden Croissants. Elizabeth hat immer ein Frühstück servieren lassen, wie man es vor dem Krieg an

Jagdtagen auf Gütern in England zu erhalten pflegte. Heutzutage bekommt man nichts Ähnliches mehr zu sehen. Sie tat es natürlich, um Dev eine Freude zu machen. Und er erkannte, daß es ihr Freude machte, es für ihn zu tun, und ich glaube, er rückte nie damit heraus, daß er, bevor sie heirateten, überhaupt niemals frühstückte. Merkwürdig, was Menschen tun, um jemandem eine Freude zu machen, was? – Na, hier sind wir ja«, fügte er hinzu und öffnete die Tür.

Bis auf Raedler war der Raum leer. Es stand nichts zu essen auf dem Büfett und auch kein Geschirr auf dem Tisch. Hayward blieb abrupt stehen. »Oh, guten Morgen – sind wir in das verkehrte Zimmer geraten?« wandte er sich an Raedler. »Wie ich mich erinnere, war es doch immer hier.«

»Guten Morgen, Mr. Hayward – Mr. Canfield.« Raedlers Lächeln war wie am Abend zuvor, höflich korrekt und nicht zu herzlich, genau der richtige Grad von Förmlichkeit.

Er war sorgfältig gekleidet, sein Haar ordentlich gescheitelt, aber nicht angeklatscht; er sah aus, als hätte er gut geschlafen. Wahrscheinlich hatte er das auch, überlegte Canfield – in der kurzen Zeit, die immer er zum Schlafen gehabt haben mochte. Canfield wurde unangenehm an den trainierten Seilspringer auf der Terrasse erinnert, den Sportsmann, der die Sonne gewissenhaft mit seinen Übungen begrüßte. Der Mann war furchterregend.

»Heute morgen«, fügte Raedler hinzu, »ist eine kleine Änderung getroffen worden. Madame beschloß, das Frühstück solle auf der Terrasse serviert werden. Ich habe hier gewartet, um es Ihnen zu sagen... damit ich Ihnen den Weg zeigen kann.«

»Danke«, meinte Hayward. »Ich glaube nicht, daß wir uns von hier bis zur Terrasse verlaufen können – was, Josh?«

Raedler antwortete mit seiner leichten Verbeugung und wieder mit seinem Lächeln, das diesmal irgendwie steckenzubleiben schien. »In dem Fall, darf ich Sie begleiten? Ich habe nämlich selbst noch nicht gefrühstückt.«

»Selbstverständlich«, erklärte Hayward großmütig. »Geh voran, Josh.« Er wedelte ihm mit der Hand zu und sah sich dann nach Raedler um.

»Es freut mich zu hören, daß Mrs. Devlin sich wohl genug fühlt, um heute morgen zu erscheinen. Und außerdem draußen auf der Terrasse – na, es gibt nichts Besseres als Sonne für jemanden, der sich ein bißchen unpäßlich fühlt, würden Sie nicht auch sagen? Gibt einfach nichts Besseres!«

»Aber natürlich«, antwortete Raedler. »Wir sind selbstverständlich entzückt.«

Er war nicht entzückt, wie Canfield genau wußte. Elizabeth hatte eine Anordnung gegeben, und Raedler hatte sich nicht stark genug gefühlt zu widersprechen. Die Stellung hatte begonnen zu wanken, zusammenzubrechen. Eine Veränderung, wenn auch nur diese winzige Veränderung, hatte stattgefunden; Canfield vermutete, daß es Veränderungen als solche waren, denen Raedler weniger als allem anderen gewachsen war. Ihm war beinahe fröhlich zumute, als er in die Sonne hinaustrat.

Elizabeth begrüßte sie mit einem entschlossenen Versuch, heiter und lebhaft zu sein. »Guten Morgen – guten Morgen! Ich hoffe, Sie haben beide gut geschlafen. Ich dachte, es würde Ihnen Spaß machen, hier draußen zu frühstücken. Die Sonne... wir gewöhnen uns hier in diesem Tal an sie – heiß und trocken. Aber ich erinnere mich immer daran, wie Engländer, die auf dem Kontinent Ferien machen, sich benehmen, als würden sie die Sonne ihr Leben lang nicht mehr zu sehen bekommen. Ich konnte es nie verstehen, bis ich ein oder zwei Jahre in London lebte.«

»Es ist natürlich der einzige Grund«, meinte Hayward, »weshalb wir jemals daran denken, unser gesegnetes Fleckchen Erde zu verlassen. Ein bißchen Sonne ist alles, was wir mit zurücknehmen möchten, und es ist sehr lieb von dir, Elizabeth, uns ein wenig mehr von ihr zukommen zu lassen.« Er beugte sich über ihre Hand. »Wie bezaubernd siehst du heute morgen aus, meine Liebe!«

Sie hatte sich eine gewisse Mühe gegeben, stellte Canfield fest; ihre Kleidungsstücke waren mit Sorgfalt gewählt und nicht mit der Gleichgültigkeit einer kranken und zerquälten Frau übergeworfen. Sie trug schmalgeschnittene cremefarbene Hosen und eine Wildlederjacke von genau derselben Farbe. Ihre Augen waren hinter einer dunklen Brille verborgen, und der breitrandige Hut von jener Art, wie die Garbo sie zu tragen pflegte, beschattete und schützte ihr Gesicht. Die himbeerrosa Bluse warf einen warmen Schein auf ihre Haut, so daß man beinahe zu glauben vermochte, daß sie nicht schwer krank, sondern nur ziemlich müde war.

»Darf ich fragen, Mrs. Devlin«, erkundigte sich Canfield, »ist Ihr Anzug von Pucci?«

»Wie fabelhaft Sie sind! – Woran sehen Sie das?«

»Ehrlich gestanden, ich sehe es nicht. Ich hörte nur, daß Pucci ein Name ist, den alle eleganten Frauen verehren, und da dachte ich, ich könnte nicht danebengreifen. Er steht Ihnen wirklich außerordentlich gut!«

Er konnte ihre Augen nicht sehen, doch ihr Lächeln enthielt den Anfang von Herzlichkeit. »Dafür, Mr. Canfield, dürfen Sie mir etwas Kaffee einschenken. Nein, nein, Raedler – Mr. Canfield wird es tun. Nein, nichts essen«, fügte sie hinzu, als er auf die Platten wies, die auf einem Seitentisch standen und mit Spirituslampen heiß gehalten wurden. »Ich habe schon gefrühstückt – aber nehmen Sie sich bitte. Sie werden all die Sachen finden, die ein Engländer zum Frühstück liebt. Ich lernte sie alle von Dev – er war immer so ein wundervoller Frühstücksesser.«

Canfield kehrte an den runden Tisch zurück, der mit einem leuchtend rosafarbigen Tischtuch mit Fransen gedeckt war und teilweise von einem gestreiften Sonnenschirm beschattet wurde; das wappengeschmückte weiße Service von gestern abend war einem blau-weißen Muster gewichen. Die Honig- und Marmeladentöpfe glänzten in der Sonne. Das Ganze war von einer gewissen Intimität und Fröhlichkeit, dem Gepräge einer Gastgeberin, die die von ihr gewünschte Atmosphäre zu schaffen versteht. Es war genau das, was diesem Haus am Vortag gänzlich gefehlt hatte – die persönliche Note, um es zusammenzuhalten, ihm Leben zu verleihen und es davor zu bewahren, ein Museum zu sein. Es war eine Veränderung, die Raedler zu beunruhigen schien.

Er machte sich jetzt hinter Elizabeth zu schaffen. »Gestatten Sie mir, den Sonnenschirm ein wenig vorzurücken, Madame. Ich fürchte, die Sonne wird zuviel für Sie.«

»Unsinn!« Ihr Kopf fuhr rasch zu ihm herum. Canfield konnte Elizabeths Gesicht nicht sehen, doch die Reflexion ihres Ausdrucks erschien flüchtig in Raedlers Gesicht und verlöschte ebenso schnell – eine Herausforderung war ihm hingeworfen und von ihm angenommen worden. »Die Sonne wird mir nicht schaden. Setzen Sie sich jetzt hin und frühstücken Sie. Nein – nicht dort. Da wird Miß Devlin sitzen. Haben Sie ihr Bescheid gegeben, daß wir hier draußen sind?«

»Ich habe Marie hinaufgeschickt, Madame. Ich weiß jedoch nicht, ob Miß Devlin Wert darauf legt, herunterzukommen. Sie ist vielleicht müde und zieht es vor, in ihrem Zimmer zu frühstücken.« Raedlers Blick glitt seitlich zu Canfield, während er dies sagte, und jener wußte, daß das Glimmen ihrer Zigaretten auf der Terrasse beobachtet worden war. Möglicherweise hatte er sogar die Zigarettenstummel gezählt; er war so ein Mann.

»Die Reise muß ermüdend gewesen sein«, fügte Raedler hinzu.

»Devs Tochter ...« Elizabeth sprach die Worte sorgfältig aus und wiederholte sie dann, als wären sie eine neue Entdeckung. »Devs Tochter ist praktisch auf Reisen zur Welt gekommen. Ich wäre sehr überrascht, wenn sie zu müde sein sollte, um herunterzukommen.«

Die Veränderung war tiefer gegangen als bis zu dem Pucci-Anzug und dem fröhlich gedeckten Tisch unter dem Sonnenschirm, vermerkte Canfield. Oder das Bedürfnis war vielleicht größer, als sogar er vermutet hatte. Sally war Devs Tochter geworden. Wenn sie lange genug bleiben konnten, mochte die Veränderung Raedlers Kontrolle entgleiten.

Raedler neigte leicht den Kopf als Antwort und ließ sich auf dem Platz Elizabeth gegenüber nieder. Er aß mit vorsichtiger Mäßigung, wie Canfield bemerkte; sein Frühstück war die Auswahl eines Mannes, der ißt, um Energie zu haben, doch niemals ein Pfund zunimmt. An diesem Morgen hatte er jedoch noch nicht einmal sein halbes Stückchen Butter verstrichen, als Lancome mit großen Schritten über die Terrasse auf die Gruppe zukam. Raedlers Rücken erstarrte, und er legte das Messer hin.

»Was ist, Lancome?« Elizabeth und nicht er hätte die Frage stellen sollen. Doch Lancome ignorierte ihn.

»Madame – ich bedaure. Der Strom ist aus. Nichts funktioniert. Ich habe im Ort angerufen, und unten ist alles normal. Es ist ein Problem des Schlosses, Madame.«

Elizabeth nickte, und der große Hut wippte um ihren Kopf. Gelassen sagte sie – und Canfield hörte die leichte Schadenfreude in ihrer Stimme –: »Ein Problem? Wie ärgerlich für Sie, Raedler!«

Raedler erhob sich: »Ich werde meine Schlüssel holen gehen.«

»Ja, tun Sie das. Wir werden hier ganz sicher sein.« Raedler warf ihr noch einen Blick zu, als könne er ihren Hohn nicht glauben, als er Lancome ins Haus hinein folgte.

»Ich denke, Mr. Canfield, ich werde doch etwas essen. Ich fürchte, ich war nicht ganz aufrichtig, als ich sagte, ich hätte bereits gefrühstückt. Ich hatte bis jetzt einfach keinen Hunger.«

Das Geräusch des Hüpfens erreichte Sally, als sie schlief; sie wachte davon auf und war nicht sicher, ob sie nicht noch träume und das Geräusch der leichte Regen in ihrem Traum sei. Sie wachte jedoch zu vollem Bewußtsein auf, und das Geräusch blieb. Es war ein aufpeitschendes Geräusch. Sally wachte von der Sonne auf. Der Raum war von Morgenlicht durchflutet, und ihr fiel wieder ein, daß Josh die Vorhänge zurückgezogen hatte. Sie hatten ihren Sonnenaufgang zusammen erlebt. Sie lächelte und schloß wieder die Augen und wollte die Erinnerung festhalten und die Aufdringlichkeit des Tages ausschließen. Doch das Geräusch dauerte an und erzwang sich Gehör, und schließlich drehte sie sich um und blickte auf die Uhr auf dem Nachttisch und sah, daß sie nur kurze Zeit geschlafen hatte und Josh gerade erst fortgegangen war. Sie ließ ihr Nachthemd dort, wo es auf dem Bett lag, liegen, und zog den Morgenrock an. Das Licht war hart und intensiv, als sie sich aus einem der Südfenster beugte, um hinunterzuschauen; sie blinzelte geblendet, und es dauerte einige Minuten, bis sie die Quelle des Geräusches entdeckte und Raedlers Gestalt in dem grauen Trainingsanzug auf einer kleinen, vorspringenden Terrasse – mehr ein Wehrgang als eine Terrasse – auf halber Höhe zwischen ihrem Raum und den Gästezimmern darunter erkannte. Von seinem Adlerhorst überblickte er die ganze Südfront des Schlosses mit all ihren Terrassen, und wenn er sich umdrehte, konnte er dem Lauf des Flusses folgen, bis sich die Berge an beiden Enden des Tales schlossen. Das Seil blitzte in der Sonne auf in kraftvollem, hypnotisierendem Rhythmus, begleitet von dem Klapp-Klapp auf den Steinplatten. Bald würde er aufhören, um Atem zu schöpfen, dachte sie, doch er hüpfte weiter. Es schien ein Teil von den unmenschlichen Eigenschaften Raedlers zu sein, daß er nicht innehielt, um Atem zu schöpfen, und auch dies hatte etwas von Robert an sich. Robert hatte auf andere Weise ebenfalls nie innegehalten, um Atem zu schöpfen. Sie dachte an das, was Josh ihr über Raedler erzählt hatte, wer er war, was er war, und sie erschauerte fröstelnd in der heißen Sonne. Sie dachte auch an Elizabeth, die diesen Mann all diese Monate allein ertragen hatte. Aus welchem Grund Elizabeth das auch getan hatte oder es hatte tun müssen, es verlangte beträchtlichen Mut, ihn zu ertragen und nicht vollständig zusammenzubrechen; sie war nahe drauf und dran – die Zeit und ihre Krankheit hatten ihre Wirkung auf sie ausgeübt, und plötzlich erschien das klappende Geräusch von Raedlers Seil mehr als das Knallen einer gebieterischen Peitsche, ein häßliches und brutales Geräusch. Er schien so im Besitz unumschränkter Herrschaftsgewalt dort auf seinem hohen Sitz, von dem er das gesamte Schloß überschaute und zuversichtlich die Morgensonne begrüßte. Wahrscheinlich hatte er sie hier oben am Fenster gesehen, überlegte Sally und zog sich zurück. Sie blieb jedoch im Alkoven des Fensters, setzte sich auf die Steinbank und ließ die Sonne auf sich spielen. Das Geräusch ging weiter – scheinbar ohne Ende. Ihre Augenlider sanken herab und schlossen sich.

Das Bild von Robert war wieder da, doch schien es seine Gewalt, seine Herrschaft über sie eingebüßt zu haben. Heute – ja, heute, da es der Tag war, an dem Josh sie befreit hatte – würde sie Robert schreiben. Sie würde ihm schreiben und ihm sagen, daß es zwischen ihnen aus war; sie würde ihm von Josh erzählen, aber er würde es nicht verstehen. Sie würde ihm so deutlich schreiben müssen, wie sie es vermochte, sonst würde er nicht glauben, daß sie imstande war, eine derartige Entscheidung selbst zu treffen. Er würde böse sein, und lange Zeit würde sein Stolz verletzt sein, und dann würde er anfangen, das zu vergessen, was immer ihn an ihr angezogen hatte, und er würde nur die Teile ihres Wesens behalten, die er an ihr hatte ändern wollen; nach einer gewissen Zeit würde er sogar froh sein, daß er sich nicht die Mühe hatte aufbürden müssen, sie zu ändern oder vielmehr, daß er nicht die Rückschläge zu erleiden brauchte, falls er damit bei ihr gescheitert wäre. Er würde eine Frau finden, die mehr seinem Geschmack entsprach, und er würde vergessen, daß es jemals weh getan hatte zu lieben. Sie versicherte sich all dies aus einem Gefühl der Schuld und des Mitleids heraus; erstaunt stellte sie fest, daß sie Robert sogar bedauerte – sie bedauerte sich selbst, so wie es bisher gewesen war –, da keiner von ihnen beiden jene beseligende Freude gekannt hatte, die ihr an diesem Morgen zuteil geworden war. Aber das konnte sie Robert nicht schreiben. Er würde ihr nach einer gewissen Zeit verzeihen, was sie ihm jetzt antat, sich sagen, daß sie immer viel zu impulsiv gewesen war, und sich mit dem Gedanken trösten, daß sie, indem sie zu Josh Canfield ging, ihr Leben verpfuschte, wie er es immer befürchtet hatte. Er würde dies denken und verzeihen und sogar erleichtert sein, daß sie aus seinem Leben gegangen war; doch würde er ihr niemals Mitleid verzeihen. Also würde sie ihn nicht in ihrem Brief schonen, da es keinen schonenden Weg gab, ihm das zu sagen, was sie sagen mußte, und Robert würde schonendes Mitgefühl als eine Beleidigung auffassen. Sie begann sich die Sätze des Briefes im Geiste zurechtzulegen, doch der Gedanke an Josh drängte sich immer wieder dazwischen, und sie konnte ihn nicht vertreiben, konnte nicht das Gefühl von Sicherheit und Vertrauen vertreiben, das er ihr gegeben hatte, konnte nicht die Wärme und die süße Müdigkeit vertreiben, die er ihr zurückgelassen hatte.

»Ich hoffe, ich störe nicht, M'selle.«

Sie wachte mit einem Ruck aus ihren Gedanken auf. Die Frau, die sie am Abend zuvor fortgeschickt hatte, stand dicht vor ihr, den Kopf fragend zur Seite geneigt.

»Oh – nein, ich war wach. Ich bin nur noch einmal eingenickt... Wieviel Uhr ist es? Komme ich zu etwas zu spät?«

»Nein, nein, M'selle. Es ist nur ... der Strom hat ausgesetzt, und so funktionieren die Klingeln unten nicht. Ich dachte, Sie brauchten vielleicht etwas ... und dann hat Madame mir eine Botschaft aufgetragen.«

»Eine Botschaft ... für mich?«

»Madame frühstückt heute morgen auf der Terrasse, M'selle – der großen Terrasse.«

»Sie hat nach mir geschickt?« Sally sprang auf.

»Nicht direkt geschickt, M'selle. Es ist nur ... Madame frühstückt heute morgen mit ihren Gästen auf der Terrasse. Das hat sie seit langer Zeit nicht getan ...« Sally sah mit Bestürzung plötzlich Tränen in den Augen der Frau stehen. »So fröhlich ... der Sonnenschirm ist aufgespannt. Madame hat selbst ausgesucht, was sie anziehen wollte. Plötzlich so anders, nach all dieser Zeit. Sie ist so lange allein gewesen ...

niemand kommt ja. Sie spricht mit niemandem. Und dann kommen Sie, und es ist fast so wie früher.«

»Ich vermute... sie muß sehr einsam gewesen sein, seit mein Vater starb.«

»Einsam! Ah...« Die Frau warf die Hände in die Luft. »Ich bin beinahe zwanzig Jahre bei Madame. War überall mit ihr – Paris, New York, London. Sie erzählt mir immer – was passiert, was sie gerade macht. Plötzlich nicht mehr. Sie spricht nichts mehr – außer manchmal zu sich selbst, wenn sie vergißt, daß ich da bin. Sie verstummt. Bis heute morgen. Da ist sie schon auf und sagt mir, sie will mit allen auf der Terrasse frühstükken. Ich kann es nicht glauben. Aber sie ist jetzt dort.«

»Also rasch!« Sally lief zum Badezimmer. »Ich muß hinunter.«

»Ich habe das Bad einlaufen lassen, M'selle. Wenn Sie mir sagen, was Sie anziehen...«

»Irgend etwas«, rief ihr Sally zu. »Was *ich* heute anziehe, ist nicht wichtig.«

Elizabeth wurde müde, fand Canfield. Sie machte weiter die Anstrengung, heiter zu sein, doch wurde dies sichtbar. Sie hatte mit gespielter Begeisterung zu essen begonnen, die jedoch bald verpufft war, und nun lagen Messer und Gabel auf ihrem Teller, und sie trank ihren Kaffee, wobei sie die Tasse in beiden Händen hielt, als wäre auch das eine Anstrengung.

Doch sah er sie die letzte und größte Anstrengung machen, sah sie ihre Kräfte zusammennehmen, als Sally halb rennend über die Terrasse gelaufen kam. Als er aufstand, glitt sein Blick rasch zwischen Elizabeth und Sally hin und her. Sally hatte nur wenig Make-up aufgelegt und hätte eigentlich müde aussehen müssen, die lange Nacht verraten müssen. Sie trug jedoch das Abzeichen der letzten Nachtstunde immer noch in zärtlicher Umarmung, trug es voller Stolz. Canfield hoffte, sein Lächeln möge nicht besitzerisch sein, doch vermochte er sehr wenig dagegen zu tun.

»Es tut mir leid – ich habe mich verspätet.« Sie hatte zuerst Elizabeth angesehen, doch glitt ihr Blick sofort zu Canfield; es war ein fragender Blick, und er war verzweifelt, daß sie noch etwas zu fragen hatte, daß er sie auch nur mit dem leisesten Zweifel zurückgelassen hatte. Als sie sich auf den Stuhl setzte, den er ihr hinhielt, gestattete er es sich, ihre Schultern nur eine

Sekunde lang zu umfassen, und es war ihm gleichgültig, ob die Geste besitzerisch war und daß sowohl Elizabeth wie Hayward es sahen.

»Nein, nicht verspätet«, sagte Elizabeth. »Aber ich bin glücklich, daß du heruntergekommen bist. Ich hoffte, einen Blick von dir zu erhaschen, bevor sie mich dazu bewegen, hinaufzugehen und mich auszuruhen. Es ist sehr langweilig, all dies Ausruhen!«

Unvermittelt nahm sie ihre dunkle Brille ab, eine Geste, die, wie Canfield überlegte, geschehen mochte, damit sie Sally besser sehen konnte, oder ein kleines Zeichen von Höflichkeit war, das Sally ermöglichte, sie zu sehen. Die beiden Frauen blickten sich voll über den Tisch hinweg an.

»Ich brauche dich nicht zu fragen – du hast eine gute Nacht gehabt«, erklärte Elizabeth. »Heute morgen siehst du ... blühend aus.« Sie wandte sich rasch zu Hayward. »Findest du nicht auch, Jackson. Würde Dev sich nicht freuen, sie jetzt zu sehen – hier?«

Der Verleger sah verwirrt aus, als vollzöge sich etwas, mit dem er nicht Schritt gehalten hatte. »Ja – natürlich. Ja, das würde ihn in der Tat freuen. Ja, blühend.« Er betrachtete Sally aufmerksam. »Der einzige Augenblick, in dem ich erkenne, daß ich nicht mehr jung bin, ist der, wenn ich jemanden sehe, der jung ist. Sieht so frisch wie eine Heckenrose aus nach all der Reiserei gestern ... und dem Abend ... und allem ...«, schloß er lahm.

»Du mußt etwas essen«, erklärte Elizabeth. »Was möchtest du gerne?«

Canfield war zu dem Seitentisch gegangen und hob die Deckel der Schüsseln hoch, damit sie deren Inhalte sehen konnte, um zu wählen.

»Alles«, verkündete Sally gut gelaunt. »Ich könnte das alles essen.«

Elizabeth lachte. Es war ein seltsamer Laut; Canfield erkannte, daß sie sie vorher noch nicht hatten lachen hören. Es war jedoch ein lautes und natürliches Lachen. »Siehst du, Jackson – das ist es, was Jungsein bedeutet! Sie wird alles essen!«

Sally errötete und sah Elizabeth unsicher an. »Ich muß wie ein Vielfraß erscheinen. Aber es sieht alles so gut aus ... und ich bin hungrig.«

»Selbstverständlich bist du hungrig«, antwortete Elizabeth. »Gestern war ein sehr langer Tag.« Die Art, in der sie das sagte, ließ Canfield erwägen, ob sie ebenfalls die glimmenden Zigaretten in der Dunkelheit beobachtet hatte. Falls sie es getan hatte, so hatte sie nichts dagegen gehabt. Sie behandelte Sally mit einer eigenartigen Güte, einer Art von versonnenem Interesse, das den Wunsch hatte, sie jetzt zu verhätscheln und zu verwöhnen.

»Mr. Canfield, schneiden Sie Sally bitte eine Scheibe von dem geräucherten Schinken da ab. Es ist eine Walliser Spezialität – sehr aromatisch und zäh. Sie leben den ganzen Winter davon in den Gebirgsdörfern. Dev aß ihn jeden Morgen zum Frühstück.«

Canfield hielt Sally einen Streifen auf einer Gabel hin. Sie nahm ihn mit den Fingern und biß in das aufgerollte, dunkle Fleisch. »Man muß etwas kauen«, erklärte sie, »aber es schmeckt gut.«

»Sie müssen mit ihr nach Evolène hinauf zum Mittagessen fahren«, sagte Elizabeth zu Canfield. »Da bekommen Sie den Schinken und Käse und Fendant vorgesetzt. Morgen können Sie sie nach Crans-Montana mitnehmen, wo es eleganter ist, aber am ersten Tag sollten sie ein echtes hochalpines Gebirgsdörfchen sehen. Es ist pimitiv dort oben – nur die Bergsteiger gehen da hinauf. Es war der erste Ort, an den ich Dev brachte. Er sagte mir erst sehr viel später, der Gute, daß er es bereits kannte. Er ließ mich es ihm zeigen, und ich tat – eben wie eine Journalistin – als ob ich die erste und einzige wäre, die es entdeckt hätte. Ich weiß noch ...«

Sie setzte rasch wieder ihre Brille auf. »Ja«, wiederholte sie. »Sie müssen mit ihr nach Evolène fahren.«

Dann lehnte sie sich in ihren Stuhl zurück, als wäre sie sehr müde, und der Gedanke an Evolène hatte mehr Erinnerungen aufgewühlt, als sie jetzt mit ihnen zu teilen vermochte oder zu teilen wünschte. Sie verfiel in völliges Schweigen, und es schien Canfield, als wären ihre Augen hinter den dunklen Gläsern auf nichts gerichtet – auf nichts als die fernen Berge. Sie schien sich weit von ihnen entfernt zu haben.

Canfield füllte Sallys Tasse. »Ich fahre dich nach Evolène«, sagte er. »Das heißt, wenn du mir versprichst, daß du mir nicht später erzählst, du seiest schon mal dort gewesen. Falls du das warst, gib es nie zu! Ich möchte, das es das erste Mal ist.«

»Ich schwöre, es ist das erste Mal. Ich bin niemals in Evolène gewesen. Hätten Sie nicht Lust mitzukommen, Mr. Hayward?«

Er setzte seine Tasse ab. »Ich? – Ich glaube nicht, Sal. Diese Straßen da – es ist natürlich bewundernswert, daß die Schweizer es schaffen, überhaupt Straßen zu diesen Orten hinauf zu legen. Aber nein – ich war in ein oder zwei hohen Alpendörfern, und es ist kein Erlebnis, das ich unbedingt wiederholen möchte. Ich saß einmal in einem Auto, als wir in einer engen Kurve einem jener Postbusse begegneten. Wir waren auf der Außenseite ... sie hatten Vorfahrt. Nein – ich glaube nicht, daß ich mitkomme.«

Elizabeths Schweigen zwang ihnen allen Schweigen auf, doch war es mehr ein freundschaftliches Schweigen, als er es hatte erhoffen können. Etwas wie Ungezwungenheit und Vertrauen wuchs zwischen Elizabeth und den um sie versammelten Menschen. Sally hatte aufgehört, nach jedem Bissen ihre raschen, wachsamen Blicke auf die ältere Frau zu richten; sie aß langsam und mit Genuß, und als ihr Teller leer war, reichte sie ihn Canfield automatisch zum Nachfüllen. Er schenkte auch allen frischen Kaffee ein, und Elizabeth tat sich Zucker hinein, rührte um und trank, beinahe ohne zu merken, was sie tat. Wortlos bot er ihr eine Zigarette an, und sie nahm sie, ließ sie sich von ihm anzünden und nickte nur zum Dank abwesend. Nichts wurde gesprochen, bis Lancomes Schritte auf den Steinplatten sie aufrüttelten.

»Lancome? Was geschieht wegen des Stroms?«

»Wer wüßte es, Madame?« antwortete er vergnügt. »Monsieur Raedler ist unten im Keller gewesen, aber ich glaube, er weiß nicht, was los ist. Monsieur hat nach Maurice geschickt, der etwas von diesen Dingen versteht und immer die Sicherungen einsetzt, wenn sie durchschlagen, doch Maurice hat heute frei. Er ist beim Morgengrauen nach Herens aufgebrochen – Maurice ist ein Bergsteiger, wie Sie sich erinnern werden, Madame.«

»So ...?«

»So ist Monsieur Raedler jetzt am Telefon, Madame. Er hat versucht, einen Elektriker in Sion zu erreichen, aber sie sind in Montana beschäftigt. Also probiert er es in Sierre ... wenn niemand kommen kann, muß er es, wie er sagt, bei der Firma in Zürich versuchen, die die Anlage gemacht hat. Er hat mich nach deren Namen gefragt – ich wußte ihn noch genau, da es damals alles so lange dauerte.« Elizabeth sah belustigt aus. »Scheint das nicht ziemlich übertrieben, Lancome? Vielleicht ist es doch nur eine kleine Sicherung.«

»Das kann schon sein, Madame – aber wenn man sich die ganzen Schalttafeln und Kabel da unten ansieht, erscheint es wie ein Kraftwerk, und wie soll man wissen, welche Sicherung es nun ist? Monsieur ist sehr beunruhigt.«

»Daran besteht kein Zweifel«, meinte Elizabeth. »Wie dem auch sei, wir werden es ihm überlassen. Da er nun einmal Raedler ist, wird er eine Lösung finden.«

»Kaum zu glauben«, bemerkte Hayward. »Ich kann es mir einfach nicht vorstellen, ausgerechnet in der Schweiz ohne Strom zu sitzen. Aber Sicherungen sind nun mal Sicherungen... Habe nie etwas davon verstanden.«

»Kommen wir in der Zwischenzeit zurecht, Lancome?« erkundigte sich Elizabeth.

»Aber gewiß, Madame. Ich habe die verderblichen Nahrungsmittel in die Keller bringen lassen. Kerzen habe ich immer zur Hand. Es kann nötig werden, die Leute mit der Hand Wasser heraufpumpen zu lassen, doch ist das zu machen. Kein warmes Wasser zu meinem Bedauern, aber das Wetter ist günstig. Die alten Holzherde, die wir noch in der Küche haben... Aber wenn es nur eine kleine Sicherung ist...« Er zuckte die Achseln. »So ein Theater, Madame. Es ist nicht anders als früher, bevor Madame die ganzen Verbesserungen einbauen ließ. Damals war man jedoch darauf vorbereitet. Jetzt brennt eine kleine Sicherung durch, und der ganze Haushalt funktioniert nicht mehr.«

»Zerbrich dir nicht den Kopf, Lancome«, riet Elizabeth achselzuckend. »Das soll Raedler nur tun. Noch eins... hol dir von Raedler die Schlüssel und bring etwas von dem Romanée-Conti herauf. Heute abend müssen wir ein Begrüßungsdiner richten... ja, heute abend werde ich mich wohl genug fühlen, um zum Essen zu kommen. Und nun, Lancome... sei so gut und stell den Schirm etwas schräg. Bring uns frischen Kaffee und räum den Tisch ab. Ich werde noch etwas bleiben.«

»Gewiß, Madame.« Der alte Mann stellte den Schirm so, daß er seinen Schatten auf Elizabeth warf; Canfield, der ihn beobachtete, sah, wie sich die schmalen Lippen des Alten in einem verstohlenen Grinsen ungetrübten Vergnügens verzogen. Er berührte leicht Sallys Arm.

»Trink deinen Kaffee aus«, bat er. »Ich habe das Bedürfnis, oben in den hohen Bergen zu sein. Du kannst deine nächste Tasse dort trinken... wenn Mrs. Devlin uns jetzt entschuldigt.«

»Warum wolltest du weg?« fragte Sally. »Dies wäre vielleicht unsere Chance gewesen. Sie hätte vielleicht zu reden begonnen... wo Raedler außer Sicht war.«

»Nicht zu uns dreien«, erwiderte Josh. »Wir dürfen sie nicht umringen – oder versuchen, sie zu drängen. Sie kennt Hayward am längsten... und akzeptiert ihn. Laß ihn den ersten Versuch machen. Wenn es bei ihm nicht klappt, müssen wir einen anderen Weg finden, um Raedler von ihr wegzuschaffen.«

»Dann hast also du... du hast die Sicherung durchgeschlagen?«

Sie blieben am Kopf der Treppe stehen, die Sally ›Die Treppengasse‹ getauft hatte und die zum Parkplatz hinunterführte und deren alte Steinstufen von den kleinen Häuschen und den Fensterkästen voll Geranien gesäumt waren. Heute schien sie von dem Leben zu wimmeln, das gestern aus ihr entwichen war; etwa fünf kleine Kinder spielten ein Ballspiel, wobei sie die Unebenheit des Bodens durch lange Übung geschickt ignorierten; zwei Kleinkinder krabbelten in nebeneinanderstehenden Ställchen, und ein Baby schlief in einem Wagen; die Haustüren standen offen, um die Sonne hereinzulassen, und der Klang von Radios und Stimmen drang deutlich zu ihnen heraus. Eine Frau saß in einem Eingang und palte Bohnen aus; ein Hund sah sie und kam auf sie zu.

»Eine Sicherung? – Na, es ist mehr als eine durchgeschlagene Sicherung nötig, um ein Haus wie dieses in Dunkelheit zu versetzen. Ich zeigte Lancome, wie man den Transformator abstellt. Mir schien, ein Haus von dieser Größe, und dazu noch so kürzlich modernisiert, müßte einen großen Vorrat an Elektrizitätskraft besitzen. Und da war – unten in einem der Kellerräume –, die schönste Schalttafelanlage, die ich je gesehen habe. Reihen und Reihen von Sicherungskästen... tadellos und wunderschön. Natürlich wäre es nicht viel wert gewesen, wenn Raedler zufällig etwas von diesen Dingen verstanden hätte. Ich baute jedoch darauf, daß er irgendwo einen weichen Punkt haben muß...«

»Wie lange wird es dauern, es zu reparieren?«

»Das geht im Handumdrehen – sobald der richtige Mann es sich ansieht. Der Transformator muß wieder eingestellt werden, das ist alles. Ich hoffe, Raedler braucht lange Zeit, um den richtigen Mann aufzutreiben. Lancome hat bereits seinen Mann weggezaubert, so daß Raedler, wenn wir etwas Glück haben, einige Stunden beschäftigt ist und Elizabeth einige Stunden Ruhe hat.«

Der Hund, ein zufrieden aussehender Bastard, war nun bei ihnen angekommen und hob die Schnauze an Canfields Hand. Jener liebkoste und streichelte seine Ohren. »Wessen Promenadenmischung bist denn du?« fragte er.

»Josh – woher verstehst du etwas über Dinge wie Transformatoren?«

Er blickte zu ihr auf. »Ich erzählte dir doch, daß ich ein Hauswirt wider Willen bin. Nun, und wie die Löhne in London sind, sah ich mich gezwungen, ein Amateurelektriker, Klempner und Tischler zu werden. Ich bin in keinem davon sehr gut, habe aber genug gelernt, um zu wissen, wann ich von den sogenannten Fachmännern betrogen werde. Ich habe es aufgegeben, für Schaltkästen zu bezahlen, die nie installiert wurden, und Kilos von Farbe, die nie auf die Wände gelangten. Das Ergebnis davon ist, daß alle Bauunternehmer des Bezirks mich kennen und nicht mehr für mich arbeiten.«

»Ich wußte doch, etwas stimmte nicht bei dir – du bist ein bösartiger Hauswirt, das bist du! Nun hör auf, mit dem Hund zu schäkern... die Damen entlang der ganzen Treppe warten darauf, dich zu besichtigen. Ich werde mich sehr fest bei dir einhaken und ihnen zu verstehen geben, wie die Dinge stehen.«

»Sie sind herausgekommen, um sich Devs Tochter anzuschauen... aber wenn es hilft, dich eifersüchtig zu machen, werde ich sie alle anlächeln.«

»Heb du dein Lächeln nur für mich auf! Das ist alles, was du zu tun hast!«

Sie begannen hinunterzugehen; aus jedem Eingang grüßte sie ein Lächeln. »Bonjour, M'selle... Monsieur. Bonjour...«

Einer der kleinen Tolpatsche in dem Ställchen bot seine Rassel zum Anschauen an, und als Sally stehenblieb, um mit ihm zu reden, kam seine Mutter herbei und glättete ihm stolz das blonde Haar und zog seinen Pullover glatt, wobei sie die ganze Zeit rasch daherplapperte. Das meiste entging Sally, bis auf das häufig wiederholte »Monsieur Devlin«.

Als sie bei dem Auto anlangten, gestand Sally: »Es war zu schnell für mich. Was sagte sie?«

»Sie sagte, Monsieur Devlin sei beinahe jeden Tag, den er hier war, heruntergekommen und habe mit den Kindern geredet. Sie liebten Devlin.«

»Sie liebten ihn? Aber gestern holten sie die Kinder herein und machten die Türen zu.«

»Gestern war ja auch Raedler bei uns!«

Sally hatte während der Fahrt nach Evolène hinauf meistens geschwiegen, und er sagte ihr nichts von dem Auto, das er die ganze Zeit im Rückspiegel im Auge behielt. Es bestand noch kein Grund anzunehmen, daß die beiden Männer, die auf dem Platz von St. Martin in dem Auto gesessen und sich Karten angeschaut hatten, etwas anderes als Touristen waren, und kein Grund, weshalb sie nicht auch nach Evolène unterwegs sein sollten. Wenn man sich einmal auf jener sich aufwärts schraubenden Spirale der Gebirgsstraße befand, konnte man nicht mehr abbiegen. Sie fuhren durch die kleinen Dörfer, wo die Châlets aus handgefällten Baumstämmen gefährlich auf ihren Steinsockeln zu thronen schienen und über die schmalen Gassen ragten. Die Straße drang tief in das Tal vor, führte durch Tunnel durch die absonderlichen, von der Erosion des Windes geformten weißen Felsformationen, die die Pyramiden von Euseigne genannt wurden, und überquerte die wilden Fluten der Borgne auf einer schmalen Brücke. Hoch oben an den Hängen konnten sie kleine Häuserhäufchen sehen und manchmal ganze Dörfer, die nur auf gewundenen Zickzackpfaden zu erreichen waren.

Das Tal war nichts für Touristen; die Wirklichkeit war hier der nackte Lebensunterhalt, zusammengekratzt durch die Ziegen- und Rinderherden von der dünnen Erdschicht auf den Hängen und darüber stets der Anblick der Schneegipfel.

Sally meinte leise: »Es scheint so hart, nicht wahr – das Leben hier? Die jungen Mädchen sehen so alt in diesen langen schwarzen Röcken und den schwarzen Hüten und Stiefeln aus – sogar ihre Gesichter sehen alt aus, als hätten sie immer ununterbrochen gearbeitet, seit sie laufen konnten.«

»Es muß nicht leicht sein, mit dem Gedanken zu leben, daß man jeden Winter durch eine Lawine sein Haus verlieren kann und sogar das gesamte Weideland. Sie leben in verschiedenen Höhen – die Bevölkerung ganzer Dörfer wandert mit ihrer Habe auf dem Rücken los, wenn es Zeit ist, mit dem Vieh auf die Almen hinaufzuziehen. Sie folgen fast der Schneegrenze, wenn diese zurückgeht. Es ist hart und primitiv, und ein Mädchen kann gar nicht sehr lange jung bleiben, fürchte ich ...«

Evolène begrüßte sie mit dem Angelusläuten. Die ungepflasterte, staubige Straße wand sich durch die dichtgedrängten Häuser, von denen einige drei Stockwerke hoch waren; ihre Balkons trugen den mutigen Schmuck des Sommers, die Topfpflanzen, doch atmeten sie alle noch irgendwie die Luft des Winters aus. Ihre Dächer waren rauh, und die handgeschnittenen Schieferschindeln sprachen von Alter und den Schneelasten, wie sie sich dort unter die Felswand des Berges duckten, der hinter ihnen aufragte. Hinter diesem ersten Massiv erhob sich der klotzige Gipfel der Dent Blanche und jenseits des Tales die zackigen Spitzen der Dents de Veisivi; zwischen ihnen flossen die gefrorenen Massen des Ferpècle-Gletschers. In den warmen Staubfarben des Dorfes wurden Blick und Sinn unwiderstehlich von der drohenden, schneeigen Weiße darüber angezogen.

»Ich hätte gerne jene Tasse Kaffee«, sagte Sally zaghaft.

Sie aßen im Hotel Eden zu Mittag, in dem niemand Gäste erwartete, doch die Wirtin brachte das Bündner Fleisch, den Käse und Fendant zum Vorschein, wie Elizabeth es vorausgesagt hatte. Die Fenster der schmucklosen Gaststube neigten sich zum Fluß hinunter. Nach dem Essen ließen sie den Wagen dort stehen und gingen durch die Wiese hinunter, die gesprenkelt war mit den winzigen, wunderhübschen Blumen der hohen Gebirgstäler. Der Fluß strömte mit der bläulichweißen Färbung der Gletscher dahin. Sie setzten sich auf Joshs Mantel, und er zog die Zigaretten heraus. Sally tat langsam ihren ersten Zug und drückte dann plötzlich ihre Zigarette aus.

»Ich höre auf zu rauchen«, verkündete sie.

Josh sah sie mit emporgezogenen Brauen an. »Weshalb?«

»Ich glaube auf einmal, ich brauche es nicht mehr.« Sie lächelte ihn an, streckte sich lang aus und vergrub das Gesicht halb in dem Tweed, der den Geruch des Grases und der weichen Erde angenommen hatte. In sehr kurzer Zeit war sie eingeschlafen.

Die beiden Männer standen vor dem Postamt, als Josh und Sally durch den Ort zurückgingen. Es hatte begonnen, sich zu bewölken, und mit der Plötzlichkeit, die in jenen Höhen üblich ist, waren die Berge innerhalb weniger Minuten hinter einem Nebelvorhang verschwunden, so daß die Felswand über dem Dorf, wenn man nun emporblickte, das Ende der Welt zu sein schien. Es wurde kalt, und der Nebel ging in leichten Nieselregen über. Sie gingen in das Café, um Kaffee zu trinken; die bescheidene italienische Espressomaschine funktionierte nicht, und so bestellte Josh Remy Martin für sie beide.

»Damit du mir nicht krank wirst«, meinte er zu Sally. Er sagte ihr nicht, daß die beiden Männer in das Café gegenüber gegangen waren; er überlegte, ob sie wohl mehr Glück mit dem Kaffee gehabt hatten. Und er sagte auch nichts, als dasselbe Auto ihnen das Tal hinunter folgte – es gab schließlich nur den einen Weg hinunter. Der Nebel blieb; weißlich hing er unter ihnen, verschleierte den Fluß und manchmal auch die andere Seite der Schleife einer Haarnadelkurve. Er fuhr vorsichtig und versuchte nicht, dem nachfolgenden Auto zu entkommen. Falls es Raedlers Leute waren, hielten sie sich nicht in St. Martin auf; falls sie Touristen waren, gab es auch für sie keine Eile. Falls sie Raedlers Leute waren, mußten sie erst kürzlich angekommen sein und nicht in der Lage sein, auf legitimem Weg ins Schloß vorzudringen, sondern waren nur da für den Fall, daß sie gebraucht wurden – wie für die heutige Aufgabe. Nun, in dem Spiel, das sie spielten, gab es sehr viel schlimmere Arten, einen Tag zu verbringen, überlegte Canfield. Dann konzentrierte er sich auf das Fahren; Sally saß still und schläfrig neben ihm und zündete sich auf dem ganzen Weg hinunter keine einzige Zigarette an.

Unten im Haupttal hatte es nicht geregnet, wodurch ihr Gefühl bestärkt wurde, als kämen sie von einer anderen Welt herab.

»Ich bin froh, daß wir diesen Tag zusammen haben ... nur du und ich«, gestand Sally, »... um für einige Stunden wieder gewöhnliche Menschen zu sein. Mir ist, als habe ich gerade einen tiefen Atemzug getan.«

Auf dem Platz von St. Martin sahen sie Hayward unter einem der Schirme des Cafés sitzen und Campari trinken. Als Josh und Sally sich zu ihm setzten und die beiden Männer aus dem Auto ebenfalls einen Tisch nahmen, sah sich Josh beinahe gezwungen, sie für Touristen zu halten. Sie waren einfach zu aufdringlich, um etwas anderes zu sein. Und doch, wo es nur ein Café und ein Hotel im Ort gab, wo sollten sie sonst hingehen? Josh begannen ihre Schwierigkeiten Spaß zu machen.

»Nun?« wandte er sich an Hayward, als ihr Dubonnet gekommen war. Hayward schüttelte den Kopf; sein großes Gesicht war verdrossen. »Hat keinen Zweck gehabt, fürchte ich. Wir unterhielten uns eine Stunde lang, nachdem ihr weggingt, während Raedler alle paar Minuten angeschossen kam, um zu versuchen, Elizabeth ins Haus und von mir wegzuholen. Dann mußte er immer wieder ans Telefon und schließlich nach Sion hinunterfahren. Aber das erst, als Elizabeth hineingegangen war und er sich sicher fühlte, wie ich vermute.«

»Sie hat nichts gesagt? – Nichts über Devlin?«

»Nur über Devlin – aber nichts, was wir nicht bereits wußten. Es war nichts, was ich sehr gerne machte, Josh. Ich meine – dazusitzen und über die Stiftung zu sprechen und das Gute, das man damit tun könnte, und den besten Weg, um zu erreichen, daß das Denkmal wirklich etwas über Dev selbst aussagt – und die ganze Zeit konnte die arme Frau kaum die Fassung bewahren. Nicht nur das Reden über Dev war so schmerzlich – ich glaube, sie hatte selbst wirkliche Schmerzen. Es war fast, als sähe ich sie vor meinen Augen in Stücke gehen. Zuletzt mußte ich einfach darauf bestehen, daß sie hinein und in ihr Zimmer ging. Und wie sie mich ansah ...« Er seufzte. »Ich hätte fast glauben können, sie vermutete, daß ich die Wahrheit darüber wußte, wie krank sie ist. Sie nahm jene Brille ab, und ihre Augen blickten völlig verzweifelt, als flehe sie mich an, etwas zu tun, und könne doch nicht sagen, was es sei. Ich sage Ihnen, ich kam mir verdammt niederträchtig vor!«

»Niederträchtig ... nun ja. Ich möchte wissen, ob sie ihr etwas für die Schmerzen geben ... falls sie Schmerzen hat. Sie schien mir nicht unter Drogen zu stehen.«

»Sie ist eine Frau, die sich Drogen widersetzt«, sagte Sally.

»Ich glaube, sie würde lieber Schmerzen ertragen, damit ihr nicht alles andere entgeht.« Und dann fügte sie leise hinzu: »Ich habe immer gedacht, daß mein Vater Mut für die höchste Tugend hielt.«

## 10

Das Schloß war mit Kerzen geschmückt, und es trug ihren Schein, wie eine Frau edlen Schmuck trägt; seine Schönheit war echt und stammte aus seiner eigenen Zeit. Es war aufgeblüht und zu eigenem Leben erwacht. Der Reichtum des großen Hauses wirkte reicher dadurch, daß man ihn weniger deutlich sah. An diesem Abend war es ein Haus, für das man sich festlich anzog; es brauchte, wie Canfield fand, zu seiner Vollendung die langen Gewänder und die Anmut der Frauen. Sally trug einen Topasanhänger auf einem Kleid von bernsteingelber Seide; das warme Sherryhaar fiel schlicht auf die Schultern herunter. Elizabeth hatte auf die Stimmung des Abends mit einem Kleid von mittelalterlicher Pracht reagiert, einem langen, losen Gewand aus granatrotem Samt, durch dessen geschlitzte Ärmel man Satin schimmern sah; an der rechten Hand funkelte als einziger Schmuck ein großer Rubin. An dem beglückten Lächeln auf Haywards Gesicht hatte Canfield gesehen, daß er Elizabeth so und nicht anders in Erinnerung hatte und so auch St. Martin.

Als sie in das Eßzimmer gingen, blieb Sally ein wenig mit Josh zurück. »Ich habe an Robert geschrieben«, sagte sie leise.

Er ließ seine Hand einen Augenblick auf ihrem Arm ruhen; es war eine Liebkosung, eine Gebärde der Dankbarkeit, ein Ausdruck von Liebe. Dann begaben sie sich an ihre Plätze.

Im Eßzimmer war ein Kaminfeuer angezündet, um seinen Schein auf die gealterte Patina des langen Tisches zu werfen, dem Kristall Farbe zu verleihen und die silbernen Leuchter erglänzen zu lassen, so daß sich die Farben der Wandteppiche in ihnen spiegelten. Und Elizabeth saß auf dem Stuhl, der am Abend zuvor leer geblieben war; es war Farbe in ihren Wangen – vielleicht unechte Farbe, doch hatte sie die Geste gemacht, und auch das entsprach dem Geist dieses Abends; sie aß, als schmecke es ihr tatsächlich.

»Simon hat sich selbst übertroffen«, bemerkte sie zu Lancome. »Der Ausfall des Stroms in der Küche macht ihm nichts aus.«

»Simon ist glücklich, daß Madame Gäste hat, für die er Mahlzeiten bereiten kann. Der Ausfall des Stroms – der macht Simon nichts aus. Ich glaube, Madame, er freut sich über den Wechsel.«

»Sie sehen, Raedler, all Ihre Bemühungen werden nicht gewertet. Den ganzen langen Tag haben Sie nun herumtelefoniert und sind herumgesaust, um einen Elektriker aufzustöbern, und hier sagen sie nun, es macht ihnen nichts aus, daß wir ohne Strom sind. Wenn es nicht die zusätzliche Arbeit wäre, die es allen macht, hätte auch ich eigentlich lieber, daß es so bliebe. Es ist so viel gütiger«, fügte sie mit einem spöttischen Seufzer hinzu, »dieses Licht für die Älteren.« Und dann schaute sie den Tisch zu Sally hinunter. »Und für die Jungen ist es reiner Zauber.«

Mißmutig winkte Raedler Lancome ab, der um den Tisch herumgegangen war, um Wein nachzuschenken. Wie Canfield bemerkte, hatte er den vorzüglichen Romanée-Conti kaum probiert. Er hatte wenig gegessen, als seien ihm die Gerichte zuwider; er reagierte als einziger am Tisch nicht auf die Stimmungsanreize, das Essen, den großen Wein, Sallys Schönheit und die Aura von Vornehmheit und Macht, die unbewußt von Elizabeth ausging. Schwach und unwillig hatte er über Haywards Geschichten gelächelt. All diese Dinge waren eine drohende Gefahr für Raedler; seine Herrschaft über Elizabeth und dieses Haus war ihm genügend entglitten, um Gelächter an diesem Tisch zu dulden und gute Stimmung in der Küche. Es gefiel ihm nicht. Es konnte sogar gefährlich für ihn sein, überlegte Canfield im Gedanken daran, wer Raedlers Herren waren, überhaupt zugelassen zu haben, daß es so weit gekommen war.

»Morgen wird alles wieder seinen gewohnten Gang gehen, Madame. Ich habe eine feste Zusicherung, daß zwei Männer von Sion morgen früh hier sein werden – wenn nicht schon heute abend, nachdem sie von Montana zurück sind. Falls irgendeine umfangreiche Arbeit nötig ist, schickt uns die Züricher Firma Leute bis zum Nachmittag.«

»Quel dommage«, seufzte Elizabeth. »Wir müssen also unser kurzes Entrinnen in die Verzauberung genießen, solange wir es können.«

Sie versuchten es, und auf bescheidene Weise gelang es ihnen auch. Es war keine brillante Gesellschaft – Elizabeth war lediglich fähig, eine kleine Anstrengung zu machen, und Sally hatte noch zu viel Scheu vor ihr, um die Führung zu ergreifen. Hayward erzählte seine Geschichten, jedoch ziemlich schwerfällig. Abgesehen von dem Wein und den Gerichten von künstlerischer Vollendung wäre das Diner in keiner Weise bemerkenswert, wenn nicht der Kontrast zu dem bestanden hätte, was sie vom Vorabend in Erinnerung hatten. Nun saß Elizabeth am Kopf ihres Tisches, und ihre Gegenwart schien ein kleiner Triumph über ihren Körper zu sein, der sie verraten würde, und ein Triumph für die Forderung nach Unabhängigkeit, die sie an Raedler stellte. Es war sehr wenig, überlegte Canfield, und doch sehr viel.

Da er für den Augenblick bei Elizabeth keinen Erfolg hatte, machte Raedler einen Versuch, die Herrschaft über die Stimmung am Tisch durch Canfield wieder an sich zu reißen. Hayward hatte gerade von einer wilden Nacht erzählt, als er sich bemüht hatte, einen jungen amerikanischen Autor der ›kühlen‹ Schule zu unterhalten und sich auf einer Runde durch die Jazzhöhlen Londons wiederfand, von denen er nicht einmal geahnt hatte, daß sie existierten. »Er nannte mich dauernd Daddy – oh«, schloß er. »Es war kein berühmter Erfolg.«

»Aber Sie haben doch auch normale Autoren, Mr. Hayward?« warf Raedler ein. »Autoren, die Ihnen keine Mühe machen – viele wie Mr. Canfield? Obwohl ich glaube«, fügte er hinzu, als käme ihm gerade der Gedanke, »daß Sie noch nichts von Mr. Canfield verlegt haben. Ich hatte noch nicht das Vergnügen, Mr. Canfields Bücher zu lesen, doch die beiden Bände, die Sie Madame Devlin zur Prüfung schickten, trugen nicht das Hayward-Impressum, oder?«

Hier war einer der schwachen Punkte in dem Plan, Canfield nach St. Martin zu bekommen. Hayward war darauf vorbereitet. »Tja, wir wünschten, sie wären alle wie Josh«, erklärte er rasch. »Ich meine – wir haben noch nichts von Josh verlegt, aber wir verfolgten die Besprechungen seiner Bücher, und als er jenen Artikel über Dev im Opinion veröffentlichte, wußte ich, er würde unser Mann für die Biographie sein, es sei denn, er war woanders völlig gebunden. Ich habe alle mir möglichen Überredungskünste aufgeboten.«

»Also ein bißchen Seeräuberei, Mr. Hayward?«

»Wir geben nie zu, daß wir Autoren stehlen. Es ist schlecht für die Geschäftsmoral. Aber Autoren sind auch nur Menschen. Stimmt's, Josh? – Sie mögen es gern, wenn man ihnen ein bißchen den Hof macht, und sie mögen es, gut bezahlt zu werden. Wir finden jedoch, daß es sich leichter mit denen arbeiten läßt, die nicht erwarten, in Jazzlokale geschleppt zu werden.«

Raedler fuhr zu Canfield herum, als habe er den Verdacht, sie wollten ihn vom Thema ablenken. »Und die Biographie über Monsieur Devlin wird – wann erscheinen?«

»Das kommt ziemlich auf Mrs. Devlin an.« Es war ein heikles Thema, und er wollte nicht, daß sie sich wieder zurückzog wie am vergangenen Abend. Die Tarnung mußte jedoch aufrechterhalten werden, und er mußte so tun, als wäre die Devlin-Biographie sein einziges Anliegen hier.

Jeder am Tisch sah sie an. Sie zog sich nicht zurück, beantwortete jedoch die Frage nicht. »Ja, es kommt darauf an, nicht wahr?« meinte sie. »Es könnte eine lange Zeit sein – es könnte nie sein, das heißt, nie von den authentischen Quellen, und das sind seine Tagebücher und Briefe. Ich bin nicht sicher, ob es eine Biographie über Dev geben sollte.« Sie lehnte sich in ihren hochlehnigen Stuhl zurück; in dem roten Gewand mit den geschlitzten Ärmeln, das Haar wie eine weiße Kappe zurückgekämmt, hatte Canfield in dem Kerzenlicht, das über die scharfumrissenen Züge flackerte, sekundenlang das unheimliche Gefühl, einem mittelalterlichen Richter gegenüberzusitzen, der mit der Macht seines Amtes prüfte und wägte. Die Hand mit dem großen Rubin zeigte beinahe anklagend auf ihn.

»Was für einen Mann werden Sie aus Devlin machen?«

»Ich bin nicht sicher, ob ich überhaupt etwas aus ihm machen werde. Es mag unmöglich sein, über ihn zu schreiben.«

Sie beugte sich vor und ließ die distanzierte Haltung fallen. »Warum sagen Sie das?«

»Devlin hatte keine Feinde. Er liebte ein Leben voller Abenteuer und Leistung. Er heiratete eine Frau, die ihre eigene Legende gelebt hat. Er gewann eine große Auszeichnung – und hatte immer noch keine Feinde. Wer wird an so einen Mann glauben?«

Die Hand mit dem Ring schlug hart auf den Tisch. »Es könnte Ihre Aufgabe sein, Mr. Canfield, zu erreichen, daß sie es glauben! Das ist die Wahrheit über Devlin, und sie muß erzählt werden!«

Canfield antwortete nicht sofort. »Wenn die Wahrheit über Devlin erzählt werden kann«, begann er, »muß sie...«

Eine Veränderung vollzog sich im Raum. Er hielt inne. Ein trübes braunes Licht kam widerstrebend in die Wandleuchter und die drei Kronleuchter. Es überflutete flüchtig das Zimmer und erstarb dann wieder. Erstaunt sahen sie sich an, als hätten sie vergessen, daß es ein anderes Licht gab als das weiche und gütige Kerzenlicht. Niemand hatte das erste Aufflammen der Elektrizität mit Freude begrüßt, niemand außer Raedler.

Er stand auf. »Aha... die Elektriker sind an der Arbeit! Ich werde hinuntergehen und mit ihnen sprechen.« Er ging auf die Tür zu, doch bevor er sie erreichte, öffnete sie sich, und einer der jungen Diener erschien. Lancome eilte auf ihn zu, doch Raedler war vor ihm da. Der Diener sagte etwas, und Raedler nickte. Dann verließ er unauffällig den Raum.

Nachdem er gegangen war, herrschte eine Minute lang Schweigen. Der große Rubin leuchtete in rotem Feuer, als Elizabeths Hand zum Stiel ihres Glases glitt. Sie trank jedoch nicht; sie umklammerte ihn, so wie sie das Cognacglas am Abend zuvor umklammert hatte, wie eine Waffe, wie einen Halt.

»Die Wahrheit, Mr. Canfield, ist eine merkwürdige Münze«, sagte sie. »Jene, die damit handeln, lernen ihren Wert.«

»Die Wahrheit ist es, was ich hier in St. Martin zu finden hoffe.« Die rubingeschmückte Hand zuckte.

»Suchen Sie weiter! Die Wahrheit wird selten in einem kurzen Augenblick enthüllt. Sehr wenige sind in der Lage von Paulus auf dem Weg nach Damaskus gewesen.«

»Wie das Motto deines Bischofs sagt, Elizabeth«, bemerkte Hayward. »Veritas praevalet – jedoch langsam, vermute ich.«

»Das ganze Motto heißt: Magna est veritas et praevalet! Aus den Apokryphen. Und es war nicht das Motto des Bischofs, sondern Devs Motto.«

»Devs Motto?«

»Er gab es nie zu, aber einmal zitierte er es, und ich machte es zum Motto dieses Hauses. Für einen Schriftsteller gibt es letzten Endes nichts als die Wahrheit. Sie ist etwas, dessen Kern zu finden er sich ständig bemühte.«

»Lieber Dev...«, murmelte Hayward leise.

»Deshalb mag Ihre Aufgabe unmöglich sein, Mr. Canfield, die Wahrheit über Devlin zu erzählen.« Elizabeths Hand wies der Reihe nach auf sie alle. »Wir alle hier um diesen Tisch glauben, die Wahrheit über ihn zu wissen. In Wirklichkeit weiß jeder von uns jedoch eine andere Wahrheit über ihn. Ihre Aufgabe würde es sein, diese verschiedenen Wahrheiten zusammenzufügen, Mr. Canfield. Sie werden unweigerlich scheitern. Aber das Scheitern muß ein ehrliches Scheitern sein. Sind Sie imstande, unter diesen Bedingungen zu scheitern, Mr. Canfield? Sie müssen darauf vorbereitet sein, unter diesen Bedingungen zu scheitern, oder dürfen gar nicht damit anfangen.«

»Sie laden einem Biographen eine schwere Bürde auf... oder vielmehr jedem Schriftsteller, Mrs. Devlin!«

»Die Wahrheit ist immer eine Bürde.«

Die Tür öffnete sich. Raedler stand in ihr. Hinter ihm wurde die große Halle im grellen Schein des elektrischen Lichts sichtbar, so grell, daß es den Augen durch den Kontrast des hier herrschenden weichen Dämmerlichtes weh tat. Seine schlanke, dunkle Gestalt zeichnete sich gegen die Helligkeit ab. Er hielt noch die Türknöpfe der beiden Türflügel in der Hand fest umspannt und wartete, bis er die Aufmerksamkeit von ihnen allen auf sich gezogen hatte. Er sah Elizabeth an, und seine Lippen krümmten sich in jenem sonderbaren Lächeln. Sogar seine graue Fassade der Unpersönlichkeit vermochte nicht den Triumph zurückzuhalten, die Erklärung, daß er wieder das Kommando übernahm.

»Madame«, verkündete er, »die Boten von der Bank sind angekommen.«

Während seiner Worte hatte die Hand des Elektrikers unten auf der Schalttafel im Keller einen Hebel eingestellt. Von jeder Lichtquelle im Raum überflutete sie nun das Licht und blendete sie vorübergehend. Der Raum wurde zu hart und zu deutlich enthüllt, der Schimmer des Silbers, des Kristalls, des alten gewachsten Holzes wurde jäh mechanisch glänzend und kalt. Die Augen blinzelten in der Überfülle von Licht; die Gesichter um den Tisch schienen bleich und blutleer.

Sie hatten nicht bemerkt, wie Elizabeth sich erhob. Sie stand und hielt die Tischkante umklammert. »Der Bote? Jetzt? Er ist jetzt gekommen?«

»Es sind zwei, Madame.«

Hektische rote Farbflecke waren in ihre Wangen geschossen. Sie stieß den Stuhl mit einer so unkontrollierten Bewegung zurück, daß er kippelte. Halb rennend begann sie durch das Zimmer auf Raedler zuzulaufen, mit weitaufgerissenen Augen, als existierten ihre Gäste plötzlich gar nicht.

»Bitte, lassen Sie sich nicht stören, Madame«, sagte Raedler. »Sie bleiben die Nacht.«

Sie schien zu taumeln und griff krampfhaft nach Sallys Stuhllehne als einem Halt. Canfield sprang auf, um sie zu stützen, doch war sie bereits in jenem merkwürdigen Laufschritt weitergehastet.

»Sie Dummkopf!« sagte sie zu Raedler, und ihre Stimme war voller Qual. »Ich will sie jetzt sehen – jetzt!«

Er verbeugte sich leicht und ließ sie vorbei. Bevor er die Tür schloß, gestattete er sich ein oder zwei Sekunden, um seinen Blick auf der Tischrunde ruhen zu lassen. Er hatte die Lippen über jenem Lächeln zusammengepreßt, doch der triumphierende Ausdruck wurde nicht zurückgedrängt; er wollte es auch gar nicht anders.

Als er fort war, gab Hayward Lancome ein Zeichen. »Lancome, könnten wir diese Lampen ...«

»Aber gewiß, Monsieur.« Der alte Mann eilte zu den Schaltern. Der Raum schmolz jedoch nicht mehr in seine eigenen Schatten zurück. Sie hatten ihn in dem jähen Lichtschein enthüllt gesehen, und alles, was dieser gezeigt hatte, war die Tatsache, daß die Dunkelheit in den Menschen selbst blieb.

Lancome schickte sich an, den nächsten Gang zu servieren.

»Wir werden auf Mrs. Devlin warten«, erklärte Hayward.

»Das würde ich nicht raten, Monsieur. Es ist unwahrscheinlich, daß Madame heute abend noch einmal erscheint.«

Sally zog leise die bemalte Tür ihres Appartements hinter sich zu und lehnte sich gegen sie, schloß die Augen und bekämpfte nicht mehr die Anzeichen von Bestürzung und Niedergeschlagenheit, die sie während der letzten Stunde unterdrückt hatte. Die Stille war sehr tief, beinahe vollkommen; sie empfand die Müdigkeit von zuwenig Schlaf und den Stunden in großer Höhe oben in den Bergen. Sie empfand die Trennung von Josh, kurz und konventionell, die unter Haywards interessiertem Blick stattgefunden hatte. Sie empfand, was sie alle gemeinsam bewegt hatte, als Elizabeth sie verließ und nicht wiederkam –

das Gefühl, ausgeschlossen zu werden und das qualvolle Forschen nach der Bedeutung der plötzlichen Ankunft der zwei Unbekannten und nach der Bedeutung von Elizabeths Reaktion darauf.

»Jeden Monat – jeden Monat, seit Monsieur Raedler hier ist, kommt ein Bote von der Bank«, hatte Lancome leise bemerkt, als er den Kaffee servierte. »Madame erwartet ihn stets mit großer Ungeduld. Aber diesen Monat kommt er zu früh – und es sind zwei. Und sie übernachten hier im Schloß, was auch neu ist.«

Sie waren auf der Terrasse auf und ab gegangen und hatten es kurz und ergebnislos besprochen.

»Ich weiß, daß Schweizer Banken außergewöhnliche Dinge für ihre Kunden tun – sie tun sie jedoch zu normalen Tageszeiten«, hatte Hayward gesagt und unglücklich an seiner Zigarre herumgefummelt. »Und warum kann sich Elizabeth so über die Ankunft von jemand von der Bank aufregen? Großer Gott, sie braucht wahrhaftig kein Geld! Was meinen Sie, Josh?«

»Ich glaube, sie haben überhaupt nichts mit der Bank zu tun. Aber wir werden keine Möglichkeit haben, auch nur das festzustellen, bevor wir sie nicht zu sehen bekommen. Und ich möchte wetten, man wird uns das heute abend nicht erlauben. Lancome erzählte mir, Raedler hätte ihn angewiesen, Zimmer auf der anderen Seite des Hauses zurechtmachen zu lassen.«

Sie hatten weiter im Kreis um das Thema herumgeredet und waren schließlich in Schweigen versunken, da sie erkannten, daß es alles nur Mutmaßungen waren. Die Nacht war lau und von Duft erfüllt; unter ihnen hatten die Lichter des Ortes begonnen zu verlöschen, die Gehöfte auf den Hängen waren bereits dunkel, ein Zug brauste mit einer langen Lichtschlange das Tal hinunter, der Fluß schimmerte plötzlich wie Silber im blassen Schein des neuen Mondes, der über dem Kamm der Berge aufstieg. Es hätte eine friedliche Nacht sein sollen. Doch wenn sie an das Ende der Terrasse kamen und umkehrten, gewahrten sie jedesmal das Licht in der langen Reihe von Fenstern, die, wie Hayward sagte, zu den Appartements gehörten, die Elizabeth und Devlin bewohnt hatten. Sie waren weiter auf und ab gegangen, wie um länger auszuharren als das Licht dort oben. Endlich waren alle Fenster bis auf eines dunkel geworden. Sie hatten dagestanden und zugeschaut, wie jemand an ihnen entlangging und die Vorhänge zuzog.

»Das wär's«, meinte Josh. »Es hat keinen Sinn zu warten ... Wir können sie heut' nacht nicht erreichen.«

Sally lehnte den Kopf gegen die Tür und dachte an die Verlassenheit jenes einen erleuchteten Fensters, an die Einsamkeit dahinter. Das war es, was sie am meisten bedrückt hatte, seit sie das Schloß betreten hatte – die Ahnung der Einsamkeit, die Elizabeth durchgemacht hatte. Sie dachte an die Einsamkeit des Winters, die jeder von ihnen beiden getrennt durchlebt hatte.

»Wir hätten zusammen sein können.« Für sie hatte die Einsamkeit durch Josh ein Ende gefunden. Elizabeth mußte sie weiter ertragen.

Ein leises Geräusch im Ankleidezimmer traf sie in der Stille wie ein körperlicher Schlag. Sie richtete sich auf und blickte sich wild im Raum um und dachte an das Manuskript, das sie versteckt hatte, und hatte Angst um es. »Wer ist da?« rief sie. »Ist jemand da?«

Die Tür zum Ankleidezimmer öffnete sich, und Marie erschien auf der Schwelle. »Verzeihung, M'selle – hab' ich Sie erschreckt? Ich kam, um Ihr Bett aufzuschlagen, und hab' gewartet, um zu fragen, ob Sie noch etwas brauchen.«

Sally lächelte vor Erleichterung und ging in die Mitte des Zimmers. »Nein, Marie – vielen Dank. Ich brauche nichts.«

Die Frau betrachtete sie. »Gar nichts? Sind Sie sicher, M'selle? Nicht etwas Unterwäsche zum Waschen? – Ein Kleid zum Bügeln? Ach ja, die jungen Leute reisen heute alle mit Nylonsachen und dem Drip-Dry-Zeug, nicht wahr? Wie Madame, wenn sie mit Monsieur auf eine Safari ging. Aber vielleicht irgend etwas anderes ...?« Sie warf auf einmal die Hände hoch. »Ach, hören Sie nur, wie Marie daherredet, wie eine alte Frau – um etwas zu tun bettelt.« Sie zuckte die Achseln. »Was für ein Dummkopf ich bin, daß ich es mir nicht bequem machen kann, wenn man es mir anbietet. Aber es gibt jetzt so wenig zu tun ...«

»Kümmern Sie sich nicht mehr um Madame Devlin?«

»Ich kümmere mich um Madames Kleider. Das ist alles. Alles übrige – die Toilette, das Ankleiden, die Mahlzeiten auf ihrem Zimmer – macht alles die andere, die Schwester. Ich kann nicht mehr mit Madame reden – und sie nicht mehr mit mir. Madame will nicht reden. Ich mache mir Sorgen um Madame. Sie trägt eine schwere Last, die ich nicht verstehe.«

Die Frau zupfte ratlos an der gestärkten Rüsche ihrer Schürze. »Sie verzeihen mir, daß ich so daherrede, M'selle? Aber Sie sind doch Monsieurs Tochter. Ich sagte zu Lancome, daß Sie es verstehen würden. Wir haben versucht, ihr zu helfen, aber sie weist uns zurück. Wir haben niemand, den wir fragen können, keine Möglichkeit, herauszufinden, was am besten zu tun ist. Und heute nacht wird sie Hilfe brauchen. Sie ist da oben eingeschlossen, ganz allein. Ganz allein in all diesen großen Zimmern. Sie wird in dem Zimmer sitzen, das Monsieur zum Schreiben benutzte. Manchmal redet sie mit sich selbst, manchmal weint sie. Ich habe es gehört. Es ist immer so gewesen, wenn der Mann von der Bank kam. Ich bezweifele, daß Sie sie morgen sehen werden, M'selle.«

»In dem Zimmer, in dem er schrieb...?«

»Ja, immer. Sie verbringt sehr viel Zeit in ihm. Es war ein Scherz zwischen ihnen, jenes Zimmer. Ich höre sie noch darüber lachen – wie ein junges Liebespaar. Es war ein Scherz, weil Madame einen großartigen Raum für Monsieur zum Schreiben hergerichtet hatte. Bücher bis unter die Decke – Tausende von Büchern. Ein Schreibtisch mit vielen Schiebladen – die Bleistifte und Federhalter, Hunderte davon, glaube ich –, Schränke für seine Aufzeichnungen. Ein Sekretär wurde eingestellt. Und Monsieur wollte nichts von alldem. Er benutzte den wunderschönen Raum einige Male, um Madame eine Freude zu machen, und der Sekretär saß vor der Tür und wartete. Und dann entdeckte Madame, daß er auf alten Papierfetzen schrieb, während er auf einer Fensterbank in einem kleinen Zimmerchen saß, das eine Art Ankleideraum für Monsieur in den Appartements war, die sie zusammen bewohnten. Sie lachte – sie freute sich so, daß er in ihrer Nähe bleiben wollte. Sie stellten einen Tisch hinein, einen ganz kleinen, und das große Zimmer blieb leer und unbenutzt. Es war der Paraderaum, und sie taten so, als schriebe er in ihm. Es war ihr Scherz. Jetzt klammert sie sich daran, an jenes kleine Zimmerchen.«

Sally schwieg eine Zeitlang und verarbeitete die Vorstellung, wie ihr Vater und Elizabeth den Vorgang seiner schöpferischen Tätigkeit geteilt hatten, jenes unordentliche Ritual der tatsächlichen Niederschrift der Worte, es tief genug geteilt hatten, um darüber scherzen zu können. Es war ganz anders als das Bild, das sie von den beiden gehabt hatte, ganz anders als die

Vorstellung von Elizabeth als einer Frau, deren Ehrgeiz einen berühmten Namen geheiratet hatte, nicht den Menschen in Devlin. Sie hatte sich sehr getäuscht. Doch innerhalb eines Tages hatte sie erfahren müssen, wie sehr sie sich in Wirklichkeit getäuscht hatte.

»Warum«, fragte sie und kehrte zu dem augenblicklichen Problem Elizabeths zurück, »warum kommen sie – die Männer von der Bank?« Vor vierundzwanzig Stunden wäre eine solche Frage unausdenkbar gewesen. Jetzt hatte sie, wie alle anderen, längst das Stadium überschritten, wo die Formen konventionellen Benehmens gewahrt wurden. Sie hatten einen langen Zeitraum in vierundzwanzig Stunden durchlebt.

»Wer wüßte das? Sie sind früher nie gekommen. Nichts ist so, wie es früher war. Wir können sie nicht erreichen – Lancome und ich, wir können sie berühren, aber wir können sie nicht erreichen. Es war niemand anders da, um es zu versuchen...«

Sally wandte sich von ihr ab und ging zu einem der Fensteralkoven. Da waren die Lichter von Sion; es war merkwürdig, wie vertraut sie ihr bereits erschienen. Es war, als hätte sie lange Zeit darauf gewartet, diese Welt zu betreten, als kenne sie ihr Herz bereits zu einem gewissen Teil. Weshalb hatte sie am Morgen auf der Terrasse das Gefühl gehabt, fragte sie sich, als gehöre sie zu Elizabeth? Weshalb hatte sie einen eigenartigen Beschützerinstinkt für diese Frau empfunden, die bis jetzt, bis sie sie schließlich gesehen hatte, kein Bedürfnis nach dem Schutz der Hilfe von irgend jemand gehabt hatte? Die Maske, die sie für Elizabeth geformt hatte, gab es gar nicht; der Mythos war in sich zusammengebrochen. Elizabeth war eine Frau, sehr ähnlich jeder anderen. Was sie einzigartig machte, war die Tatsache, daß sie Devlin geliebt hatte. Sally gestand sich diese Tatsache mit jäher Freude ein, erkannte mit Freude, daß er fähig gewesen war zu lieben. Seit der Entdeckung von Josh hätte sie Devlin dieses Wissen, dieses Erleben nicht vorenthalten mögen. Sie begriff, daß sie, bis Josh zu einer Gewißheit in ihrem Leben wurde, Devlin nie richtig gekannt hatte. Den ganzen Winter hatte sie tastend nach ihm gesucht. Nun, wo sie ihn an Elizabeths Seite sah im Licht ihrer Liebe zu Josh, hatte sie ihn in seiner ganzen Persönlichkeit erkannt. Ob er lebte oder tot war, die Frau, die er geliebt hatte, war von äußerster Wichtigkeit geworden.

Sie drehte sich wieder zu Marie um. »Könnte ich es versuchen?« fragte sie demütig.

Die Gesichtszüge der Frau bebten und schienen sich beinahe aufzulösen. Sie stieß einen langen, leisen Seufzer aus. »Wenn M'selle es tun würde...«

In der Dunkelheit schien die Reihe von offenen Doppeltüren einem Tunnel zu gleichen, dessen Ende das erleuchtete Zimmer bildete, zu dem Marie zeigte.

»Bonne chance«, flüsterte sie dicht an Sallys Ohr. Dann zog sie sich zurück.

Sally war von dem Mädchen auf merkwürdigen Umwegen hierhergeführt worden, zuerst eine enge, steinerne Wendeltreppe hinunter, die von derjenigen abging, die zu ihren eigenen Zimmern führte, und dann eine moderne hölzerne Treppe hinunter und einen langen Korridor entlang, der mit Linoleum und einem Läufer ausgelegt war und zum Dienstbotentrakt gehörte, wie Sally vermutete; darauf ging es wieder eine Wendeltreppe hinauf in einem der schroff aufragenden Türme des Schlosses. Hier knipste Marie kein Licht an; sie suchten sich tastend und mit Hilfe des unbestimmten Lichtes, das durch die schmalen Schlitze in den Mauern drang, ihren Weg. Der Aufstieg kam Sally lang vor, und sie wurde gepackt von der Kälte der Steinwände und dem Gefühl, eingeschlossen zu sein, gepackt von einem Gefühl des Zweifels, ob sie mit diesem Unternehmen überhaupt etwas erreichen würde, und doch wußte sie, sie mußte um dieses kleinen Stückchens Erkenntnis willen, das sie an diesem Tag in St. Martin gewonnen hatte, wie auch um Elizabeths willen, weitergehen.

»Raedler wird nicht merken, daß ich bei Mrs. Devlin bin?« wisperte sie Marie zu.

Die ältere Frau keuchte leicht von dem Aufstieg. Sie blieb an einem der Fensterschlitze stehen, wo Sally ihr Gesicht undeutlich zu sehen vermochte.

»Keiner von denen wird es merken, wenn Sie leise sind. Die Schwester und Monsieur Raedler haben Zimmer gegenüber dem Flur von Madame. Bis jetzt hat sie seinem Drängen widerstanden, die Frau bei sich in ihrem Appartement schlafen zu lassen. Das wäre eine schändliche Beleidigung für Madame. Aber sie haben Ohren wie Luchse für jeden, der von dort hereinkommt.«

»Kennen sie denn nicht diesen Weg?«

»Es ist möglich, daß sie ihn nicht kennen. Sie werden sehen, M'selle, wenn wir ans Ende kommen. Dies ist ein sehr altes Haus mit vielen Gängen, die nirgends hinführen, und vielen Türen, die sich auf zugemauerte Wände öffnen. Vieles wurde geändert, als Madame es nach ihrem Geschmack umbaute, aber einige von uns erinnern sich noch an früher, so wie es als Ruine war. Es ist möglich, daß es einige Dinge gibt, die Monsieur Raedler noch nicht herausgefunden hat. Darauf baue ich.«

»Aber Sie wissen diese Dinge?«

»Ich bin in St. Martin geboren. Ich habe, wie wir es als Kinder alle taten, in den Ruinen des Schlosses gespielt. Es war Lancome, der mich bei Madame empfahl. St. Martin liegen Madames Interessen am Herzen.« Ihr Atem ging jetzt regelmäßig. »Kommen Sie«, winkte sie, »wir müssen weiter.«

Sally folgte ihr um eine neue Biegung der Treppe, bis Marie stehenblieb.

»Wir werden hier etwas warten und vorsichtig weitergehen. Raedler, die Boten und die Schwester haben sie allein gelassen. Ich muß mich erst vergewissern, daß keiner von ihnen zurückgekommen ist. Aber sie werden nicht zurückkommen, sobald sie sicher sind, daß sie hier allein für die Nacht ist. Mitgefühl ist nicht deren Sache...« Sie legte Sally die Hand auf den Arm. »Vorsicht, M'selle, und leise!«

Sie öffnete eine kleine Tür, die zur Treppe hin aufging, so daß sie sich hineinschlängeln mußten. Muffige Dunkelheit umfing sie. Es schien Sally, als wären sie in einem Kleiderschrank eingeschlossen. Dann öffnete Marie, nachdem sie die erste Tür lautlos geschlossen hatte, eine zweite Tür und bedeutete Sally hinauszugehen. Sie befanden sich in einem Badezimmer – einem riesigen Raum, der, wie Sally dachte, auch als Ankleidezimmer gedient haben mußte. In einem daran anschließenden Zimmer, einem Schlafzimmer, brannte als einziges eine Tischlampe, und ihr Licht wurde von den Spiegeln und dem Marmor reflektiert. Die Tür, durch die sie gekommen waren, war nur eine von vielen in einer ganzen Wand spiegelverkleideter Türen – Schranktüren, überlegte Sally, und sogar in der Anspannung des Augenblicks belustigte sie der Gedanke, daß nicht einmal Raedler jede Tür jedes Raumes in einem Haus wie St. Martin aufzumachen vermochte.

Dann hatte Marie sie wieder weitergeführt in das Schlafzimmer und dorthin, wo sie die in Dunkelheit daliegenden, ineinander übergehenden Zimmer hatte sehen können, den langen Tunnel der Doppeltüren und das Lichtrechteck an seinem Ende.

»Das kleine Zimmerchen am Ende, M'selle.« Und dann hatte sie ihr flüsternd Glück gewünscht und war verschwunden.

Es schien beinahe der längste Teil der Reise, jene Räume zu durchschreiten; und es war ebenfalls eine Reise der Selbsterkenntnis. Sie sah sich in dem Schlafzimmer um, nicht spionierend, sondern auf der Suche nach Erkenntnis. Es war Elizabeths Zimmer – ein Nachthemd und ein Morgenrock lagen auf der Chaiselongue ausgebreitet; es wies jedoch keine Ähnlichkeit mit den Zimmern oben auf, die Sally jetzt bewohnte und die früher vor Devlins Ankunft Elizabeths gewesen waren. Dies war ein warmer Raum und trotz seiner Größe ein intimer Raum, weicher; die Möbel waren nach ihrer Bequemlichkeit ausgesucht und nicht, weil sie in die kunsthistorische Epoche gehörten. Das Zimmer dahinter hatte die gleiche Note. Es war ein Wohnzimmer mit einer Bibliothek. Eine Tür führte nach draußen auf den Flur; dies war der normale Eingang in diese Suite. Es enthielt einen der mächtigen Steinkamine, die ein charakteristisches Merkmal dieses Hauses bildeten. Die Sofas und Sessel waren jedoch tief und gemütlich, und die dicht gedrängt in den Regalen stehenden Bücher trugen ihre grellfarbigen modernen Schutzumschläge; in loser Ansammlung standen kleine Tischchen und Lampen herum. Sally blieb stehen, und in der halben Dunkelheit verspürte sie das Prickeln von Vertrautheit. Es sah irgendwie genauso aus wie Devlins sämtliche Zimmer in jener Wohnung in London. Man konnte es gerade noch nicht unordentlich nennen. Es schien noch übersät zu sein mit den Dingen, die Devlin dort hätte hinwerfen können, seinen Pfeifen, dem Kleingeld aus seinen Taschen und dem Buch, das er gerade las. Es war ein Zimmer, das lebendig benutzt wurde. An den Wänden hingen drei impressionistische Bilder – in den Sonnenfarben, die Devlin so geliebt hatte. Dies war ihr Haus innerhalb des Hauses gewesen. Sally wußte nun, wie Devlin in diesem prachtvollen Museum gelebt hatte; dies war seine Welt in ihm gewesen, und als sie weiterging, vermochte sie ihn beinahe im Geiste zu sehen, wie er hier mit weit ausgestreckten Beinen in einem dieser halb schäbigen Sessel saß und einen Drink mit Elizabeth nahm, bevor sie zu der brillanten Gesellschaft hinuntergingen, die sich im Saal versammelt hatte. Was für eine Närrin war sie gewesen, zu glauben, es hätte irgendwie anders sein können, Devlin hätte auf irgendeine andere Art leben können!

Es war Elizabeth und nicht Devlin, die sich in dieser Ehe verändert hatte.

Dann kam ein zweites Schlafzimmer, eine Art Fortsetzung des Wohnzimmers voll soliden Komforts, jedoch ohne elegante Pracht; auch hier herrschte jene schwer zu beschreibende Halbunordnung. Es war Devlins Zimmer. Sie durchquerte es und ging auf die erleuchtete Tür zu.

»Wer ist da?« fragte Elizabeths Stimme. »Sind Sie es, Raedler?« Es klang abwesend. »Kann ich keinen Frieden haben?«

Sally trat in das Licht vor. Elizabeth saß an einem kleinen, derben Tisch; sie trug immer noch das granatrote Kleid, das seltsam pompös in diesem Rahmen wirkte. Das Zimmer war einfach und klein nach den Maßstäben von St. Martin; es enthielt zwei Tische vollgehäuft mit Büchern und Zeitungen, den Schreibtisch und eine Reihe von Einbauschränken. Nur die kleine Lampe auf dem Tisch brannte, und Elizabeth saß bewegungslos über die Blätter vor ihr gebeugt.

»Na, was ist denn?« fragte sie, ohne aufzuschauen.

Sally benetzte nervös ihre Lippen. »Ich kam, um zu sagen ...« Sie wußte nicht, um was zu sagen sie gekommen war. Elizabeths Kopf drehte sich ihr zu, langsam, als reiße sie nur unwillig ihre Aufmerksamkeit von dem los, was vor ihr lag. Sie starrte über den Lichtkreis auf dem Tisch hinweg und blinzelte heftig. »Dev ...« Und dann leise: »Du bist es, Sally?«

Sie starrten einander lange schweigend an; Sally forschte nach Anzeichen der wachsamen Abwehr, fand jedoch keine. Elizabeth schien ihre Anwesenheit nicht als unrechtmäßig zu empfinden, ja nicht einmal über sie erstaunt zu sein. Sie seufzte und lehnte sich in ihrem Stuhl zurück und legte die Hände flach auf die Blätter vor ihr. Ihr Gesicht war voll dunkler Schatten und von Erschöpfung zerfurcht und von noch mehr als Erschöpfung; und doch lag eine Art Leuchten auf ihm. Sie sah aus wie jemand, der sich mühsam von einem Ort zurücktastet, zu dem der gewöhnliche Reisende nicht vorstößt. Wo immer sie gewesen war, sie hatte das gnädige Geschenk inneren Friedens mit zurückgebracht. Zum erstenmal, seit Sally sie erblickt hatte, brauchte sie keine Rolle zu spielen, keine krampfhafte Anstrengung zu machen, eine Wirkung zu erzielen.

Wortlos deutete sie auf den Stuhl, der auf der anderen Seite des Schreibtisches stand. Sally kam heran und setzte sich, und wieder warteten sie und sahen sich an.

»Deine Stimme klang wie seine«, sagte Elizabeth schließlich. »Ich glaube, ich höre sie, weil ich immer auf sie lausche.«

»Ich wünschte, er hätte es sein können«, entgegnete Sally langsam. »Um deinetwillen wünschte ich wirklich, er hätte es sein können.«

»Um meinetwillen?« Elizabeths Hand strich nervös über die vor ihr liegenden Blätter. »Und du selbst?«

»Ich habe gelernt, ihn herzugeben – in diesem Winter. So, wie ich ihn schon vor fünf Jahren hätte hergeben sollen, als ihr heiratetet. Was für eine sinnlose Vergeudung – du und ich die ganze Zeit getrennt! Wo wir die gleiche Trauer trugen, sie aber nicht miteinander teilten. In fünf Jahren hatte ich Hunderte von Gelegenheiten, zu teilen anzufangen, aber ich ergriff sie nie. Sogar nach deinem Anruf im Oktober machte ich keine besondere Anstrengung ...«

Elizabeth bemühte sich, sich zu erinnern. »Ach ja ... der Anruf. Ja, ich entsinne mich – jene ersten Tage sind so verworren in meiner Erinnerung. Ich meldete ihn an, und dann dachte ich, es sei ein Fehler. Ich hätte kein Recht, dir jene Last aufzubürden, dich mit hineinzuverwickeln.«

»Das ist es, was uns gefehlt hat, nicht wahr? – Ein näheres Miteinanderverwickeltsein. Es erscheint mir unfaßlich, daß dies das erste Mal ist, wo wir uns so von Angesicht zu Angesicht gegenübersitzen – und mehr als fünf Jahre sind verflossen – vergeudet. So, wie ich es jetzt sehe, frage ich mich, wie ich nur so töricht sein konnte.«

»Sind wir das nicht alle? In bestimmten Punkten sind wir alle blind. Und wenn Menschen in der gleichen Weise blind sind, beginnen wir uns ähnlich zu sein. Rassen, Glaubensbekenntnisse, die Farbe unserer Haut schaffen Bedingungen, die dazu neigen, uns gleichzumachen. Gleiche Vorurteile sind gleiches Blindsein. Du und ich, Sally – du und ich sind füreinander blind geblieben und dadurch blind für einen Teil von Devlins Wesen. Was wir verloren haben, können wir nur betrauern. Wir können es nie zurückerlangen.«

»Ich war sowohl jung als töricht«, bekannte Sally. »Aber das ist keine echte Entschuldigung. Im zweiten und dritten Jahr begann ich einzusehen, daß ich töricht war, doch hatte sich da mein Stolz verhärtet. Es war unrealistisch von mir, zu erwarten, Elizabeth O'Mara Spence würde mir immer weiter Einladungen schicken. Nachdem ich dich einmal rundheraus abgewiesen hatte, hätte ich nichts anderes erwarten sollen als das, was ich bekam. Ich habe fünf Jahre lang geschmollt, und ich habe nicht mehr davon gehabt als jeder andere von solcher Torheit.«

»Ich bin dir aus dem Weg gegangen«, sagte Elizabeth. »Ich schob es auf und immer wieder auf – Dev wußte, was ich tat, und er hatte Geduld. Er sagte mir – wie genau weiß ich es noch –, du könntest nicht glauben, daß ich Angst vor dir hätte, daß ich meine eigene Art von Eifersucht hätte. Doch du warst jung, und konntest die Qual nicht kennen, die das Leben sein kann. Du konntest nicht so viel oder so bereitwillig verzeihen, wie Devlin es vermochte. Ich hatte Angst. Ich glaube, ich hatte bis zu diesem Augenblick Angst. Du warst Devlins Liebling, Devlins schöne Sally. Ich hatte mein ganzes Leben lang so wenig Liebe gehabt – und nun hatte ich diesen Dev, diesen unvergleichlichen Devlin, und ich konnte ihn einfach nicht mit jemand teilen. Ich wußte noch nicht einmal, wie ich hätte anfangen sollen zu teilen. Ich hatte es nie vorher gebraucht. Er war so unerwartet in meinem Leben, weißt du ... Ich hatte nie geglaubt, es würde jemals einen wie Devlin für mich geben. Es war so ungewohnt, und am Anfang konnte ich mich gar nicht daran gewöhnen. Ich konnte mich nicht dazu bringen, es zu glauben – oder vielleicht fürchtete ich mich davor, es zu glauben.«

Sally sah, wie sich auf Elizabeths grauer und kalkiger Haut Schweißtröpfchen an der Oberlippe und am Haaransatz zu bilden begannen. Sie überlegte, ob sie wohl Schmerzen hatte oder ob die Anstrengung, die Etappen jener fünf Jahre noch einmal zu durchleben, ihre gegenwärtigen Kräfte überforderte.

»Was zu glauben?«

»Es war ganz offenkundig, wenn ich es mir überlegte, doch brauchte ich lange Zeit, bevor ich es entdeckte. Natürlich wollte Dev nichts von mir als mich selbst. Ich fragte mich jedoch, was es war, was ich besaß und was er haben wollte – oder was ich für Lawrence Devlin erreichen könnte. Und da war nichts – da war absolut nichts! Geld – hinter dem waren viele Männer her gewesen, die sich an mich herangemacht hatten –, doch Devlin machte sich nichts aus Geld. Er hatte genug, und der Pomp des Reichtums war für ihn ein Witz. Er schätzte Freiheit mehr als alles andere, und so hatte er keine Verwendung für Macht. Er hatte sich selbst einen großen Namen ohne mich gemacht. Ich konnte Dev nichts geben, was er nicht bereits besaß. Blieb also nur ich selbst. Du kannst dir nicht vorstellen, wie lange es dauerte, bis ich mir erlaubte, das völlig zu glauben. Ich denke, es war die Wahrheit. Ich denke es jetzt.« Doch mein ganzes Leben lang, bis Dev kam, hatte ich in einer Welt gelebt, wo Geld und Macht zählten und daß es das einzige Ziel war, immer mehr von beidem zusammenzuraffen. Ich hatte mir nie die schlichte Geradheit eines Mannes vorstellen können, der beides nicht wollte und nicht brauchte. Er wollte nichts für sich selbst und bat auch um nichts für dich. Er wußte, es war Zeit für dich, zu deinem eigenen Leben zu finden, und wenn es durch mich geschah, dann würde es eben durch mich geschehen. Dev war ein Realist, und er wußte, daß keiner von uns ohne Fehler ist. Das Hinnehmen der Fehler ist der Beginn von Liebe.«

»Ich bin froh, daß er dich fand«, erklärte Sally. »Es war eine echte Ehe, nicht wahr? Es war so eine schreckliche Zeit in diesen fünf Jahren für mich, in denen ich meiner eigenen Blindheit frönte – dem öffentlichen Bild von Elizabeth O'Mara Spence glaubte, annahm, daß du sein Leben ruiniertest, und überzeugt war, daß es alles verkehrt für ihn war. Aber das war einfach nicht so – und ich wollte nicht herkommen und mich selbst überzeugen. Aber dann – ich hätte ihn gut genug kennen müssen – ihn genug lieben müssen, vermute ich – er hätte einfach nicht in jener verkehrten Ehe leben können. Es tut mir jedoch leid – es tut mir leid, daß ich warten mußte, bis er tot war, um dies zu erkennen.«

Wieder sah Sally die Blätter nervös unter Elizabeths Hand rascheln. Die Schweißtröpfchen wurden größer. Sie hatte den Blick auf die Papierbögen gesenkt. Die dünne, hohe Gestalt in den losen Falten des Gewandes schien zu schwanken. Sally erwog, ob sie ohnmächtig werden würde, und beugte sich zu ihr vor – und erwartete fast, sie umfallen und zu Boden gleiten zu sehen. Endlich hob Elizabeth den Kopf. »Er ist nicht tot! – Dev lebt!«

Sally beugte sich so weit vor, daß sie die Tischkante umklammern konnte. »Lebt?«

Elizabeth nickte, und die Bewegung war schwerfällig und langsam. Sally saß wie versteinert und hatte Angst, sich zu rühren. Sie verfolgte, wie Elizabeth den Ellbogen auf den Tisch stützte und ihr Gesicht in der gespreizten Hand verbarg. Sie wußte nicht, ob sie weinte. Ihre Schultern bewegten sich nicht; diese stille Unbeweglichkeit hatte etwas Schreckliches und Erbarmungswürdiges, als hätte sie sich darin geschult, sei längst jenseits von Tränen, längst jenseits von der Bitte um Mitgefühl, jenseits von allem außer dem Willen, durchzuhalten, es zu ertragen.

Einige Minuten vergingen, bevor sie Sally wieder ansah. Sie hatte nicht geweint; ihre Augen waren trocken und hart.

»Nun habe ich es gesagt... und du mußt auch den Rest erfahren. Es ist ein gefährliches Wissen, und du wirst wünschen, ich hätte es dir nicht gesagt. Aber ich habe nicht geredet... o Gott, ich habe kein einziges Wort in Freiheit und Sorglosigkeit gesagt, seit er verschwand. Monate... wie in einem Grab eingeschlossen! Möge Dev mir verzeihen... doch ich kann nicht anders.

Seine Maschine ging auf der sowjetischen Seite der Grenze herunter. Eine Notlandung, sagten sie. Gott allein weiß, was wirklich geschah. Sie sagten, sie kam herunter, wurde nicht runtergeschossen. Ein kleines, niedrig fliegendes, unbewaffnetes Flugzeug wie seines – es konnte nur ein Unfall sein, was auch geschah. Er war verletzt, jedoch nicht schwer. Sie standen mit Moskau in Verbindung. In Moskau kannten sie seinen Namen. Sie hatten bessere Pläne mit Lawrence Devlin, als ihn nur wegen Grenzverletzung anzuklagen. Und wie schnell sie arbeiteten. Ein paar Tage – und sie hatten ihn und hatten mich.«

»Sie hatten dich?«

»Er ist ihre Geisel für meinen Gehorsam.« Elizabeth stieß einen Aufschrei angstvoller Verzweiflung aus. »Ich habe ein halbes Leben damit verbracht, gegen sie zu reden und zu schreiben, und hier bin ich nun schließlich ihre Sklavin. Sie rechneten damit, daß ich ihren Preis zahlen würde, und bis jetzt habe ich das auch getan. Sie wissen nun, daß mein Gehorsam unverbrüchlich ist, wo es Dev betrifft.«

»Aber was? – Was hast du für sie getan?« Das Entsetzen

ihrer Ohnmacht überkam Sally. Sie schaute die andere Frau mit einer Art Ehrfurcht an und wunderte sich, wie jener gebrechliche Körper es hatte ertragen können.

»Nichts. Ich habe ihnen nichts als mein Stillschweigen gegeben. Und sie haben mir sein Leben gegeben. Sein Leben und die Rückkehr zur Gesundheit. Ersparten ihm die Tortur eines ihrer Schauspionageprozesse. Von mir haben sie Schweigen gehabt und mein völlig zurückgezogenes Dasein hier in St. Martin.«

»Aber warum –?« Sally erhob sich und beugte sich dicht zu Elizabeth vor. »Warum?«

»Propaganda. Ihre beste und wenig kostspieligste Waffe. O nein –«, kam sie Sallys Erwiderung zuvor. »Es wäre plump, einfach zu sagen, Devlin sei dort und zu ihnen übergewechselt. Dann müßten sie ihn ja für eine Pressekonferenz herausrükken, und sie wissen, sie könnten ihn nie zwingen, jene Art von Erklärung abzugeben. Die Bestätigung soll von mir kommen – in einigen Wochen werde ich eine Erklärung für die Presse machen. Es wird wie ein freiwilliger Akt erscheinen. Ich werde der Presse erzählen, daß Devlin in Rußland ist und ich zu ihm gehe. Mehr muß ich nicht sagen. Das ist alles, was sie brauchen.«

Sally starrte sie an, einen Augenblick wie betäubt vor Entsetzen.

»Andere Frauen sind gegangen«, fuhr Elizabeth fort. »Ich werde nicht die erste sein, die es tut. Ich hatte die Möglichkeit zu wählen, und ich wählte, dies für Dev zu tun.« Ihre Hand hob sich wieder gepeinigt an ihr Gesicht. »Anfangs wünschte ich, ich könnte auf der Stelle sterben, so daß ich nicht zu wählen brauchte. Doch wenn ich stürbe, könnte ich nichts für ihn erreichen. Wenn ich stürbe, bevor dies getan ist, würde Dev vielleicht ebenfalls sterben. Nachdem die Entscheidung bei mir gefallen war, wollte ich sofort zu ihm fahren. Aber ich erfuhr, wer der Herr ist. Sie werden die Zeit bestimmen. Es ist bald soweit.«

Ihre Stimme war leise geworden, als gleite sie in den Nebel ihrer Schmerzen und ihrer Qual und verkröche sich wieder in sich selbst.

Sally unterbrach endlich ihre betäubte Starre. »Woher weißt du, daß er lebt – ganz sicher? Woher weißt du, daß sie ihn nicht tot fanden und diese Geschichte in der Hoffnung ausgeheckt haben, daß du sie glaubst? Sobald du jene Erklärung abgibst, haben sie gewonnen. Sie brauchen Dev nicht dazu.«

Elizabeth erwiderte nichts. Sie schaute Sally mit glasigen Augen an und verschloß sich vor der Frage, verschloß sich vor der Hoffnung auf Erleichterung, die der Zweifel wecken könnte.

Sally beugte sich nun drängend zu ihr vor und ergriff sie fest am Arm, hielt diesen so hart umspannt, damit Elizabeth gezwungen wurde, die Berührung mit einem anderen menschlichen Wesen zu spüren. Ihre Abkapselung in sich selbst mußte durchbrochen werden.

»Warum glaubst du das?«

Elizabeths Augenlider flatterten leicht, und ein wenig Leben, ein wenig Vernunft schien in sie zurückzukehren. »Meinst du, ich hätte nicht gefragt? – es nicht zu wissen verlangt? Als ob ich irgend etwas verlangen könnte! Ich forderte einen Beweis. Sie gaben ihn mir. Sie legten mir die Sachen vor, die er in den Taschen hatte – die Uhr, die ich ihm geschenkt hatte – jenes alte Taschenmesser, das er immer bei sich trug.«

»Er kann tot gewesen sein«, beharrte Sally grausam, wußte sie doch, die Wahrheit würde in jedem Fall grausam sein. »Sie können ihn tot gefunden haben und die Sachen trotzdem an sich genommen haben. Es mag einen Versuch wert gewesen sein – in der Hoffnung, daß du es glauben würdest.«

»Konnte ich wagen, es nicht zu glauben?« begehrte Elizabeth auf. Unvermittelt war der leblos apathische Ausdruck aus ihrem Gesicht verschwunden; ihre Augen loderten in seltsamem Zorn. »Hättest du es gewagt? Wenn ich in die Welt hinausgeschrien hätte, daß sie ihn haben, wäre es leicht für sie gewesen, es zu leugnen. Er wäre einfach... verschwunden. Endgültig – und für immer. Das wäre das Ende von Devlin gewesen. Ich wartete. Ich hatte ja nichts zu verlieren – vielleicht etwas zu gewinnen... für ihn.«

»Du wartetest? – Worauf?«

»Sie versprachen mir einen Beweis. Sobald er sich erholt hätte, versprachen sie mir, würde ich den Beweis dafür erhalten, daß er lebte. Und sie gaben ihn mir. Sie geben ihn mir immer wieder. So wird der Druck ständig erneuert. Ich kann nie vergessen, daß er dort ist, am Leben – und daß sein Leben in meiner Hand liegt.«

»Was für einen Beweis? Um Gottes willen, was für einen Beweis?«

Elizabeth legte die Hand auf die Papiere vor sich.

»Diesen«, erklärte sie sehr leise.

Sallys Hand griff nach den Blättern. »Zeig ihn mir!«

Elizabeth gab sie nicht sogleich her.

»Er schreibt«, sagte sie. »Hast du das gehört? Er schreibt – großartig – wie ein Engel. Das Beste, was er jemals geschrieben hat. Es scheint nur so aus ihm herauszuströmen. Und mit ihm lacht er sie aus – lacht er über Gefangenschaft und Erpressung. Er sagt ihnen, daß Tyrannei nicht für immer aufrechterhalten werden kann ... daß sie ihr Ende finden wird, wie lange es auch dauern mag.«

»Sie haben ihn das schreiben lassen – über sie? Zeig es mir!« verlangte Sally erneut.

Elizabeth gab die Blätter jedoch nicht her. »Es ist nicht über sie – es ist eine Allegorie über die Tyrannei. Im Grunde, sagt er, ist sie stets gleich, wo man sie auch antrifft, in welchem Land auch immer, unter welchen Umständen auch immer. Er ist zu der Geschichte seiner Familie zurückgekehrt, um sie zu erzählen. Es ist ein Roman über eine irische Familie – über die Devlins; sie müssen es sein, denn er schreibt, als habe er es alles erlebt. Da ist sein Großvater und sein Vater – wie sie gegen die Engländer kämpfen, wie sein Vater in dem Oster-Aufstand ums Leben kommt – genauso, wie Dev es mir erzählt hat. Wie sein Großvater alles verliert, weil er sich weigert, den Untertaneneid zu leisten. Es ist da – sein ganzer Glaube an die Freiheit, der Kampfruf gegen Tyrannei. Es ist alles da, was Dev bewegte und was sich in jenen Jahren herauskristallisierte, als er über die afrikanische Unabhängigkeit schrieb. Es ist der Kern all dessen, was er über den Kampf um die Freiheit lernte, um das Recht eines Menschen, selber zu entscheiden, was er mit seiner Zukunft, seinem Leben machen will. Und er fand einen Weg, es hier auszudrücken, in dieser Geschichte über seinen Großvater, seinen Vater und sich selbst. Es ist das Beste, was Devlin jemals geschrieben hat. Großartig! – Erstaunlich sicher, zuversichtlich und lebendig. Nachdem ich es einmal gesehen hatte, gab es keine Wahl mehr. Ich wußte, was ich zu tun hatte. Ich mußte Zeit für Dev erkaufen – Zeit und einen Ort, an dem er schreiben konnte. Er hat seine gesamte Vergangenheit, um aus ihr zu schöpfen, genauso, wie er es hier tat. Er findet genügend inneren Reichtum und Halt in sich selbst. Was ich ihm ersparen muß, ist die Gehirnwäsche und die Verhöhnung eines Prozesses und eine jener reuigen Erklärungen, die sie sich anscheinend zu verschaffen wissen. Ich muß ihm ein Gefangenenlager ersparen und einen langsamen Tod durch Gefangenschaft. Dies ist das einzige, was ich Dev jemals habe geben können, und ich werde es ihm geben.« Langsam legte sie die Blätter in Sallys Hand – eifersüchtig, so als wäre die Trennung von ihnen ein körperlicher Schmerz. »Wenn es veröffentlicht ist, wird die Welt wissen – wird jeder wissen, daß der Mann, der dies schrieb, die Freiheit nicht aufgegeben hat.« Sie hielt die Blätter noch einen Augenblick länger fest. »Du wirst niemandem hiervon etwas erzählen – weder Hayward noch Canfield! Es ist schon gefährlich für Dev, daß du es weißt. Doch du hast ein gewisses Anrecht darauf. Ich bin dir dies schuldig. Ich werde einen Weg finden, damit du alles lesen kannst. Dies ist nur der Teil, den sie heute abend mitgebracht haben.«

Sally setzte sich wieder. Einen Augenblick lang vermochte sie nichts zu erkennen, so zitterten die Blätter in ihren bebenden Händen; sie spürte, wie ein Tränenschleier sich vor ihre Augen schob.

Sie schaute auf die erste Seite hinunter und las die Worte, die da standen, und wußte, sie brauchte sie kaum zu lesen. Sätze, an die sie sich erinnerte, sprangen ihr aus dem Manuskript entgegen, ihr Gedächtnis spulte sie für sie ab, Absatz um Absatz. Sie erinnerte sich an die Monate, in denen das Gefühl sie verfolgt hatte, die Aufzeichnungen würden bei ihr zu Hause durchgeschnüffelt, jedoch nie mitgenommen. Sie hatten die Originale nicht zu nehmen brauchen; eine Kamera hatte ihnen die Arbeit abgenommen. Was sie nun in Händen hielt, war eine genaue Kopie des Originalmanuskriptes, das Devlin ihr geschickt hatte und von dem sie die letzte Hälfte in ihrem Schreibtisch bei Tyne and Townsend eingeschlossen behalten hatte; es war eine genaue Kopie von Devs unmöglicher Handschrift. Für die Augen desjenigen, der das Manuskript nie vorher gesehen hatte, mußte es wie ein Original erscheinen.

Sally blickte zu Elizabeth hinüber. Sie ließ die Blätter in den Schoß sinken.

»Du willst es nicht lesen?« fragte Elizabeth verwundert.

Sally antwortete ihr nicht direkt. »Ist dies der einzige Beweis?«

»Was könnte man mehr wollen? Niemand wäre imstande, das zu fälschen – dies ist die Art, wie Dev schrieb, die Art, wie er dachte. Da kann man mich nicht täuschen.«

Sally schob sich auf die Kante ihres Stuhles vor. »Aber sie haben dir nichts außer diesem gegeben? Gar nichts?«

»Ich brauchte nicht mehr als dies – doch halt, da ist noch etwas.« Sie griff in die flache Schublade von Devlins Schreibtisch. »Dies ...«

Sally nahm das Foto und betrachtete es sorgfältig. Es zeigte Devlin in einem tief verschneiten Wald. Die blätterlosen weißen Birken ragten hinter ihm in einem Muster kahler Schönheit empor. Er trug hohe Stiefel und einen Parka-Anorak, dessen Kapuze zurückgeschlagen war. Es war Devlin; sein Gesichtsausdruck war ernst, doch sein ganzer Witz und Humor standen in ihm geschrieben. Sie hatten daran gearbeitet, so daß das Haar das Grau der letzten zehn Jahre zeigte, und die Gesichtszüge waren zu den heutigen Linien vertieft worden. Doch Sally kannte das Bild. Es war vor acht oder neun Jahren in Kanada aufgenommen worden – oder vielleicht auf dem Teil jener Reise durch Alaska? Sie hatte es mit all den anderen in das Fotoalbum gesteckt und es vergessen. Und sie hatten es genommen, an ihm gearbeitet und ihre neue Version Elizabeth zurückgegeben, um ihre Hoffnung zu nähren.

Sally stand auf und schob das Manuskript wieder Elizabeth zu. »Warte«, bat sie. »Bitte warte einen Augenblick. Rühr dich nicht – und rufe niemanden. Ich muß dir etwas holen. Sprich mit niemandem!«

In der Tür drehte sie sich noch einmal um. »Wirst du warten?«

Als einzige Antwort bekam sie ein schwaches Kopfnicken von Elizabeth, die marionettenhafte Bewegung eines Menschen, der gewohnt ist zu gehorchen.

Sally rannte durch die dunklen Räume auf das Licht in Elizabeths Schlafzimmer zu und von dort zu dem großen marmornen Badezimmer. Sie öffnete zwei der Spiegeltüren, bevor sie die richtige fand. Die Schwärze des Treppenschachtes erwartete sie.

»Marie?«

Keine Antwort kam aus der Finsternis unter ihr. Eine Ewigkeit schien zu vergehen, während sie sich ihren Weg die Wendeltreppe hinuntertastete, der rauhe Stein ihre Hände aufriß und sie sich zu vorsichtigen, behutsamen Schritten zwang, wußte sie doch, daß Elizabeth wartete und ein Sturz in der Dunkelheit eine absolut unerträgliche Verzögerung bedeuten würde. Endlich gelangte sie in den Flur des Dienstbotentraktes, doch Marie war nirgends zu sehen.

»Oh, verdammt – wo geht es jetzt weiter?«

Sie fand die Treppe, die sie gemeinsam herabgekommen waren, und lief sie hinauf. Sie war jetzt außer Atem. Sie begann, an Raedler zu denken. Marie hatte gesagt, er habe Elizabeth für die Nacht allein gelassen, doch hatte sie nicht gesagt, er sei selber zu Bett gegangen. Sie fürchtete sich vor seiner anscheinenden Fähigkeit, überall zu sein, und war sich jetzt voller Grauen der eigenen Gefahr bewußt, der Gefahr, in die sie sich und das Manuskript gebracht hatte. Sie verhielt einen Augenblick wie erstarrt, bevor sie sich aus der kleinen Treppe herauswagte, die auf jene andere Treppe zu ihren Zimmern mündete. Ihr Atem ging stoßweise von dem schnellen Lauf, doch fühlte sie, wie sie in den Strudel physischer Angst gezogen wurde. Was, wenn Raedler sie nun entdeckte? – Was, wenn er sie auf dem Rückweg zu Elizabeth entdeckte? Sie hatte Elizabeth nichts gesagt, hatte auch Josh und Hayward nichts gesagt. Falls Raedler argwöhnte, was sie da zurücktrug, wäre die Gefahr für sie ebenso groß wie die Mühe, die jene sich gemacht hatten, um diesen ganzen Betrug zu inszenieren. Gelang es, sie daran zu hindern, zu Elizabeth zurückzukehren, so konnte der Betrug weitergehen. Es würde sein, als wäre sie niemals nach St. Martin gekommen. Es war jedoch keine Zeit, jetzt darüber nachzudenken. Sie schnellte aus ihrem Versteck hervor und raste die letzten beiden Treppenabsätze zu der gemalten Doppeltür empor.

Sie gab dem Druck ihrer Hand nach, und sie hatte sekundenlang das entsetzliche Gefühl, Raedler sei bereits dort. War er irgendwie in Elizabeths Suite gekommen, während sie gesprochen hatten? Hatte er gehört, wie sie Elizabeth bat zu warten? Hatte er sie geschlagen, indem er den kürzeren Weg über die Haupttreppe benutzte? Die Furcht verlieh ihrer Phantasie schwindelerregende Überzeugungskraft. Doch Stille und Leere begrüßten sie. Raedler war nicht da.

Der gewaltige Kachelofen gab seinen Inhalt frei, die schlichten gelben Umschläge mit dem getippten Manuskript und dem Original von Devlins letztem Werk. Sie brauchte nur eine

Minute, um es rasch durchzublättern und die Absätze der Seiten zu finden, die Elizabeth ihr gezeigt hatte, um sich zu vergewissern, daß jene völlig identisch waren. Sie durfte Elizabehts Qualen nicht noch durch die Grausamkeit eines Zweifels vergrößern. Sie waren jedoch genauso, wie sie sich erinnerte, genau wie Elizabeths Manuskriptseiten. Sie stopfte sie eilig wieder in die Umschläge.

Der Rückweg schien länger – die drei Treppen, der lange Korridor. Die tödliche Stille, die sie so haßte, lastete über dem Haus, so daß ihre Schritte auf den Steinplatten zu hallen schienen. Es war immer noch niemand in dem Dienstbotentrakt zu sehen; ein Lichtspalt unter zwei der Türen, doch kein Laut; hörte denn niemand in diesem Haus Radio, summte niemand eine Melodie oder nahm ein Bad? Lebte hier denn niemand? Die letzte Treppe, die enge Wendeltreppe, schien kein Ende zu nehmen; die großen Umschläge behinderten Sally in der Dunkelheit; der Stein zerkratzte erneut ihre tastenden Fingerspitzen – die Finger, die suchten und ins Leere griffen. Sie durchlebte den Augenblick nacktesten Entsetzens, den sie so gefürchtet hatte, als eine letzte Treppenstufe sie heftig gegen den Körper eines Mannes prallen ließ.

Ihr Schrei wurde von einer Hand erstickt, die sich auf ihren Mund preßte. Sie spürte eine zweite um ihre Taille, die sie festhielt und davor bewahrte, rücklings die Treppe hinunterzustürzen.

»N'ayez pas peur, Mademoiselle.« Die Stimme war nur ein Wispern, jung und beruhigend.

Allmählich löste sich die Hand von ihrem Mund, wenngleich sie weiter festgehalten wurde, wie sie dort schwankend auf der dreieckigen Stufe stand.

»C'est Pierre.«

Der Arm hielt sie weiter fest. Eine Taschenlampe klickte an. Er bewegte sie so, daß Sally sein Gesicht sehen konnte – er war einer der Diener, die Lancome unterstanden. Das blonde, hübsche, junge Gesicht hatte jedoch seine gutgeschulte Unbeteiligtheit verloren. Er lächelte ein wenig, verschwörerisch; sie mochte es sich einbilden, doch schien es ihr, als senke sich eines der Augenlider zu einem Blinzeln.

»Doucement, Mademoiselle … doucement.«

Sie hatte ihr Gleichgewicht nun wiedergewonnen, doch hielt er sie immer noch fest umschlungen und behielt seinen Arm um ihre Taille, als er sie einige Stufen hinunterführte und die Taschenlampe die Tür enthüllte, die sie verfehlt hatte. Er öffnete sie, und sein Arm verließ endlich seinen Platz.

»Ich passe auf, Mademoiselle.« Er sagte die Worte unsicher und mit einem starken Akzent. »Gehen Sie.« Sie roch wieder die muffige Luft der Wandschränke, doch verließ sie Pierre mit einem gewissen Widerstreben. Es wäre eine Beruhigung gewesen, diesen eifrigen jungen Mann hinter sich zu fühlen, während sie ihren Weg durch jene Räume zurückging. Wenn jedoch Pierre auftauchte, würde Elizabeth sich in sich zurückziehen. So mußte sie ihn zurücklassen. Sie lächelte ihm ihren Dank zu; er sah ihr nach, bis sie die Spiegeltür hinter sich schloß.

Die Bahn war frei; niemand war in Elizabeths Zimmer, niemand in dem Wohnzimmer. Sie hielt einen Augenblick an der Tür, die zum Hauptkorridor führte, inne, um zu lauschen, doch vernahm sie keinen Laut. Sie ging mit dem Gefühl größerer Sicherheit weiter; die erleuchtete Tür am Ende der Suite war jetzt wie ein rettendes Leuchtfeuer.

Sie befand sich wenige Schritte davor, als Raedler jäh in den Türrahmen trat, seine Gestalt eine dunkle Silhouette. Sie fuhr zusammen. »Sie!« Sie tat einen Schritt zurück.

»Ist irgend etwas nicht in Ordnung, Miß Devlin?«

»Nein ...« Noch einen Schritt zurück.

»Sie kamen, um Mrs. Devlin zu sprechen?«

Sie antwortete nicht.

Dann trat er selbst zurück. Die Gebärde seiner Hand forderte sie auf einzutreten. »Bitte – kommen Sie nur herein«, meinte er geschmeidig.

Sie war sich überdeutlich der Umschläge bewußt, die sie im Arm hielt, war sich überdeutlich Raedlers Blickes bewußt, der auf ihnen ruhte, und der in seiner Aufforderung versteckten drohenden Gefahr. Falls sie jenen Raum betrat, geschah es, wie sie genau wußte, um das Manuskript in Raedlers Hände zu geben und nicht in Elizabeths. Es war Elizabeths Schrei, der sie aus ihrer Erstarrung befreite.

»Geh weg, Sally! – Geh sofort weg!«

Sie wandte sich um und rannte durch das Wohnzimmer zurück und durch die Tür zum Korridor hinaus. Sekundenlang wußte sie nicht, in welche Richtung sie laufen sollte; doch das Geräusch einer Tür die gegenüber von Elizabeths Wohnzimmer aufging, nahm ihr die Entscheidung ab. Sie floh von ihr fort. Sie hörte hinter sich Raedlers Stimme. Er sprach deutsch – wahrscheinlich mit der Pflegerin. Der Flur machte eine Biegung, und vor ihr öffnete sich die freie Weite der Galerie über der großen Halle. Sie erreichte den mittleren Treppenabsatz, an dem die gegenüberliegende Treppengabelung zu der anderen Seite des Hauses abging, und zögerte einen Augenblick. Fast alle Lampen in der Halle unter ihr waren ausgemacht; still und verlassen lag sie da. Sally wählte die Treppe zu den Gästeappartements empor. Mitten in ihrer Panik, Raedler zu entrinnen, und der grauenhaften Angst, ihm womöglich noch nicht entronnen zu sein, begleitete sie ein Gefühl des Triumphes auf ihrer Flucht. Es war der Gedanke an Elizabeths lauten Befehl wegzugehen, an die Herausforderung gegen Raedler und das Ende seiner Herrschaft; für die Dauer eines Augenblicks hatte Elizabeth sich losgerissen, hatte selbständig gehandelt, um sie, Sally, zu warnen, zu beschützen.

Sie kam an der Tür zu Joshs Zimmer an und riß sie auf.

»Josh!« Stille und Finsternis. Wie rasend tastete sie nach dem Lichtschalter. Das Licht enthüllte das leere Zimmer, das leere Bett. »O Gott!«

Bevor sie die Tür wieder zuschlug, lief sie zu der Klingel am Bett und drückte sie dreimal rasch und heftig. Das würde jemanden holen – irgend jemanden. Das hätte sie bereits oben in Elizabeths Suite tun sollen – das, wie auch nach Pierre schreien.

Sie rannte wieder zur Treppe zurück. Als sie auf die Galerie kam, sah sie Raedler oben am Kopf der anderen Doppeltreppe; er stand ihr zugewandt über die Balustrade gebeugt und schaute in die Halle hinunter. Bevor er sich aufgerichtet hatte, war sie bereits auf dem mittleren Absatz. Er begann zu ihr hinunterzulaufen.

»Miß Devlin ...?« Ausnahmsweise enthielt seine Stimme jetzt keinen Befehl; war es möglich, daß er gehofft hatte, sie wieder dort hinaufzubekommen?

Sie hielt nicht inne und sah sich nicht einmal nach ihm um. Sie überlegte, warum er dort oben geblieben war. Befürchtete er, sich, falls sein Verdacht nicht zutraf, schließlich selbst zu verraten? – Hatte er die Pflegerin zu Elizabeth geholt? – Hatte er durch das Haustelefon jene beiden gerufen, die er als Boten von der Bank bezeichnet hatte? Doch was auch der Grund war, es hatte ihr zwei Minuten Vorsprung gegeben und sie gerettet. Sie hetzte durch die Halle, und ihre Absätze klapperten laut auf den Steinplatten.

Bevor sie die Tür zum Salon erreichte, tauchte aus der Tür für das Personal Lancome auf, der sich eilig in seine Jacke mühte, um dem Klingelruf aus Canfields Zimmer Folge zu leisten.

»Lancome – bleiben Sie da!« rief sie. »Ich werde Sie brauchen.« Sie deutete mit dem Kopf auf Raedler, der auf der Treppe stehengeblieben war. Der Butler blickte durch die Halle zu dem Mann hinüber und erfaßte sofort, was er sah: Sallys Flucht und Raedlers drohende Gefährlichkeit, die Gefährlichkeit eines Mannes, der sich in die Enge getrieben sieht. Sein alter Kopf richtete sich wie der eines Kampfhahns auf. Ohne Raedler aus den Augen zu lassen, stieß er die Tür hinter sich auf und rief: »Jean – toute de suite!« Es folgte ein Strom von Anweisungen in einem zu schnellen Französisch, als daß Sally ihm zu folgen vermocht hätte.

Die Türen des Salons flogen auf, und Josh kam herausgestürzt. »Sally, was ist denn los?« Hinter ihm gewahrte sie in einiger Entfernung Hayward, der sich halb aus seinem Sessel erhoben hatte und das Cognacglas in einem verrückten Winkel hielt.

»Schnell – ich brauche dich oben. Bei Elizabeth. Frag nicht. Komm!«

Als sie durch die Halle zurückeilten, schlossen sich Lancome und sein Helfer Jean ihnen an. »Zu Madames Appartement!« gebot Sally. Hinter ihnen rief Hayward irgend etwas; als er keine Antwort erhielt, kam er hinterhergerannt, um sie einzuholen.

Raedler hatte gewartet, bis Lancome und Jean sich ihr und Josh angeschlossen hatten. Darauf wandte er sich um und begann die Treppe wieder emporzusteigen, wobei er nicht rannte, doch nahmen seine langen, athletisch trainierten Beine immer drei Stufen auf einmal. Er war von der Galerie verschwunden, bevor sie den Fuß der Treppe erreichten. Sally fiel wieder die Verzögerung ein, als er sie verfolgt hatte, und Furcht ergriff sie.

»Lancome – wo sind die Männer von der Bank? Sie dürfen nicht hier heraufkommen!«

»In den Zimmern auf der Nordseite, M'selle. Doch drei

meiner Leute bewachen sie schon. Die werden keinen Schritt von dort fort tun. Dafür garantiere ich.«

Sie hatten die Etage von Elizabeths Suite erreicht. Hayward rang um Atem. »Na, Sal – ich muß schon sagen! ... Was soll all dies?«

»Sie werden sehen ... Sie werden sehen. Kümmern Sie sich bloß nicht um Raedler. Was er auch sagt. Er wird uns nicht davon abhalten, zu Elizabeth vorzudringen. Koste es, was es wolle!«

Einen kurzen Augenblick hielt Josh sie fest, als sie von der Galerie zu dem Korridor rannten, der zu Elizabeths Zimmern führte.

»Du bist deiner Sache sicher, Sal? Ganz sicher? Dies bedeutet, daß er weiß, warum wir hier sind.«

»Ganz sicher. Dies ist das Ende des Ganzen für die.« Sie riß sich von ihm los und begann wieder zu rennen. »Es ist alles aus für sie.«

Dann blieb sie abrupt stehen, als sie gegen Raedler selbst prallte, der sich breitbeinig in der Tür zum Wohnzimmer aufgepflanzt hatte. Alles an ihm war ruhig und beherrscht; er sprach gelassen.

»Ich bedaure, Miß Devlin. Doch es ist jetzt zu spät. Madame kann heute abend nicht mehr gestört werden.«

Sally stieß ein ungläubiges Lachen aus. »Sie nehmen doch nicht etwa an, Sie könnten mich jetzt von ihr fernhalten?«

Er sprach nur zu ihr allein, als sei nichts Ungewöhnliches an der Anwesenheit der vier Männer hinter ihr. Er produzierte sogar sein seltsames, automatisches Lächeln; er hatte die Art eines Mannes, der sich geduldig bemüht, ein übererregtes Kind zu beruhigen.

»Vielleicht morgen früh, Miß Devlin. Madame fühlt sich plötzlich nicht wohl. Die Schwester ist bei ihr.«

»Es geht ihr nicht so schlecht, daß sie nicht hören könnte, was ich ihr zu sagen habe. Ich habe hier etwas, was sie sehen muß. Und ich garantiere«, fügte sie hinzu, indem sie sein unheimliches Lächeln mit einem ähnlichen beantwortete, »für ihre Ruhe, sobald sie dies erst einmal gesehen hat.«

»Bedaure, Miß Devlin, aber das ist unmöglich. Ich bin hier, um Madames Privatleben wie ihre Gesundheit zu schützen.«

Sally bemerkte, wie Raedlers Blick ständig suchend über die Männer auf dem Flur hinter ihr hinwegglitt und, wie sie überlegte, auf die Ankunft der beiden Männer wartete, die Lancomes entschlossenes Handeln eingeriegelt hatte. Die Entdeckung beruhigte sie; er spielte um Zeit, ohne zu wissen, daß Lancomes Wachsamkeit sich auf jeden Teil dieses Hauses erstreckte und daß diese, wenn auf ein bestimmtes Ziel ausgerichtet, großartig war. Sie hatte bereits den Vorgeschmack des Sieges auf der Zunge.

»Gehen Sie bitte zur Seite, Mr. Raedler! Dieser ganze Betrug ist vorbei – zu Ende. Lassen Sie uns Mrs. Devlin nicht mehr als notwendig aufregen, indem wir jetzt eine Szene machen.«

»Lassen Sie uns unter keinen Umständen eine Szene machen, Miß Devlin. Sie sind töricht neugierig und aufdringlich gewesen – und die Verantwortung dafür werden Sie tragen.«

»Ja, die werde ich tragen...«

Die Worte und der Blick des Triumphes erstarrten. Sie hatte die geschmeidige Bewegung von Raedlers Hand in seine Jacke nicht beachtet, dafür aber Josh. Sie fühlte sich beiseite geschleudert, als Josh vorstürzte. Doch Raedler war darauf vorbereitet gewesen und hatte sich in das Zimmer außerhalb von Joshs Reichweite zurückgezogen. Sally starrte voll faszinierten Entsetzens auf den polierten Stahl von Raedlers Pistole.

»Bleiben Sie, wo Sie sind, Mr. Canfield. Wie Sie wissen mögen – oder auch nicht wissen mögen –, ist Gewalt in dem Kampf, auf den wir uns eingelassen haben, das letzte Zufluchtsmittel. Doch zu oft muß von ihm Gebrauch gemacht werden.«

»Keine Gewalt, Mr. Raedler! Senken Sie die Waffe, oder Sie sind ein toter Mann!«

Eine Sekunde lang gestattete sich Raedler, sich in die Richtung umzublicken, aus der die Stimme kam. Die hohe junge Gestalt Pierres stand als Silhouette vor dem Lichtschein aus Elizabeths Schlafzimmer. Es war unmöglich, in dieser einen Sekunde zu sagen, ob seine Hand eine Pistole hielt. Josh jedoch nutzte den Augenblick, um die Entfernung, die ihn von Raedler trennte, zu überwinden, und seine Hand schloß sich um Raedlers Handgelenk. Der Revolver fiel zu Boden; Lancome sprang vor, um ihn an sich zu nehmen. Als Pierre dann in das Licht vortrat, das vom Flur in das Wohnzimmer fiel, sah Sally, daß er tatsächlich eine Waffe trug, einen Revolver, viel größer als Raedlers und plump im Vergleich zu diesem, der jedoch liebevoll fürsorglich von ihm im Arm gewiegt wurde. Pierres Gesicht leuchtete in einem breiten Grinsen. »Eh bien, Monsieur ...«

Lancome, Pierre und Jean schlossen einen Ring um Raedler; dessen Gesichtsausdruck verriet keine Bestürzung. Seine Schultern hoben sich in dem leichtesten Achselzucken, das der Versuch von Prahlerei sein mochte oder die Geste eines Realisten, der seine Niederlage zugibt.

Josh hatte sich zu Sally umgewandt. »Elizabeth ...?«

»Hier entlang.« Sie machte Josh und Hayward ein Zeichen, ihr zu folgen, als sie schnell durch das Wohnzimmer und Devlins Schlafzimmer zu dem kleinen Studio eilte.

Elizabeth schien sich nicht gerührt zu haben; sie saß noch genauso da, wie Sally sie verlassen hatte. Die Schwester war bei ihr; auf einem der Seitentische hatte sie eine kleine Tasche geöffnet, und Sally sah einen Wattebausch, eine Spritze und eine kleine versiegelte Ampulle auf einem Handtuch ausgebreitet liegen. Die Frau drehte sich um.

»Hinaus!« befahl sie grob. »Madame muß Ruhe haben.«

Sally schob sich dicht an Elizabeth heran, zwischen diese und die Schwester. »Du brauchst dir die Spritze nicht geben zu lassen. Es ist ein Beruhigungsmittel, nicht wahr? Sie wollten, daß du schliefst und ich dich nicht sprechen kann.«

Elizabeth öffnete den Mund, doch kein Ton kam; ihr Körper schien wie betäubt, als habe sie nicht die Kraft zu der geringsten Bewegung oder Entscheidung. Sally spürte, als sie ihr die Hand auf die Schulter legte, wie ihr ganzer Körper starr war.

»Du brauchst es nicht«, wiederholte sie. Einen Augenblick lang rang sie mit der Schwester, die sie beiseite zu drängen versuchte.

»Gehen Sie bitte«, sagte die Frau. »Ich muß mich um Madame kümmern.«

»Bringen Sie Raedler her«, rief Josh Lancome zu.

Die Schwester trat zurück, ihr Verhalten war jetzt unschlüssig. Als Raedler erschien und sie die Revolver in Lancomes und Pierres Händen sah, legte sie die Spritze mit dumpfem Widerstreben auf das Handtuch zurück.

»Sagen Sie ihr, sie kann gehen«, forderte Josh Raedler auf.

Raedler deutete nur mit dem Kopf in Richtung auf die Tür. Die Frau zuckte die Achseln, ähnlich wie Raedler es getan hatte, und packte ihre Instrumente wieder in die Tasche. Josh und

Hayward traten zur Seite, um sie durchzulassen, doch Lancome versperrte ihr den Weg.

»Monsieur? – Wir lassen sie einfach gehen?«

Josh nickte. »Was kann sie jetzt noch tun? Sorgen Sie nur dafür, daß sie in ihrem Zimmer bleibt.«

»Und die anderen? Die von der Bank?«

»Für die gilt das gleiche.«

Unwillig gab Lancome ihr den Weg frei. Er bedeutete Jean mit einer Kopfbewegung, sie zu begleiten.

Als die Frau gegangen war, wandten sich alle Blicke wieder Elizabeth zu. Obgleich Lancome und Pierre hinter Raedler in der Tür standen, hatte sie die Revolver gesehen, hatte erkannt, daß Raedler bewacht wurde, hatte die Bedeutung vom Rückzug der Schwester begriffen. Sie blickte sie der Reihe nach an, und ihre Hände klammerten sich so krampfhaft um die Stuhllehne, daß die Knöchel weiß hervortraten. Schließlich blieb ihr Blick auf Sally ruhen, die Augen voller Verzweiflung.

»Was hast du getan? Ich vertraute dir, und du hast es ihnen erzählt – Dev wird nun sterben. Sie sagten mir, Dev würde sterben, wenn ich es irgend jemandem erzählte...«

»Dev ist tot!«

Elizabeth schüttelte den Kopf. Sie löste eine Hand aus der Umklammerung der Stuhllehne, um sie schützend auf die Manuskriptseiten auf dem Tisch zu legen. »Nein... Dev ist hier. Dev hat dies geschrieben. Er lebt...«

»Dev starb bei dem Absturz«, sagte Sally leise. »Dieses... dieses Werk, von dem sie dir Teile gegeben haben, ist schon seit fast einem Jahr fertig.«

»Fertig...? Nein! Dies ist noch nicht fertig!«

»Du hast nicht alles davon.« Sally legte die Umschläge auf den Tisch und begann den Inhalt herauszunehmen, ihn vor Elizabeth auszubreiten. »Und es ist meine Schuld, daß du nicht alles davon hast. Ich habe es dumm und egoistisch hinausgezögert, dir dies zu geben. Dev hat es für dich geschrieben, doch ich gab es nicht her. Ich glaube, du verstehst, weshalb – aber das ist jetzt vorbei. Alles, was ich sagen kann, ist, daß es mir leid tut, und das ist nicht genug. Es gibt keine Möglichkeit, wie ich wiedergutmachen könnte, was du grundlos gelitten hast, weil ich es hinauszögerte... Doch Dev schrieb es für dich.«

Es war ein eigenartiges Gefühl, es herzugeben – es nicht nur im konkreten Sinne herzugeben, sondern auch ihren Anspruch darauf. Das Manuskript war Devlins Geschenk an sie gewesen, das Geschenk ihrer eigenen Vergangenheit, ihrer eigenen Familie. Elizabeth jedoch brauchte ès – ebenso wie sie, Sally, es gebraucht hatte, zu diesem Verzicht fähig zu sein.

»Fertig?« wiederholte Elizabeth abermals. Verwundert berührte sie das neue Manuskript, Devlins Original und Sallys Abschrift – berührte es vorsichtig, bereit, es zurückzustoßen. Sie neigte den Kopf, um zu lesen, und während sie ihr zusahen, wurde sie von einer fieberhaften Aktivität gepackt. Sie begann die Seiten durchzusuchen, Anfang und Ende der Kapitel zu lesen und auf die vertrauten Worte und Passagen mit kleinen Lauten des Schmerzes und Entzückens zu reagieren. Sally beugte sich über sie und fand die Stelle, an der Elizabeths Manuskript aufhörte.

»Dies ist, was sie dir gaben«, erklärte sie und blätterte die Seiten bis zum Anfang des nächsten Kapitels durch. »Und dies ist, was sie dir das nächste Mal gebracht hätten.«

Ohne zu antworten, fuhr Elizabeth fort, das Manuskript durchzusehen – die erste und letzte Seite jedes Kapitels – den Fortgang zu suchen und es mit Sallys Manuskript zu vergleichen, wobei sie die Augen wegen Devlins unleserlicher Schrift zusammenkniff.

Keiner im Raum sprach oder rührte sich. Raedler stand bewegungslos da; Lancome und Pierre drängten sich unbeherrscht in die Tür, nicht bereit, von dem Höhepunkt ausgeschlossen zu werden, den herbeizuführen sie mitgeholfen hatten.

Endlich sah Elizabeth auf. »Wie?« fragte sie. »Wie konnte dies geschehen?«

»Das Manuskript war bei mir in London«, antwortete Sally. »Dev hat es mir in Abständen beinahe seit der Zeit geschickt, als ihr heiratetet. Ich tippte es jedesmal gleich ab. Er sagte ... er sagte, es sollte erst vollständig fertig sein, bevor du es sähest. Es war ...« Sallys Wortstrom geriet leicht ins Stocken. »Es sollte eine Überraschung für dich sein. Den Teil, den ich abgetippt hatte, bevor Dev starb, ließ ich bei mir zu Hause. Der Rest war in meinem Büro. Sie wußten nichts von diesem Teil im Büro. Es muß ein rechter Glücksfall für sie gewesen sein« – hier sah sie zu Raedler hinüber, wie um dies bestätigt zu bekommen –, »ein ganzes kontinuierliches Manuskript zu finden. Ich vermutete, sie beabsichtigten, dir diese und jene kleinen Sachen vorzusetzen, die Dev vor Jahren geschrieben hat. Weiß Gott, ich habe genug davon bei mir. Fragmente... Doch ein ganzes, noch nicht veröffentlichtes Manuskript zu finden! Sie müssen durch das Original gewußt haben, daß keine andere Kopie existierte und du es noch nicht gesehen hattest. Es muß ein ziemliches Risiko gewesen sein, jenes erste Mal, als sie es mit ihm bei dir versuchten, um zu sehen, ob du von Dev darüber gehört hattest, ob du wußtest, daß es bereits vor dem Absturz existierte. Doch du akzeptiertest es, und sie wußten, sie waren in Sicherheit. Sie hatten dich so lange in der Hand, wie das Manuskript dauerte...«

»Sal...«, unterbrach Hayward sie, »hast du dies Material nicht vermißt? Großer Gott! Ein ganzes Buch von Dev! Mir erscheint das ziemlich unachtsam!«

»Sie hat es nicht vermißt«, erklärte Josh, »da es nie weggenommen wurde. Das brauchten sie nicht. Alles, was sie brauchten, war eine Kamera und etwas Zeit zum Arbeiten. Und das gaben wir ihnen. Alle Zeit, die sie brauchten. Der einzige unglückliche Zufall war jener Abend, als ich Kogan vor Devlins Haus sah. Doch was sie bei jenem Mal nicht fanden, müssen sie sich später geholt haben. Und auf jeden Fall war Sallys Atelier, wie sich herausstellte, eine viel bessere Fundgrube.«

Elizabeth schien dem, was vorgegangen war, wenig Aufmerksamkeit geschenkt zu haben. Ihr Gesicht trug einen Ausdruck ratloser Verwirrung; ihre Finger zupften an den ungeordnet vor ihr liegenden Seiten mit Devlins Handschrift.

Sally sah erneut Raedler an. »Sie kennen uns sehr genau, nicht wahr? Uns alle – sogar mich. Gab es Dossiers über Devlin und Elizabeth?«

Er vollführte eine merkwürdige, leichte Verbeugung, als habe man ihm ein Kompliment auf die Gründlichkeit der Aktion gemacht. »Selbstverständlich. Es werden Vorbereitungen für alle möglichen Eventualitäten getroffen. Lawrence Devlin fiel uns in die Hände. Man hielt es nicht für notwendig zu sagen, daß er tot war. Eine Gelegenheit bot sich an und wurde ausgenutzt. Wir sind nicht ohne eine gewisse Geschicklichkeit und Phantasie.«

»Und verflucht noch mal, es funktionierte, weil wir es zuließen!« explodierte Josh. »Wir wußten, es ging etwas vor, und wir standen da und ließen es geschehen. Wenn wir nur so viel Verstand gehabt hätten, damit herauszurücken, zu sagen, was wir argwöhnten...«

»Wenn wir alle das getan hätten«, unterbrach Sally ihn. »Wenn ich jemand von meinem Verdacht erzählt hätte, daß bei mir eingebrochen wurde. Wenn ich hergekommen wäre...« Erneut sah sie Raedler an. »Sie kannten uns wirklich sehr gut, nicht wahr? Sie wußten, die Chance stand mehr als nur fifty-fifty, daß ich mich auf die Nachricht vom Verschwinden meines Vaters hin nicht mit Elizabeth in Verbindung setzen würde. Sie wußten, ich würde nicht handeln – weil ich nie vorher gehandelt hatte.«

»In unserem Beruf, Miß Devlin, ist eine Fifty-fifty-Chance eine ausgezeichnete«, entgegnete er. »Und was gab es zu verlieren? Eine kurze Wartezeit, um zu sehen, wie Sie reagierten, ein wenig Zeit, um Material zu sammeln. Madame Devlin war leicht in Gewahrsam zu halten. Wir wußten auch, was sie über Lawrence Devlin dachte. Solange wie Sie und Madame Devlin nicht zusammenkamen, nicht miteinander über Devlins Werk sprachen, stieg die Chance höher als fifty-fifty, daß unser Plan klappen würde. Und falls er das nicht tat...« Er zuckte die Achseln. »Würde Madame Devlin der Welt verkünden, daß sie sich von einer ausländischen Macht hatte erpressen lassen, um das Leben ihres Mannes zu retten? Wird sie es jetzt der Welt erzählen? Natürlich nicht! Wir würden es einfach leugnen. Unsere Leugnung würde akzeptiert werden... und ich denke, wir hätten die Unterstützung aller mit hineinverwickelten Regierungen. Es gibt dringendere Abmachungen für lebende Menschen zu treffen, als sich über jene, die bereits tot sind, zu streiten.«

Und dann fügte er hinzu, so als sei er nicht willens, die Schönheit des geglückten Plans zu verlassen: »Ah, aber denken Sie nur, was der Erfolg ausgelöst hätte – wenn sie ihre Erklärung abgegeben hätte! Denken Sie nur an die hohen Positionen und das Ansehen, die sie mitgenommen hätte, die Spur von Skandal, Zweifel und Verdacht, die sie hinter sich zurückgelassen hätte! Der Plan hatte große Aussichten... ein Jammer, daß Miß Devlin ihn ruinieren mußte.«

»Aber Sie erlaubten uns, nach St. Martin zu kommen«, wandte Sally ein.

»Wir waren ja beinahe dazu gezwungen. Doch indem wir

dieses Risiko eingingen, zogen wir auch noch mehr Fische in das Netz. Die Publicity einer im Namen eines Mannes errichteten Stiftung, der nicht mehr an den Wert des Westens glaubt, eine Reihe prominenter Engländer, die mit der Stiftung verbunden sind und große Freundschaft und Verehrung für Lawrence Devlin verkündeten, wie wir so bewegend in dem Gedächtnisgottesdienst hörten. Je mehr hineingezogen werden konnten, um so besser. Wir planten, alles zu nutzen, was sich uns anbot, und so nahmen wir das Risiko auf uns, Sie nach St. Martin kommen zu lassen. Es schien, als wäre es, selbst wenn Miß Devlin und Madame unter vier Augen miteinander sprachen, ohne vorhandenen guten Willen ohne große Bedeutung. Ohne guten Willen hätte es keine Gemeinsamkeit gegeben. Wir sahen keine Anzeichen für das Vorhandensein von gutem Willen.« Abermals kräuselte das klinische Lächeln seine Lippen. »Sie scheinen ihn jedoch entwickelt zu haben.«

Eine Bewegung Elizabeths ließ ihre Aufmerksamkeit zu ihr zurückkehren. Sie hatte während dieses Dialoges wie erstarrt dagesessen, wie eine Marionette, so wie sie seit dem Augenblick gewesen war, als Raedler dieses Haus betrat. Sie lehnte sich in ihrem Stuhl zurück und zog die Hände zum erstenmal vom Manuskript zurück.

»Wir haben guten Willen entwickelt«, wiederholte sie. »Beinahe zu spät. Wenn man das, was richtig und gerecht und menschlich ist, vernachlässigt, bezahlt man einen hohen Preis. Ich verkroch mich so in Dev, daß ich die ganze Welt ausschloß – die Welt, die ebenfalls Dev war. Auf deine Weise hast du es ebenfalls getan, Sally. Ich habe nicht mehr sehr viel Zeit, meine Lektion auszuwerten. Der Hauptgewinn wird dir zufallen. Aber, ja ... wir haben guten Willen entwickelt.«

Sie nickte Raedler zu. »Gehen Sie jetzt. Ich habe kein Bedürfnis, mir einen weiteren Katalog meiner Leiden anzuhören. – Ja, ich hätte es getan. Ich hätte weit mehr als mein Leben für ein Wiedersehen mit Dev gegeben. Ich wollte zu ihm gehen und den Blitz auf jeden, den er auch treffen mochte, hinunterfahren lassen. Ich mußte es glauben – ich glaubte, letzten Endes würde das, was Devlin schrieb, die Wahrheit über ihn verkünden. ›Devlin am Leben‹ war alles, woran ich glaubte. Ein rein gefühlsmäßiger Glaube – der Glaube einer Frau. Ich schäme mich seiner nicht. Ich nehme ihn nicht zurück.«

Es herrschte Schweigen. Lancome und Pierre schienen

wenig von der Unterhaltung verstanden zu haben; doch gegen die Worte, die Lancome davon behalten hatte, lehnte er sich heftig auf.

»Madame meint, er soll gehen – frei gehen?«

»Frei – wer ist schon frei?« entgegnete sie aufgebracht. »Was können sie jetzt noch tun?« Wieder legte sie die Hand auf das Manuskript. »Hier lag die Macht – in Devlin, am Leben. Ohne ihn haben sie nichts. Gewalttätigkeit führt zu nichts, Lancome. Laß ihn gehen.«

Canfield sah zu, wie Lancome verzweiflungsvoll den Revolver senkte und Pierre bedeutete, es gleichfalls zu tun. Die Verwirrung im Gesicht des jungen Mannes war beinahe komisch; Lancomes Gesichtsausdruck war gequält. Raedler machte, so unglaublich es auch war, seine leichte, formelle Verbeugung, drehte sich um und ging durch Devlins Schlafzimmer und das Wohnzimmer auf den erleuchteten Korridor hinaus. Er mußte sich gefragt haben, überlegte Canfield, was aus den beiden Männern geworden war, die sie ihm zur Verstärkung nach St. Martin geschickt hatten. Er würde daran herumrätseln, doch hatte er andere Fragen, um darüber nachzudenken. Gewalttätigkeit führte zu nichts, hatte Elizabeth gesagt. Es stimmte, daß sie die in jenem Zimmer versammelten Menschen nicht mehr bedrohte. Raedler jedoch hatte noch vor seinen Herren für das Mißlingen des Planes Rechenschaft abzulegen.

Marie erschien in der Tür zu Devlins Zimmer, wo Raedler gestanden hatte. Jetzt jedoch war die gedrungene Gestalt der Mamsell, die einen Stapel Bettwäsche auf dem Arm trug, voll häuslichen Friedens.

»Madame schläft«, verkündete sie Sally, Josh und Hayward, die dort auf sie gewartet hatten. »Sie hat einige Tabletten genommen und wird bis morgen früh durchschlafen.« Und in deutlich possessivem Ton fügte sie hinzu: »Jetzt gibt sie der Erschöpfung nach, und es ist ihr möglich, sich auszuruhen. Sie hat so wenig Ruhe gehabt...« Sie schob die Wäsche auf den anderen Arm und meinte munter: »Ich werde jetzt ein Bett für mich im Wohnzimmer zurechtmachen – um in Madames Nähe zu sein. Die andere – die Schwester – wird sich, denke ich, nicht mehr sehen lassen.«

Als sie gegangen war, bemerkte Hayward: »Sie haben es

wieder unter Kontrolle, nicht wahr? – Marie und Lancome. Elizabeth wird wenigstens etwas Ruhe haben. Glauben Sie wirklich nicht, Josh, daß wir etwas gegen Raedler unternehmen sollten? – nicht mal den Schweizer Behörden einen leisen Wink geben?«

»Nichts«, beharrte Josh. »Auch der leiseste Wink könnte ein Durchsickern verursachen. Um Elizabeths willen müssen sie von hier fortgehen, als sei nichts von alldem geschehen. Morgen früh werden sie weg sein, Sie werden es sehen. Die kennen sich in solchen Sachen aus ...«

Er hockte auf der Kante von Devlins Schreibtisch und zündete sich gerade eine Zigarette an. Sallys Hand irrte zu der Packung, zog sich dann jedoch zurück. Sie setzte sich auf das recht schäbige Ledersofa, schwang die Beine zur Seite und streckte sich lang aus; ihr Kopf fand den gemütlichen Halt eines weichen, alten Kissens. Das Kissen und das Sofa schienen von Tabaksgeruch imprägniert zu sein – Dev hatte ebenfalls zuviel geraucht.

Josh und Hayward hatten hier gewartet, als sie Elizabeth in ihr Zimmer begleitet hatte. Nachdem Raedler gegangen war, hatte Elizabeth beinahe nichts mehr gesagt; ihr Körper war in dem Sessel mit einem Ausmaß von Erschöpfung zusammengesunken, das sie alle hatte verstummen lassen; es schien, als ob die plötzlich nicht mehr vorhandene Notwendigkeit, sich eisern zusammenzunehmen, sie ohne jeden Willen und jede Kraft zurückgelassen hätte.

Doch bevor sie sich erhoben und Sallys Arm ergriffen hatte für den Weg in ihr Schlafzimmer, hatte sie kurz gesprochen: »Genügt es jetzt, wenn ich sage, ich bin froh, daß er tot ist? Könnt ihr alle das verstehen? Ich bin froh, daß er so starb, wie er starb, und nicht durch sie. Was mich betrifft, so bin ich froh, daß ich nicht länger leben muß, um ihn am Leben zu halten – oder um das zu tun, was ich glaubte, tun zu können.

Das war alles, was sie gesagt hatte. Es war noch ein abschließendes »Gute Nacht« für Sally gefolgt, als Marie gekommen war, um ihr beim Auskleiden zu helfen. Seine Beiläufigkeit war für Sally eine Art Ausdruck dafür, daß Elizabeth sie akzeptiert hatte. Guter Wille war entwickelt worden, wie Raedler gesagt hatte, aber noch keine Vertrautheit; vielleicht würde es nie Vertrautheit zwischen ihnen geben. Es kam kaum darauf an. Sie hatten das erreicht, was notwendig gewesen war. Sally war zufrieden.

Bis zum nächsten Morgen, so überlegte sie jedoch, als sie zu Devlins Zimmer zurückkehrte, mußte sie ihre Geschichte über das Manuskript und darüber, daß es durch Devlins Gedanken einer Überraschung von Elizabeth ferngehalten worden war, ausbauen. Morgen würde Elizabeth ausgeruht und ihr kritischer Verstand schärfer sein. Morgen würde sie, Sally, sehr gut lügen müssen, damit die Geschichte wahr klang. Elizabeth würde kein aus Mitleid gegebenes Geschenk annehmen. Also mußte sie, Sally, sich noch ein wenig mehr anschwärzen, damit Elizabeth glauben konnte, daß das Manuskript wirklich ihr gehörte. Sie mußte glauben, Sally hätte sich an etwas geklammert, was ihr nicht gehört hatte. Es war nicht gerade, was sie sehr gern tat, doch alles kostete mehr, als man dachte, und es war besser, den Preis zu bezahlen. Es gab nie einen billigen Ausweg, den zu kaufen es sich lohnte. Sie waren noch etwas in Devlins Zimmer geblieben. Lancome brachte ihnen Kaffee. Es war sehr spät, doch waren sie noch dort geblieben wie Menschen, die endlich den Ort gefunden hatten, an dem zu sein sie sich gewünscht hatten. Für sie alle war es, als betreten sie Devlins letzte Zitadelle; keiner von ihnen wollte rasch fortgehen.

Lancome war ebenfalls geblieben, hatte Kissen aufgeschüttelt und Aschenbecher ausgeleert. Schließlich, als er keinen Vorwand mehr fand, dazubleiben, hatte er gesprochen. Es war Sally, an die er seine Worte richtete, als wolle er andeuten, daß er verstand, was sie an diesem Abend auf sich genommen hatte.

»Wir haben sie beschützt und haben aufgepaßt«, berichtete er. »Bis heute abend wußten wir nicht, wovor wir sie beschützten.«

Darauf wünschte er ihnen gute Nacht und ging.

»Seltsamer alter Knabe«, bemerkte Hayward. »Elizabeth vollständig ergeben – man findet heute nur noch wenige seines Schlages. Ich erinnere mich, daß Dev mir einmal erzählte, er hätte während des Krieges in Frankreich in der Résistance gekämpft. Es liegt noch etwas Feudalistisches in der Art, wie er jeden in diesem Haushalt und das halbe Dorf in Reih und Glied hat. Na, er wird wenigstens das als Stütze haben, wenn Elizabeth...«

Er schenkte sich neuen Kaffee ein und schwieg eine Zeitlang. Er schritt im Zimmer auf uns ab, während er seinen Kaffee trank, und schlenderte dann, als er die Tasse abstellte, zu den Borden hinüber, nahm einige Bücher und verschiedene Gegenstände heraus, betrachtete sie eingehend, ja, streichelte sie beinahe. Für ihn waren sie Dev. Plötzlich rief er aus: »Seht euch das an! – Seht dies hier! Es ist die Friedensmedaille der Akademie in Oslo – Devs Friedensmedaille! Ich fand sie hier einfach in dieser Schachtel auf dem Bord. Typisch für den guten Dev. Verdammt lässig... Ich möchte nur wissen, wo die Urkunde ist...?«

»Ich vermute«, meinte Josh, während er die goldene Scheibe studierte, »die meisten Viktoriakreuze landen schließlich irgendwo in einer Schublade. Wenn man der Typ ist, der sie gewinnt, ist man auch der Typ, der sie nicht zur Schau stellt.«

Sally betrachtete sie einen Augenblick, drehte sie um und legte sie wieder auf das Samtpolster. Energisch schloß sie die Schachtel und stellte sie auf das Bord zurück. Als er damals die Auszeichnung gewann, war sie verletzt gewesen, daß Devlin diese nicht nach London mitgebracht hatte, damit sie sie sehen konnte. Wahrscheinlich hatte er gehofft, sie würde eines Tages zu dieser inneren Freiheit gelangen.

Sie ging zum Sofa zurück, und dieses Mal kam Josh und setzte sich zu ihr. Sie verfolgten, wie Hayward mit einer Zigarre herumpusselte, sie durchbohrte und etwa eine Minute brauchte, um sie richtig anzuzünden. Dann wandte er sich unvermittelt zu den beiden um.

»Aber ich verstehe es nicht!« brach es aus ihm heraus. »Verdammt noch mal, ich versteh's nicht! Das ganze Gerede da drinnen von Raedler. Wie wollten sie es über die Bühne bringen? Dev war schließlich tot! – Sie hätte es sofort nach ihrer Ankunft dort herausgefunden.«

»Sie glaubte doch, er lebe – sie glaubte es wirklich«, erklärte Josh. »Sie nahm nicht nur deren Wort dafür. Sie hatte einen Beweis. Niemand als Devlin hätte dies Manuskript zu schreiben vermocht. So hatte sie ihren Beweis, und sie war bereit zu tun, was die von ihr verlangten. Keine Erklärung, daß sie eine Kommunistin sei oder der Westen unrecht habe oder sonst etwas dieser Art. Nein – viel einfacher und auch viel einfacher für sie. Lediglich die Erklärung, daß Devlin am Leben und in die Sowjetunion gegangen sei und sie zu ihm ginge. Es würde bedeuten, daß Devlin übergelaufen sei, und die Russen waren natürlich darauf vorbereitet, ihn für eine Pressekonferenz zum

Vorschein zu bringen, so wie sie es mit den anderen gemacht haben.«

»Aber das konnten sie doch nicht«, protestierte Hayward. »Dev war tot!«

»Elizabeth hätte es nicht erfahren. Sie hätte ihre Erklärung abgegeben und wäre zu ihm gereist. Nachdem die Prawda die Geschichte genug ausgeschlachtet hätte, wäre eine bedauernde Notiz von einem plötzlichen Tod oder etwas Ähnliches erschienen. Die Russen sind sehr gut darin. Und ein großartiges Staatsbegräbnis für einen Helden im Kampf um den Frieden. Sie hätten es hingekriegt, und die ganze Zeit hätte Elizabeth, gegen welche Zweifel auch immer, weiter geglaubt, Devlin sei wirklich seit vergangenem Oktober am Leben und in Rußland gewesen. Sie hätte wahrscheinlich gedacht, sie hätten ihn lieber beseitigt, als ihn für die Presse herauszurücken. Was sie auch gedacht hätte, sie hätte ihre Handlung und Erklärung nicht rückgängig machen können, und der Schaden wäre dagewesen.«

Josh beugte den Kopf zurück, und seine Augen betrachteten einen Augenblick die Zimmerdecke. »Denkt nur an die, die sie mit hineingerissen hätte – schuldig, weil sie mit Elizabeth verwandt oder befreundet waren. Es hätte die Verbündeten in einen absoluten Tumult stürzen können. Denkt nur an die Leute, die in St. Martin zu Gast waren – die Leute, die mit Devlin und Elizabeth verkehrten. Denkt an Whitney Spence. Vor allem aber denkt daran, wer ihre beiden Brüder sind. Es jagt euch Angst ein, nicht wahr? Da habt ihr den stellvertretenden amerikanischen Verteidigungsminister und den Vorsitzenden des Senatsausschusses für Auslandsbeziehungen hübsch in das Netz gezogen, die größten Fische vermutlich in einem Fang, der Hunderte von Namen hätte umfassen können, sehr verwundbare Namen für diese Art von Makel. Es kommt nicht darauf an, wie sehr die ganze Affäre bezweifelt worden wäre, etwas Dreck wäre hängengeblieben. Seht ihr nicht direkt die Senatsuntersuchung vor euch, in der beide O'Mara-Brüder zu ihrer eigenen Verteidigung unter Eid hätten aussagen müssen? – Es wäre ein wahrer römischer Zirkus von Verdächtigungen und Beschuldigungen und Leugnen gewesen, und all die Rechtsradikalen in Amerika hätten einen Festtag gehabt.«

»Warum haben sie gewartet?« wollte Sally wissen. »Warum so lange? Sie sagte jetzt, in ein paar Wochen.«

»Nun – sie brauchten Zeit, um sie zu überzeugen, daß Devlin wirklich lebte. Sie konnten ja nicht ein Bündel Manuskriptseiten hervorziehen und behaupten, er hätte es alles in einem Monat geschrieben. Und dann arbeitete die Zeit bei dem Zustand, in dem sich Elizabeth befindet, für sie. Hier oben eingeschlossen, krank und isoliert, ist eine wirksame Gehirnwäsche gewesen. Mit jedem Monat, den sie hier allein war, wurde Devlin wichtiger für sie, das einzige auf der Welt im wahrsten Sinne des Wortes, an dem ihr Herz hing. Und je kürzer sie lebte, nachdem ihre Erklärung einmal abgegeben war, um so besser für die. Falls es in einigen Wochen soweit sein sollte, wäre es vermutlich zu dem Zeitpunkt erfolgt, zu dem sich die Verteidigungsminister in Paris treffen werden. Verteidigungsminister Spaulding erholt sich von einer Operation, und Jim O'Mara wird die Vereinigten Staaten vertreten. Das Treffen ist sehr entscheidend – es geht um Kernwaffen für Deutschland – das letzte, was die Russen wollen. Dies wäre ein Schraubenschlüssel von gigantischen Ausmaßen gewesen. Meiner jetzigen Vermutung nach hätte das Treffen nie stattgefunden. Schaut – letztes Jahr wurde die englische Regierung beinahe durch die Profumo-Affäre gestürzt, der indirekten Verbindung zwischen dem Kriegsminister und einem Russen. Der Hauptwert von Burgess und McLean war für sie nicht die Information, die sie vielleicht weitergegeben hätten, sondern das Mißtrauen gegen britische Zuverlässigkeit, das die ganze Geschichte bei den Amerikanern auslöste. Sie verstehen sich sehr gut auf Propaganda, und eine offene Gesellschaft mit einer freien Presse ist ein relativ leicht zu handhabendes Instrument. Jede Zeitung in den westlichen Ländern hätte in den Klamauk mit eingestimmt – anti-amerikanisch, anti-deutsch, anti-englisch. Beinahe anti-alles! O ja, Elizabeth O'Mara Spence hätte eine große Menge mit hineingerissen, wenn sie gegangen wäre. Ich glaube nicht, daß man sie in ihrem gegenwärtigen Zustand völlig dafür verantwortlich machen kann, doch wußte sie, was sie tat. Es ist schon eine höllische Situation gewesen ...«

»Wie grausam ist es alles gewesen«, bemerkte Sally. »Sie tut mir leid. Und das ist das letzte, was ich jemals für möglich gehalten hatte.«

»Und dies«, fügte Hayward hinzu, »ist das letzte, was je zu diesem Thema gesagt werden sollte. Es ist jetzt abgeschlossen.

Fast wäre es geglückt, aber Gott sei Dank ist es das nicht. Niemand wird es je von mir erfahren. Ich beabsichtige, die Stiftung weiter aufzubauen, und ich weiß, Elizabeth wird ihre Zustimmung geben. Wir haben sogar noch mehr Grund als vorher, Devlin die Art von Denkmal zu setzen, die er verdient. Er hätte ja um ein Haar ein anderes bekommen – ein schändliches! Das ist nun vorbei«, fügte er hinzu, »und er kann in Frieden ruhen.«

Es war nicht völlig vorbei, überlegte Josh. Das würde es niemals sein. Da waren jene in London, für die die Akte über Devlin nie abgeschlossen sein konnte. Sie würden nun niemals mit absoluter Sicherheit erfahren, daß Devlin nicht in Fergus' Ermordung in Beirut und das Verschwinden des Codebuches verwickelt gewesen war. Nie würden sie nun wissen, ob die Grenzverletzung zufällig oder absichtlich oder vorausgeplant erfolgt war. Da waren jene in London, die sagen würden, die anderen hätten auf Devlin gewartet, und der Flugzeugabsturz sei das einzig Unvorhergesehene am Ganzen gewesen. Dies waren die Fragen, die zuerst die offiziellen Gehirne in London die Suche nach der Wahrheit über Devlin hatten aufnehmen lassen. Das offizielle Gehirn gab sich nie mit der halben Antwort zufrieden; die unbeantwortete Frage war mehr ihre Art. Sie würden die Akte über Devlin mit einem Fragezeichen beenden.

## 11

Sally bewegte sich träge, öffnete blinzelnd die Augen und versuchte den Schlaf festzuhalten. Sie hatte eines der Fenster mit zurückgezogenen Vorhängen offengelassen, und nun verriet ihr der blasse, opalisierende Schein des hereinsickernden Morgenlichtes, grau und noch nicht völlig golden, daß es noch sehr früh war. Sie drehte sich im Bett um und versuchte den Kopf im Kissen zu vergraben, doch das Geräusch wurde lauter, so wie am Morgen zuvor, entnervend und beharrlich. Das Klappklapp von Raedlers Springtau. Sie wurde, obgleich noch in den Nebeln des Schlafes, von einer Art ehrfürchtiger Furcht vor ihm erfaßt, vor der zielbewußten Disziplin eines Mannes, der es vermochte, von dem Wrack seiner zerstörten Pläne zurückzutreten und eine rein körperliche Routine beizubehalten, als ob sich nichts geändert hätte. Und doch hatte sich alles für Raedler geändert. Er hatte bei der Ausführung seiner Aufgabe versagt. Sie überlegte schlaftrunken, welche Art der Bestrafung das wohl nach sich ziehen würde. Wie schwer war die Strafe für diese Art des Versagens? War es Gefängnis oder die Verbannung auf den niedrigsten Verwaltungsposten in einem Elektrizitätswerk in Sibirien?

Während sie diesen Gedanken nachhing, begriff sie Elizabeths überwältigendes Gefühl der Erleichterung darüber, daß Devlin tot war und daß kein von denen ersonnenes Schicksal auf ihn wartete. Sie dachte an den toten Devlin im Flugzeugabsturz, und es schien ein sauberer und klarer Tod, richtig für ihn und richtig für die Art, wie er gelebt hatte. Das Undenkbare war Devlin als ihr Gefangener, ihren Vorschriften unterworfen und gezwungen, nach ihrer Routine zu leben. Das wäre der Tod für ihn gewesen, der allerschlimmste, der langsame und unnatürliche Tod, bei dem der Geist vor dem Fleisch stirbt.

Ihre Gedanken kehrten zu Raedler zurück und zu seinen Herren. Sie wurde sich bewußt, daß das Klappklapp aufgehört hatte; sie fragte sich unvermittelt, ob dies der Augenblick des Abschieds für Raedler von St. Martin war. Würde er, so wie die meisten, eine Minute auf der Terrasse stehenbleiben und das Tal hinauf- und hinunterblicken, zu dem großen Halbkreis der Berge über ihm emporschauen, wobei der Augenblick größeres Gewicht durch das Wissen bekam, daß er nie wieder an diesem Platz stehen würde, nie wieder genau diesen Blick haben würde? Oder gehörte Raedler zu jener Art Mensch, die keine derartigen Gedanken hatte, niemals von Gefühl erschüttert wurde? Eine Art blinder Neugier trieb sie aus dem Bett und zu dem Fenster hinüber, von dem aus sie am Morgen zuvor Raedlers Terrasse zu sehen vermocht hatte. Sie war nie jemandem wie Raedler begegnet, und sie hoffte, es auch nie wieder zu tun. In gewisser Weise war es auch für sie ein Abschied. Als sie sich jedoch aus dem Fenster beugte, war die Gestalt auf Raedlers Terrasse unter ihr nicht der Mann im grauen Trainingsanzug vom Tag zuvor. Sie erhaschte einen letzten Schimmer von blondem Haar und der weißen Jacke, die Lancomes Diener trugen, als diese zwischen den Flügeltüren wieder in das Haus zurückglitten. Raedler war bereits fort, und es hatte keine Pause des Abschieds gegeben. Und indem Lancome ihm einen Diener schickte, um ihm mit dem Gepäck zu helfen, hatte er ihm keine Zeit für solche Pausen gelassen.

Sie kehrte ins Bett zurück und zog sich die Decke beinahe bis über die Augen.

Als sie wieder aufwachte, stand Marie mit Café au lait und Croissants da. »Ein englisches Frühstück später unten, M'selle. Auf der Terrasse. Doch später, da es heut' nacht so wenig Schlaf gab. Heute morgen wird Madame nicht erscheinen. Sie schläft noch. Es ist höchst notwendig, daß sie sich ausruht. Madame hat wenig Kraftreserven, und diese sind beinahe völlig erschöpft.«

Das Gesicht der kleinen Mamsell war umwölkt, als sie sich über das Tablett beugte. Sally fragte sich, ob sie erraten habe, was für eine Zukunft auf Elizabeth warte; sie schien eine Vorahnung davon zu haben. Doch hatten sie Grund, froh zu sein, zumindest über den Frieden, der trotzdem nun dieses Haus erfüllen konnte.

Marie brachte ihr die große Kaffeetasse ans Bett.

»Und Raedler? Und die andern?« fragte Sally.

»Sind weg, M'selle. Sind weg – Gott sei Dank! Er packte seinen Kram und ging, bevor noch irgend jemand heute morgen auf war. Monsieur Raedler läßt sein ganzes Gepäck hier, aber das macht nichts.« Sie zuckte die Achseln. »Wenn er nicht danach schickt, wird jemand im Dorf reicher sein.«

Sally dachte über Maries Auskünfte nach, während sie ihren Kaffee trank. War es wirklich so früh gewesen, als sie aufwachte?

Es war Mittag, bevor Hayward, der auf der großen Terrasse in der Sonne auf und ab ging, an die Brüstung trat, um hinunter über die Weinberge zu schauen. Er war es daher, der als erster die zusammengeschrumpfte Gestalt in dem grauen Trainingsanzug über den zerschmetterten Weinstöcken liegen sah. Die Männer, die hinunterstiegen, fanden ein um seine Füße gewickeltes Springtau. Sein Gesicht und sein Körper waren von dem Sturz mit vielen Verletzungen bedeckt, doch der Arzt war der Ansicht, daß er starb, als sein Genick brach.

»Ich wünschte, du würdest mich zu einem hohen Platz hinauffahren, Josh. Irgendwo dort hinauf«, hatte Sally gesagt, als sie zu den Bergen über dem Schloß emporblickte. In dem weichen Licht des Spätnachmittags waren sie durch Sion gefahren und hatten die Straße hinauf zu Crans-Montana eingeschlagen, vorbei an den Aprikosen- und Kirschbäumen, vorbei an der oberen Grenze der Weinberge, hinein in das hohe Frühlingsgras der Almweiden. Es war eine lieblichere Landschaft als jene entlang der Straße nach Evolène, dieser Südhang der Berge, der zur Rhone hin abfiel. Das Tal war breiter und offener, freundlicher. Jede Biegung der Straße, die sie zu den Bergen hinaufführte, schwang sie schließlich wieder herum, und sie erblickten nicht nur eine tiefe Schlucht, sondern das gesamte schimmernde Panorama des Rhonetales. Die Dörfer duckten sich hier nicht so eng zusammen. Moderne Châlets tauchten auf. Es war die Touristengegend, das Land der Skifahrer.

»Ich bin froh, daß wir hier heraufgefahren sind«, erklärte Sally, als die Türme der Hotels und Appartementhäuser von Crans sichtbar wurden. »Ich hätte keines dieser schwermütigen Bergdörfer mehr ertragen, die in dem ständigen Gefühl leben, daß jede Minute eine Lawine auf sie herunterdonnern kann. Ich habe meine Lawine gehabt!«

Die Lawine war auch für Raedler herabgerollt, überlegte Josh – oder aber er hatte sie selbst ausgelöst. Der Einfachheit halber würden die Polizei und der Magistrat wahrscheinlich beschließen, daß sein Tod durch einen Unglücksfall erfolgt war; wie sich an Ort und Stelle gezeigt hatte, war es durchaus möglich, daß Raedler, falls er über das Seil gestolpert war oder einen Schwindelanfall erlitten hatte, über die niedrige Brüstung gestürzt war. Möglicherweise hatte er es vorgezogen, seinen Herren zuvorzukommen, hatte er um die Härte seiner Strafe gewußt, hatte er seine eigene Hinrichtung vollzogen. Möglicherweise hatten die beiden Männer, die nach St. Martin gekommen waren, um ihm zu helfen, ihre Instruktionen erhalten und waren selbst seine Henker geworden.

»Ich sah ihn«, gestand da Sally.

»Sah wen?«

»Ich weiß nicht, wen – jemanden auf der Terrasse, auf Raedlers Terrasse. Ich hörte ihn mit seinem Seil springen, und ich schaute hinaus – doch Raedler war nicht auf der Terrasse. Es war jemand anders in einer weißen Jacke. Er sah aus wie...«

»Du hast niemanden gesehen, Sal!« Er wandte sich ihr

nicht zu und ließ die Augen nicht von der Straße. Ganz ruhig sagte er es, ohne besonderen Nachdruck.

»Ich habe niemanden ... gesehen? Was soll das heißen, Josh?«

»Einfach das, Sal. Du hast niemanden auf Raedlers Terasse gesehen. Du hast nicht hinausgeschaut. Du hast nichts gehört.«

»Soll das heißen...«

»Harte Gerechtigkeit, Sal. Es ist nicht unsere Art, aber wir können nicht ungeschehen machen, was nun einmal geschehen ist.«

»Ich verstehe.«

Die Polizei würde ihre Fragen stellen, überlegte er, und niemand würde etwas sagen. Die Routine würde in Anbetracht von Raedlers Paß befolgt werden, doch würde, wie Josh bezweifelte, wohl kaum jemals etwas über die wahre Identität von Hans Raedler entdeckt werden. Er hielt es für unwahrscheinlich, daß jemand jemals Rechte auf Raedler geltend machen würde. Er würde einer der anonymen grauen Männer bleiben, die sich in den Schatten des grauen Krieges bewegten, den sie gegeneinander führten. Er würde wahrscheinlich sogar in St. Martin beerdigt werden, in Ermangelung eines anderen Ortes. Elizabeth würde sein Begräbnis bezahlen; der Gemeindepfarrer würde ihm den Vorteil des Grundsatzes in dubio pro reo zubilligen, und es würden sogar einige Gebete für ihn gesprochen werden – aus Nächstenliebe. Es mochte gut und gerne die erste und letzte Geste der Nächstenliebe sein, die Raedler je zuteil wurde. Gerade die graue Farblosigkeit der Vergangenheit und Zukunft dieses Mannes weckten in Josh die Sehnsucht nach dem greifbaren Beweis für das, was seinem eigenen Leben diese jähe Wärme und Freude verliehen hatte. Er griff nach Sallys Hand auf dem Sitz neben sich.

»Ich liebe dich.« Die Worte klangen fremdartig auf seiner Zunge; es war lange her, seit er sie zu jemandem gesagt hatte. Sie schufen eine Ganzheit in ihm, wo vorher ein leerer Raum gewesen war. Seit Jahren hatte die Welt nur entsprechend seinem eigenen Blickwinkel für ihn existiert; plötzlich war sie verändert. Er hatte begonnen, sie aus dem Blickwinkel eines anderen Menschen zu sehen; sie hatte sich unendlich in ihren Dimensionen vergrößert.

Sie wandte den Kopf, um ihn anzusehen; sie lächelte leicht.

Die Spuren der Anspannung der Nacht und des Tages zuvor waren noch in ihrem Gesicht, doch der Friede legte sich darüber. Die Lawine war auch für sie herabgerollt, doch das Donnergetöse verebbte, und das verwüstete Gebiet fand seine Stille wieder; das neue Wachstum auf den Stellen, die leergefegt worden waren, mochte langsam und für sie schmerzhaft sein, doch würde es ein reicheres Wachstum sein, überlegte er.

So, als spreche sie seine Gedanken aus, meinte sie jetzt: »Alles ist weiter, Josh – plötzlich sehe ich die Dinge klar und deutlich und nicht mehr nur wie aus den Augenwinkeln. Weil ich dich liebe, habe ich etwas Liebe für Elizabeth übrig. Ich kann es mir leisten, etwas zu verschenken. So reich war ich noch nie.«

»Es ist die einzige Art von Reichtum, die dich irgendwohin bringen wird. Anders bleibst du stehen, so wie ich so lange Zeit stehengeblieben bin.«

Er fuhr weiter, bis er eine Stelle fand, an der die Straße breit genug war, um anzuhalten. Sie stiegen aus und gingen den Hang hinunter. Das Gras war grün von der Feuchtigkeit, die der schmelzende Schnee zurückgelassen hatte, und mit den gelben und blauen Blumen getüpfelt, die in des Sommers Trockenheit sterben würden. Sie fanden einen herausragenden Felsen zum Sitzen. Die Kuhglocken bimmelten, als das Vieh zum Melken nach Hause kam; am anderen Ende der Wiese winkte ihnen von dem Weg, der zu dem Gehöft führte, ein kleines Mädchen zu, dessen flachsblondes Haar in der Sonne glänzte. Sie winkten zurück.

»Wirst du hierbleiben, Josh – um an dem Buch zu arbeiten? Elizabeth wird dir jetzt sicher helfen. Ich denke, sie wird dir Einblick in alle Aufzeichnungen gewähren, die dich interessieren. Es sind noch ganze Stapel davon bei mir zu Hause...« Sie brach ab, da er den Kopf schüttelte.

»Ich werde das Buch über Devlin nicht schreiben, Sally.«

»Warum nicht?«

»Erstens sollte ich es ja in Wirklichkeit nie tun. Es war nur eine notwendige Lüge, um mich nach St. Martin hineinzubekommen.«

»Aber es hatte durchaus Sinn – und so war es keine Lüge, Josh. Du könntest das Buch schreiben. Du könntest es sogar sehr gut schreiben. Hayward ist der Ansicht – er ist solch ein schlechter Lügner und hätte nicht einmal jene Rolle zu spielen vermocht, ohne es zu glauben. Ich glaube es.«

»Nein, Sal. Es ist nicht das Rechte für mich. Vor einem Jahr hätte ich beinahe alles, was ich besaß, für eine derartige Chance gegeben.« Er schüttelte den Kopf. »Was sage ich da? – Vor einem Jahr? Nein, noch vor einem Monat hätte ich mich auf diese Chance gestürzt.«

»Was hat es geändert?«

»Du.«

»Das verstehe ich nicht«, meinte sie kleinlaut.

»Wirklich nicht? Du mußt verstehen, mein Liebling, daß ich nicht anfangen könnte, Devlin für die Frau zu interpretieren, die ich liebe, denn sie ist zufällig seine Tochter. Schau, Sally, es ist Zeit, mit dieser Art von Inzucht aufzuhören. Du und ich beginnen etwas Neues. Laß uns nicht in die Vergangenheit zurückkehren. Devlin war ein großer Mann. Laß uns das ganz einfach weiter glauben. Und laß uns an dem Punkt aufhören. Es wird Biographien über Devlin geben – selbstverständlich. Aber es wird keine Biographie von Canfield über Devlin geben. Ich will dich lieben – ganz einfach und uneingeschränkt. Ich will nicht die Obertöne von Devlin lieben. Wir wollen doch Devlin nicht zwischen uns haben. Und er würde das auch nicht wollen.«

Sie nickte. »Ja, ich verstehe. Du willst sagen, es sei Zeit, daß wir weitergehen, nicht wahr? Fort von Devlin und in unser eigenes Leben.« Sie krümmte sich auf dem Felsen zusammen, und die Bewegung verriet jähe innere Not.

»Gehst du zu denen zurück?«

»Denen?«

»Na denen, für die du arbeitest. Ich weiß nicht einmal, wie man die nennt.«

»Sie ziehen es vor, bei keinem Namen genannt zu werden. Und ich gehe nicht zu ihnen zurück. Ich arbeite nicht mehr für sie.«

»Weshalb nicht?«

»Ich begriff heute plötzlich, daß ich von ihnen befreit bin. Ich suchte nach einem Weg, von ihnen loszukommen, und konnte keinen richtigen Grund finden, bis du ihn beschafftest. Doch das ist nicht der Grund, weshalb ich mit ihnen fertig bin. Es kam ganz automatisch. Im Augenblick, als die andere Seite wußte, daß Josh Canfield auf irgendeine Weise in die Geschehnisse von St. Martin verwickelt war, in die Vereitelung dieses Planes, hörte ich automatisch auf, für meine eigenen Leute von Nutzen zu sein. Sieh mal – wenn die ganze Situation in St. Martin harmlos gewesen wäre – wenn es nichts zu entlarven gegeben hätte, wäre ich einfach als Josh Canfield, der Schriftsteller, dort gewesen. Jetzt jedoch bin ich in ihrem Denken und in ihren Dossiers Josh Canfield, der außerdem noch etwas anderes ist. Wäre ich getarnt und unter einem Decknamen gegangen, als jemand anders, hätte ich noch als Canfield für sie von Nutzen sein können. Doch als Josh Canfield bin ich nun gezeichnet. Ich bin erledigt. So einfach ist es. Wohin ich von jetzt an auch gehe, werde ich immer für mich selber gehen. Es ist ein merkwürdiges Gefühl, Sal, sich plötzlich wieder selbst zu gehören. Man rutscht da ganz allmählich hinein, und bevor man weiß, wie es geschah – oder warum –, gehört man denen. Nun werde ich also wieder ein Hausbesitzer und Schriftsteller sein und werde aufhören, denen für alles die Schuld zuzuschreiben, was schiefgeht. Es gibt von nun an keine Sündenböcke mehr. Weder für dich mit Devlin und Elizabeth – noch für mich mit denen.«

Sie schwieg eine Zeitlang. Er sah zu, wie sie an dem harten, kurzen Gras zupfte, das aus einer Ritze des Gesteins wuchs. Die Sonne fiel auf ihr Haar, als schiene sie auf flüssigen Bernstein; sein Schimmern und Glänzen weckten in ihm den Wunsch, es zu berühren, es zu streicheln, die Finger durch sein Gewirr gleiten zu lassen.

»Ich möchte wissen, ob es die Höhe ist, die mich etwas schwindelig macht«, sagte sie, »oder daß ich nicht mehr rauche.«

»Die Höhe ... sie bewirkt immer ...«

Sie schnitt ihm das Wort ab. »Ich rede nur, um zu reden, Josh. Was ich zu sagen versuche, ist dies: Ich muß hierbleiben. Ich muß hier bei Elizabeth bleiben.«

Er nickte. »Ich weiß.« Er sagte es im Ton großer Endgültigkeit.

»Ich muß so lange hierbleiben, wie ich gebraucht werde. Vielleicht weiß sie nicht einmal, daß ich gebraucht werde. Vielleicht wird sie nicht einmal sehr erfreut sein, wenn ich erkläre, daß ich bleibe. Doch muß ich es, und sie wird es schließlich einsehen. Ich bin alles, was von Dev übrig ist, und sie sollte all das haben, was ich ihr zu geben vermag. Es ist nicht sehr viel, aber es ist etwas. Es ist etwas, was gern gegeben wird, und es ist etwas, was sie nicht kaufen oder bestellen kann. Ich möchte nicht bleiben, Josh. Ich werde voller Ungeduld sein, bis ich zu dir kommen kann. Aber zuerst muß ich dies tun.«

»Ja.«

»Und wirst du kommen, wenn ich dich bitte?«

»Jeden Tag, wenn du es möchtest – zu jeder Stunde.«

»Ich werde also mit dem Wissen leben. Und für den Augenblick.« Sie stand auf. »Wir müssen jetzt zurück. Dies war ein kurzer Augenblick des Entrinnens, doch das, was wir beide zu tun haben, muß jetzt und hier anfangen.«

Sie sprachen nicht, als sie zum Auto zurückgingen. Die Sonne war noch warm und vergoldete die Schneefelder auf den Gipfeln über ihnen, wenngleich die Schatten in das Tal herabgeflossen waren. Als er ihr die Wagentür aufhielt, blieb sie stehen.

»Ich muß telegrafieren, daß man mir Tim herschickt.«

»Tim?«

»Meinen Kater. Ich ließ ihn bei Robert. Robert mochte ihn übrigens nie...«

Er erinnerte sich an den großen grau-weiß gestreiften Kater, der, den Rücken zu einem Buckel gekrümmt, im Studio gestanden und die Eindringlinge angefaucht hatte. Sie hatten das natürlich verdient. »Er kommt besser zu mir«, schlug Josh vor. »Wir müssen uns sowieso aneinander gewöhnen.«